Paul Auster

환 상 의 책

THE BOOK OF ILLUSIONS
by PAUL AUSTER
Copyright © 2002 by Austerworks LLC
Korean translation rights © Kyobo Book Centre Co., Ltd., 2025
All rights reserved.
This Korean edition is published by arrangement with Carol Mann Agency
through Shinwon Agency Co., Ltd., Seoul.

이 책의 한국어판 저작권은 ㈜신원에이전시를 통한 독점 계약으로 교보문고에 있습니다.
저작권법에 의하여 한국 내에서 보호를 받는 저작물이므로 무단전재와 무단복제를 금합니다.

Paul Auster
The Book of Illusions

환상의 책
폴 오스터

민승남 옮김

사람은 단일한 삶을 살지 않는다.

연속적으로 이어진 여러 삶을 살며,

그것이 불행의 원인이 된다.

―샤토브리앙

차례

환상의 책 9

독서 후기
반복 연습 | 정기현 　**457**

1

 다들 그가 죽었다고 생각했다. 내가 1988년에 헥터 만의 영화에 대한 책을 출간했을 때, 그는 60년 가까이 종적이 묘연한 상태였다. 소수의 역사가와 옛날 영화 애호가들을 제외하면 그가 세상에 존재했다는 사실을 아는 사람도 별로 없는 듯했다. 그가 무성영화 시대 말기에 만든 열두 편의 코미디 단편영화 중 마지막 작품인 〈대박 아니면 쪽박〉은 1928년 11월 23일에 개봉되었다. 그로부터 두 달 후, 그는 친구나 동료에게 작별 인사도 없이, 누구에게 자신의 계획을 알려주거나 편지 같은 걸 남기지도 않고, 노스 오렌지 드라이브에 있는 셋집에서 걸어 나가서 다시는 모습을 보이지 않았다. 그의 푸른색 드소토는 차고에 주차되어 있었고, 부동산 임대 기간은 3개월 더 남아 있었으며, 임대료는 이미 완납된 상태였다. 부엌에는 음식이, 술 장식장에는 위스키가 남아 있었고, 침실 서랍장에 보관된 그의 옷들 역시 단 한 점도 사라지지 않았다. 1929년 1월 18일자 『로스앤젤레스 헤럴드 익스프레스』에 따르면 그는 *잠깐 산책을 나가 금방이라도 돌아올 것처럼 보였다*. 하지만 그는 돌아오지 않았고, 그 후로 지상에서 사라진 듯했다.

그가 종적을 감추고 몇 년 동안 그의 행방에 대한 여러 이야기와 소문들이 돌았지만, 그것들은 그저 모두 추측에만 머물렀다. 제법 그럴듯한 소문들─그가 자살했다거나 범죄의 희생자가 되었다거나 하는─도 시신이 발견되지 않았으니 사실인지 아닌지 입증될 수가 없었다. 헥터의 운명에 관한 이야기 중에는 상상력이 풍부하거나, 희망적이거나, 그런 사건의 낭만적 함의에 부합하는 것들도 있었다. 한 이야기에서, 그는 고향 아르헨티나로 돌아가 지방의 작은 서커스단을 운영하고 있었다. 다른 이야기에서는, 공산당에 입당하여 가명을 사용하면서 뉴욕 유티카의 낙농 노동자들 사이에서 조직책으로 활동하고 있었다. 또 어떤 이야기에서는, 대공황 시대의 부랑자로 기차 화물칸에 무임 승차하며 떠돌아다니고 있었다. 만일 헥터가 더 유명한 스타였다면 그런 이야기들이 계속 이어졌을 것이다. 그리하여 그는 그 이야기들 속에서 살아가며 집단 기억의 저변에 존재하는 상징적 인물들 가운데 하나로, 젊음과 희망과 얄궂은 운명의 전형으로 서서히 변해갔을 것이다. 하지만 그런 일은 일어나지 않았다. 사실 헥터는 할리우드에서 막 이름을 떨치기 시작했을 때 경력이 마감되었으니까. 그는 재능을 다 펼치기엔 너무 늦게 그 바닥에 들어갔고, 그가 어떤 인물이며 무얼 할 수 있는지 각인시킬 수 있을 만큼 오래 머물지도 않았다. 몇 년이 더 흘렀고, 사람들은 차츰 그에 대해 생각하지 않게 되었다. 1932년에서 1933년쯤 되자 헥터는 더 이상 존재하지 않는 우주에 속하게 되었고, 그의 흔적이라곤 더 이상 아무도 읽지 않는 잘 알려지지 않은 책의 주석에서나 찾을 수 있었다. 이제 영화에서는 소리가 나왔고, 과거의 깜빡거리는 벙어리 쇼는 잊혔다. 이제는 광대도, 팬터마임 배우도, 들리지 않는 오케스트라에 맞추어 춤추는 어여쁜 신여성도 없었다. 그들은 겨우 몇 년 전에 죽었는데도 벌써 선사시대 유물처럼, 인류가 아직 동굴에 살던 때 지상을 배회하던 사람들처럼 느껴졌다.

    나는 책에 헥터의 인생에 대한 내용은 많이 담지 않았다.『헥터 만의 무성 세계』는 그의 영화에 대한 연구서이지 전기가 아니었으며, 내가 책에 담은 그의 스크린 밖 활동에 대한 단편적인 사실들은 영화 백과사전, 회고록, 초기 할리우드 역사 같은 표준 출처에서 직접 가져온 것들이었다. 내가 그 책을 쓴 건 헥터의 작품에 대한 열정을 공유하고 싶어서였다. 그의 인생 이야기는 내게 부차적인 것이었고, 나는 그에게 일어나거나 일어나지 않았을 일들에 대해 추측하기보다는 영화 자체를 자세히 들여다보는 데 충실했다. 헥터만이 1900년에 태어났다는 점, 그리고 1929년 이후 종적이 묘연하다는 점을 감안한다면, 나로선 그가 아직 살아 있다는 암시를 한다는 건 생각할 수도 없는 일이었다. 죽은 자는 무덤에서 기어 나올 수 없으며, 내가 아는 한, 그렇게 오랜 세월 숨을 수 있는 사람은 죽은 자뿐이었다.

그 책은 펜실베니아대학교 출판부에서 나왔고, 지난 3월로 출간 11년이 되었다. 출간 석 달 후, 영화 계간지와 학술지에 첫 서평이 실리기 시작했을 때 내 우편함으로 편지 한 통이 왔다. 봉투가 상점에서 흔히 볼 수 있는 것들보다 크고 정사각형에 가까운 데다 두꺼운 고급 종이로 만든 것이라 나는 처음엔 그 안에 청첩장이나 아기 탄생 소식을 알리는 카드가 들어 있으리라 생각했다. 봉투 앞면을 가로질러 내 이름과 주소가 둥글게 말린 우아한 필기체로 쓰여 있었다. 그걸 쓴 이가 전문 캘리그래퍼가 아니라면 품위 있는 글씨체의 가치를 믿는 사람, 에티켓과 사교 예절을 가르치는 전통적인 학교에서 교육받은 사람임이 분명했다. 소인은 뉴멕시코 앨버커키로 되어 있었지만, 봉투 뒷면 날개에 적힌 반송 주소는 그 편지가 다른 곳에서 쓰였음을 알게 해주었다─실제로 그런 장소가 있고 그 도시 이름이 진짜라면 말이다. 주소는 두 줄이 다였다: 뉴멕시코, 티에라 델 수에뇨, 블루스톤 농장. 나는 그 주소를 보고 웃었을 수도 있지만 지금은 기억이 안 난다. 이름은 쓰여 있지 않았고, 안에 든 카드를 읽기 위해 봉투를 열자 희미한 향수 냄새가 풍겼다. 아주 은은한 라벤더 향이었다.

카드에 이렇게 적혀 있었다. *짐머 교수님께, 헥터가 교수님의 책을 읽고 직접 만나보고 싶어 합니다. 혹시 이곳으로 와주실 의향이 있으신가요? 프리다 스펠링(헥터 만 부인) 드림.*

나는 그걸 예닐곱 번 읽었다. 그런 다음 카드를 내려놓고 방 반대편 끝까지 걸어갔다가 돌아왔다. 다시 카드를 집어 들었을 때 그 글이 아직 거기 있으리란 확신을 가질 수가 없었다. 설령 거기 있다고 해도 같은 글이라고 확신할 수 없었다. 나는 그걸 예닐곱 번 더 읽었고, 그래도 아무 확신도 가질 수 없는 상태에서 그걸 장난으로 간주했다. 잠시 후 나는 의심으로 가득 찼고, 그다음 순간에는 그 의심들을 의심하기 시작했다. 어떤 생각을 한다는 건 그 반대 생각을 한다는 의미였고, 그 두 번째 생각이 처음 생각을 무너뜨리기 무섭게 두 번째 생각을 무너뜨릴 세 번째 생각이 떠올랐다. 달리 어떻게 해야 할지 몰라서 차를 끌고 우체국으로 갔다. 미국의 모든 주소가 우편번호부에 등재되어 있으니, 만일 티에라 델 수에뇨가 거기 없다면 카드를 쓰레기통에 던져 버리고 깨끗이 잊을 수 있었다. 하지만 거기 있었다. 제1권 1933페이지, 티에라 아마리야와 티헤라스 사이에 우체국과 다섯 자리 우편번호를 가진 엄연한 도시로 존재했다. 물론 그걸로 그 편지를 진짜라고 볼 순 없었지만 적어도 약간의 신빙성을 얻게 된 건 사실이었고, 집에 돌아왔을 때쯤 나는 답장을 보내야 한다는 걸 알았다. 그런 편지는 무시할 수 없다. 일단 편지를 읽은 이상, 답장을 써 보내는 수고를 하지 않으면 남은 평생 그것에 대한 생각을 떨쳐버릴 수 없을 테니까.

나는 그 답장의 사본은 남겨놓지 않았지만, 손 글씨로 최대한 짧게, 몇 개의 문장에 국한시켜서 쓴 기억이 난다. 그리고 별생각 없이 내가 받은 편지처럼 단조롭고 아리송한 방식으로 글을 썼다. 그래야 내가 덜 노출되고, 그 장난질—만일 진짜로 장난 편지라면—을 획책한 사람에게 덜 바보로 보일 것 같았다. 한두 마디 더 보태거나 빠졌을 수도 있었지만, 내 답장은 이런 식이었다. *프리다 스펠링 부인께. 물론*

저는 헥터 만을 만날 의향이 있습니다. 하지만 그분이 살아 계시다는 걸 어떻게 믿을 수 있을까요? 제가 알기론, 그분은 반세기 이상 모습을 보이지 않았습니다. 그러니 부디 자세한 내용을 알려주십시오. 데이비드 짐머 드림.

내 생각엔, 우리 모두가 불가능한 일들을 믿고 싶어 하며 기적이 일어날 수도 있다고 스스로를 설득하고 싶어 한다. 내가 헥터 만에 대한 유일한 책을 쓴 작가라는 점을 감안하면, 그가 생존해 있다고 믿을 기회를 덥석 물었을 거라는 생각이 이치에 맞다고 볼 수 있을 것이다. 하지만 나는 그럴 기분이 아니었다. 적어도 내 생각엔 그랬다. 그 책은 깊은 슬픔 속에서 탄생했고, 책이 나온 후에도 슬픔은 여전히 남아 있었다. 코미디에 대한 책을 쓰는 건 그저 하나의 구실, 내 안의 고통을 달래줄 수도 있으리란 기대로 1년 넘게 날마다 삼킨 기이한 형태의 약에 지나지 않았다. 그리고 어느 정도는 효과가 있었다. 하지만 프리다 스펠링(혹은 프리다 스펠링을 가장한 인물)은 그걸 알 수가 없었을 것이다. 1985년 6월 7일, 우리의 결혼 10주년 기념일을 일주일 앞두고 내 아내와 두 아들이 비행기 추락 사고로 사망한 사실을 그녀가 알 리 없었다. 그 책이 그들에게 바쳐진 걸(*헬렌, 토드, 마르코를 추모하며*) 보았을 수도 있지만, 그녀에겐 그 이름들이 아무 의미도 없었을 것이며, 설령 그 이름들이 작가에게 중요한 의미를 지니리란 짐작까진 할 수 있었다손 쳐도 그의 삶에서 의미를 지녔던 모든 걸 상징한다는 사실―그리고 서른여섯 살의 헬렌과 일곱 살 토드, 네 살 마르코가 죽었을 때 그도 그들과 함께 죽은 거나 다름없다는 사실―은 알 수 없었을 터였다.

그들은 헬렌의 부모님이 사는 밀워키로 가던 길이었다. 나는 학생들이 낸 리포트를 고쳐주고 그때 막 끝난 학기 성적도 내느라 버몬트에 남았다. 그건 버몬트 햄프턴에 있는 햄프턴대학교 비교문학 교수로서 내가 맡은 일이었고, 나는 그 일을 해야만 했다. 평소 같았으면 24일이나 25일에 가족이 다 함께 갔겠지만 헬렌의 아버지가 다리에 종양이 생겨 수술을 받은 직후라, 그녀가 아이들을 데리고 최대한 빨리 가야 한다는 가족 전체의 합의가 이루어졌다. 그러다 보니 토드가 2학년 과정 마지막 2주를 빠져야 해서 학교 측과 치밀한 막판 협상을 벌이게 되었다. 교장은 달가워하지 않으면서도 사정을 이해해주었고, 결국 자신의 뜻을 꺾었다. 그 일은 사고 후 내가 두고두고 곱씹게 된 아쉬움들 중 하나가 된다. 만일 교장이 우리의 신청을 받아들이지 않았더라면 토드는 어쩔 수 없이 나와 함께 집에 남아 목숨을 잃지 않았을 터였다. 그럼 적어도 가족 한 사람은 구할 수 있었을 터였다. 적어도 가족 하나가 하늘에서 11킬로미터 아래로 추락하지 않았더라면 네 사람이 살아야 할 집에 나 혼자 남지 않았을 터였다. 물론, 만일의 경우를 가정하며 스스로를 괴롭힐 빌미를 제공한 건 그 일만이 아니었으며, 나는 지치지도 않고 막다른 길을 걷고 또 걸었다. 헬렌 아버지의 다리에 생긴 암부터 그 주 중서부 날씨, 비행기표를 예약한 여행사 전화번호까지, 모든 게 그 사건의 일부였다. 원인과 결과의 사슬을 이룬 모든 고리가 참사의 본질적 요소였다. 그중에 최악은, 내가 그들에게 직항기를 타라고 고집을 부리며 보스턴까지 차로 태워다준 것이었다. 나는 그들이 벌링턴에서 출발하는 걸 원치 않았다. 그럼 18인승 프로펠러기를 타고 뉴욕까지 가서 밀워키행 비행기로 갈아타야 했고, 나는 헬렌에게 그런 경비행기는 미덥지 않다고 말했다. 그런 비행기들은 너무 위험하다고, 그녀와 아이들이 나 없이 그런 비행기를 타는 것 자체를 견딜 수 없다고 했다. 그래서 그들은 경비행기를 타지 않았다―내 걱정을 덜어주기 위해서였다. 그들은 큰 비행기를 탔고, 끔찍한 건 내가 그들을 태우고 공항까지 급하게 달렸다는 사실이었다. 그날 아침엔 교통체증이 심했고, 우리가 마침내 스프링필드에 도착하여 매스 파이크에 진입했을 때, 나는 로건 공항에 제시간에 닿기 위해 속도제한을 훨씬 초과해서 내달려야만 했다.

나는 그 여름에 나에게 일어난 일에 대한 기억이 거의 없다. 몇 개월 동안 알코올에 취한 채 슬픔과 자기연민에 빠져 멍한 상태로 지냈고, 좀처럼 집에서 나가지도 않았으며, 먹거나 면도하거나 옷을 갈아입는 수고도 하지 않으려 했다. 대부분의 동료가 8월 중순까지 휴가를 떠나서 여러 차례 조문객을 맞이하거나 집단적인 애도의 고통스러운 절차를 견딜 필요는 없었다. 물론 친구가 찾아오면 선의로 온 것임을 알았기에 늘 안으로 들였지만, 그들의 눈물 젖은 포옹과 길고 어색한 침묵은 도움이 되지 못했다. 나는 차라리 혼자 남아 내 머릿속의 어둠 속에서 하루하루를 견디는 편이 낫다는 걸 깨닫게 되었다. 나는 술에 취해 있거나 거실 소파에 널브러져 TV를 보지 않을 때는 집 안을 배회하며 시간을 보냈다. 아들들 방에 들어가 바닥에 앉아 아이들 물건에 둘러싸여 있었다. 아들들을 직접 생각하거나 의식적으로 떠올릴 수는 없었지만, 그 아이들의 퍼즐을 맞추고 레고로 점점 복잡하고 바로크적인 구조물들을 만들다 보면 일시적으로 그들 안에서 다시 살고 있는 것 같은 기분을 느꼈다. 그들이 아직 육신을 갖고 있을 때 했던 동작들을 반복하면서 그들의 작은 유령의 삶을 대신 이어가는 것이다. 나는 토드의 동화책들을 읽고 야구 카드를 정리했다. 마르코의 봉제 인형들을 종류와 색깔, 크기별로 분류했는데, 그 방에 들어갈 때마다 분류 체계를 바꿨다. 그런 식으로 시간이 흐르고 하루가 망각 속으로 녹아들었다. 그런 짓을 더 이상 견딜 수 없을 때는 다시 거실로 가서 술을 마셨다. 드물게 술에 취해 소파에 쓰러져 잠들지 않은 밤에는 대개 토드의 침대에서 잤다. 내 침대에서 자면 늘 헬렌과 함께 있는 꿈을 꾸었고, 그녀를 잡으려고 손을 뻗을 때마다 갑작스럽고 격렬한 요동과 함께 잠이 깼다. 손이 떨리고 숨이 찼으며, 익사하기 직전까지 갔었던 듯한 기분이 들었다. 어두워진 후에는 부부 침실에 들어갈 수 없었지만, 낮 동안에는 거기서 많은 시간을 보냈다. 헬렌의 옷장 안에 서서 그녀의 옷들을 만지고, 재킷과 스웨터를 다시 정리하고, 원피스들을 옷걸이에서 벗겨 바닥에 펼쳐놓았다. 한번은 그중 하나를 입어보았고, 또 한번은 그녀의 속옷을 입은 다음 얼굴에 그녀의 화장품을 발랐다. 그건 깊은 만족감을 주는 체험이었으나, 나는 추가 실험 끝에 향수가 립스틱이나 마스카라보다 훨씬 효과적이라는 걸 알게 되었다. 향수는 그녀를 더 생생하게 불러오는 듯했고, 그녀의 존재를 더 오랜 시간 머물게 했다. 마침 나는 3월 그녀의 생일에 샤넬 넘버 5 향수를 새로 사다 주었다. 하루 두 번 조금씩 아껴 쓴 덕에 여름이 끝날 때까지 병에 향수가 남아 있었다.

나는 가을 학기에 휴가를 냈지만 어디로 떠나거나 심리

상담을 받지 않고 그대로 집에 남아 계속 침몰했다. 9월 말에서 10월 초쯤 되었을 땐 매일 밤 위스키를 반병 이상 마셔 치웠다. 그 덕에 좀 무감각해질 순 있었으나 그와 동시에 미래에 대한 감각도 사라졌고, 미래에 대한 기대가 없는 인간은 죽은 거나 마찬가지였다. 나는 수면제나 일산화탄소 가스에 대한 긴 공상에 잠긴 자신을 발견한 게 한두 번이 아니었다. 그걸 실행에 옮기는 지경에까지 이른 적은 없었지만, 지금 그 시절을 돌이켜보면 얼마나 그 지점에 근접했는지 알 수 있다. 수면제는 약상자에 들어 있었는데, 약병을 꺼내든 게 서너 번이었고, 손에 알약을 쥔 적도 있었다. 그런 상태가 더 오래 지속되었다면, 내가 더 이상 저항할 힘을 가질 수 있었을지 의심스럽다.

그런 상황에서 헥터 만이 예기치 않게 내 삶으로 걸어 들어왔다. 나는 그가 누군지 전혀 몰랐고 어디서 그의 이름을 들어본 적도 없었는데, 겨울이 시작되기 직전의 어느 밤, 나무들이 마침내 앙상해지고 첫눈이 내릴 조짐이 보이던 무렵, 우연히 TV에서 그의 옛날 영화 한 편의 클립을 보게 되었고, 그게 나를 웃게 했다. 그 말은 대수롭지 않게 들릴 수도 있겠지만, 6월 이후 내가 웃은 건 그때가 처음이었고, 가슴에서 뜻밖의 경련이 일면서 폐 주위가 들썩이기 시작하자 나는 자신이 아직 바닥을 치지 않았음을, 내 안에 계속 살아가기를 원하는 마음이 남아 있음을 알 수 있었다. 시작부터 끝까지 몇 초도 지속되지 못한 웃음이었다. 그 웃음 자체는 특별히 요란하거나 지속적이진 않았지만 기습적으로 찾아왔고, 나는 그것에 굳이 저항하지 않았으며, 헥터만이 스크린에 등장한 몇 장면이 이어지는 동안 나의 불행을 잊은 것에 대해 부끄러움을 느끼지도 않았다. 그리하여 나는 전에는 상상하지 못했던 것, 순수한 죽음 이외의 것이 내 안에 존재한다는 결론을 내릴 수밖에 없었다. 지금 나는 어떤 막연한 직관이나 있었을 수도 있는 것에 대한 감상적 동경에 대해 이야기하고 있는 것이 아니다. 나는 경험적 발견을 했고, 그건 수학적 증명의 무게를 지녔다. 내가 웃을 수 있는 마음을 가졌다면, 그건 완전한 마비 상태는 아니라는 의미였다. 내가 세상과 담을 쌓고 아무것도 받아들이지 않는 완전히 단절된 삶을 살고 있지는 않다는 거였다.

   10시가 조금 지난 시각이었을 것이다. 나는 소파에서 늘 앉는 자리에 붙박여 한 손에는 위스키 잔, 나머지 손에는 리모컨을 들고 아무 생각 없이 채널을 돌리고 있었다. 그러다 몇 분 전에 시작된 프로그램을 보게 되었는데, 그게 무성영화 코미디언들에 대한 다큐멘터리임을 알아채는 데는 그리 오래 걸리지 않았다. 채플린, 키튼, 로이드 같은 낯익은 얼굴들이 대거 등장했지만, 내가 그때까지 들어본 적이 없는 희귀 코미디 영상들과 존 버니, 래리 시먼, 루피노 레인, 레이먼드 그리피스 같은 덜 알려진 인물들도 나왔다. 나는 그다지 집중하진 않으면서도 채널을 돌리진 않을 정도의 흥미를 갖고 신중한 거리를 유지하며 그 개그들을 보았다. 헥터 만은 프로그램이 거의 끝날 때쯤 등장했으며 한 클립밖에 안 나왔다. 〈은행원 이야기〉의 2분짜리 시퀀스로, 은행이 배경이었으며, 헥터는 열심히 일하는 말단 행원 역할을 맡고 있었다. 그 영화가 왜 나를 사로잡았는지 설명할 수는 없지만, 흰색 여름 양복 차림에 검고 가느다란 콧수염을 기른 그가 테이블 앞에 서서 몇 무더기나 쌓인 돈을 맹렬한 효율성과 광적인 집중력을 보이며 번개 같은 속도로 세고 있었는데, 나는 그에게서 눈을 뗄 수가 없었다. 위층 지점장 사무실에서는 인부들이 바닥에 새로 나무판자를 까는 작업을 하고 있었다. 그리고 저만치서 예쁜 비서가 자신의 책상에 앉아 커다란 타자기 뒤에서 손톱을 다듬고 있었다. 처음엔, 헥터는 오로지 신기록을 세우며 자신의 임무를 완수하는 데만 매진할 것처럼 보였다. 그러다 아주 서서히, 그의 재킷 위로 톱밥 가루가 떨어지기 시작했고, 그로부터 몇 초 지나지 않아 마침내 그는 여자를 보았다. 하나의 요소가 갑자기 셋으로 늘어나 그 시점부터 헥터의 액션이 일, 허영심, 욕정의 삼각 리듬을 이루며 튀어 다닌다. 계속해서 돈을 세기 위한 분투, 아끼는 양복을 보호하려는 노력, 여자와 눈을 맞추고 싶은 충동. 한편, 이따금 헥터의 콧수염이 마치 희미한 신음이나 웅얼거리는 방백으로 진행 상황을 강조하듯 놀라서 움찔거렸다. 그건 슬랩스틱과 난장판이라기보다 사물과 육체와 정신이 자연스러운 조화를 이룬 캐릭터와 속도감의 코미디였다. 헥터는 돈을 세다가 흐름이 깨지면 처음부터 다시 세어야 했지만, 그때마다 전보다 두 배로 속도를 냈다. 그가 천장을 향해 고개를 들어 먼지가 어디서 떨어지는지 확인하는 시점은 항상 인부들이 새 나무판자로 구멍을 덮은 직후였다. 그리고 그가 여자 쪽을 흘끗 볼 때면 그녀는 항상 다른 데를 보고 있었다. 그래도 헥터는 용케 평정을 유지하면서 그런 사소한 좌절들이 자신의 목적에 방해가 되거나 자부심에 상처를 입히는 걸 허락하지 않았다. 그 코미디는 내가 본 작품들 중 가장 수작은 아니었을지라도, 내가 완전히 빠져들 때까지 강하게 끌어당겼고, 헥터의 콧수염이 두 번째인가 세 번째로 움찔거렸을 때 나는 웃고 있었다. 진짜로 소리 내어 웃고 있었다.

다큐멘터리 내레이터가 뭐라고 해설을 했지만, 나는 영화에 정신이 팔려 그의 말을 다 알아듣진 못했다. 헥터가 수수께끼를 남기며 영화계에서 퇴장했고 그가 코미디 단편영화 분야의 마지막을 장식한 중요한 배우들 중 한 사람이었다는 이야기였던 것 같다. 1920년대쯤엔 대부분의 성공적이고 혁신적인 광대들이 장편영화로 넘어갔고, 코미디 단편영화는 급격한 질적 쇠퇴를 겪고 있었다. 내레이터 말이, 헥터 만은 그 장르에 새로 보탠 건 없으나 몸의 움직임을 통제하는 능력이 탁월한 재능 있는 개그맨으로 인정받았으며, 그런 식으로 갑작스럽게 경력이 단절되지 않았더라면 중요한 업적을 이루었을 주목할 만한 후발 주자였다는 것이었다. 그 대목에서 영화가 끝나서 나는 내레이터의 해설을 더 주의 깊게 듣기 시작했다. 수십 명에 이르는 코미디 배우의 스틸 사진이 연이어 화면에 지나갔고, 내레이터의 목소리가 무성영화 시대의 영화들이 너무도 많이 소실된 것에 대해 애석해했다. 영화에 소리가 들어오자 무성영화 필름들은 지하 창고에서 썩거나, 불에 타거나, 쓰레기처럼 버려져 수백 편의 작품이 영원히 사라졌다. 하지만 그렇다고 모든 희망이 사라진 건 아니라고 내레이터는 덧붙였다. 옛날 필름들이 간간이 나타났고, 최근 주목할 만한 발견이 여러 차례 이루어졌다. 헥터 만의 경우를 예로 들어보자고 내레이터가 말했다. 1981년까지 세계 어디서든 그의 작품은 단 세 편만 구할 수 있었다. 나머지 아홉 편의 자취는 부차적인 자료들—신문 기사, 그 시대에 나온 평론, 스틸 사진, 시놉시스—속에 묻혀 있었으나, 필름들 자체는 소실된 듯했다.

그러다 그해 12월, 파리 시네마테크 프랑세즈 사무실로 익명의 소포가 배달되었다. 로스앤젤레스 중심부에서 발송된 것으로 보이는 그 소포에는 헥터 만의 열두 편의 영화 중 일곱 번째 작품 〈꼭두각시들〉 필름 사본이 들어 있었는데, 거의 새것처럼 보였다. 그 후 3년에 걸쳐 불규칙적인 간격으로 그와 유사한 소포 여덟 개가 세계의 주요 영화 보관소들—뉴욕 현대 미술관, 런던 영국 영화협회, 로체스터 이스트먼 하우스, 워싱턴 미국 영화협회, 버클리 퍼시픽 필름 아카이브, 그리고 다시 파리 시네마테크—로 보내졌다. 1984년 쯤엔, 헥터 만의 모든 작품이 이 여섯 개 기관에 흩어져서 보관되기에 이르렀다. 그 소포들은 각각 클리블랜드, 샌디에이고, 필라델피아, 오스틴, 뉴올리언스, 시애틀 등 서로 멀리 떨어진 도시에서 발송된 데다 필름과 함께 편지나 메시지가 동봉되지도 않아서 기증자의 신원을 알아내는 건 불가능했고, 그 사람이 누구고 어디 사는지 가설을 세우기조차 어려웠다. 수수께끼의 인물 헥터 만의 삶과 경력에 또 하나의 수수께끼가 더해졌지만 그건 대단한 공헌이며 영화계에서도 감사히 여기고 있다고 내레이터가 말했다.

나는 미스터리나 수수께끼에는 끌리지 않았지만, 프로그램이 끝나고 엔딩 크레디트를 지켜보고 있으려니 그 영화들을 보고 싶은 것 같다는 생각이 들었다. 열두 편의 작품이 유럽과 미국의 여섯 개 도시에 흩어져 있었고, 그것들을 다 보려면 상당한 시간을 투자해야 할 터였다. 적어도 몇 주는 걸릴 테고, 어쩌면 한 달이나 한 달 반이 소요될 수도 있었다. 그 시점에서 나는 결국 헥터 만에 대한 책을 쓰게 되리라곤 전혀 예상치 못했다. 그저 뭔가 할 일을, 직장으로 복귀할 준비가 될 때까지 무해한 방식으로 열중할 일을 찾고 있었을 뿐이었다. 반년 가까이 개판으로 사는 자신을 지켜보았고, 그런 식으로 조금만 더 삶을 방치했다가는 죽음에 이르기 십상이었다. 무슨 일이든 상관없었고 거기서 뭘 얻고 싶은지도 중요하지 않았다. 그때는 어떤 선택이라도 독단적이었겠지만, 그날 밤 나에게 한 가지 계획이 떠올랐다. 2분짜리 영화와 짧은 웃음에 힘입어 코미디 무성영화들을 보러 세계를 돌아다녀야겠다는 결정을 내린 것이다.

나는 영화 관계자가 아니었다. 이십대 중반에 대학원생으로 학생들에게 문학을 가르치기 시작했고, 그 이후로 오직 책, 언어, 글에 관련된 일만 했다. 다수의 유럽 시인(로르카, 엘뤼아르, 레오파르디, 미쇼) 작품을 번역했고, 잡지와 신문에 서평을 썼으며, 평론집 두 권을 냈다. 첫 책 『전쟁 지역의 목소리들』은 제2차 세계 대전 중 함순과 셀린, 파운드의 작품들을 그들의 친(親)파시스트 활동과 연계시켜 분석한 정치와 문학 연구서였다. 두 번째 책 『아비시니아로 가는 길』은 글쓰기를 포기한 작가들을 다룬, 침묵에 대한 명상록이었다. 비범한 천재성을 지녔으나 이러저러한 이유로 글쓰기를 중단한 시인들과 소설가들—랭보, 대실 해밋, 로라 라이딩, J. D. 샐린저. 헬렌과 아들들이 죽기 전에, 나는 스탕달에 대한 책을 쓸 계획을 갖고 있었다. 그렇다고 영화에 대한 반감을 갖고 있었던 건 아니고 그저 나에겐 영화가 그리 중요하게 다가오지 않았으며, 15년 넘게 학생들을 가르치고 글을 쓰면서 영화 이야기를 하고 싶은 충동을 느낀 적은 단 한 번도 없었다. 나는 다른 사람들이 다 그렇듯, 오락거리이자 움직이는 그림, 심심풀이로 영화를 즐겼다. 가끔 아무리 아름답고 매혹적인 영상을 보아도 글만큼 강력한 만족감을 얻진 못했다. 영화에는 너무 많은 것이 제공되어 보는 이의 상상력이 날개를 펼칠 여지가 충분치 않았고, 역설적이게도 영화가 현실을 실감 나게 그려낼수록 우리 주변뿐 아니라 우리 안에도 존재하는 세상을 나타내는 데는 실패했다. 바로 그런 이유로 나는 본능적으로 컬러영화보다는 흑백영화를, 유성영화보다는 무성영화를 선호했다. 영화는 이차원의 스크린에 이미지를 투사하여 이야기를 펼쳐가는 시각적 언어였다. 소리와 색이 추가되면서 삼차원의 환상을 만들어내긴 했지만, 그와 동시에 이미지들의 순수성이 사라진 것도 사실이었다. 그리하여 이미지들이 모든 걸 도맡아 해낼 필요가 없었고, 소리와 색은 영화를 완벽한 혼합 매체, 우리에게 가능한 최상의 세계로 바꾸기는커녕 강화시켜야 할 시각적 언어를 오히려 악화시켰다. 그날 밤, 나는 헥터와 다른 코미디언들이 버몬트에 있는 나의 집 거실에서 기량을 펼치는 모습을 지켜보면서 문득 내가 죽은 예술, 다시는 실행되지 못할 완전히 소멸된 장르를 목도하고 있다는 생각이 들었다. 하지만 그 후로 일어난 모든 변화에도 불구하고, 그들의 연기는 처음 선보였을 때 못지않게 신선하고 흥겨웠다. 그건 그들이 자신들의 언어를 이해하고 있었기 때문이었다. 그들은 눈의 구문을, 순수한 무작위적 동작의 문법을 고안해냈고, 의상과 자동차, 그리고 배경의 진기한 가구를 제외하면 아무것도 구식이 될 수 없었다. 그건 행동으로 옮겨진 생각, 인간의 몸을 통해 표현된 의지였기에 시대를 초월했다. 대부분의 코미디 무성영화들은 굳이 이야기하려고 애쓰지도 않았다. 그것들은 마치 시, 꿈의 표현, 정신의 정교한 안무와도 같았고, 이미 죽었기에 당시 관객들보다 지금 우리에게 더 깊은 이야기를 전할 수도 있었다. 우리는 망각의 깊은 골짜기 너머로 그 영화들을 보았고, 우리와 영화를 갈라놓는 것들이 실상 그것들을 그토록 매력적으로 만들었다. 무언, 색의 부재, 그 발작적이고 가속화된 리듬. 그것들은 장애물이고 시청을 어렵게 만들지만 이미지들이 표현의 부담을 덜 수 있게 해주었다. 이미지들은 우리와 영화 사이에 존재했고, 그리하여 우리는 더 이상 현실 세계를 보고 있는 것처럼 가장할 필요가 없었다. 평면 스크린이 세상이었고, 그건 이차원으로 존재했다. 삼차원은 우리 머릿속에 있었다.

나는 다음 날 당장 짐을 싸서 떠나도 아무 지장이 없었다. 그 학기에는 휴가를 냈고, 다음 학기는 1월 중순에야 시작되었다. 나는 원하는 대로 하고, 발길 닿는 대로 갈 수 있었다. 시간도 더 필요하면 원하는 만큼 1월도 넘기고, 9월도 넘기고, 무수한 9월과 1월을 넘길 수 있었다. 그게 나의 부조리하고 비참한 인생의 아이러니였다. 헬렌과 아이들이 죽으면서 나는 부자가 되었다. 처음 들어온 돈은 내가 햄프턴에서 강의를 시작한 지 얼마 안 되었을 때 헬렌과 함께 든—*마음의 평화를 위해서*라고 보험판매원은 우리를 설득했다—생명보험금이었다. 대학 의료보험과 연계된 데다 금액도 얼마 안 되어 우리는 매달 신경 쓰지 않고 그 소액의 납부금을 낼 수 있었다. 비행기가 추락했을 때 나는 우리에게 그 보험이 있다는 사실조차 잊고 있었는데, 한 달도 안 되어 보험사 직원이 집으로 찾아와 수십만 달러 상당의 수표를 주고 갔다. 그리고 얼마 후, 항공사와 희생자 유족 간 합의가 이루어지면서 그 사고로 가족을 셋이나 잃은 나는 막

대한 보상금 잭팟을 터뜨렸다. 무작위적인 죽음과 예기치 못한 신의 행동 부문 꼴찌에게 주는 거액의 상금이었다. 헬렌과 나는 내가 대학에서 받는 봉급과 헬렌이 프리랜서 작가로 가끔 손에 쥐는 원고료로 늘 빠듯하게 살아야 했다. 그 시절에는 부수입이 천 달러만 생겨도 형편이 크게 달라졌을 터였다. 이제 나에겐 그 천 배가 넘는 돈이 들어왔지만 그 돈은 아무 의미도 없었다. 수표가 들어오자 절반을 헬렌의 부모님께 보냈는데, 그들은 뜻은 고맙지만 받고 싶지 않다며 바로 돌려보냈다. 나는 토드가 다니던 초등학교에 새 놀이터 시설을 들여주고, 마르코의 어린이집에 2천 달러 상당의 도서와 최신식 모래 상자를 기증하고, 볼티모어에 사는 나의 누이와 음악 교사로 일하는 매제를 설득하여 짐머 죽음 기금에서 거액의 현금을 받게 했다. 돈을 나눠줄 가족이 더 있었다면 그들에게도 보냈겠지만, 나의 부모님은 이미 돌아가셨고 내게 형제자매라곤 데보라뿐이었다. 그래서 대신 햄프턴대학교에 헬렌의 이름으로 헬렌 마크햄 여행 장학금을 만들어 돈을 또 한 자루 풀었다. 장학금의 조건은 아주 간단했다. 해마다 인문학 분야에서 뛰어난 성적을 거둔 졸업 예정자 한 명에게 현금으로 장학금을 지급한다. 그 돈은 여행에 써야 하지만, 그걸 제외하면 아무 규칙이나 조건, 요구 사항도 없다. 장학생은 몇 개 학과(역사학, 철학,

영문학, 외국어) 교수들이 돌아가면서 맡는 위원회에서 선정되며, 장학금이 해외여행비로 지출되는 한 마크햄 장학생은 자신의 뜻대로 자유롭게 돈을 쓸 수 있다. 장학회 측에서는 그것에 대해 아무것도 묻지 않는다. 장학회를 만드는 데 막대한 금액이 필요했지만 그 지출(4년 치 연봉에 해당하는)은 내 자산을 약간 축냈을 뿐이었고, 내가 합당하게 여기는 여러 방식으로 다양한 액수의 돈을 지출한 후에도 나에겐 여전히 어떻게 써야 할지 모를 정도의 돈이 남아 있었다. 그건 구역질이 날 정도로 부가 넘치는 그로테스크한 상황이었고, 그 모든 돈이 피의 대가였다. 만일 갑작스럽게 계획이 변경되지 않았더라면 돈이 한 푼도 남지 않을 때까지 전부 나눠줬을 것이다. 하지만 11월 초의 어느 추운 밤에 나는 여행을 떠날 생각을 하게 되었고, 수중에 여행비로 쓸 돈이 없었더라면 그런 충동적인 계획을 실행에 옮기지 못했을 것이다. 그때까지는 고통거리에 지나지 않았던 돈이 이제 하나의 치유제, 내 정신이 완전히 붕괴되는 걸 막아주는 향유로 보였다. 호텔에서 지내며 레스토랑에서 음식을 사 먹으려면 돈이 많이 들겠지만, 난생처음 내가 원하는 걸 누릴 형편이 되는지 걱정할 필요가 없었다. 나는 비록 절박하고 불행한 상태였지만 자유인이기도 했고, 주머니에 돈이 있었기에 그 자유의 조건을 내 뜻대로 정할 수 있었다.

★

 그 필름들 절반은 집에서 차를 몰고 갈 수 있는 거리에 있었다. 로체스터는 서쪽으로 여섯 시간쯤 걸렸고, 뉴욕과 워싱턴은 남쪽으로 곧장 달려야 했는데, 그 여정의 첫 구간은 대략 다섯 시간, 그다음 구간도 다섯 시간 거리였다. 나는 로체스터부터 시작하기로 했다. 이미 겨울이 다가오고 있어서 거기 가는 걸 미루면 미룰수록 눈보라와 빙판길을 만나고 북쪽의 악천후에 발이 묶일 가능성이 높아졌다. 이튿날 아침, 이스트먼 하우스에 전화를 걸어 그곳에 소장된 영화를 볼 수 있는지 문의했다. 나는 그런 일은 어떻게 시작해야 하는지 전혀 몰랐고, 전화로 내 소개를 할 때 너무 무지한 인상을 주고 싶지 않아서 햄프턴대학교 교수라고 덧붙였다. 그들이 나를 뜬금없이 전화를 건 괴짜가 아니라―사실 그랬지만―진지한 인물로 받아들여주기를 바랐던 것이다. "아, 헥터 만에 대한 글을 쓰고 계신가요?" 수화기 너머 여자가 말했다. 그 질문에는 한 가지 대답밖에 없다는 듯한 어조였고, 나는 잠시 망설인 후 그 여자가 기대하는 말들을 웅얼거렸다. "예, 맞아요, 정확히 그겁니다. 그에 대한 책을 쓰고 있는데 자료 조사 차원에서 그 영화들을 봐야 해서요."
 그 프로젝트는 그렇게 시작되었다. 일찌감치 결정을 내려서 다행이었던 게, 로체스터에서 영화들(〈경마클럽〉과 〈염탐꾼들〉)을 보자 그 일이 시간 낭비가 아님을 알 수 있었다. 헥터는 어느 모로 보나 내 기대에 부응하는 재능과 실력을 갖추고 있었으며, 나머지 열 편도 그 두 작품과 수준이 비슷하다면 그는 책으로 쓰이고 재발견될 기회를 가질 자격이 있었다. 그래서 나는 처음부터 헥터의 영화들을 그저 보는 데서 그치지 않고 연구까지 했다. 로체스터의 그 여자와 전화로 그런 대화를 나누지 않았더라면 그런 식의 접근은 생각지도 못했을 것이다. 애초의 계획은 그보다 훨씬 단순했고, 그 계획대로 했더라면 크리스마스와 새해를 넘겨서까지 그렇게 바쁘진 않았을 것이다. 사실 나는 2월 중순까지 헥터의 영화들을 다 보지 못하고 있었다. 애초의 계획은 그 영화들을 한 번씩만 보는 것이었다. 그런데 여러 번 반복해서 보았고, 보관소에 몇 시간 방문하는 대신 며칠씩 찾아가 플랫베드(flatbed, 필름을 좌우로 움직이며 편집하는 테이블형 편집기-옮긴이)와 무비올라(moviola, 필름을 상하로 움직이며 편집하는 편집기-옮긴이)를 이용하여 눈이 더 이상 떠지지 않을 때까지 필름을 감고 또 감으며 종일 헥터를 들여다보았다. 나는 메모를 하고 책을 찾아보기도 하면서, 컷과 카메라 앵글과 조명 위치를 상세히 다루고 모든 장면의 모든 측면을 극히 지엽적인 부분들까지 분석하는 방식으로 철저한 논평을 써 내려갔다. 그리고 직성이 풀릴 때까지, 영화 전체를 외울 정도로 속속들이 파악할 때까지 그 장소를 떠나지 않았다.

나는 그 일이 가치가 있는 것인지 의문을 갖지 않았다. 나에겐 할 일이 있었고, 중요한 건 그 일에 매달려 완수해내는 것뿐이었다. 나는 헥터가 사소한 인물에 지나지 않으며 낙오자와 불운한 도전자 명단에 들어 있다는 걸 알았지만, 그렇다고 해서 그의 작품에 감탄하고 그와 함께 시간을 보내는 것에서 즐거움을 얻지 못할 이유는 없었다. 그의 영화들이 1년 동안 한 달에 한 편꼴로 나왔을뿐더러, 코미디 무성영화 하면 흔히 연상되는 화려한 스턴트나 숨 막히는 장면들을 연출하는 데 필요한 제작비에 훨씬 못 미치는 적은 예산으로 만들어졌다는 점을 감안하면, 충분히 볼 만한 열두 편의 작품은 고사하고 뭔가 생산해냈다는 것 자체가 경이로운 일이었다. 내가 읽은 바로는, 헥터는 할리우드에서 소품 담당자이자 무대 미술가, 엑스트라로 밑바닥부터 시작해서 여러 코미디에 단역으로 출연하게 되었고, 시모어 헌트라는 사람에게 발탁되어 직접 영화를 만들고 주연까지 맡을 기회를 얻었다. 헌트는 신시내티 출신 은행가로, 영화 산업에 진출하겠다는 꿈을 안고 1927년 초에 캘리포니아로 가서 칼레이도스코프 픽처스라는 영화사를 만들었다. 허풍이 세고 이중적인 인물로 알려진 헌트는 영화 제작에 대해 아무것도 몰랐고 사업 경영에는 더 무지했다. (칼레이도스코프는 1년 반 만에 문을 닫았다. 그리고 주식 사기와 횡령 혐의로 기소된 헌트는 재판이 시작되기도 전에 목을 매달았다.) 헥터는 자금과 인력 부족, 헌트의 끊임없는 간섭에 시달리면서도 자신에게 주어진 기회를 꽉 붙들고 최선의 성과를 내기 위해 안간힘을 다했다. 그에겐 대본도 없었고, 당연히 미리 준비된 설정도 없었다. 헥터와 두 개그맨 앤드류 머피, 줄스 블라우스타인이 임시변통으로 꾸려갔는데, 밤에 빌린 세트에서 지친 제작진과 중고 장비로 촬영할 때가 많았다. 그들은 자동차 여남은 대를 부수거나 소 떼가 몰려가게 만들 여력이 없었다. 집을 무너뜨리거나 건물을 폭파할 수도 없었다. 홍수도, 허리케인도, 이국적 장소도 불가능했다. 엑스트라도 품귀 현상을 빚어서, 의도한 결과가 나오지 않아도 영화를 다 찍은 후 재촬영이라는 사치를 누릴 수 없었다. 모든 게 일정에 맞추어 빠르게 만들어져야 했고, 재고할 시간이 없었다. 개그 자판기: 1분에 웃음 세 번, 그다음에 미터기에 동전을 넣는다. 헥터는 그 모든 난관 속에서도 자신에게 부과된 제약을 안고 잘 헤쳐나간 듯했다. 그의 작품들은 스케일은 크지 않았지만 관객의 주의를 끌고 반응을 유도하는 친밀감을 갖고 있었다. 나는 영화학자들이 그의 작품을 존중하는 이유를, 그리고 왜 아무도 그의 작품에 열광하지 않는지도 알 것 같았다. 그는 그 분야에서 새로운 장을 연 건 아니었으며, 이제 그의 모든 작품이 다시 세상의 빛을 보게 되었다고 해서 그 시대의 역사가 다시 쓰일 필요는 없었다. 헥터의 작품들은 영화라는 예술에 기여한 바가 크진 않지만 그렇다고 무시해도 되는 정도는 아니었고, 나는 그 작품들을 보면 볼수록 그 우아함과 미묘한 기지가, 주인공의 익살맞으면서도 심금을 울리는 연기가 좋아졌다. 내가 곧 알게 된 바로는, 헥터의 작품들을 모두 본 사람은 아직 없었다. 후기 작품들은 최근에야 나타났을 뿐더러, 세계의 보관소들과 박물관들을 다 돌아보는 여행에 나선 사람은 아무도 없었던 것이다. 만일 내가 계획을 실행에 옮길 수 있다면 그 첫 사례가 될 터였다.

나는 로체스터를 떠나기 전에 햄프턴대학교 학장 스미츠에게 전화를 걸어 휴가를 한 학기 더 연장하고 싶다고 말했다. 그는 처음엔 약간 기분이 상해서 내 강의들이 이미 수강 안내 책자에 다 발표되었다고 말했지만, 내가 정신과 치료를 받고 있다고 거짓 핑계를 대자 미안하다고 사과했다. 사실 그건 비열한 속임수였지만, 그때 나는 필사적인 싸움을 벌이고 있었고, 무성영화를 보는 게 갑자기 왜 그렇게 중요한 일이 되었는지 설명할 힘이 남아 있지 않았다. 결국 우리는 화기애애한 분위기로 잡담을 나누었고, 그는 통화가 끝날 때 내게 행운을 빌어주었다. 우리 둘 다 내가 가을에는 학교로 돌아갈 것처럼 굴었지만, 내가 이미 멀어져가고 있음을, 더 이상 그곳에 마음이 남아 있지 않음을 그도 감지했을 것이다.

나는 뉴욕에서 〈스캔들〉과 〈시골 주말〉을 보고, 워싱턴으로 옮겨서 〈은행원 이야기〉와 〈대박 아니면 쪽박〉을 봤다. 그리고 나머지 여정을 위해 듀폰 서클에 있는 여행사를 통해 표(캘리포니아로 가는 암트랙, 유럽으로 가는 퀸엘리자베스 2호)를 예약했으나, 다음 날 아침 갑자기 맹목적인 영웅심에 불타서 그 예약을 취소하고 비행기를 타기로 했다. 그건 완전히 바보짓이었지만, 그런 전도유망한 출발을 앞두고 보니 그 기세를 잃고 싶지 않았다. 내가 다시는 하지 않겠다고 결심한 한 가지 일을 하도록 스스로를 설득해야 한다는 건 신경 쓰지 않았다. 나는 속도를 늦추고 싶지 않았고, 그로 인해 약리적 해결책을 찾아야만 한다면 의식을 잃게 만드는 약을 얼마든지 삼킬 준비가 되어 있었다. 미국 영화협회 여직원이 의사를 소개해주었다. 나는 진료 시간이 5분이나 10분을 넘기지 않으리라 생각했다. 약이 필요한 이유를 말하면 의사는 처방전을 써줄 것이고, 그것으로 끝일 터였다. 어차피 비행공포증은 흔한 현상이라 의사에게 헬렌과 아이들 이야기를 하거나 내 영혼을 드러내 보일 필요도 없었다. 내가 원하는 건 몇 시간 동안 중추신경을 마비시키는 거였고, 그런 약은 처방전이 있어야 구할 수 있으니, 의사는 내게 자신의 서명이 든 종이 한 장만 건네주면 될 일이었다. 하지만 닥터 싱은 철두철미한 사람이었고, 그는 내 혈압도 재고 심장 박동도 확인하며 나를 그의 진료실에 45분이나 붙잡아둘 수 있을 정도로 많은 질문을 했다. 그는 탐색을 싫어하기엔 지적 능력이 너무 높았고, 서서히 진실이 밝혀졌다.

"우리 모두 언젠가는 죽게 되죠, 짐머 씨." 그가 말했다. "무엇 때문에 자신이 비행기에서 죽을 거라고 생각하나요? 통계를 보면, 집에 앉아서 죽을 확률이 더 높죠."

"나는 죽을까 봐 두렵다는 말은 안 했습니다." 내가 대답했다. "그냥 비행기 타는 게 두렵다고 했죠. 그건 다릅니다."

"하지만 비행기가 추락하지 않는다면, 걱정할 이유가 없지 않을까요?"

"더 이상 나 자신을 믿을 수가 없어서요. 이성을 잃게 될까 봐 두렵고, 사람들에게 구경거리가 되고 싶지 않아요."

"무슨 말인지 잘 모르겠네요."

"비행기에 타는 상상을 하면, 좌석에 가서 앉기도 전에 무너져버려요."

"무너져요? 어떻게 무너진다는 거죠? 정신적으로 무너진다는 건가요?"

"예, 4백 명의 낯선 사람들 앞에서 정신이 무너져 돌아 버려요. 발광을 하는 거죠."

"그런 때 어떤 행동을 하죠?"

"상황에 따라 달라요. 비명을 지를 때도 있고, 사람들 얼굴에 주먹질도 하죠. 조종실로 달려가 조종사 목을 조르려고 할 때도 있고요."

"그럼 누군가 당신을 저지하나요?"

"물론이죠. 사람들이 몰려들어 나를 바닥에 쓰러뜨려요. 그러고는 나를 흠씬 두들겨 패요."

"짐머 씨, 마지막으로 싸운 게 언제였죠?"

"기억 안 나요. 어렸을 때였을 거예요. 열한 살이나 열두 살 때. 학교 운동장에서. 우리 반 깡패한테서 나를 방어하기 위한 싸움이었어요."

"그런데 무슨 이유로 지금 싸움을 시작할 거라고 생각하시나요?"

"모르겠어요. 그냥 그런 예감이 들 뿐이에요. 나를 화나게 만드는 일이 생기면 자제할 수가 없을 것 같아요. 무슨 일이든 일어날 수 있을 것 같아요."

"그런데 왜 비행기죠? 왜 지상에서는 자제력을 잃을까

봐 두렵지 않은 거죠?"

"비행기는 안전하니까요. 그건 누구나 아는 일이에요. 비행기는 안전하고, 빠르고, 효율적이고, 일단 하늘에 뜨면 아무 일도 일어날 수 없어요. 난 그래서 두려워요. 죽을 거라는 생각이 들어서가 아니라—죽지 않을 걸 알기 때문에."

"짐머 씨, 자살을 기도한 적 있나요?"

"아뇨."

"자살 생각은 해본 적 있나요?"

"물론 해봤죠. 그런 생각을 안 해봤으면 인간이 아니죠."

"그래서 여기 온 건가요? 아주 강력하고 좋은 약을 처방받아서 자신을 없애버리려고요?"

"선생님, 내가 원하는 건 망각이지 죽음이 아닙니다. 약을 먹으면 잠이 들 거고, 의식이 없는 동안은 내가 무슨 짓을 할지 걱정할 필요가 없을 테니까요. 나는 거기 있겠지만 거기 있지 않을 거고, 거기 있지 않은 동안은 보호를 받을 테니까요."

"무엇으로부터 보호를 받는다는 거죠?"

"나 자신으로부터요. 나에게 아무 일도 일어나지 않을 걸 아는 공포로부터요."

"짐머 씨는 아무 사고도 없는 순조로운 비행을 예상하고 있어요. 그런데 그것 때문에 두렵다니, 여전히 이해가 안 되는군요."

"내게 승산이 있으니까요. 나는 비행기를 타고 이륙했다가 안전하게 착륙할 거고, 목적지에 도착하면 살아 있는 상태로 비행기에서 내리겠죠. 잘된 일이라고 당신은 말하겠지만, 그건 내가 믿는 모든 것에 침을 뱉는 짓입니다. 죽은 자들을 모욕하는 행위라고요, 의사 선생님. 비극을 단순히 불운의 문제로 바꾼 거니까요. 이해하시겠어요? 그건 죽은 자들에게 그들의 죽음이 무의미하다고 말하는 거예요."

그는 이해했다. 내가 많은 말을 하지 않았는데도 그 의사는 섬세하고 지적인 정신의 소유자였기에 나머지는 스스로 헤아릴 수 있었다. 왕립 의과대학 졸업생으로 정확한 영국식 영어를 구사하고 너무 일찍 머리숱이 줄기 시작한 조지타운대학병원 내과 수련의 J. M. 싱은 형광등 불빛이 반짝이는 금속 표면들을 비추는 작은 진료실에서 내가 그에게 무얼 말하려고 했었는지 갑자기 간파했다. 나는 아직 진찰대에 앉아 셔츠 단추를 채우며 바닥을 내려다보고 있었는데(그를 보고 싶지 않아서, 눈물을 흘리는 민망한 상황을 피하고 싶어서), 길고 어색한 침묵이 흐른 뒤, 그가 내 어깨에 손을 얹으며 말했다. "정말 안타깝네요. 진심으로 위로드립니다."

누군가 내 몸에 손을 댄 건 수개월 만에 처음이었고, 나는 그런 동정의 대상이 된 게 혐오감이 들 정도로 불편했다. "선생님, 동정은 필요 없어요. 내가 원하는 건 약입니다." 내가 말했다.

그는 살짝 얼굴을 찡그리며 뒤로 물러나 구석에 놓인 스툴에 앉았다. 나는 셔츠 자락을 바지 속에 넣으며 그가 흰 가운 주머니에서 처방전 패드를 꺼내는 걸 보았다. 그가 말했다. "처방은 얼마든지 해드릴 수 있는데, 여기서 나가시기 전에 결정을 재고해보시기 바랍니다. 짐머 씨, 어떤 일을 겪으셨는지 알 것 같긴 하지만, 그런 엄청난 고통을 유발할 수 있는 상황에 놓이게 하기가 주저되네요. 아시다시피, 다른 여행 방법도 있으니까요. 현재로선 비행기를 피하는 게 최선이 아닐까 생각됩니다."

"그 길은 이미 가봤고, 안 가기로 결정했습니다. 거리 차이가 너무 커서요. 다음 목적지는 캘리포니아 버클리고, 그다음엔 런던과 파리로 가야 합니다. 여기서 서부까지 기차를 타고 가면 사흘이 걸리죠. 왕복은 그 두 배가 걸리고, 그다음에 대서양을 건너갔다가 돌아오는 데 열흘, 그럼 최소 16일을 허비하는 셈이 돼요. 그 시간 동안 나는 뭘 해야 할까요? 창밖을 내다보며 경치나 감상할까요?"

"속도를 늦추는 게 그렇게 나쁜 일은 아닐 수도 있어요. 압박감을 줄이는 데 도움이 될 수도 있죠."

"하지만 내게 필요한 건 압박감이에요. 지금 고삐를 늦추면 난 산산조각이 날 거예요. 그 조각들은 백 군데로 흩어져 버릴 거고, 다시는 온전한 상태로 돌아올 수 없을 거예요."

그 말을 하는 내 태도가 너무 열렬해서, 내 목소리의 음색이 너무 진지하고 광기에 차 있어서 의사는 희미한 미소를 지었다. 아니면 적어도 미소를 억누르는 것처럼 보였다. 그가 말했다. "아, 그런 일은 일어나선 안 되죠. 꼭 그렇게 비행기를 타고 날아가야겠다면 그렇게 하셔야죠. 하지만 한 방향으로만 가도록 만듭시다." 그는 그런 엉뚱한 말을 하더니 주머니에서 펜을 꺼내 처방전에 해독 불가능한 암호들을 휘갈겼다. "여기 있어요." 그가 처방전을 뜯어내어 내게 건네며 말했다. "자낙스 항공 티켓입니다."

"처음 듣는 이름이네요."

"자낙스요. 아주 위험하고 센 약이죠. 짐머 씨, 용법을 지켜 복용하면, 당신은 좀비 상태가 될 겁니다. 자아 없는 존재, 의식이 지워진 살덩어리. 당신은 이 약을 먹고 대륙들과 바다 위를 날 수 있을 거고, 장담컨대 자신이 지상에서 이륙했다는 사실조차 모를 겁니다."

다음 날 오후 중간쯤, 나는 캘리포니아에 있었다. 그리고 그로부터 24시간도 안 되어, 헥터의 코미디 영화 두 편을 더 보기 위해 퍼시픽 필름 아카이브 전용 상영실로 걸어 들어갔다. 〈탱고 탱글〉은 그의 와일드하고 활기 넘치는 작품들 중 하나임을 알게 되었고, 〈따뜻한 가정〉은 가장 신중한 작품에 속했다. 나는 이 영화들에 2주일 이상을 할애하면서, 매일 정각 10시에 그 건물에 도착하고, 그곳이 문을 열지 않는 날(크리스마스와 새해 첫날)에는 호텔에서 관련 서적들을 읽고 다음 여정을 위한 준비 작업으로 그동안 메모한 것을 정리했다. 1986년 1월 7일, 나는 닥터 싱이 준 마법의 알약을 삼킨 후 샌프란시스코에서 런던으로 곧장 날아갔다. 카타토니아(외부 자극에 정상적으로 반응하지 못하는 정신운동장애, 우리말로는 긴장증으로 불림-옮긴이) 특급으로 9천 6백 킬로미터를 논스톱으로 여행한 것이다. 이번엔 복용량이 더 많았는데도 그것으로 충분하지 않을까 봐 걱정되어 비행기에 탑승하기 전에 한 알을 더 먹었다. 의사의 지시를 어기면 안 된다는 걸 알았어야 했는데, 비행 중에 약효가 떨어질까 봐 너무 두려워서 과다복용을 한 결과 하마터면 영원히 잠들 뻔했다. 그때 썼던 여권에 내가 1월 8일에 대영제국으로 들어갔음을 입증하는 스탬프가 찍혀 있지만, 비행기가 착륙한 것이나 내가 세관을 통과한 것, 심지어 어떻게 호텔까지 갔는지도 기억에 남아 있지 않다. 나는 1월 9일 아침에 낯선 침대에서 잠이 깼고, 그때부터 내 삶은 다시 시작되었다. 그렇게 완전하게 기억이 끊긴 건 난

생처음이었다.

이제 영화 네 편―런던에 있는 〈카우보이들〉과 〈아무도 아닌 자〉, 파리의 〈꼭두각시들〉과 〈소품 담당〉―이 남아 있었고 나는 이번이 그것들을 볼 유일한 기회가 될 것임을 알고 있었다. 미국에 있는 보관소들이야 언제든 다시 갈 수 있었지만, 영국 영화협회와 파리 시네마테크에 또 다녀오는 건 불가능에 가까웠다. 이번엔 용케 유럽 땅을 밟을 수 있었으나, 불가능한 일을 또다시 시도할 용기는 없었다. 그런 이유로 나는 런던과 파리에 필요 이상 오래 머물게 되었다. 도합 7주 가까이, 그러니까 겨울의 절반을 실성한 지하 세계 동물처럼 굴을 팠다. 그 시점까지는 철저하고 성실했다면, 이제 집착에 가까운 일편단심으로 새로운 차원의 열정을 불태우며 그 프로젝트에 매달리게 되었다. 표면상의 목적은 헥터 만의 영화를 연구하고 마스터하는 것이었지만, 사실 나는 집중하는 법을 익히고 있었다. 오직 한 가지 일에 대해서만 생각하는 훈련을 하고 있었다. 그건 편집광의 삶이었지만, 내가 산산조각 나지 않고 살 수 있는 유일한 방법이었다. 이윽고 2월에 워싱턴으로 돌아와서는, 공항 호텔에서 자낙스 약효가 떨어질 때까지 실컷 잔 다음, 이튿날 아침 곧장 장기 주차장에서 차를 빼서 뉴욕으로 달려갔다. 나는 버몬트로 돌아갈 준비가 되어 있지 않았다. 책을 쓰려면 조용히 숨을 장소가 필요했고, 내가 보기엔 전 세계 도시 중 뉴욕이 가장 신경에 덜 거슬릴 것 같았다. 닷새 동안 맨해튼에서 아파트를 구하러 다녔지만 아무 성과도 없었다. 1987년의 주가 대폭락 사태를 좋이 20개월은 앞둔 월스트리트는 호황의 절정을 누리고 있었고, 임대나 전대 물량이 부족했다. 결국 나는 다리 건너 브루클린 하이츠로 가서 처음 둘러본 집을 계약했다. 피에르폰트가에 있는 침실 한 개짜리 아파트로, 그날 아침에 나온 물건이었다. 임대료도 비싸고, 우중충하고, 구조도 불편했지만, 그런 아파트라도 구할 수 있어서 다행스러웠다. 나는 침실에 둘 매트리스와 다른 방에 놓을 책상과 의자를 산 다음 그 아파트로 들어갔다. 임대 기간은 1년이었다. 개시일은 3월 1일이었고, 바로 그날부터 나는 책을 쓰기 시작했다.

2

 몸 이전에 얼굴이, 얼굴 이전에 코와 윗입술 사이의 가느다란 검은 선이 있다. 불안하게 움찔거리는 실, 형이상학적 줄넘기 줄, 혼란스럽게 춤추는 선, 콧수염은 헥터의 내면 상태를 나타내는 지진계로, 관객을 웃게 만들 뿐 아니라 그가 무슨 생각을 하는지 말해주고 그의 사고 체계 속으로 들어갈 수 있게 한다. 다른 요소들―눈, 입, 미세한 조정을 거친 비틀거림과 휘청거림―도 동원되지만, 콧수염은 커뮤니케이션의 도구이다. 비록 무언의 언어로 말하지만 그 꿈틀거림과 펄럭거림은 모스 부호만큼이나 분명하고 판독 가능하다.
 이 모든 건 카메라의 개입 없이는 가능하지 않을 것이

다. 말하는 콧수염의 친밀감은 카메라 렌즈가 창조해낸 것이다. 헥터의 영화에서는 다양한 순간에 카메라 앵글이 갑자기 바뀌면서 와이드 숏이나 미디엄 숏이 클로즈업으로 대체된다. 헥터의 얼굴이 스크린을 가득 채우고, 주변 환경이 제공하는 맥락이 모두 제거된 상태에서 그의 콧수염이 세상의 중심이 된다. 콧수염이 움직이기 시작하고, 헥터는 얼굴의 나머지 근육들을 통제할 수 있을 정도로 연기력이 뛰어나서 콧수염이 마치 독자적인 의식과 의지를 지닌 작은 동물인 양 스스로 움직이는 것처럼 보인다. 입꼬리가 살짝 올라가거나 콧구멍이 조금 벌렁거리기도 하지만, 콧수염이 익살맞게 꿈틀거리는 동안 얼굴은 근본적으로 정지 상태이고, 관객은 그 정지 상태에서 마치 거울을 보듯 자신을 본다. 왜냐하면 헥터는 이런 순간들에 가장 온전하고 설득력 있게 인간적인 얼굴을 보이며, 그건 우리가 자기 안에 홀로 있을 때의 모습을 반영하기 때문이다. 이런 클로즈업 시퀀스는 이야기의 결정적인 대목, 가장 긴장되거나 놀라운 시점에만 할애되며 절대로 4, 5초 이상 이어지지 않는다. 그 순간에는 다른 모든 것이 멈춘다. 콧수염이 독백에 돌입하면 그 얼마 안 되는 소중한 순간에는 행동이 생각으로 바뀌는 것이다. 우리는 헥터의 생각이 스크린 위에 자막으로 쓰여 있기라도 하듯 읽어낼 수 있으며, 얼굴 속의 그 글자들은 사라지기 전에 건물이나 피아노, 파이 못지않게 잘 보인다.

 콧수염은 움직일 때, 남자들의 생각을 표현하는 도구이다. 움직이지 않을 때는 장식에 지나지 않는다. 콧수염은 헥터가 세상에서 어떤 지위에 있는지를 나타내고, 그가 보여주고자 하는 인물 유형을 설정하고, 그가 타인의 눈에 어떤 사람으로 보일 것인지 규정한다. 하지만 그 우스꽝스러울 정도로 가늘고 반지르르한 작은 콧수염은 단 한 사람에게만 속한 것이며, 그 남자가 누군지에 대해선 의심의 여지가 없다. 그는 남미 멋쟁이, 라틴계 사랑꾼, 뜨거운 피가 흐르는 가무잡잡한 불한당이다. 거기에 뒤로 매끈하게 빗어 넘긴 머리, 늘 입는 흰 양복을 보태면 의심할 바 없는 멋과 단정함의 혼합체이다. 그것이 이미지들의 암호이다. 한 번 흘끗 보기만 해도 의미를 알 수 있다. 뚜껑 없는 맨홀과 폭발하는 시가가 널려 있는 이 함정투성이 우주에서는 한 가지 사건이 필연적으로 다른 사건을 부르고, 우리는 흰 양복을 입고 길을 걸어가는 남자를 보는 순간 그가 그 양복 때문에 곤경에 처하리란 걸 알 수 있다.

 양복은 헥터의 레퍼토리에서 콧수염 다음으로 중요한 요소이다. 콧수염은 그의 내적 자아와 연결되어 충동과 숙고와 정신적 폭풍을 표현한다. 양복은 바깥세상과의 관계를 상징하고, 회색과 검은색으로 이루어진 배경에서 새하

얀 당구공처럼 눈부시게 빛나며 사람들의 시선을 끈다. 헥터는 모든 영화에서 그 양복을 입으며, 양복을 깨끗하게 지키기 위한 악전고투를 벌이는 긴 개그가 영화마다 적어도 한 번은 나온다. 진흙이나 엔진 오일, 스파게티 소스, 당밀, 굴뚝 검댕이, 웅덩이 흙탕물—영화에서 한 번쯤은 검은 액체나 시커먼 물질이 헥터의 양복이 지닌 깨끗한 위엄을 더럽히려고 위협한다. 양복은 그의 가장 자랑스러운 소유물이며 그는 세상을 감동시키고 싶어 하는 사람의 세련되고 국제적인 분위기를 풍기며 그 옷을 입는다. 그는 매일 아침 세상이 그를 위해 준비한 전투를 치를 준비를 하면서, 마치 기사가 갑옷을 입듯 양복을 차려입는다. 하지만 단 한 번도 잠시 행동을 멈추고 자신이 흰 양복을 입음으로써 의도한 것과 반대의 결과를 얻고 있다는 생각을 하는 법이 없다. 사실 그는 그 양복을 입음으로써 잠재적 공격으로부터 자신을 보호하는 게 아니라 스스로 하나의 표적, 그의 주변 백 미터 반경 내에서 발생 가능한 온갖 사고의 초점이 된다. 흰 양복은 헥터가 지닌 취약성의 상징이며 세상의 장난질에 시달리는 그에게 페이소스를 더해준다. 우아함을 고집하며 그 양복이 자신을 가장 매력적이고 멋진 남자로 변신시켜줄 거라는 신념에 매달리는 헥터, 그는 자신의 허영심을 관객이 공감할 수 있는 대의명분으로 격상시킨다. 〈대박 아니면 쪽박〉에서 여자친구 집 초인종을 누르며 재킷에 묻은 가상의 먼지를 털어내는 그를 지켜보는 관객들은 자기애의 표현이 아닌 자의식의 고통을 목도하는 것이다. 흰 양복은 헥터를 약자로 만든다. 그리하여 관객을 그의 편으로 끌어들이게 되며, 배우는 일단 관객을 자신의 편으로 만들면 무슨 짓을 해도 용서받을 수 있다.

그는 어릿광대 역할을 하기엔 키가 너무 크고, 다른 코미디언들처럼 순진하고 실수투성이 인물을 연기하기엔 너무 미남이다. 표정이 풍부한 짙은 색 눈과 우아한 코를 가진 헥터는 이류 주연배우로 보이며, 영웅 심리가 강한 로맨틱한 주인공이 세트장을 잘못 찾아온 듯하다. 그는 성인 남자이고 그런 인물의 존재 자체가 코미디의 정형화된 규칙에 반하는 듯하다. 희극인들은 키가 작거나, 못생기거나, 뚱뚱하다고 여겨진다. 그들은 악동, 어릿광대, 저능아, 왕따, 어른의 가면을 쓴 아이, 아이의 정신을 가진 어른이다. 아버클의 어린애 같은 통통함, 수줍게 히죽거리는 얼굴, 립스틱을 바른 입술을 생각해보라. 여자가 쳐다볼 때마다 검지를 입에 무는 그를 기억하라. 그다음엔 코미디계의 거장으로 인정받는 인물들의 이력을 만들어준 소품과 분장 목록을 살펴보자. 채플린이 연기한 부랑자의 헐렁한 신발과 누더기, 로이드가 연기한 용감한 소심남의 뿔테 안경, 키튼이 연기한 얼간이의 빵모자와 얼어붙은 얼굴, 랭던이 연기한 바보의 분필처럼 하얀 피부. 그들은 하나같이 사회 부적응자들이며, 이 인물들은 우리에게 위협이나 질시의 대상이 될 수 없기에 우리는 그들이 적을 꺾고 여자의 마음을 얻도록 응원한다. 한 가지 문제가 있다면, 그들이 여자와 단둘이 남게 되었을 때 어떻게 해야 할지 알 거라는 확신을 가질 수 없다는 점이다. 하지만 헥터라면 우린 그런 고민을 할 필요가 없다. 그가 여자에게 윙크를 보내면 그 여자도 윙크로 화답할 가능성이 다분하기 때문이다. 남녀가 그렇게 윙크를 주고받아도 둘 다 결혼 생각은 하지 않을 것이다.

하지만 웃음은 절대 보장되지 않는다. 헥터는 이른바 호감 가는 인물이 아니며, 우리가 반드시 연민을 느껴야 할 대상도 아니다. 그가 용케 관객의 공감을 얻어낸다면 그건 그가 포기를 모르기 때문이다. 부지런하고 쾌활한 그는 *l'homme moyen sensuel*(프랑스어로, 육체적 쾌락을 중시하는 보통 남자를 이르는 말-옮긴이)의 완벽한 화신이며, 세상과 엇박자를 이루는 사람이기보다는 환경의 희생자, 끊임없이 불운을 마주하는 재주가 있는 남자이다. 헥터는 늘 계획을 갖고 있으며 목적에 따라 행동한다. 하지만 늘 무언가가 그의 목표 달성을 좌절시킨다. 그의 영화에는 기괴한 물리적 사건들, 터무니없는 기계 고장, 의도대로 작동하지 않는 물건들이 가득하다. 그만큼 자기 확신이 강하지 못한 사람이라면 그런 곤경에 무릎 꿇었겠지만, 헥터는 이따금 짜증(콧수염의 독백으로 한정된)을 폭발시키는 걸 제외하면 불평하는 법이 없다. 문에 손을 찧고, 벌이 목을 쏘고, 조각상이 발 위로 떨어져도 그는 다시 또다시 자신의 불운을 대수롭지 않게 넘기고 가던 길을 간다. 그리하여 관객은 그의 견실함, 역경 속에서도 잃지 않는 정신적 평온에 감탄하기 시작하지만, 관객을 사로잡는 건 그가 움직이는 방식이다. 헥터는 천 가지 몸짓으로 우리를 매료시킬 수 있다. 가벼운 발걸음과 민첩함, 무심해 보일 정도의 태연함을 지닌 그는 삶이라는 장애물 코스를 조금의 어색함이나 두려움도 없이 요리조리 잘도 빠져나가며―자전거 페달을 거꾸로 밟아 뒤로 달리거나, 날쌔게 몸을 피하거나, 갑작스러운 회전 동작, 돌진하는 파반느 춤동작, 멍하니 있다가 뒤늦게 깜짝 놀라는 척하는 연기, 홉스텝, 룸바춤 회전을 보여―관객을 홀린다. 손가락의 두드림과 꼼지락거림, 교묘한 타이밍의 날숨, 예상치 못한 무언가가 시선을 끌 때 고개를 살짝 갸웃하는 모습을 보라. 이러한 작은 곡예들은 인물의 성격을 나타내지만, 그 자체로도 즐거움을 선사한다. 심지어 신발 바닥에 파리 잡는 끈끈이가 달라붙거나 꼬마가 그에게 밧줄 올가미를 걸어도(그래서 밧줄에 꽁꽁 묶여도), 헥터는 놀라운 우아함과 평정을 보이며 자신이 곧 곤경에서 벗어날 것임을 믿어 의심치 않는다. 설령 또 다른 곤경이 바로 옆방에서 기다리고 있다고 해도 말이다. 물론 헥터에게는 안된 일이지만, 세상일이 다 그렇다. 중요한 것은 문제를 얼마나 잘 피하느냐가 아니라, 문제가 생겼을 때 어떻게 대처하느냐이다.

헥터는 대개 밑바닥 계층으로 등장한다. 기혼자로 나오는 영화는 두 편뿐이고(〈따뜻한 가정〉과 〈아무도 아닌 자〉), 〈염탐꾼〉에서 사립 탐정 역을 맡고 〈카우보이들〉에서 떠돌이 마법사 노릇을 한 걸 제외하면 박봉의 미천한 직업에 종사하며 고된 노동을 한다. 〈경마 클럽〉에서는 웨이터로, 〈시골 주말〉에서는 운전기사로, 〈꼭두각시들〉에서는 방문판매원으로, 〈탱고 탱글〉에서는 댄스 강사, 〈은행원 이야기〉에서는 은행원으로 나오며, 대개 세상에 첫발을 내디딘 청년의 모습을 하고 있다. 그의 미래는 전도유망함과는 거리가 멀지만, 결코 패배자의 인상을 풍기지 않는다. 그런 인상을 주기엔 자존심이 너무 강하며, 자신의 능력을 믿는 사람의 능숙하고 자신감 있는 태도로 일을 처리하는 그의 모습을 보면 그가 성공할 운명이라는 걸 알 수 있다. 그 결과 헥터의 영화 대부분이 두 가지 중 하나로 끝난다. 그는 여자를 얻거나, 상사의 관심을 끌 영웅적인 행동을 한다. 상사가 너무 멍청해서(부자와 권력자들은 대부분 바보로 그려지니까) 그걸 알아차리지 못한다고 해도 여자가 그의 행동을 지켜볼 것이며 그것으로 충분한 보상이 된다. 사랑과 돈 중 하나를 선택해야 할 경우 늘 사랑이 최후의 승자가 된다. 예를 들어 〈경마 클럽〉에서, 웨이터 역을 맡은 헥터는 챔피언 비행사 완다 맥눈을 위한 연회에서 술에 취한 손님들이 앉아 있는 테이블을 돌며 시중을 들다가 보석 도둑을 잡는다. 그는 오른손으로는 테이블에 디저트를 차리면서 왼손으로 샴페인 병을 휘둘러 도둑을 기절시키는데, 하필 샴페인 병 코르크 마개가 빠지면서 수석 웨이터가 뵈브 클리코 샴페인을 1리터는 족히 뒤집어쓴다. 헥터는 실직하지만 그건 문제가 되지 않는다. 기백 넘치는 완다가 헥터의 영웅적 행위를 목격한 것이다. 그녀는 헥터에게 슬쩍 전화번호가 적힌 쪽지를 건네고, 마지막 장면에서 그들은 함께 비행기에 올라 구름을 향해 날아간다.

헥터의 행동은 예측불허이고 모순된 충동과 욕망으로 가득하다. 그의 성격은 너무 복잡하게 묘사되어 우리는 그의 존재를 편안하게 받아들이기가 어렵다. 그는 전형적이거나 익숙한 인물이 아니며, 우리에게 이해되는 그의 행동 하나하나가 우리를 혼란에 빠뜨리고 당황스럽게 만드는 또 다른 행동을 동반한다. 그는 열심히 일하는 이민자로서 미국이라는 정글에서 역경을 극복하고 자리 잡기 위해 야망을 불태우지만, 그러다가도 아름다운 여자가 눈에 띄면 경로를 이탈하고 신중하게 세운 그의 계획들은 바람에 날아가버린다. 헥터는 모든 영화에서 동일한 성격을 지니지만, 그의 선호 서열은 고정되어 있지 않다 보니 다음엔 그가 어디에 끌릴지 도무지 알 수가 없다. 그는 대중주의자이면서도 귀족적이고, 관능적이면서도 숨은 낭만주의자이며, 정확하고 꼼꼼하면서도 결코 대담한 행동을 주저하지 않는다. 그는 거리에서 거지에게 마지막 남은 동전을 던져주지만 그건 연민이나 동정심보다는 그 행위 자체의 시적 아름다움에서 나온 것이다. 그는 자신에게 주어진 비천하고 불합리할 때도 많은 일들을 근면 성실하게 열심히 수행하면서도, 마치 자신을 조롱하는 동시에 축하하는 것처럼 초연한 태도를 보여준다. 그는 세상에 참여하면서도 멀리서 관조하는 아이러니한 혼란 상태에서 사는 듯하다. 그의 작품들 중 가장 많은 웃음을 준다고 할 수 있는 〈소품 담당〉에서 그는 이러한 대조적 관점들을 대혼란의 통일된 원칙으로 전환시킨다. 이 영화는 시리즈물의 아홉 번째 작품으로, 헥터는 작고 초라한 극단의 무대감독으로 등장한다. 극단은 사흘 동안 저명한 프랑스 극작가 장 피에르 생 드 라 피에르의 침실 익살극 〈거지가 찬밥 더운밥 가리랴〉를 무대에 올리기 위해 위시본 폴즈라는 도시에 도착한다. 그들은 소품들을 극장 안으로 옮기기 위해 트럭 화물칸을 연 순간 소품이 모두 사라진 걸 알게 된다. 이제 어쩔 것인가? 소품 없이는 공연이 불가능하다. 거실 전체를 꾸며야 하고 총, 다이아몬드 목걸이, 통돼지구이 같은 중요한 소품들도 구해야 한다. 공연은 다음 날 저녁 8시에 시작될 예정이며, 소품들을 다시 구해서 세트를 꾸미지 못하면 극단은 망할 것이다. 목에 스카프 같은 넥타이를 두르고 왼쪽 눈에 외알 안경을 끼고 다니는 거만한 허풍쟁이 극단감독은 트럭의 빈 화물칸을 들여다보고 기절해 넘어진다. 이제 모든 게 헥터 손에 달려 있다. 그는 콧수염으로 짧지만 예리한 논평을 한 후, 차분히 상황을 판단하고서, 티끌 하나 없이 깨끗한 흰 양복 앞자락을 매만진 다음 일을 시작하러 나간다. 이후 9분 30초 동안 그 영화는 푸르동(프랑스 프티 부르주아 사회주의자로 무정부주의 선구자-옮긴이)의 저 유명한 무정부주의적 선언(모든 *재산은 도둑질한 것*)의 실증적 사례가 된다. 헥터는 도시를 바삐 돌아다니며 일련의 짧고 광적인 소동을 벌이면서 소품을 훔친다. 우리는 그가 백화점 창고로 배달되는 탁자, 의자, 램프 따위의 가구들을 가로채어 자기 트럭에 싣고 즉시 극장으로 달려가는 광경을 본다. 그는 호텔 주방에서 은식기, 유리잔, 도자기 세트를 빼돌린다. 그 지역 레스토랑에서 발행한 가짜 주문서를 들고 정육점 뒷방으로 들어가 죽은 돼지 한 마리를 어깨에 둘러메고 끙끙거리며 걸어 나온다. 그날 저녁, 배우들을 위한 비공식 연회가 열리고 도시의 저명인사들이 그 자리에 참석하는데, 헥터는 보안관의 총집에서 몰래 권총을 빼낸다. 그리고 잠시 후, 그의 유혹에 넘어가 황홀경에 빠진 뚱뚱한 중년 여자의 목걸이 걸쇠를 솜씨 좋게 푼다. 그는 이 장면에서 그렇게 간살스러울 수가 없다. 그의 거짓 꾸밈은 경멸스럽고, 위선적인 열정은 혐오스럽지만, 그는 대의를 위해 기꺼이 자신을 희생시키는 이상주의자, 영웅적 무법자로 보이기도 한다. 우리는 그의 술수에 뒷걸음질 치면서도 한편으로는 그가 도둑질에 성공하기를 기도한다. 공연은 이루어져야 하고, 만일 헥터가 보석을 훔치지 못한다면 공연은 없을 것이다. 헥터가 그 도시 최고의 미인(공교롭게도 보안관의 딸)을 발견하고 잔소리 심한 늙은 여자에게 애정 공세를 퍼붓는 동시에 젊은 미녀에게 은밀한 추파를 던지기 시작하면서, 상황은 더 복잡하게 꼬여간다. 다행히 헥터와 그의 희생양은 벨벳 커튼 뒤에 서 있다. 커튼은 현관과 응접실 사이의 개방된 출입구를 반쯤 가리고 있고, 중년 여자와 함께 현관 쪽에 서 있는 헥터는 고개를 살짝 기울여 응접실에 있는 젊은 여자를 볼 수 있다. 중년 여자는 커튼에 가려져 있고, 헥터와 젊은 여자는 서로를 볼 수 있지만, 젊은 여자는 중년 여자가 거기 있다는 걸 전혀 모른다. 그리하여 헥터는 두 가지 목표—거짓 유혹과 진짜 유혹—를 동시에 추구할 수 있고, 장면 전환과 카메라 앵글의 교묘한 조화 속에서 이 두 가지 요소가 상승작용을 하면서 각 요소는 단독으로 진행될 때보다 더 많은 웃음을 자아낸다. 그것이 헥터의 연기 스타일의 본질이다. 그는 한 가지 익살로는 만족하지 못한다. 한 가지 상황이 설정되면 다른 일이 덧붙여져야만 하며 그다음엔 세 번째, 심지어 네 번째 상황까지 추가된다. 헥터의 개그는 음악 작품처럼 펼쳐지며 대조되는 이야기들과 목소리들이 하나로 합쳐진다. 목소리들이 서로 더 많은 상호작용을 할수록 세상은 더 위태롭고 불안정해진다. 〈소품 담당〉에서 헥터는 커튼 뒤 중년 여자의 목을 간질이면서 동시에 응접실의 젊은 여자와 까꿍 놀이를 하고, 마침내 지나가던 웨이터가 중년 여자의 드레스 자락에 걸려 넘어져 쟁반 가득 든 음료들을 그녀의 등에 쏟는 틈을 노려 목걸이 걸쇠를 풀어 그걸 손에 넣는다. 그는 의도한 일을 해내지만 그건 순전히 우연의 결과이다. 다시금 세상의 예측 불가성에 의해 구원되는 것이다.

이튿날 저녁에 막이 오르고, 공연은 대성공을 거둔다. 정육점 주인, 백화점 사장, 보안관, 그리고 뚱뚱한 여자까지 모두 객석에 앉아 있지만, 배우들이 관객들의 박수갈채를 받으며 손 키스를 날리는 사이 순경이 헥터의 손목에 수갑을 채우고 유치장으로 실어 간다. 하지만 헥터는 행복해하고, 단 한 점의 후회도 보이지 않는다. 그는 그날의 공연을 살렸고, 자유를 잃을 위기도 그의 승리감을 훼손시키지 못한다. 헥터가 영화들을 만들면서 겪은 고난을 아는 사람이라면, 〈소품 담당〉을 시모어 헌트에게 저당 잡힌 그의 인생과 칼레이도스코프 픽처스에서의 고군분투를 그린 우화로 해석하지 않을 수가 없다. 모든 상황이 불리하게 돌아갈 때 승리를 거머쥐는 유일한 방법은 규칙을 깨는 것이다. 옛 속담에도 있듯이, 구걸하고 빌리고 훔쳐라. 그러다 붙잡힌다 하더라도, 적어도 정의로운 싸움을 하다 쓰러진 것이다.

이렇듯 결과에 구애받지 않는 기쁨은 열한 번째 영화 〈아무도 아닌 자〉에서 암울하게 바뀐다. 그때쯤엔 시간이 얼마 남지 않았고, 헥터는 그 계약이 만료되면 자신의 경력도 끝나리란 걸 알고 있었을 것이다. 유성 시대가 오고 있었다. 그건 피할 수 없는 현실이었고, 그 이전의 것들을 모조리 파괴할 것임이 분명했다. 그럼 헥터가 달인의 경지에 이르기 위해 혼신을 다해온 예술이 사라지는 것이었다. 그가 새로운 형식에 맞게 생각을 바꿀 수 있다 하더라도 소용없는 일이 될 터였다. 헥터는 스페인 억양이 강한 영어를 썼기에 그가 스크린에서 입을 여는 순간 미국 관객은 그를 버릴 터였다. 그는 〈아무도 아닌 자〉에서 어느 정도는 씁쓸한 기분에 빠져드는 걸 스스로에게 허용했다. 미래는 암담했고, 현재는 헌트의 악화되는 자금난으로 먹구름이 끼어 있었다. 그 여파가 다달이 칼레이도스코프의 경영 전체로 퍼져나갔다. 예산이 삭감되고, 봉급이 밀리고, 단기 융자금의 이자가 높다 보니 헌트는 늘 현금이 부족했다. 그는 앞으로 들어올 흥행 수입을 담보로 배급업자에게 돈을 빌렸고, 몇 번 거래 약속을 어기자 극장에서 그의 영화에 대한 상연 거부에 들어갔다. 헥터는 그 시점에서도 최선을 다하고 있었지만, 슬픈 현실은 그걸 볼 수 있는 관객이 점점 줄어가리란 것이었다.

〈아무도 아닌 자〉는 이 커져가는 좌절에 대한 반응이라고 할 수 있다. 이 영화의 악당은 C. 레스터 체이스라는 인물인데, 그의 기이하고 부자연스러운 이름의 기원을 따져보면 그가 헌트의 은유적 대역이라고 보지 않기가 어려워진다. 헌트는 프랑스어로 *chasse*고 여기서 s 하나를 빼면 chase가 된다. 거기서 더 나아가 시모어(Seymour)를 *see more*로 읽고 레스터(Lester)를 *Les*로 축약하면 C. Lester가 C. *Les*—그러니까 *see less*—가 되고 증거가 확실해진다. 체이스는 헥터의 영화에서 가장 사악한 인물이다. 그는 헥터를 파멸시키고 그의 자리를 빼앗으려 하며, 계획을 실행에 옮길 때 헥터의 등에 총알을 박거나 그의 가슴에 칼을 꽂는 게 아니라 그를 속여 투명 인간으로 만드는 마법의 약을 마시게 한다. 사실상, 그건 헌트가 헥터의 영화 경력에 한 짓이다. 그는 헥터를 스크린에 올린 다음 관객이 그를 보지 못하게 만들었으니까. 헥터는 〈아무도 아닌 자〉에서 사라지지 않지만, 그 약을 먹은 후 아무도 그를 보지 못하게 된다. 그는 여전히 우리 눈앞에 있는데, 영화 속 다른 인물들은 그의 존재에 대해서만큼은 눈이 먼다. 그는 펄쩍펄쩍 뛰기도 하고, 팔을 퍼덕이기도 하고, 사람들이 북적거리는 길모퉁이에서 옷을 벗기도 하지만 아무도 보지 못한다. 사람들 얼굴에 대고 소리를 질러도 그의 목소리는 들리지 않는다. 그는 피와 살로 이루어진 유령, 더 이상 인간이 아닌 인간이다. 그는 여전히 세상에서 살지만 세상에는 더 이상 그의 자리가 남아 있지 않다. 그는 살해당하지만 그를 죽이는 수고를 마다하지 않을 예의나 배려심을 가진 사람조차 없다. 그는 그냥 지워진 것이다.

헥터가 부자로 등장한 영화는 이 작품이 처음이자 마지막이다. 〈아무도 아닌 자〉에서 그는 남자가 원할 만한 건 다 가졌다. 아름다운 아내, 두 명의 어린 자녀, 하인들이 우글거리는 대저택. 첫 장면에서 헥터는 가족과 함께 아침 식사를 하고 있다. 토스트에 버터를 바르고 말벌 한 마리가 잼 단지에 앉으면서 몇 가지 유쾌한 슬랩스틱이 펼쳐지지만, 그 장면의 서술적 목적은 우리에게 행복한 그림을 보여주는 것이다. 우리는 앞으로 일어날 상실에 대한 마음의 준비를 하게 되며, 이런 식으로 헥터의 사생활(완벽한 결혼, 완벽한 아이들, 가장 이상적인 형태의 가정)을 엿보지 않는다면 장차 맞이할 불행이 그토록 강한 충격으로 다가오지 못할 것이다. 우리는 나중에 헥터에게 닥친 일에 사실상 망연자실한다. 그는 출근하면서 아내에게 키스한다. 그리고 아내에게서 돌아서서 집을 나서는 순간, 악몽을 향해 곤두박질친다.

헥터는 번창하는 청량음료 기업 '피지 팝 음료 회사' 창업자이자 사장이다. 체이스는 부사장이자 고문이며, 명색이 그의 가장 친한 친구이다. 하지만 체이스는 막대한 도박 빚을 지고 악덕 사채업자들의 빚 독촉에 시달리고 있다. 헥터가 아침에 사무실에 도착하여 직원들과 인사를 나눌 때, 체이스는 다른 방에서 험상궂게 생긴 두 남자와 이야기 중이다. 체이스가 말한다. "걱정 마시오. 이번 주말까지 빚을 갚을 테니까. 그때쯤엔 내가 회사 경영권을 쥘 거고, 회사 주식 가치가 수백만 달러니까." 폭력배들은 그에게 시간을 더 주기로 한다. 하지만 이번이 마지막 기회라고, 더 시간을 끌었다간 강바닥에서 물고기들과 헤엄치게 될 거라고 경고한다. 그들이 당당하게 퇴장한 후, 체이스는 이마의 땀을 닦으며 긴 한숨을 내쉰다. 그다음, 책상 맨 위 서랍에서 편지 한 통을 꺼낸다. 그는 잠시 편지를 훑어보고는 매우 흡족한 표정을 짓는다. 음흉하게 히죽거리며 편지를 접어 가슴 안주머니에 넣는다. 분명 운명의 수레바퀴가 돌기 시작했지만, 우리는 무슨 일이 벌어질지 전혀 알 수가 없다.

헥터의 사무실로 장면 전환. 체이스가 큰 보온병처럼 생긴 걸 들고 와서 헥터에게 새로 개발한 음료를 시음해보겠느냐고 묻는다. "이건 이름이 뭔가?" 헥터가 묻는다. "재즈 마타즈." 체이스가 대답하고, 헥터는 기억에 남는 이름이라는 생각으로 고개를 끄덕인다. 헥터는 체이스가 새 음료를 유리잔에 가득 따라 주는 걸 아무런 의심 없이 받아들인다. 헥터가 잔을 들자 체이스는 눈을 번득이며 그를 주시하면서 그 독이 든 음료가 효력을 발하기를 기다린다. 미디엄 클로즈업 장면에서 헥터는 잔을 입에 대고 시험 삼아 조금 마셔본다. 못마땅한지 코를 찡그리고, 눈을 크게 뜨고, 콧수염이 춤을 춘다. 분위기는 완전히 코믹하지만, 체이스의 재촉에 못 이긴 헥터가 다시 음료를 마시기 위해 잔을 입으로 가져가면서 재즈마타즈의 불길한 암시는 점점 더 분명해진다. 헥터는 음료를 한 모금 더 삼킨다. 그는 입맛을 다시고 체이스에게 미소를 보낸 다음, 그 맛이 마음에 안 든다는 의견을 내듯 고개를 젓는다. 체이스는 사장의 비판을 무시하고 자신의 손목시계를 내려다보면서 오른손을 펼쳐 손가락을 하나씩 꼽으며 초를 재기 시작한다. 헥터는 어리둥절한 표정이다. 하지만 그가 뭐라고 말할 사이도 없이 체이스는 마지막 5초를 세고, 헥터는 갑자기 아무런 예고도 없이 의자에 앉은 채로 앞으로 고꾸라져 책상에 머리를 박는다. 우리는 그 음료 때문에 그가 잠시 의식을 잃은 거라고 여기지만, 체이스가 그 자리에 서서 무표정하고 냉혹한 눈으로 지켜보는 동안 헥터는 사라지기 시작한다. 먼저 두 팔이 스크린에서 서서히 희미해지다가 사라지고, 그다음엔 몸통이, 마지막으로 머리가 사라진다. 몸이 한 부분씩 차례로 사라져 결국 온몸이 무로 해체된다. 체이스는 사장 방에서 나가며 등 뒤로 문을 닫는다. 복도에서 문에 기대서서 미소 지으며 잠시 승리의 맛을 음미한다. 자막이 뜬다. *잘 가게, 헥터. 자네를 알게 되어 좋았네.*

체이스는 스크린에서 걸어 나간다. 그가 화면에서 벗어난 후에도 카메라는 1, 2초 더 문을 비추다가 아주 서서히 열쇠 구멍으로 접근한다. 미스터리와 기대감으로 가득한 멋진 숏이다. 열쇠 구멍이 점점 커지면서 화면을 더 많이 차지하고, 우리는 헥터의 사무실을 들여다볼 수 있다. 잠시 후 카메라는 사무실 안을 비추고, 우리는 그 안이 비어 있으리라 기대했기에 카메라가 보여주는 걸 받아들일 준비가 전혀 되어 있지 않다. 우리는 책상에 엎드린 헥터를 보게 되는 것이다. 그는 여전히 의식이 없지만 다시 보이게 되었고, 우리가 그 갑작스럽고 기적적인 반전을 받아들이기 위해 애쓰며 내릴 수 있는 결론은 하나뿐이다. 음료의 약효가 떨어졌으리란 것. 우리는 방금 헥터가 사라지는 걸 지켜보았고, 지금 그를 다시 볼 수 있다는 건 그 음료가 우리 생각보다 강력한 효력을 지니진 못했다는 의미일 수밖에 없다.

헥터가 깨어나기 시작한다. 우리는 그가 살아나 안전하게 돌아온 것에 안도감을 느낀다. 우리는 세상이 질서를 되찾았으니 이제 헥터가 체이스에게 복수하고 그가 악당임을 폭로할 거라고 여긴다. 이어지는 20여 초 동안 헥터는 자신의 가장 명쾌하고 신랄한 코미디 레퍼토리를 펼친다. 그는 지독한 숙취를 떨쳐내려는 사람처럼 몽롱하고 혼란스러운 상태로 의자에서 일어나 사무실 안을 비틀비틀 돌아다니기 시작한다. 우리는 그걸 보고 웃음을 터뜨린다. 눈에 보이는 그대로 믿고 있는 우리는 헥터가 정상으로 돌아왔음을 확신하기에 그가 휘청거리며 걷다가 어지러워서 주저앉는 모습을 재미있어 할 수 있다. 하지만 그러다 헥터가 벽에 걸린 거울을 향해 가면서 다시 상황은 반전한다. 그는 자신의 모습을 보고 싶어 한다. 머리를 매만지고 넥타이를 고쳐 매려고 한다. 하지만 그 매그럽고 반들반들한 유리로 이루어진 타원형 거울을 들여다보았을 때, 거기엔 그의 얼굴이 없다. 그는 거울에 비치지 않는다. 그는 자신의 몸을 만져보고 자신이 진짜 존재한다는 걸 확인하지만, 다시 거울을 들여다보니 여전히 자신이 보이지 않는다. 헥터는 당황하지만 패닉 상태에 빠지진 않는다. 어쩌면 거울에 문제가 있는 건지도 모른다.

그는 복도로 나간다. 비서가 서류를 한 아름 안고 지나간다. 헥터가 그녀에게 미소를 보내며 다정하게 손을 흔들지만 그녀 눈에는 보이지 않는 듯하다. 헥터는 어깨를 으쓱한다. 바로 그때 복도 반대쪽에서 젊은 직원 두 명이 걸어온다. 헥터는 그들을 향해 인상을 쓴다. 으르렁거린다. 혀를 내민다. 한 직원이 헥터의 사무실 문을 가리키며 묻는다. "사장님 아직 안 오셨나?" 그러자 다른 직원이 대답한다. "모르겠는데. 오늘 못 봤어." 물론, 그가 그런 말을 할 때 헥터는 그의 코앞에 서 있다.

장면은 헥터의 집 거실로 바뀐다. 그의 아내가 손을 쥐어짜기도 하고 손수건으로 얼굴을 가리고 울기도 하면서 초조하게 서성이고 있다. 헥터가 사라졌다는 소식을 들은 게 분명하다. 체이스, 헥터의 청량음료 제국을 빼앗을 사악한 계획을 짠 비열한 C. 레스터 체이스가 들어온다. 그는 그 불쌍한 여인의 어깨를 토닥이며 위로하는 척하면서 고개를 저어 거짓 절망을 나타낸다. 그가 가슴 안주머니에서 그 의문의 편지를 꺼내 그녀에게 건네며 아침에 헥터의 책상에서 발견했다고 말한다. 익스트림 클로즈업된 인서트 숏으로 전환된다. *이 세상 누구보다 사랑하는 당신, 부디 나를 용서해줘. 나는 죽을병에 걸려 앞으로 두 달밖에 못 산다는 의사의 선고를 받았어. 당신의 고통을 덜어주기 위해 난 지금 삶을 마감하기로 결심했어. 회사 걱정은 마. 체이스가 잘 경영하고 있으니까. 당신을 영원히 사랑하는, 헥터.* 이 거짓말과 기만이 먹혀드는 데는 그리 긴 시간이 걸리지 않는다. 다음 장면에서 편지가 헥터 아내의 손에서 미끄러져 바닥으로 펄럭거리며 떨어진다. 그녀에겐 감당하기 벅찬 일이다. 세상이 무너지고 그 안의 모든 것이 파괴되었다. 그로부터 1초도 안 되어 그녀는 실신한다.

카메라가 그녀를 따라 바닥으로 내려가 힘없이 쓰러진 몸을 비추고, 그 장면은 와이드 숏으로 찍은 헥터의 모습으로 서서히 바뀐다. 그는 회사에서 나와 길거리를 배회하며 자신에게 벌어진 기괴하고 끔찍한 일을 받아들이려고 애쓴다. 모든 희망이 사라졌음을 입증하기 위해 사람들로 북적거리는 교차로에서 속옷만 남기고 옷을 다 벗는다. 춤도 좀

추고, 물구나무도 서고, 지나가는 차에 대고 엉덩이를 내밀기도 하다가 아무도 관심을 보이지 않자 침울하게 옷을 입고 무거운 걸음으로 사라진다. 그 후로 헥터는 체념한 듯하다. 그는 자신의 상황에 맞서 싸우기보다 그걸 이해해보려고 노력한다. 그리고 자신이 다시 보이게 만들 방법(이를테면 체이스와 대면하거나 음료의 효력을 없앨 해독제를 찾는 것 같은)을 강구하기보다는 자신이 정확히 어떤 상태가 되었는지 알아내기 위한 일련의 기이하고 충동적인 실험에 나선다. 그는 예기치 않게—갑자기 번개처럼 빠른 속도로 손을 움직여—행인의 모자를 탁 쳐서 떨어뜨린다. 아하, 그렇구나, 하고 헥터는 자신에게 말하는 듯하다. 그는 주위 사람들에게 보이지 않지만 그의 몸은 여전히 세상과 상호작용을 할 수 있다. 또 다른 보행자가 다가온다. 헥터는 발을 걸어 그 남자를 넘어뜨린다. 그래, 그의 가설이 확실히 맞다. 하지만 더 이상의 실험이 필요치 않은 건 아니다. 이제 그 일에 열중한 그는 여자 치맛자락을 들어 올리고 다리를 훔쳐본다. 또 다른 여자에게는 뺨에 키스하고, 그다음 여자에게는 입에 키스한다. 그는 멈춤 표지판 글자를 지우고, 잠시 후 오토바이와 전차가 충돌한다. 두 남자 뒤로 접근하여 각자의 어깨를 치면서 정강이를 걷어차서 싸움을 붙인다. 이런 장난들은 잔인하고 유치한 면은 있지만 보는 이에게 만족감을 주기도 하고 헥터가 존재한다는 증거가 하나씩 늘어간다. 그다음, 인도에서 그를 향해 굴러온 야구공을 집어 든 순간, 그는 두 번째 중요한 발견을 한다. 투명 인간이 어떤 물건을 잡으면 그 물건도 시야에서 사라진다. 그 물건은 허공에 떠 있는 게 아니라 그를 에워싼 무의 영역으로 빨려 들어가고, 그 유령의 세계로 들어서는 순간 사라져버린다. 야구공을 잃어버린 남자아이가 공이 떨어졌을 만한 곳으로 달려온다. 물리 법칙은 야구공이 거기 있어야 한다고 말하지만, 공은 보이지 않는다. 아이는 어리둥절해한다. 그 모습을 본 헥터가 공을 땅에 놓고 떠난다. 아이는 땅을 내려다보고, 아니 이것 봐, 거기 그의 발밑에 공이 떡하니 놓여 있다. 이게 도대체 어떻게 된 거지? 그 작은 에피소드는 아이의 놀란 얼굴을 클로즈업해서 보여주면서 끝난다.

 헥터는 모퉁이를 돌아 다음 대로를 따라 걸어 내려간다. 그는 거의 즉시 역겨운 장면에 맞닥뜨린다. 피가 거꾸로 솟게 만드는 일이다. 옷을 잘 차려입은 뚱뚱한 신사가 눈먼 신문팔이 소년이 파는 『모닝 크로니클』 한 부를 몰래 훔친 것이다. 그 남자는 동전이 다 떨어진 데다 급한 용무가 있어서 지폐를 내고 잔돈을 거슬러 받을 시간도 없어서 그냥 신문을 슬쩍 집어 들고 가버린다. 헥터는 분개해서 그를 쫓아가고, 그가 다음 모퉁이에서 걸음을 멈추고 신호가 바뀌기를 기다리는 동안 그의 주머니에서 돈을 꺼낸다. 그 행위는 우스운 동시에 혼란스럽다. 그 남자에 대한 동정심은 조금도 없지만 헥터가 아무런 거리낌 없이 법을 제멋대로 주무른 것에 대해서는 어안이 벙벙할 따름이다. 그가 신문가판대로 돌아가 눈먼 소년에게 돈을 준 후에도 우리의 당혹감은 완전히 가시지 않는다. 헥터가 돈을 훔쳤을 때 우리는 그가 그 돈을 차지할 거라고 믿게 되며 그 잠깐 동안의 어두운 순간에 우리는 그가 불의를 바로잡기 위해서가 아니라 그런 짓을 해도 붙잡히지 않을 것이기에 그 뚱뚱한 남자의 지갑을 훔쳤다고 생각한다. 그가 관대한 사람이라는 깨달음은 나중에야 찾아온다. 이제 그는 무엇이든 할 수 있고 더 이상 규칙을 지킬 필요가 없다. 원한다면 선을 행할 수도 있지만 악행을 저지를 수도 있으며, 이 시점에서 우리는 그가 어떤 결정을 내릴지 알 수 없다.

다시 헥터의 집, 그의 아내는 앓아누웠다.

회사에서는, 체이스가 금고를 열어 두툼한 주식 증서 다발을 꺼낸다. 그는 자신의 책상에 앉아 그걸 세기 시작한다.

한편, 헥터는 첫 중죄를 저지르려 하고 있다. 그는 보석 상점으로 들어가고, 우리의 모습이 지워지고 악에 지배당한 주인공은 그를 보지 못하는 대여섯 명의 목격자 앞에서 유리 진열장 안의 물건들을 모조리 털어 시계, 목걸이, 반지들을 주머니들에 한 움큼씩 침착하게 집어넣는다. 그는 즐거우면서도 결의에 찬 모습이고, 희미하지만 분명히 알아볼 수 있는 미소로 입가에 주름이 잡힌 채 일에 열중한다. 그건 냉혹하고 변덕스러운 행위로 보이고, 우리 눈앞에 펼쳐진 증거는 헥터가 저주받았다는 결론을 내릴 수밖에 없게 만든다.

그는 상점을 나선다. 불가해하게도, 그가 처음 보인 행동은 도로변의 쓰레기통으로 직행한 것이다. 그는 쓰레기통 속으로 팔을 깊숙이 넣어 종이봉투 하나를 꺼낸다. 그가 미리 거기 넣어둔 게 분명한데, 봉투에 뭔가 가득 들어 있지만 우리는 그 내용물이 뭔지 알 수 없다. 헥터가 다시 상점 앞으로 돌아가 봉투를 열고 보도에 가루 같은 걸 뿌리기 시작하자 우리는 그저 어리둥절할 뿐이다. 그건 흙일 수도, 재일 수도, 화약일 수도 있지만 그게 무엇이든 헥터가 그걸 땅에 뿌리는 행위는 도무지 이해가 되지 않는다. 잠시 후, 상점 앞에서부터 보도 끝까지 가느다란 검은 선이 생겨난다. 헥터는 보도를 가로지른 후 차도로 들어선다. 그는 달려오는 차들과 전차를 아슬아슬하게 요리조리 피하며 차도를 가로질러 봉지 안의 가루를 뿌리고, 그 모습은 밭에 씨를 뿌리는 미친 농부를 방불케 한다. 이제 검은 선이 넓은 차도 반대편까지 이어져 있다. 헥터가 다시 보도로 올라서며 선을 이어가자 우리는 퍼뜩 깨닫는다. 그는 발자취를 남기고 있다. 그 발자취가 어디로 이어질지는 여전히 알 수 없지만 그가 앞에 있는 건물 문을 열고 안으로 사라지자 또 다른 속임수가 펼쳐질 것 같다는 의심을 품게 된다. 그의 등 뒤로 문이 닫히고 카메라 앵글이 갑자기 바뀐다. 우리는 헥터가 방금 들어간 건물을 와이드 숏으로 본다. 피지 팝 음료 회사 본사이다.

그 후로 사건의 흐름에 가속도가 붙는다. 휘몰아치듯 지나가는 빠른 설명 장면들에서 보석 상점 지배인은 보석이 사라진 걸 발견하고 밖으로 달려 나가 경찰을 손짓해 불러 다급하고 공포에 찬 몸짓으로 무슨 일이 일어났는지 설명한다. 아래를 흘끗 본 경찰은 보도 위의 검은 선을 발견하고 길 건너 피지 팝까지 이어진 그 선을 눈으로 따라간다. "저게 단서가 될 것 같네요." 경찰이 말한다. "저게 어디로 가는지 확인합시다." 지배인이 말한다. 두 사람은 피지 팝 건물을 향해 걸음을 옮긴다.

다시 헥터 장면. 그는 이제 복도를 따라 걸으며 자신의 발자취를 조심스럽게 마무리한다. 그가 어느 사무실 문 앞에 이르러 마지막 남은 가루를 바깥으로 노출된 문턱에 뿌린 후 카메라가 위로 기울면서 문에 붙은 명패를 비춘다. *부사장 C. 레스터 체이스.* 헥터가 아직 웅크린 자세를 하고 있을 때 문이 벌컥 열리며 체이스가 나온다. 헥터는 체이스가 그에게 걸려 넘어지기 직전에 용케 뒤로 펄쩍 뛰어 물러났다가 문이 닫히기 시작할 때 얼른 안으로 들어가 오리처럼 뒤뚱거리며 걷는다. 멜로드라마가 절정을 향해 치닫는 중에도 헥터는 계속해서 개그를 보여준다. 사무실에 혼자 남은 그는 체이스의 책상 위에 펼쳐져 있는 주식 증서들을 본다. 그는 그것들을 끌어모아 과장된 동작으로 세심하게 가장자리를 고르게 맞춘 후 자신의 재킷 속에 집어넣는다. 그다음, 옆 주머니들에 급히 손을 찔러 넣어 보석을 꺼내 체이스의 책상 위에 훔친 물건들을 산더미처럼 쌓아놓는다. 그 무더기에 마지막으로 반지 하나가 놓인 순간 체이스가 돌아온다. 그는 몹시도 흡족한 표정으로 양손을 비벼댄다. 헥터는 뒤로 물러선다. 이제 그가 할 일은 끝났고 적이 응분의 대가를 치르는 걸 지켜보기만 하면 된다.

놀라움과 오해, 정의의 실현과 배신의 소용돌이가 펼쳐진다. 먼저, 체이스는 보석에 정신이 팔려 주식 증서들이 사라진 걸 알지 못한다. 그렇게 시간을 허비한 후 그는 반짝이는 보석 더미를 파헤치고 주식 증서들이 거기 없다는 걸 확인하지만, 이미 때는 늦고 말았다. 문이 벌컥 열리고 경찰과 보석 상점 지배인이 달려 들어온다. 도난당한 보석임이 확인되고, 범죄는 해결되고, 도둑은 체포된다. 체이스가 무고

하다는 건 중요하지 않다. 발자취가 그의 사무실 문까지 이어졌고, 그는 도난품을 갖고 있다가 현행범으로 잡혔으니까. 물론 그는 저항하며 창문으로 도망치려는 시도도 하고 경찰과 지배인에게 피지 팝 음료 병들을 던지기도 하지만 경찰 곤봉과 총검이 동원되는 험한 장면이 연출된 후 결국 제압당한다. 헥터는 냉담한 태도로 무관심하게 지켜본다. 체이스가 수갑을 차고 사무실에서 끌려 나가는 순간에도, 헥터는 자신의 승리를 기뻐하지 않는다. 모든 게 그의 계획대로 되었지만 그에게 무슨 도움이 되었는가? 이제 날이 저물어가고 있는데 그는 여전히 보이지 않는다.

그는 다시 밖으로 나가 길을 걷기 시작한다. 도심 대로는 한산해졌고, 헥터는 그 도시에 홀로 남겨진 것처럼 보인다. 낮에 그를 둘러쌌던 군중과 소요는 어떻게 된 걸까? 자동차들과 전차들, 보도에 북적이던 사람들은 어디에 있는 걸까? 우리는 잠시 마법이 거꾸로 바뀐 건 아닐까 생각한다. 어쩌면 헥터는 다시 보이고, 다른 사람들은 모두 사라진 것인지도 모른다. 그때 난데없이 트럭 한 대가 나타나 물웅덩이 위를 빠르게 지나간다. 도로에서 물보라가 일면서 눈에 보이는 모든 것에 튄다. 헥터도 흠뻑 젖지만, 카메라가 그의 몸 주위를 빙 돌면서 피해 상황을 보여주는데 그의 양복 앞자락은 말짱하다. 그건 우스꽝스러운 장면이어야 하지만 그렇지 않다. 헥터가 의도적으로 우습지 *않게* 만든 것이고 (자신의 양복을 오래도록 처량하게 바라보는 모습, 흙탕물이 튀지 않은 걸 본 순간 눈빛에 어린 실망감), 그 간단한 비법이 영화 분위기를 바꾼다. 어둠이 내리고, 우리는 그가 집으로 돌아가는 걸 본다. 그는 집에 도착하여 계단을 올라 2층으로 가서 아이들 침실로 들어간다. 어린 딸과 아들이 각자의 침대에 잠들어 있다. 그는 딸 옆에 앉아 잠시 얼굴을 들여다보다가 머리를 쓰다듬으려고 손을 든다. 하지만 아이를 만지기 직전에 자신의 손길이 아이를 깨울 수도 있다는 생각이 퍼뜩 들면서 동작을 멈춘다. 딸이 어둠 속에서 잠이 깨어 주위에 아무도 없다는 걸 알게 되면 겁에 질릴 것이다. 관객의 심금을 울리는 감동적인 장면으로, 헥터는 절제되고 단순한 연기를 보인다. 그는 자신의 딸을 만질 자격조차 잃은 것이고, 우리는 그가 망설이다가 결국 손을 거두는 모습을 보면서 그에게 내려진 저주의 무서운 영향력을 실감한다. 그 작은 몸짓에서—허공에서 머뭇거리는 손, 딸의 머리 바로 위에 펼쳐진 손바닥에서—우리는 헥터가 아무것도 아닌 존재가 되었음을 깨닫는다.

그는 유령처럼 일어나서 침실을 나간다. 복도를 내려가 문을 열고 들어간다. 그의 침실이고, 그가 세상 누구보다 사랑하는 아내가 부부 침대에서 자고 있다. 헥터는 잠시 멈춘다. 아내는 악몽에 시달리는지 몸부림을 치면서 이리저리 뒤척이고 이불을 걷어차기도 한다. 헥터는 침대로 다가가 조심스럽게 이불을 덮어주고 베개를 받쳐준 다음 침대 옆 탁자 위 전등을 끈다. 아내의 몸부림이 잦아드는가 싶더니 이내 평온한 잠으로 깊이 빠져든다. 헥터는 뒤로 물러서서 손 키스를 보낸 후 침대 발치에 놓인 의자에 앉는다. 밤새 거기 앉아 자비로운 혼령처럼 아내를 지킬 것처럼 보인다. 비록 아내를 만지거나 아내에게 말을 걸 순 없어도 그녀를 보호하면서 그녀의 존재에서 힘을 얻을 수 있다. 하지만 투명 인간도 탈진을 면할 수는 없다. 다른 사람과 마찬가지로 몸이 있으니 다른 사람과 마찬가지로 잠을 자야 한다. 헥터의 눈꺼풀이 무거워지기 시작한다. 눈꺼풀이 펄럭이다가 축 늘어지고, 감겼다 뜨인다. 그는 두어 번 홱 움직여 잠을 쫓지만 이미 승산 없는 싸움이다. 잠시 후, 그는 잠에 굴복한다.

화면이 어두워진다. 화면이 다시 나타났을 때는 아침이고, 커튼 틈새로 햇살이 밀려든다. 장면이 바뀌어 아직 침대에서 자고 있는 헥터의 아내를 보여준다. 또다시 장면 전환, 의자에서 자고 있는 헥터가 보인다. 사지가 배배 꼬이고 몸이 괴상하게 뒤틀린 모습이 코믹하다. 꽈배기가 되어 자고 있는 남자를 보게 될 거라고 예상하지 못한 우리는 웃음을 터뜨리고, 그 웃음과 함께 영화 분위기가 다시 바뀐다. 헥터가 세상 누구보다 사랑하는 아내가 먼저 잠이 깨는데, 그녀가 눈을 뜨고 침대에서 일어나 앉는 순간 그녀의 얼굴이 우리에게 모든 걸 말해준다. 그녀의 표정이 기쁨에서 불신으로, 조심스러운 낙관으로 빠르게 바뀐다. 그녀가 침대에서 뛰쳐나가 헥터에게 돌진한다. 그녀가 의자 팔걸이 뒤로 젖혀진 그의 얼굴을 만지자 헥터의 몸이 고압 전류에 감전된 듯 경련을 일으킨다. 그는 팔다리를 마구 휘두르며 버둥거리다가 이윽고 똑바로 앉는다. 그다음에 눈을 뜬다. 그는 자신이 안 보인다는 걸 잊은 듯 무의식적으로 아내에게 미소를 보낸다. 그들은 키스하지만, 입술이 맞닿는 순간 그가 혼란스러워하며 뒤로 몸을 뺀다. 그는 정말 거기 있는 걸까? 마법이 풀린 걸까, 아니면 꿈을 꾸고 있는 걸까? 그는 자신의 얼굴을 만지고, 두 손으로 가슴을 쓸어내린 다음 다시 아내 눈을 똑바로 응시한다. "내가 보여?" 그가 묻는다. "물론 보이지." 그녀가 대답한다. 그녀는 눈물을 글썽이며 다시 그에게 몸을 기울여 키스한다. 하지만 헥터는 확신을 갖지 못한다. 그는 의자에서 일어나 벽에 걸린 거울을 향해 걸어간다. 거울에 증거가 들어 있고, 만일 그의 모습이 거기 비친다면 그는 악몽이 끝났음을 알게 될 것이다. 그가 거울에 비친 자신을 보게 되는 건 뻔한 결과지만, 그 순간은 그의 느린 반응으로 아름다워진다. 1, 2초 정도 그의 표정은 변함이 없다. 거울 속에서 자신을 마주 보고 있는 남자의 눈을 들여다보는 그는 낯선 사람을 보고 있는 듯하다. 난생처음 보는 남자의 얼굴을 마주한 듯하다. 그러다 카메라가 그를 더 가까이 잡으면서 그의 얼굴에 미소가 어린다. 냉담한 무표정에 이은 그 미소는 단순한 자신의 재발견 이상의 무언가를 암시한다. 그는 더 이상 예전의 헥터를 보고 있지 않다. 그는 이제 다른 사람이 되었고, 지금의 그가 과거의 헥터와 아무리 닮았어도 그는 완전히 달라졌고 새 사람으로 다시 태어났다. 거울 속 얼굴에 대한 만족감이 커져가면서 그의 미소는 더 크고 환해진다. 그의 얼굴이 원에 둘러싸이기 시작하고, 이내 우리에겐 그 미소 짓는 입, 그리고 그 위의 콧수염만 보인다. 콧수염이 몇 초간 실룩거린 후 원이 점점 더 좁혀든다. 마침내 원이 닫히고, 영화는 끝난다.

사실상, 헥터의 경력은 그 미소와 함께 끝난다. 그는 마지막 한 편을 더 만들어서 계약 조건을 충족시키지만, 〈대박 아니면 쪽박〉은 새 작품으로 칠 수가 없다. 그때 칼레이도스코프 픽처스는 거의 파산 상태였고 영화를 새로 찍을 돈이 없었다. 그래서 헥터는 전에 찍은 영화들에서 선택받지 못한 부분을 추려서 임시변통으로 개그와 슬랩스틱 즉흥 연기 모음집을 만들었다. 그건 천재적인 구조 작업이었지만 우리가 그 작품을 통해 알 수 있는 건 헥터가 편집에도 재능이 있다는 사실뿐이다. 그의 작품에 대한 공정한 평가를 내리기 위해선 〈아무도 아닌 자〉를 그의 마지막 영화로 보아야 한다. 그 작품은 그 자신의 사라짐에 대한 명상이며—그 모호성과 은밀한 암시성에도 불구하고, 그리고 도덕적 질문들을 던지고 대답은 내놓지 않지만—본질적으로 자아의 고뇌를 다룬 영화이다. 헥터는 우리에게, 그리고 세상에 작별을 고할 방법을 찾고 있고, 그러기 위해선 자신의 눈앞에서 스스로를 지워야만 한다. 그는 보이지 않게 되고, 마침내 마법이 풀려 다시 보일 수 있게 되지만 자신의 얼굴을 알아보지 못한다. 우리는 그가 자신을 보는 눈으로 그를 보며, 이 기괴한 이중적 관점을 통해 우리는 자신의 소멸에 직면한 그를 지켜본다. 대박 아니면 쪽박. 그가 다음 작품의 제목으로 선택한 말이다. 이 말은 그 18분 길이 스턴트와 난리법석의 잡탕과 전혀 관련이 없다. 그보단 〈아무도 아닌 자〉의 거울 장면을 떠올리게 한다. 그 장면에서 헥터가 특별한 미소를 짓는 순간, 우리는 그의 앞에 놓인 미래를 얼핏 볼 수 있다. 헥터는 그 미소로 다시 태어나지만, 이제 그는 예전의 그가 아니다. 과거에 우리를 웃기고 즐겁게 해주던 헥터 만이 아니다. 우리는 더 이상 알아볼 수 없는 존재로 변신한 그를 보고, 이 새 헥터가 어떤 인물인지 파악할 사이도 없이 그는 사라진다. 원이 그의 얼굴을 둘러싸고, 마침내 헥터는 그 검은 원에 삼켜진다. 잠시 후 그의 작품 중에서는 처음이자 마지막으로 스크린에 끝이라는 글자가 뜨고, 그 후로 우리는 그를 보지 못하게 된다.

3

 나는 아홉 달도 안 걸려 그 책을 써냈다. 타이핑된 원고는 3백 페이지가 넘었고, 한 페이지 한 페이지가 악전고투의 결과물이었다. 내가 용케 탈고에 이를 수 있었던 건 달리 할 일이 없었기 때문이었다. 나는 일주일에 꼬박 7일을 열 시간에서 열두 시간씩 책상에 앉아 있었고, 먹을 것과 종이, 잉크, 타자기 리본을 사러 몬터규가로 잠깐 나들이를 다녀오는 걸 제외하면 아파트에서 거의 두문불출하며 지냈다. 나에겐 전화도, 라디오나 TV도, 어떤 형태의 사교 생활도 없었다. 4월과 8월에 한 번씩 지하철을 타고 맨해튼에 가 공공도서관에서 참고도서를 찾아보긴 했지만, 그 외엔 브루클린에서 꿈쩍도 하지 않았다. 하지만 사실 브루클린에 있었던 것도 아니었다. 나는 책 속에 있었고, 그 책은 내 머리에 들어 있었으며, 나는 내 머릿속에 들어 있는 한 집필을 이어갈 수 있었다. 마치 벽에 패드를 댄 독방에 갇혀 있는 듯했지만, 당시 내가 살 수 있었던 삶의 방식들 중에서 그것만이 유일하게 의미를 지녔다. 나는 세상에 존재할 수가 없었고, 준비가 되기도 전에 세상으로 돌아가려는 시도를 한다면 결국 부서져버릴 것임을 알고 있었다. 그래서 그 작은 아파트에 숨어서 헥터 만에 대한 글을 쓰며 하루하루를 보냈다. 그건 더딘 작업이었고 어쩌면 무의미한 일일 수도 있었지만, 아홉 달 내내 거기에만 전념해야 했기에 다른 건 생각할 겨를이 없었고 아마도 그 덕에 미치지 않고 버틸 수 있었을 것이다.

4월 말, 나는 스미츠에게 가을 학기가 끝날 때까지 휴가를 연장해달라고 부탁하는 편지를 썼다. 대략 이런 내용이었다. 나는 아직 장기적인 계획과 관련해서는 아무 결정도 내리지 못했지만 앞으로 수개월 내에 극적인 변화가 없는 한 아마도 가르치는 일을—영원히는 아니더라도 적어도 오랫동안—그만두게 될 것이다. 나를 용서해주기 바란다. 가르치는 일에 흥미를 잃어서가 아니다. 학생들 앞에 서서 이야기할 때 다리가 내 몸을 지탱할 거라는 확신이 없어서이다.

헬렌과 아이들 없는 삶에 서서히 익숙해져갔으나 그렇다고 해서 어떤 진전이 있었던 건 아니었다. 나는 자신이 누군지, 무얼 원하는지 알지 못했고, 다시 사람들과 어울려 사는 방법을 찾을 때까지 반쪽짜리 인간의 삶을 이어가야 할 터였다. 책을 쓰는 내내 미래에 대한 생각은 일부러 미뤄 두었다. 뉴욕에 그대로 머물면서 세든 아파트에 가구를 좀 들이고 그곳에서 새 삶을 시작하는 게 합리적일 것 같았지만, 다음 단계로 나아갈 때가 되자 뉴욕을 떠나 버몬트로 가기로 결정했다. 당시 나는 출판사에 깔끔하게 타이핑된 최종본을 보내기 위해 원고를 다듬으며 마지막 분투를 치르고 있었는데, 뉴욕 자체가 그 책이었고, 책을 다 쓰면 뉴욕을 떠나 다른 곳으로 가야 한다는 생각이 갑자기 든 것이다. 버몬트는 내게 최악의 선택일 가능성이 컸지만 아무튼 익숙한 곳이고, 만일 그곳으로 돌아간다면 다시 헬렌과 가까워질 것이며, 그녀가 살아 있을 때 우리가 함께 마셨던 공기를 호흡할 수 있을 터였다. 그 생각이 위안이 되었다. 햄프턴의 집으로 돌아갈 순 없었지만 다른 도시들에 다른 집들이 있었고, 그 지역에 머무는 한 과거에 등을 돌리지 않고 나의 광적이고 고독한 삶을 이어갈 수 있었다. 아직은 과거를 놓아줄 마음의 준비가 되어 있지 않았다. 이제 겨우 1년 6개월밖에 되지 않았고, 나는 슬픔이 지속되기를 원했다.

나에게 필요한 건 다음에 할 일, 다시 뛰어들 바다였다.

나는 결국 햄프턴에서 남쪽으로 40킬로미터쯤 떨어진 웨스트 T에 집을 마련했다. 조립식 스키 샬레라고 할 수 있는 말도 안 되게 작은 집이었는데, 바닥 전체에 카펫이 깔려 있고 전기 벽난로가 하나 있었지만, 볼썽사나움이 극에 달해 아름답기까지 할 지경이었다. 그 집엔 매력이나 개성이 없었고, 그곳이 보금자리가 될 수 있으리란 망상을 품게 만들 정성스럽게 꾸민 세부라곤 찾아볼 수 없었다. 그곳은 산송장을 위한 병원, 정신적 고통에 시달리는 사람을 위한 중간 기착지였으며, 그 몰개성의 비어 있는 실내에서 거주한다는 건 세상이 날마다 재창조되어야 하는 하나의 환상임을 이해하는 것이었다. 그러나 구조적 결함에도 불구하고 집의 크기는 내게 이상적이었다. 그 안에서 길을 잃은 느낌이 들 정도로 아주 크지도, 갇힌 기분이 들 정도로 아주 작지도 않았다. 주방에는 천창을 냈고, 바닥이 주변보다 낮은 거실에는 전망창이 있는 데다 높은 벽 두 면이 비어 있어서 내 책들을 수용하기에 충분했다. 그리고 거실이 내려다보이는 로지아(한 면이 트인 방이나 복도—옮긴이)가 있었으며, 동일한 크기의 방 세 개가 있어서 하나는 침실로, 하나는 작업실로, 남은 하나는 더 이상 볼 용기는 없으되 그렇다고 버릴 수도 없는 물건들을 보관하는 창고로 쓸 수 있었다.

혼자 살 작정인 남자에게 꼭 맞는 크기와 구조였고, 고립을 완성시키는 부가적 장점까지 있었다. 집이 산 중턱에 위치한 데다 무성한 자작나무, 가문비나무, 단풍나무 숲들로 둘러싸여 있어서 흙길로만 접근이 가능했던 것이다. 아무도 보고 싶지 않으면 억지로 사람을 만날 필요가 없었다. 그리고 더 중요한 건, 아무도 나를 찾아올 필요가 없을 터였다.

나는 1987년 새해가 지나고 바로 그 집으로 들어가 6주 동안 현실적인 문제에 매달렸다. 책꽂이를 짜고, 장작 난로를 설치하고, 승용차를 팔아 사륜구동 픽업트럭으로 바꿨다. 산길은 눈이 오면 위험천만했고 겨울이면 거의 항상 눈이 내려서 번번이 모험을 걸지 않고 산 아래로 내려갔다 올라올 수 있는 차가 필요했던 것이다. 나는 배관공과 전기기사를 불러 배관과 전선을 손보고, 벽에 페인트칠을 하고, 겨우내 땔 장작을 들여놓고, 컴퓨터와 라디오, 전화기 겸용 팩스기를 장만했다. 한편, 『헥터 만의 무성 세계』는 학술 출판의 우회로를 천천히 지나가고 있었다. 다른 책들과 달리 학술서는 출판사에 근무하는 편집자가 단독으로 출간 여부를 결정하지 않는다. 해당 분야의 여러 전문가에게 원고 사본을 보낸 후, 그 사람들이 원고를 읽어보고 의견서를 우편으로 보내올 때까지 무작정 기다린다. 원고 검토비도 몇 푼 안 되는 데다(기껏해야 2백 달러 정도였다) 검토자들

대부분이 학생도 가르치고 자기 책도 쓰느라 바쁜 교수들이 다 보니 진행이 지연되는 경우가 많다. 나만 해도 11월 중순부터 기다려서 3월 말이 되어서야 회신을 받았다. 나는 그때쯤엔 다른 일에 완전히 몰두해서 출판사에 원고를 보낸 것까지 까마득히 잊고 있었다. 물론, 출판사에서 책을 내고 싶다고 해서 내 노력의 결과물을 보여줄 수 있게 되어 기쁘긴 했지만, 그 일이 내게 대단한 의미가 있었다고 말할 수는 없다. 어쩌면 헥터 만과 옛날 영화 팬들, 검은 콧수염 품평가들에겐 좋은 소식일 수도 있었지만, 이제 그 일은 내게 과거가 되었기에 그것에 대한 생각은 거의 하지 않았다. 어쩌다 생각날 때도 나 아닌 다른 사람이 그 책을 쓴 것 같은 기분을 느꼈다.

2월 중순에 대학원 동기 알렉스 크로넨버그에게서 편지가 한 통 왔다. 그는 컬럼비아대학교에서 학생들을 가르치고 있었다. 나는 헬렌과 아이들 추도식에서 마지막으로 본 후 그와 연락을 나눈 적은 없었지만, 그를 든든한 친구로 여기는 마음에는 변함이 없었다. (알렉스가 보낸 조문 편지는 웅변과 연민의 본보기였으며 내가 받은 편지들 중 최고였다.) 그는 더 빨리 연락하지 못한 것에 대한 사과로 편지를 시작했다. 그동안 내 생각을 많이 했다면서, 내가 햄프턴대학교에서 휴가를 내고 뉴욕에서 몇 개월 살았다는 소식을 들었노라고 했다. 그는 내가 뉴욕에서 자신에게 연락하지 않은 걸 유감스러워했다. 내가 뉴욕에 있다는 걸 알았더라면 엄청 기쁘게 달려가서 만났을 거라고 했다. 엄청 기쁘게, 알렉스는 편지에 정확히 그렇게 썼고, 그건 그의 전형적인 말투였다. 어쨌든으로 시작된 다음 문단에서 그는 최근에 컬럼비아대학교 출판부로부터 세계 고전 총서라는 새 시리즈를 편집해달라는 요청을 받았다고 했다. 덱스터 파인바움이라는, 성과 어울리지 않는 이름을 가진 컬럼비아대학교 공과대학 1927년 졸업생이 이 새 시리즈를 시작할 수 있도록 450만 달러를 기부하겠다는 유언을 남겼다. 그 프로젝트는 세계적으로 인정된 걸작들을 모아 하나의 통일된 시리즈로 만드는 것이었다. 마이스터 에크하르트부터 페르난도 페소아에 이르는 모든 작가가 포함될 것이고, 기존 번역이 부실한 경우 새로 번역을 맡기기로 했다. 그다음에 이어진 내용을 그대로 옮기면 다음과 같다. *이건 미친 프로젝트지만, 학교에서 나에게 편집장 자리를 맡겼고, 그 덕에 추가 업무가 잔뜩 쌓였는데도(잠잘 시간도 없다니까) 난 이 일을 즐기고 있다는 걸 인정하지 않을 수 없네. 파인바움은 유서에 반드시 우선적으로 출간되기를 원하는 책 백 권을 정해놓았지. 그는 알루미늄 벽널을 만들어서 부자가 되긴 했지만 문학 취향은 흠잡을 데가 없더군. 그 책들 중에 샤토*

브리앙의 『Mémoires d'outre-tombe』도 있네. 난 그 2천 페이지나 되는 빌어먹을 책을 아직 안 읽었지만, 자네가 1971년 어느 밤에 예일 캠퍼스 어딘가에서―아마 바이네케 도서관 밖에 있는 작은 광장 근처였을 거야― 나에게 한 말을 기억하지. 지금 자네에게 그 말을 그대로 들려주겠네. "이건 (자넨 그 책의 프랑스어판 1권을 흔들어 대며 말했지) 지금까지 쓰인 자서전들 중 최고야." 자네가 지금도 그렇게 생각하는지는 모르겠지만, 1848년에 그 책이 출간된 이후 완역본은 두 번밖에 안 나왔다는 사실을 굳이 자네에게 말할 필요는 아마도 없겠지. 1849년과 1902년에. 이제 또 다른 번역본이 나올 때가 되었지, 안 그런가? 자네가 여전히 번역에 관심이 있는지는 모르겠지만, 만일 관심이 있다면 자네가 이 책의 번역을 맡아주었으면 좋겠네.

이제 나에게는 전화기가 있었다. 누구한테 전화가 오기를 바라서가 아니라 비상사태에 대비해 전화를 놓아야 할 것 같다는 생각이 들어서였다. 그곳엔 이웃이 없어서 지붕이 내려앉거나 집에 불이라도 나면 전화로 도움을 요청해야 했다. 그건 내가 현실과 타협한 몇 가지 사례 중 하나로 세상에 남겨진 단 한 사람이 아님을 마지못해 인정하는 행위였다. 평소 같았으면 알렉스에게 편지로 답했겠지만, 그날 오후에 마침 주방에서 그의 편지를 뜯어봤고 전화기가 내 손에서 60센티미터도 안 되는 지점의 카운터 위에 웅크리고 있었다. 알렉스는 최근에 이사했다며 서명 바로 아래에 새 주소와 전화번호를 써놓았다. 그 모든 기회를 그냥 흘려버리기엔 너무 아쉬워서 수화기를 들고 번호를 눌렀다.

저쪽에서 네 번 전화벨이 울린 후 자동응답기가 찰칵 켜졌다. 뜻밖에도 자동응답 메시지를 남긴 목소리는 어린아이의 것이었다. 나는 서너 단어를 들은 후에야 그것이 알렉스의 아들 목소리임을 알 수 있었다. 제이콥은 토드보다 1년 6개월 정도 위니까―아니, 토드가 아직 살아 있다면 토드의 현재 나이보다 1년 6개월 정도 위니까―이제 열 살가량 되었을 터였다. 그 아이가 자동응답기를 통해 이렇게 말했다: 9회 말입니다. 만루에 투 아웃입니다. 스코어는 4 대 3, 우리 편이 지고 있고, 제가 타석에 섰습니다. 안타를 치면 우리 편이 승리하게 됩니다. 투수가 공을 던집니다. 저는 방망이를 휘두릅니다. 땅볼. 저는 방망이를 던지고 달리기 시작합니다. 2루수가 땅볼을 잡아 1루로 던지고, 저는 아웃입니다. 예, 맞습니다, 저는 아웃입니다. 제이콥은 외출 중입니다. 우리 아빠 알렉스도, 엄마 바바라도, 동생 줄리도 외출 중입니다. 지금은 가족 모두가 외출 중입니다. 삐 소리 후 메시지를 남겨주시면 우리가 베이스를 다 돌고 홈에 들어오는 즉시 연락드리겠습니다.

그건 귀엽고 엉뚱한 장난이었지만 나를 동요하게 만들었다. 메시지가 끝난 후 삐 소리가 울렸을 때 나는 아무 말도 생각나지 않았고, 테이프가 침묵 속에서 돌아가게 하느니 차라리 전화를 끊었다. 원래 나는 자동응답기에 대고 말하는 걸 좋아하지 않았다. 어쩐지 긴장되고 불편하기 때문이었는데, 제이콥의 메시지를 듣고 있으려니 어지럽고 정신이 하나도 없는 상태에서 절망이 밀려들었다. 그 목소리는 너무도 행복하게 들렸고 말끝마다 웃음이 넘쳐흘렀다. 토드도 밝고 영리한 아이였지만 토드는 여덟 살 반이 아니라 여전히 일곱 살이었고 제이콥이 어른이 된 후에도 계속해서 일곱 살에 머물 터였다.

  나는 몇 분 시간을 가진 후 다시 시도했다. 이제 자동응답기에서 무슨 메시지가 나올지 알고 있었기에 그 메시지가 나올 때 듣지 않으려고 귀에서 수화기를 멀리 뗐다. 메시지는 영원히 이어질 것 같았지만 마침내 삐 소리가 울렸고, 나는 다시 수화기를 귀에 대고 용건을 이야기하기 시작했다. "알렉스, 방금 자네 편지를 읽었고, 번역을 맡고 싶다는 말을 하려고 전화했네. 그 책이 얼마나 긴지 감안하면 2, 3년은 기다려야 번역 원고를 받아볼 수 있을 거야. 하지만 그건 자네도 이미 알고 있으리라 생각하네. 여기 이사 온 지 얼마 안 되어 아직 정리가 덜 끝나긴 했지만, 지난주에 산 컴퓨터 사용법만 익히면 즉시 번역을 시작하겠네. 제안해줘서 고맙네. 그러잖아도 할 일을 찾고 있었는데, 이 일은 즐겁게 할 수 있을 것 같네. 바바라와 아이들에게 안부 전해주게. 곧 통화할 수 있기를 바라네."

바로 그날 저녁 알렉스에게 전화가 걸려 왔다. 그는 내가 일을 맡겠다고 해서 놀라우면서도 기쁘다고 했다. "별 기대 없이 던져본 말이었지만, 자네에게 맨 먼저 부탁하지 않았더라면 마음이 편치 않았을 거야. 난 지금 얼마나 기쁜지 몰라."

"자네가 기쁘다니 나도 기쁘군." 내가 말했다.

"내일 자네에게 계약서를 보내라고 담당자에게 말하겠네. 모든 걸 공식적으로 해두는 게 좋으니까."

"자네 뜻대로 해. 사실 난 벌써 제목을 어떻게 번역할지 생각해두었네."

"*Mémoires d'outre-tombe*. 무덤 저편에서의 회고록."

"그 제목은 좀 어색하게 느껴져. 너무 직역인 데다 이해하기도 어렵고."

"자네가 생각해둔 제목은 뭔가?"

"죽은 자의 회고록."

"흥미롭군."

"나쁘지 않지?"

"그래, 전혀 나쁘지 않아. 난 아주 마음에 들어."

"중요한 건 그게 말이 된다는 사실이지. 샤토브리앙은 그 책을 쓰는 데 35년이 걸렸고, 자신의 사후 50년 동안 책이 출간되지 않기를 원했어. 그러니까 그 책은 문자 그대로 죽은 자의 목소리로 쓰인 거지."

"하지만 50년이 걸리진 않았어. 그 책은 그가 세상을 떠난 해인 1848년에 출간되었으니까."

"그는 경제적 어려움을 겪었지. 1830년 혁명 이후 정계에서 물러나면서 빚더미에 올라앉았어. 당시 10여 년간 그의 정부였던 마담 레카미에─그래, 그 마담 레카미에─가 그를 설득해서 그녀의 응접실에 모인 소수의 선별된 관객 앞에서 회고록 일부를 낭독하게 했지. 몇 년 후에나 나올 작품을 선금을 주고 계약할 출판사를 찾기 위한 목적이었지. 그 계획은 실패로 돌아갔지만, 책에 대한 반응은 대단히 좋았어. 그 회고록은 역사상 가장 유명한 미완성, 미출간의 읽히지 않은 책이 되었지. 하지만 샤토브리앙은 여전히 파산 상태를 면치 못했어. 그래서 마담 레카미에가 새 아이디어를 짰는데, 이건 먹혔지. 아니, 어느 정도 먹혔다고 할 수 있지. 주식회사가 만들어졌고, 사람들이 그 원고의 지분을 샀거든. 월스트리트 사람들이 대두나 옥수수 가격에 도박을 거는 것과 똑같은 방식이었으니까 글 선물(先物)이라고 부를 수도 있겠지. 사실상 샤토브리앙은 노후 자금을 마련하기 위해 자서전을 저당 잡힌 거지. 그는 선금으로 거액을 받아 빚을 청산하고 여생의 연금으로 쓸 수 있었네. 탁월한 방법이었지. 단 한 가지 문제는 샤토브리앙이 계속 살아 있었다는 거야. 그 회사는 그가 육십대 중반이었을 때 만들어졌는데, 그는 여든 살 때까지 살았거든. 그때쯤엔 주식들이 몇 번 손바꿈을 거쳤고, 처음에 투자한 친구들과 팬들은 죽은 지 오래였어. 샤토브리앙은 낯선 사람들의 소유가 된 거지. 그들은 오직 수익 창출에만 관심이 있었고, 그가 오래 살면 살수록 그들은 그의 죽음을 더 간절히 바랐지. 그의 말년은 몹시도 암울했을 거야. 그는 류머티즘으로 절룩거리는 쇠약한 노인이었고, 마담 레카미에는 장님이나 다름없었고, 그의 친구들은 모두 죽어 땅에 묻혔으니까. 하지만 그는 마지막까지 원고를 계속 수정했지."

"참 유쾌한 이야기군."

"그리 재미있는 이야기는 아니지만, 이것만은 분명하게 말할 수 있지. 그 늙은 자작은 글을 기가 막히게 잘 썼어. 알렉스, 그 책은 믿기 어려울 만큼 탁월해."

"그러니까 앞으로 2, 3년 우울한 프랑스인과 더불어 살아도 상관없다는 말이지?"

"지난 1년 동안 무성영화 코미디언과 더불어 살았으니 분위기를 바꿀 준비는 되었다고 할 수 있겠지."

"무성영화? 그건 처음 듣는 이야기인데."

"헥터 만이라는 사람이야. 가을에 그에 관한 책을 탈고했지."

"그럼 바빴겠군. 좋은 일이야."

"뭐라도 해야만 했어. 그래서 그 일을 하기로 한 거지."

"왜 나는 그 배우 이름을 들어본 적이 없을까? 내가 영화에 대해선 잘 모르긴 하지만, 그 이름은 들어본 기억이 없어."

"아무도 못 들어봤을 거야. 그 사람은 내 전담 코미디언이야. 오직 나만을 위해 연기하는 궁정 광대. 난 지난 12개월에서 13개월 동안 깨어 있는 시간은 전부 그와 함께 보냈지."

"진짜로 그와 함께 있었다는 건가? 아니면 비유적 표현인가?"

"1929년 이후 헥터 만과 함께 지낸 사람은 아무도 없어. 그는 죽었지. 샤토브리앙과 마담 레카미에처럼. 그 덱스터 뭐시기처럼."

"파인바움."

"덱스터 파인바움처럼."

"그러니까 옛날 영화를 보며 1년을 보낸 거로군."

"꼭 그런 건 아니지. 영화를 본 건 3개월이고, 그다음엔 방에 틀어박혀 9개월 동안 그 영화들에 대한 글을 썼으니까. 평생 그렇게 괴상한 짓은 처음 해봤을 거야. 더 이상 볼 수 없는 것들에 대한 글을 썼고, 완전히 시각적인 용어들로 그것들을 표현해야 했으니까. 그 체험 전체가 환각과도 같았지."

"그럼 살아 있는 사람들은, 데이비드? 그들과 보내는 시간은 많은가?"

"최대한 적게 보내지."

"자네가 그렇게 말할 줄 알았네."

"작년에 워싱턴에서 싱이라는 남자와 대화를 나눈 적이 있어. 닥터 J. M. 싱. 아주 훌륭한 사람이었고, 난 그와의 시간이 즐거웠네. 그 사람이 나에게 큰 도움을 줬지."

"지금 병원에 다니나?"

"물론 아니지. 지금 자네와의 통화가 그 후로 내가 다른 사람과 나눈 가장 긴 대화라네."

"뉴욕에 있을 때 나한테 연락했어야지."

"그럴 수가 없었어."

"데이비드, 자넨 마흔 살도 안 됐어. 인생이 끝난 건 아니잖나."

"사실 난 다음 달에 마흔 살이 된다네. 15일에 매디슨 스퀘어 가든에서 성대한 파티가 열릴 예정이니 자네와 바바라도 올 수 있으면 좋겠어. 자네가 아직 초대장을 못 받은 게 놀랍군."

"다들 자네가 걱정되어 그러는 거야. 사생활을 캐묻고 싶진 않지만, 마음 쓰이는 사람이 자네처럼 행동한다면 수수방관하기가 어려워. 자네를 도울 기회를 줬으면 좋겠네."

"이미 돕고 있어. 나한테 새 일거리를 제안했으니까. 자네에게 고맙게 생각하고 있어."

"그건 일이고. 난 삶에 대한 이야기를 하고 있는 거야."

"그게 뭐가 다른가?"

"자넨 지독한 고집불통이야, 안 그래?"

"덱스터 파인바움에 대해 말해주게. 어쨌거나 내 후원자라고 할 수 있는데 그에 대해 전혀 아는 게 없으니."

"그 이야기는 더 이상 하지 않겠다는 거군, 그렇지?"

"배달 불능 우편물 취급소에서 일하던 우리의 옛 친구(허먼 멜빌의 단편소설 「필경사 바틀비」의 주인공 바틀비를 의미함-옮긴이)가 늘 말했듯이, 나는 그러지 않는 게 좋겠네."

"데이비드, 다른 사람들과 어울리지 않고 혼자 살 수는 없어. 그건 불가능한 일이야."

"그럴지도 모르지. 하지만 세상에 나와 똑같은 사람은 없어. 어쩌면 내가 첫 사례가 될 수도 있지."

✷

『죽은 자의 회고록』 서문(1846년 4월 14일 파리; 7월 28일 수정):

내가 언제 죽음을 맞이하게 될지 예견하는 건 불가능한 일이고, 내 나이대의 사람들에게 허락되는 건 은총의 나날, 아니 그보다는 고통의 나날이기에, 여기 몇 마디 설명을 넣어야겠다는 생각이 든다.

9월 4일이면 나는 일흔여덟 살이 된다. 나를 빠르게 떠나고 있는 세상, 나는 그 세상을 떠날 때가 되었고, 아무 회한 없이…….

슬픈 곤궁함, 늘 나를 짓밟아온 그것으로 인해 내 회고록을 팔 수밖에 없었다. 무덤을 저당 잡힌 나의 고통은 그 누구도 상상할 수 없겠지만, 이 마지막 희생은 나의 엄숙한 약속들을 지키고 행동의 일관성을 유지하기 위함이다……. 애초에 나의 계획은 마담 샤토브리앙에게 회고록을 남겨, 회고록을 세상에 발표할지 아니면 묻어둘지 그녀가 결정하게 하는 것이었다. 지금 나는 후자가 더 나을 거라는 믿음이 그 어느 때보다 강하며…….

이 회고록은 서로 다른 시기에 서로 다른 나라에서 쓰였다. 그런 이유로, 이야기가 다시 이어질 때 내 눈앞의 장소들과 가슴 속 감정에 대해 묘사하는 서문을 덧붙일 필요가 있었다. 그런 식으로 나의 변해가는 삶의 형태가 섞여 있다. 가끔은 번영의 시기에 고난의 날들에 대해 이야기하고, 시련을 겪으며 행복했던 시절을 회상하기도 했다. 내 젊음이 노년으로 접어들고, 말년의 무게가 순수했던 시절을 물들이고 슬프게 만들며, 내 태양이 떠오를 때부터 질 때까지의 모든 순간이 교차하고 어우러져 내 이야기에는 일종의 혼란스러움—어찌 보면 신비로운 통합이라고도 할 수 있는—이 생겨났다. 내 요람은 무덤을 떠올리게 하고, 무덤은 요람을 떠올리게 한다. 내 고통은 즐거움이 되고, 즐거움은 고통이 된다. 이제 이 회고록을 다 정독하고 나니, 이것이 젊은 마음의 산물인지 아니면 백발이 성성한 머리의 산물인지 가늠할 수가 없다.

나는 이 혼합물이 독자의 마음에 들지, 아니면 불쾌감을 줄지 알 수 없다. 이를 해결할 방법도 없다. 이것은 내 인생의 부침과 순탄하지 못한 운명의 결과다. 나는 인생의 바다에서 숱한 폭풍에 난파되어 책상도 없이 바위 위에 앉아 글을 썼다.

나는 이 회고록의 일부를 살아생전에 공개하라는 권유를 받아왔지만, 무덤 속 깊은 곳에서 이야기하는 것이 더 좋다. 그러면 나의 이야기가 무덤에서 나오는 신성함을 지닌 목소리들과 함께할 것이기 때문이다. 만일 내가 이 세상에서 충분히 고통받아 다음 세상에서 행복한 그림자가 될 수 있다면, 엘리시안 들판에서 온 한 줄기 빛이 나의 이 마지막 초상에 보호의 빛을 던져줄 것이다. 삶이 나를 무겁게 짓누르고 있으니, 어쩌면 내겐 죽음이 더 맞을지도 모른다.

이 회고록은 내게 특별한 중요성을 지녔다. 성 보나벤투라(가톨릭 성인으로 공경받은 중세 신학자이자 철학자, 그가 집필한 성 프란치스코의 전기가 너무 뛰어나 천사들이 그의 사후에도 계속 글을 쓸 수 있도록 도움을 주었다는 전설이 있음-옮긴이)는 죽은 후에도 계속해서 책을 쓸 수 있도록 허락되었다. 나는 그런 은총을 바랄 수는 없지만, 적어도 한밤중에 부활하여 회고록 원고 교정이라도 볼 수 있기를……

내 역작인 이 회고록에서 상대적으로 더 만족스러운 부분이 있다면, 그건 내 젊은 시절―내 인생에서 가장 깊이 숨겨진 구석―에 대한 내용이다. 그 안에서 나는 오직 나만이 알고 있는 세상을 다시 일깨워야 했고, 그 사라진 영역을 배회할 때 오직 침묵과 추억만을 마주했다. 내가 알았던 사람 중 얼마나 많은 이들이 아직도 살아 있을까?

……만일 내가 프랑스 밖에서 죽는다면, 첫 매장 후 50년이 지날 때까지 유해를 고국으로 들여오지 않기를 요청한

다. 그리고 시신에 대한 신성 모독적 부검은 이루어지지 않기를, 나라는 존재의 신비를 파헤치기 위해 생명 없는 뇌와 불길이 꺼진 심장을 헤집는 일은 없기를 바란다. 죽음은 삶의 신비를 드러내지 않는다. 나는 시신이 우편으로 이송된다는 생각만 해도 끔찍한 공포에 사로잡히지만, 건조하고 부패한 유해는 쉽게 이송될 수 있다. 그 마지막 여정은 내가 고난에 짓눌린 몸을 이끌고 지상을 돌아다닌 때보다는 덜 지치고 힘들 것이다.

나는 알렉스와 통화한 다음 날 아침 서문을 번역하기 시작했다. 마침 그 책(르바이앙과 물리니에가 이문, 주석, 부록을 달아 엮어낸 두 권짜리 플레야드판)을 가지고 있어서 가능한 일이었는데, 알렉스의 편지를 받기 불과 사흘 전에 그 책을 손에 들기도 했었다. 그 주 초에 나는 새 책꽂이 설치 작업을 마쳤다. 그다음엔 매일 몇 시간씩 상자를 풀어 책을 책꽂이에 정리했고, 그 지루한 작업 도중 어느 시점엔가 샤토브리앙의 책이 우연히 눈에 띄었다. 그의 회고록에 수년간 눈길조차 준 적이 없는 나였지만, 그날 아침 혼돈 그 자체인 버몬트 집 거실에서 어지럽게 나뒹구는 빈 상자들과 산더미처럼 쌓인 분류되지 않은 책들에 둘러싸여 충동적으로 그 책을 펼쳤다. 처음 시선이 닿은 곳은 1권의 짧은 구절이었다. 샤토브리앙이 1789년 6월에 브르타뉴 출신 시인과 함께 베르사유 궁전으로 나들이를 간 이야기가 담겨 있었다. 바스티유 습격 사건을 한 달도 안 남겨놓은 때였는데, 그들은 베르사유 궁전에서 두 자녀를 데리고 산책하는 마리 앙투아네트를 발견했다. *그분은 나를 향해 미소 어린 시선을 던지며, 내가 처음 그분을 알현한 날과 똑같은 우아한 인사를 보냈다. 나는 곧 세상에서 사라질 그 모습을 결코 잊지 못할 것이다. 마리 앙투아네트가 미소를 지을 때 그분의 입술 선이 너무나도 또렷하여(끔찍한 생각이지만!), 1815년 발굴 작업 중 그 비운의 여인의 머리가 발견되었을 때, 나는 그 미소에 대한 기억 덕에 왕의 딸 마리 앙투아네트의 턱을 알아볼 수 있었다.*

그건 숨이 멎을 정도로 강렬한 이미지여서 나는 책을 덮어 책꽂이에 꽂은 후에도 오랫동안 자꾸 그 생각이 났다. 시체 구덩이에서 발굴된 마리 앙투아네트의 잘린 머리. 샤토브리앙은 짧은 세 문장에서 26년의 세월을 지난다. 그는 육신에서 유골로, 화려한 삶에서 익명의 죽음으로 건너가는데 그 사이의 깊은 틈에는 온전한 한 세대의 경험이, 무언의 공포와 잔혹, 광기의 세월이 놓여 있다. 나는 그 구절에 매료되었고, 1년 반 동안 그 어떤 글에서도 느껴본 적이 없는 깊은 감동을 받았다. 그랬는데, 내가 그 문장들을 우연히 마주하게 된 날로부터 사흘 만에 그 책을 번역해달라는 알렉스의 편지를 받은 것이다. 그건 우연의 일치였을까? 물론 그랬지만, 당시 나는 마치 내 의지로 그런 일이 일어나게 만든 것 같은 기분을 느꼈다. 마치 알렉스의 편지가 나 혼자서는 마무리 지을 수 없었던 생각을 완성한 듯했다. 과거의 나였다면 결코 그런 신비주의적 허풍을 믿지 않았을 것이다. 하지만 그 시기의 나처럼 자기 안에 완전히 갇혀 주위를 돌아보지 않고 살다 보면 누구라도 관점의 변화를 겪게 된다. 사실 알렉스의 편지는 9일 월요일 날짜로 되어 있었고, 사흘 후인 12일 목요일에 도착했다. 그러니까 그가 뉴욕에서 그 책에 대한 편지를 쓸 때 나는 버몬트에서 그 책을 들고 있었던 것이다. 나는 지금 그 관련성을 강조하고 싶진 않지만, 그때는 그걸 하나의 징조로 받아들이지 않을 수가 없었다. 마치 내가 알지도 못하면서 무언가를 바랐는데 갑자기 소원이 이루어진 듯했다.

그래서 나는 책상에 앉아 다시 일을 시작했다. 헥터 만에 대해선 잊고 오직 샤토브리앙만을 생각하며 내 삶과는 아무 관련 없는 한 인생의 방대한 연대기에 몰입했다. 바로 그 점, 나 자신과 그 일 사이의 머나먼 거리가 제일 마음에 들었다. 1920년대 미국에서 1년간 야영을 한 것도 좋았으나, 18세기와 19세기의 프랑스에서 세월을 보내는 건 더 좋았다. 내가 사는 버몬트의 작은 산에 눈이 내렸지만, 나는 거의 신경 쓰지 않았다. 나는 생 말로와 파리, 오하이오와 플로리다, 영국, 로마, 베를린에 있었다. 대부분의 작업이 기계적이었고, 나는 텍스트의 노예이지 창작자가 아니었기에 『헥터 만의 무성 세계』를 쓸 때와는 다른 종류의 에너지가 요구되었다. 번역은 삽으로 석탄을 떠 넣는 작업과 약간은 비슷한 데가 있다. 석탄을 퍼서 난로에 던져 넣는다. 하나의 석탄 덩어리는 하나의 단어, 한 삽은 한 문장이며 허리가 튼튼하고 스태미나가 좋아 여덟 시간, 열 시간씩 쉬지 않고 일할 수 있다면 활활 타오르는 불길을 유지할 수 있다. 내 앞에는 백만 단어에 가까운 글이 놓여 있었고 나는 최대한 오래, 열심히 일할 준비가 되어 있었다. 그러다 집을 홀랑 태워 먹게 된다고 해도 말이다.

그 첫 겨울 거의 내내 나는 아무 데도 가지 않았다. 열흘에 한 번꼴로 차를 몰고 브래틀보로에 있는 그랜드 유니언 슈퍼마켓에 가서 식료품을 사 올 때만 일과를 중단했다. 브래틀보로까지 가려면 꽤 먼 거리를 더 가야 했지만 나는 그 32킬로미터를 운전해서 가면 아는 사람과 마주치는 불상사를 피할 수 있으리라 생각했다. 햄프턴 사람들은 대학 바로 북쪽에 있는 다른 그랜드 유니언을 이용하는 경향이 있었기에 그들이 브래틀보로에 나타날 가능성은 희박했다. 하지만 가능성이 아주 없진 않았고, 나는 용의주도한 계획을 세웠음에도 결국 역풍을 맞고 말았다. 3월의 어느 오후, 6번 통로에서 카트에 화장실용 휴지를 싣다가 그레그와 메리 텔레프슨 부부에게 꼼짝없이 붙잡힌 것이다. 이 만남은 저녁 식사 초대로 이어졌고, 나는 어떻게든 빠져나가려고 안간힘을 다했지만 메리가 끈질기게 날짜를 조율하는 바람에 핑곗거리가 동이 나고 말았다. 12일 후, 나는 햄프턴 캠퍼스 가장자리에 있는 그들의 집으로 차를 몰고 갔다. 내가 헬렌과 아이들과 함께 살았던 집에서 2킬로미터도 안 되는 거리였다. 저녁 식사 자리에 그들 부부만 있었다면 나에게 그토록 크나큰 시련은 아니었을지도 모르는데, 그레그와 메리는 자청해서 스무 명의 손님들을 더 초대했고 나는 그렇게 많은 사람을 만날 준비가 되어 있지 않았다. 물론 그들 모두가 다정했고 아마도 대부분의 사람이 나를 만나서 기뻤겠지만, 나는 어울리지 않는 자리에 와 있는 것처럼 어색했으며, 입을 열 때마다 부적절한 말을 하는 자신을 발견했다. 나는 이제 햄프턴의 가십에 대해 잘 알지 못했다. 그들 모두 내가 최근의 음모들과 당혹스러운 일들, 이혼과 불륜, 승진과 학과 간 다툼 등에 대해 듣고 싶어 할 거라고 여겼지만, 사실 그 모든 것이 견딜 수 없을 정도로 따분했다. 그래서 슬그머니 대화에서 빠져 다른 데로 가면 다음 순간 다르면서도 비슷한 대화를 나누고 있는 다른 그룹에 둘러싸였다. 헬렌 이야기를 꺼낼 정도로 모두 눈치가 없진 않았기에(학자들은 예의를 아는 사람들이니까), 최근 뉴스거리나 정치, 스포츠 같은 중립적으로 여겨지는 화제에만 머물렀다. 나는 그들이 하는 이야기들을 도통 알아들을 수가 없었다. 신문을 안 본 지 1년이 넘어서 마치 그들이 딴 세상에서 일어난 사건들에 대해 이야기하고 있는 것 같았다.

파티가 시작되면서 다들 1층에서 서성이거나 이 방 저 방 돌아다니며 몇 분 동안 모여 서 있다가 뿔뿔이 흩어져 다른 방에 가서 다른 무리를 만들었다. 나는 거실에서 식당으로, 주방으로, 서재로 돌아다녔고, 그러던 중 그레그가 쫓아와서 소다수를 탄 스카치 잔을 내 손에 쥐어주었다. 그러잖아도 불안하고 마음이 편치 않았던 나는 아무 생각 없이 잔을 받아 대략 24초도 안 걸려서 다 마셔버렸다. 1년여 만에 처음 입에 댄 알코올이었다. 헥터 만에 대한 자료 조사를 할 때는 여러 호텔 미니바의 유혹에 굴복했었지만, 브루클린으로 이사해서 책을 쓰기 시작하면서부터 금주를 맹세했다. 술이 옆에 없으면 특별히 알코올을 갈망하진 않았으나 마음이 약해지는 순간이 몇 번만 더 있어도 스스로를 심각한 위험에 빠뜨릴 수 있음을 알고 있었으니까. 비행기 사고 후의 내 행동은 그걸 확신하게 해줬고, 그때 가까스로 떨치고 일어나 버몬트를 떠나지 않았더라면 그레그와 메리의 파티에 참석할 수 있을 만큼(내가 도대체 왜 돌아온 건지 후회하는 입장에 처하는 건 고사하고) 오래 살지도 못했을 터였다.

나는 잔을 비운 후 술을 다시 채우러 갔고, 이번엔 소다수 대신 얼음만 넣었다. 그리고 세 번째 잔을 채우러 가서는 얼음 넣는 걸 잊고 술만 따랐다.

저녁 식사가 준비되자 손님들이 디너 테이블 주위에 줄지어 서서 접시에 음식을 담은 후 의자를 찾아 집 안 곳곳으로 흩어졌다. 나는 서재 소파에 자리를 잡았고, 독일어과 조교수 카린 밀러와 팔걸이 사이에 끼어 앉게 되었다. 그때쯤엔 이미 동작이 불안정했던 나는 샐러드와 비프스튜가 가득 담긴 접시를 무릎에 위태롭게 올려놓은 채 소파 등받이에 놓인(앉기 전에 놓아둔) 술잔을 향해 몸을 돌려 술잔을 잡자마자 바로 떨어뜨리고 말았다. 독한 조니 워커가 카린의 목덜미로 튀었고, 잠시 후 술잔이 그녀의 등뼈를 때렸다. 그녀가 펄쩍 뛰어올랐고— 어떻게 그러지 않을 수 있었겠는가?—그 바람에 그녀의 스튜와 샐러드 접시가 내 무릎 위로 날아와 엎어지면서 내 접시는 바닥에 나동그라졌다.

그건 대단한 참사라고 할 수도 없었는데, 상황을 파악하기엔 너무 취해 있었던 나는 갑자기 바지가 올리브오일로 흠뻑 젖고 셔츠에 스튜가 튀자 화가 치밀었다. 그때 내가 뭐라고 말했는지 기억은 안 나지만 잔인하고 모욕적인, 극도로 부적절한 말이었다. *둔해빠진 젖소*. 그렇게 말했던 것 같다. 아니면 *멍청한 젖소*, 그게 아니면 *멍청하고 둔해빠진 젖소*라고 했을 수도 있다. 뭐라고 했건 어떤 상황에서도 절대 언어화되어서는 안 되는 분노의 표현이었으며, 특히 방에 가득한 날카롭고 예민한 대학교수들 귀에 들릴 수 있을 때는 더 그랬다. 카린은 멍청하지도, 둔하지도 않으며 젖소(흔히 뚱뚱하고 칠칠치 못한 여자에게 사용하는 비속어-옮긴이)와는 거리가 멀다는 이야기는 굳이 덧붙일 필요도 없을 것이다. 카린은 괴테와 횔덜린을 가르치는 삼십대 후반의 날씬하고 매력적인 여자로 그동안 나에게 더할 수 없이 예의 바르고 친절한 태도를 보여주었다. 사고가 나기 몇 초 전에 그녀는 나를 자신의 강의에 초빙했고, 나는 목청을 가다듬으며 생각을 좀 해봐야겠다고 대답할 준비를 하다가 술을 흘린 것이었다. 그건 전적으로 내 잘못이었는데도 나는 즉시 그녀 탓으로 돌리며 공격했다. 그건 역겨운 추태였고, 내가 집을 벗어나선 안 된다는 또 하나의 증거였다. 카린은 나에게 친절한 제안을 했으며, 사실 어떤 주제에 대해서든 더 친밀한 대화를 나눌 준비가 되어 있다는 미묘하고도 은근한 신호를 보내왔다. 그리고 거의 2년 동안 여자를 접하지 못한 나는 그녀의 거의 감지하기 어려운 그 암시들에 반응하여, 혈중알코올농도가 높은 남자의 노골적이고 저속한 방식으로 그녀의 알몸을 상상하고 있었다. 그래서 그렇게 모진 말로 쏘아붙인 걸까? 내 자기혐오가 너무 커서 희미하게나마 성적 욕망을 일으킨 그녀를 벌해야만 했던 걸까? 아니면 그녀는 아무런 신호도 보내지 않았는데 그녀의 향수 냄새 풍기는 따뜻한 몸 가까이에 앉아 있으려니 순간적으로 욕정이 일어서 나 혼자 상상력을 발휘하여 드라마를 찍고 있다는 걸 직관적으로 알고 있었던 걸까?

설상가상으로, 그녀가 울기 시작했을 때 나는 미안한 마음이 전혀 들지 않았다. 그때쯤엔 우리 둘 다 서 있었는데, 나는 카린의 아랫입술이 떨리고 눈가에 눈물이 고이는 걸 보자 내가 유발한 경악스러운 상황에 환희에 가까운 기쁨을 느꼈다. 서재에 다른 사람들이 예닐곱 명쯤 있었고, 카린이 놀라서 비명을 지른 후 모두의 시선이 우리에게 쏠려 있었다. 게다가 접시 달그락거리는 소리에 몇 명이 더 문간으로 와서 내가 몹쓸 말을 내뱉었을 때 적어도 여남은 명의 목격자가 그 소리를 듣게 되었다. 그 후로 주위에 정적이 깔렸다. 다들 집단적 충격에 휩싸여 몇 초 동안 말문이 막힌 것이다. 모두 어찌할 바를 몰라 숨을 죽이고 있는 그 짧은 순간에 카린의 상처받은 마음이 분노로 바뀌었다.

"데이비드, 당신은 나한테 그런 말을 할 자격이 없어요. 당신이 뭔데 그런 말을 하죠?" 그녀가 말했다.

다행히 문간에 모여든 사람들 중에 메리도 있었고, 내가 더 큰 피해를 입히기 전에 그녀가 서재로 달려 들어와서 내 팔을 잡았다.

"데이비드는 진심으로 한 말이 아니에요." 메리가 카린에게 말했다. "그렇죠, 데이비드? 자기도 모르게 순간적으로 튀어나온 말이었어요."

그게 진심에서 나온 말이었음을 증명할 가혹한 반박으로 응수하고 싶었지만 입을 꾹 다물었다. 그러기 위해선 자제력을 총동원해야 했으나, 메리가 중재자로 나선 데다 여기서 더 그녀를 곤란하게 만들면 나중에 후회하게 될 거란 생각이 들어서였다. 그렇긴 해도 사과는 하지 않았고 화해하려는 노력도 기울이지 않았다. 나는 하고 싶은 말을 하는 대신 그녀의 손에서 팔을 뺀 다음 예전 동료들이 말없이 지켜보는 가운데 서재에서 나가서 거실을 가로질러 걸어갔다.

그레그와 메리의 침실이 있는 2층으로 올라갔다. 거기 있는 내 물건들을 챙겨서 떠날 계획이었는데, 내 파카가 침대 위에 산더미처럼 쌓인 코트들 아래 파묻혀 있어서 찾을 수가 없었다. 나는 코트 더미를 잠시 파헤치다가 코트들을 방바닥에 던지기 시작했다. 내 파카를 쉽게 찾을 수 있도록 다른 가능성을 제거한 것이다. 그렇게 중간쯤에 이르러 침대 위보다 방바닥에 코트가 더 많아졌을 때 메리가 들어왔다. 그녀는 자그마한 키에 동그란 얼굴과 곱슬곱슬한 금발, 발그레한 뺨을 갖고 있었는데, 나는 그녀가 허리에 두 손을 짚고 문간에 서 있는 모습을 본 즉시 나에게 완전히 질려버렸다는 걸 알 수 있었다. 엄마의 꾸중을 듣기 직전의 아이 같은 기분을 느꼈다.

"뭐 하는 거예요?" 메리가 물었다.

"코트 찾고 있어요."

"아래층 옷장에 있어요. 기억 안 나요?"

"난 여기 있는 줄 알았어요."

"아래층에 있어요. 아까 집에 들어올 때 그레그가 옷장에 넣었어요. 당신이 그레그에게 옷걸이를 찾아줬잖아요."

"좋아요, 아래층에 가서 찾아보죠."

하지만 메리는 나를 그리 쉽게 놓아주려 하지 않았다. 그녀는 방 안으로 몇 걸음 들어와서 허리를 굽혀 코트 하나를 집어 들더니 성난 몸짓으로 침대에 던졌다. 그러더니 코트 하나를 더 집어 그것도 침대에 던졌다. 그녀는 계속해서 코트를 집어 침대에 던졌고, 그때마다 하던 말을 끊었다. 마치 코트들이 구두점—갑작스러운 대시 부호, 급한 생략 부호, 격한 감탄 부호—이 되어 그녀의 말허리를 도끼처럼 자르는 듯했다.

"아래층에 내려가면, 카린이랑…… 화해했으면 좋겠어요……. 난 당신이 무릎을 꿇고…… 용서를 빌어야 한다고 해도 상관없어요……. 다들 그 이야기를 하고 있고…… 데이비드, 지금 당신이 내 부탁을 들어주지 않는다면…… 다시는 당신을 이 집에 초대하지 않을 거예요."

"난 애초에 오고 싶지도 않았어요. 당신이 억지로 초대하지 않았다면, 여기 와서 당신 손님을 모욕할 일도 없었을 거라고요. 그럼 당신은 늘 그랬듯이 따분하고 재미없는 파티를 열 수 있었겠죠." 내가 대꾸했다.

"데이비드, 당신에겐 도움이 필요해요……. 난 당신이 무슨 일을 겪었는지 잊지 않았지만…… 인내심도 한계가 있어요……. 당신 스스로 인생을 망치기 전에 의사를 찾아가요."

"난 내게 가능한 삶을 살고 있어요. 거기엔 당신 집 파티에 가는 건 포함되지 않죠."

메리는 마지막 코트를 침대에 던진 후 뚜렷한 이유도 없이 갑자기 주저앉아 울기 시작했다.

"잘 들어요, 멍청이." 그녀가 조용한 목소리로 말했다. "나도 헬렌을 사랑했어요. 당신은 그녀와 결혼한 사이였을지 몰라도, 헬렌은 나의 가장 친한 친구였어요."

"아니, 그렇지 않아요. 헬렌은 나와 가장 친한 친구였어요. 나도 헬렌에게 그랬고. 당신하곤 아무 상관도 없는 일이에요, 메리."

그것으로 대화는 끝났다. 내가 너무 가혹하게 굴어서, 그녀의 마음을 너무도 매몰차게 거절해서 그녀는 더 이상 할 말을 찾지 못했다. 내가 방에서 나갈 때 그녀는 나를 등지고 앉아서 고개를 흔들며 코트들을 내려다보고 있었다.

파티 이틀 후, 펜실베이니아대학교 출판부에서 내 책을 출간하고 싶다는 연락이 왔다. 그때 나는 샤토브리앙의 책을 백 페이지 가까이 번역한 상태였고, 1년 후 『헥터 만의 무성 세계』가 세상에 나왔을 때는 거기서 천 2백 페이지를 더 나갈 수 있었다. 그 속도를 유지할 수 있다면 7, 8개월 내로 초고를 완성할 수 있을 터였다. 교정과 심경의 변화에 따른 추가 시간을 고려하면, 1년 안에 알렉스에게 번역 원고를 넘기게 될 것 같았다.

결과적으로 번역 작업은 그 후로 3개월밖에 지속되지 못했다. 나는 250페이지를 더 나아가 23부 나폴레옹의 몰락에 대한 챕터(*불행과 경이는 함께 태어난 쌍둥이다*)에 이르렀고, 그러다 초여름의 어느 습하고 바람 센 오후에 우편함에서 프리다 스펠링의 편지를 발견했다. 솔직히 말해서 처음엔 당황했지만, 답장을 보내고 조금 생각해본 후에는 장난 편지일 거라고 확신할 수 있었다. 그렇다고 해서 답장을 보낸 게 잘못이었다는 뜻은 아니고, 일단 애매한 답장을 보내놨으니 더 이상 연락이 오지 않을 거라고 생각했다.

9일 후, 그녀의 답장이 왔다. 이번엔 정식 편지지를 사용했고, 편지지 상단에 푸른색 돋을새김 글자로 그녀의 이름과 주소가 찍혀 있었다. 나는 그런 개인용 편지지 정도야 간단하게 위조할 수 있다는 걸 알고 있었으나 내가 들어본 적도 없는 사람을 사칭하려고 그런 수고를 할 이유가 어디 있는가? 나에게 프리다 스펠링이라는 이름은 아무 의미도 없었다. 그녀는 헥터 만의 아내일 수도, 사막의 판잣집에 홀로 사는 미친 사람일 수도 있었지만 이제 그녀가 실제 인물이라는 걸 부정하기는 힘들었다. 편지 내용은 다음과 같았다.

교수님께, 제 편지에 대해 의심스러워하시는 것은 충분히 이해할 수 있으며, 저를 선뜻 믿지 못하시는 것도 전혀 놀랍지 않습니다. 진실을 확인하는 방법은 지난번 제 편지의 초대를 받아들이는 것뿐입니다. 비행기를 타고 티에라 델 수에뇨로 와서 헥터를 만나주세요. 혹시 교수님의 마음을 끌 수 있을지도 몰라서 말씀드리는데, 헥터는 1929년에 할리우드를 떠난 이후 여러 편의 장편영화를 쓰고 감독했으며, 농장에서 교수님을 위해 기꺼이 상영하겠다고 합니다. 헥터는 이제 아흔 살이 다 되었고 건강을 잃어가고 있습니

다. 그는 유서에서 자신의 사후 24시간 이내에 그 영화들의 원본과 복사본을 모두 파기하라고 지시했는데, 저는 그가 앞으로 얼마나 더 살 수 있을지 모르겠습니다. 곧 연락주시기를 부탁드립니다. 교수님의 답신을 고대하며, 그럼 이만 줄이겠습니다. 프리다 스펠링(헥터 만 부인) 드림.*

이번에도 나는 휘말리지 않았다. 내 답장은 간결하고, 형식적이고, 어쩌면 좀 무례하기도 했지만 나는 그녀를 신뢰할 수 있다는 걸 알기 전에는 아무런 언질도 줄 수 없었다. 나는 답장에 이렇게 썼다. *저도 부인을 믿고 싶지만 증거가 필요합니다. 제가 뉴멕시코까지 내려가기를 기대하신다면, 부인의 설명이 믿을 수 있는 것이고 헥터 만이 진짜로 살아 있다는 확신을 주셔야겠습니다. 제 의심이 가시면 농장으로 가겠습니다. 하지만 저는 비행기 여행은 하지 않는다는 점을 미리 알려드려야겠네요. 그럼 이만 줄입니다. D. Z.*

그녀는 분명 답장을 보내올 터였다—내 편지에 겁을 먹지 않았다면 말이다. 만약 겁먹었다면 그동안 나를 속인 걸 암묵적으로 인정할 것이고, 그럼 이야기는 끝난다. 나는 그렇게 될 거라고 생각하진 않았지만, 그녀가 어떻게 나오든 진실이 밝혀지는 데는 그리 오래 걸리진 않을 터였다. 그녀는 두 번째 편지에서 절박하고 거의 간청하는 느낌까지 줬으며, 그녀가 자신의 말대로 진짜 헥터 만 부인이라면 지체

없이 나에게 편지를 쓸 터였다. 침묵은 내가 그녀의 속임수를 밝혀냈다는 의미가 되겠지만, 만일 답장이 온다면—나는 그럴 거라고 믿어 의심치 않았다—빨리 올 터였다. 지난번 답장은 9일이 걸렸다. 모든 조건이 동일하다면(지연이나 우체국의 실수가 없다면) 다음 답장은 그보다 빨리 올 것임이 분명했다.

나는 차분히 일과를 유지하면서 회고록 번역에 속도를 내기 위해 최선을 다했으나 소용이 없었다. 번역에 몰두하기엔 너무 심란하고 긴장된 상태였기에 며칠 연속 할당량을 맞추려고 분투하다가 마침내 번역을 일시 중단하기로 결심했다. 다음 날 아침 날이 밝는 대로 일어나 안 쓰는 방 벽장으로 기어들어 가서 책을 다 쓴 후 상자에 담아 보관해둔 헥터 관련 자료들을 모두 꺼냈다. 그 자료들은 여섯 개의 상자에 들어 있었다. 다섯 상자에는 내가 쓴 쪽지들과 개요들, 초고들이 들어 있었으나 나머지 한 상자에는 온갖 귀중한 자료가 가득했다. 신문 기사 스크랩, 사진, 마이크로필름에 담긴 문서, 복사한 기사, 오래전 가십 칼럼에 실렸던 짧은 글 등 내가 손에 넣을 수 있었던 헥터 만 관련 인쇄물은 다 들어 있었다. 오랫동안 그 자료들을 보지 않았던 나는 이제 프리다 스펠링의 연락을 기다리는 것밖에 할 일이 없었기에 그 상자를 서재로 가져가서 그 주의 남은 기간 동안 샅샅이 훑어보았다. 내가 이미 아는 것 말고 새로운 사실을 발견하게 되리란 기대를 품고 있었던 건 아니지만, 그때쯤엔 자료의 내용들에 대한 기억이 희미해져서 다시 들여다볼 필요가 있을 것 같았다. 내가 모은 자료들은 대부분 신뢰하기 어려운 타블로이드 신문 기사, 연예 잡지에 실린 쓰레기 글, 과장과 억측과 완전한 허위로 가득한 영화 르포르타주 따위였다. 하지만 그 자료들을 믿어선 안 된다는 걸 유념하고 읽으면 특별히 해가 될 것도 없을 듯했다.

헥터에 대한 소개 글이 1927년 8월부터 1928년 10월 사이에 네 편 있었다. 첫 번째 글은 헌트가 새로 만든 영화사 칼레이도스코프의 홍보지 월간 『불레틴』에 실려 있었다. 그 글은 본질적으로 영화사와 헥터의 계약에 대해 알리는 보도 자료라고 할 수 있었는데, 당시 헥터는 거의 알려지지 않은 인물이라 목적에 맞추어 어떤 이야기든 지어낼 수 있었다. 발렌티노의 죽음과 함께 할리우드 라틴 러버(이탈리아 국적의 루돌프 발렌티노를 대표로 한 남유럽 출신의 미남 배우들을 일컫는 말-옮긴이)의 시대가 막바지로 접어든 그 시기에는 가무잡잡한 피부의 이국적인 외국인들이 여전히 큰 인기를 끌고 있었고, 칼레이도스코프는 이 현상을 활용할 목적으로 헥터를 *세뇨르 슬랩스틱, 유머 감각을 지닌 남미의 매력남*으로 홍보했다. 그리고 이 주장을 뒷받침하기 위해 그의 경력을 화려하게 꾸며냈는데, 모든 경력이 그가 캘리포니아에 오기 전에 이뤄진 것으로, 부에노스아이레스의 뮤직홀 공연, 아르헨티나와 브라질에서의 장기 보드빌 투어, 그리고 멕시코에서 제작되어 대흥행을 거둔 일련의 영화들이 포함되었다. 헌트는 헥터를 이미 스타덤에 오른 인물로 내세움으로써 인재를 알아보는 안목을 지녔다는 평가를 받을 수 있었다. 그는 영화 산업에 새롭게 뛰어든 단순한 신참자가 아니라 경쟁자들을 물리치고 외국의 유명 연예인을 영입하여 미국 대중에게 소개할 자격을 얻어낸 영리하고 진취적인 영화사 사장이 되었다. 그건 들통나지 않고 쉽게 넘어갈 수 있는 거짓말이었다. 어차피 다른 나라에서 무슨 일이 일어나고 있는지 관심 갖는 사람은 아무도 없는 데다, 선택 가능한 가상의 가능성들이 널려 있는데 무엇 때문에 사실들에 얽매이겠는가?

6개월 후『포토플레이』2월호에 실린 기사에는 헥터의 과거가 좀 더 냉정한 시각으로 소개되어 있었다. 그때쯤엔 이미 그의 영화 몇 편이 개봉되어 전국에서 그의 작품에 대한 관심이 커져가고 있었기에 그의 과거를 왜곡시킬 필요가 줄어들었을 터였다. 브리지드 오팰런이라는 상근 기자가 쓴 기사였는데, 첫 문단에서 헥터의 *날카로운 시선과 유연한 근육질의 몸*에 대해 논평한 것으로 보아 오로지 헥터를 찬양하기 위한 의도로 쓴 글임을 단박에 알 수 있었다. 기자는 그의 강한 스페인 억양에 매료되었으면서도 유창한 영어 실력을 칭찬하며 그가 독일식 이름을 갖게 된 이유를 묻는다. 그러자 헥터는 이렇게 대답한다. "그건 아주 간단합니다. 제 부모님은 독일에서 태어났고, 저도 마찬가집니다. 제가 어린 아기였을 때 가족 모두 아르헨티나로 이민을 갔죠. 그래서 집에서는 부모님과 독일어로 말하고, 학교에서는 스페인어를 썼어요. 영어는 나중에, 미국으로 건너와서 배웠고요. 아직 영어는 그리 잘하진 못합니다." 오펠런 기자가 그에게 여기 온 지 얼마나 되었느냐고 묻자 그는 3년이라고 말한다. 물론, 그 대답은 칼레이도스코프의 『불레틴』에 소개된 내용과 모순되며, 헥터는 캘리포니아에 와서 여러 직업(식당 보조 웨이터, 진공청소기 영업사원, 도랑 파는 인부)을 전전한 이야기를 하면서도 연예계에 몸담은 적이 있다는 말은 하지 않는다. 그의 이름을 널리 알린 저 화려한 라틴아메리카에서의 경력에 대한 이야기는 막을 내린 것이다.

헌트의 홍보부서에서 꾸며낸 과장된 경력은 무시하기 어렵지 않으나, 그들이 진실을 외면했다고 해서 『포토플레이』에 실린 이야기가 더 정확하거나 믿을 만하다는 의미는 아니다. 랜들 심스라는 이름의 기자는 『픽쳐고어』 3월호에서 〈탱고 탱글〉 촬영장 방문 소감을 이렇게 썼다. "이 아르헨티나인 웃음 머신이 외국인의 억양이라곤 찾아보기 힘든 나무랄 데 없는 영어를 구사하는 걸 보고 무척 놀랐다. 그가 어디 출신인지 몰랐다면, 오하이오주 샌더스키에서 자랐을 거라고 장담했을 것이다." 심스는 칭찬으로 한 말이지만 그의 논평은 헥터의 출신지에 대한 불편한 의문을 야기한다. 그가 아르헨티나에서 어린 시절을 보낸 건 받아들인다 해도, 그는 다른 기사들에서 암시된 시기보다 훨씬 일찍 미국으로 건너온 듯하다. 심스는 다음 문단에서 헥터의 말을 인용한다. "제가 어렸을 때 심각한 문제아였어요. 그래서 열여섯 살 때 부모님께 쫓겨났는데, 뒤도 안 돌아보고 떠났죠. 결국 북쪽으로 갔다가 미국에 오게 됐어요. 저는 맨 처음부터 영화계에서 성공하겠다는 한 가지 생각밖에 없었습니다." 그 말을 하는 사람은 한 달 전 브리지드 오팰런과 인터뷰한 인물과 전혀 닮은 데가 없다. 『포토플레이』와의 인터뷰에서 강한 스페인어 억양을 구사한 건 개그였을까, 아니면 심스가 수개월, 수년 후를 내다보며 제작자들에게 헥터가 유성영화 배우로서도 잠재성이 있음을 알리기 위해 고의적으로 진실을 난도질하고 그의 유창한 영어 실력을 강조한 것일까? 어쩌면 그 두 사람이 공모해서 그런 기사를 쓴 것일 수도, 제삼의 인물이 심스를 매수했을 수도 있었다―그때쯤엔 심각한 재정난에 빠져 있던 헌트가 그랬을 가능성도 있었다. 헌트가 헥터의 시장 가치를 높여 그를 다른 영화사에 팔아넘기기 위해 그랬을 수도 있을까? 그건 알 수 없지만 심스의 동기가 무엇이고 오팰런이 헥터의 말을 얼마나 엉터리로 기록했건, 그 기자들을 위해 어떤 핑계를 대더라도 그 두 기사는 결코 조화를 이룰 수 없다.

헥터의 마지막 인터뷰는 『픽처 플레이』 10월호에 실렸다. 헥터가 B. T. 바커에게 한 말―아니면 적어도 바커가 우리에게 전한 그의 말―을 보면, 우리의 주인공이 이런 혼란을 일으키는 데 관여한 것이 아닌가 하는 의심이 든다. 이 기사에서는 그의 부모님이 오스트리아-헝가리 제국 동쪽 끝에 위치한 스타니슬라프 출신이고, 헥터의 모국어는 독일어가 아닌 폴란드어이다. 그의 가족은 그가 두 살 때 비엔나로 떠나 그곳에서 6개월 동안 머물다가 미국으로 건너왔고, 뉴욕에서 3년을 산 후 중서부로 가서 1년 더 살고, 그다음엔 부에노스아이레스에 정착한다. 바커가 그의 말을 끊고 중서부 어디에서 살았는지 묻자, 헥터는 차분하게 대답한다. "오하이오 샌더스키요." 그 바로 6개월 전에 랜들 심스가 『픽처고어』에서 샌더스키라는 이름을 댄 건 실제 도시가 아니라 하나의 은유로, 미국의 전형적인 소도시로 언급한 것이다. 그런데 이제 헥터가 그 도시 이름을 도용하여 자신의 이야기에 넣는데, 어쩌면 *오-하이-오, 샌-더스-키*라는 두 단어의 거칠면서도 경쾌한 음악적 리듬에 매료되었기 때문인지도 모른다. 이 단어들은 듣기 좋은 울림을 지니고 있으며, 산뜻한 삼중 당김음은 마치 잘 다듬어진 시구처럼 강렬하고 정확한 운율을 이룬다. 헥터는 자신의 아버지가 교량 건설 전문 토목기사였다고 말한다. 어머니는 "이 세상에서 가장 아름다운" 분이었고 댄서에, 가수, 화가였다고 한다. 헥터는 부모를 사랑하고 존경하는 예의 바르고 신앙심 깊은 아이였으며(심스의 기사에 등장하는 문제아와는 정반대이다), 열네 살 때 부모가 보트 사고로 비극적인 죽음을 맞이하기 전까지는 아버지 뒤를 이어 엔지니어가 될 계획이었다. 하지만 갑작스럽게 부모를 잃으면서 모든 게 바뀌었다. 고아가 된 순간부터 그의 꿈은 미국으로 돌아가 새 삶을 시작하는 것뿐이었다. 그 꿈을 이루기 위해서는 많은 기적이 일어나야 했지만 이제 미국에 돌아왔고, 이곳이 언제나 자신이 있어야 할 자리였음을 확신한다.

그 진술들 일부는 진실일 수도 있지만 다수는 아니고, 어쩌면 단 한 가지도 진실이 아닐 수도 있다. 그것이 그가 네 번째로 내놓은 과거 이야기였고, 그 네 가지 이야기에는 공통된 부분들(독일어나 폴란드어를 쓰는 부모, 아르헨티나에서 살았던 것, 구세계에서 신세계로의 이주)도 있었지만 그 외엔 다 달랐다. 그는 한 이야기에서는 비정하고 실제적이지만, 다음 이야기에서는 위축되어 있고 감상적이다. 한 기자에게는 문제아였다가 다른 기자에게는 순종적이고 경건한 아이가 되며, 부유하게 자랐다고 했다가 가난하게 자랐다고 하고, 외국어 억양이 강한 영어를 쓰다가 그런 억양이 완전히 사라지기도 한다. 이 모순되는 말들을 모두 모으면 결국 아무것도 남지 않는다. 너무도 많은 특성과 가족사를 가진 남자의 초상은 한 무더기의 단편적인 조각들로 와해되고, 더 이상 맞춰질 수 없는 퍼즐이 되고 만다. 그는 질문을 받을 때마다 다른 대답을 내놓는다. 그의 입에서 말이 쏟아져 나오지만, 그는 같은 말을 두 번 이상 하지 않기로 결심한 것처럼 보인다. 그는 뭔가를 숨기며 비밀을 지키는 듯한데, 어찌나 우아하고 반짝이는 유머로 상대를 혼미하게 만드는지 아무도 눈치를 못 채는 것 같다. 기자들은 그를 거부하지 못한다. 그는 기자들을 웃게 하고, 간단한 마술을 동원하여 즐겁게 해준다. 그리하여 곧 그들은 그에게서 진실을 캐내기를 중단하고 그의 연기력에 굴복한다. 헥터는 즉흥의 날개를 달고 비엔나의 자갈길에서부터 어감 좋은 오하이오의 평지까지 곡예비행을 즐기고, 그러다 보면 이것이 기만의 게임인지 아니면 단순히 지루함을 떨쳐내기 위한 어설픈 시도인지 스스로에게 묻게 된다. 어쩌면 그의 거짓말들은 무해한 것일 수도 있다. 상대를 속이기 위해서라기보다는 스스로 즐길 거리를 찾고 있는 것인지도 모른다. 원래 인터뷰라는 게 따분한 일 아닌가. 모두가 똑같은 질문을 던진다면 졸지 않기 위해서라도 새로운 대답을 생각해내야 할 수도 있다.

 확실한 건 없었지만, 나는 이 기만적인 기억들과 거짓 일화들을 걸러낸 후 한 가지 사소한 사실을 발견한 것 같다는 생각이 들었다. 헥터는 세 번째 인터뷰까지는 자신의 출생지에 대한 언급을 피한다. 오펠런이 물었을 때는 독일이라고 답하고, 심스가 물었을 때는 오스트리아라고 말하지만 더 자세한 내용, 그러니까 도시나 지역 이름은 밝히지 않는다. 바커와의 인터뷰에 이르러서야 조금 솔직해져서 빈칸을 채운다. 스타니슬라프는 한때 오스트리아-헝가리 제국의 영토였다가 전쟁이 끝나면서 제국이 붕괴되자 폴란드로 넘어간다. 폴란드는 미국인들에게 먼 나라다. 독일보다 훨씬 더 멀다. 헥터는 자신이 외국인이라는 사실을 대수롭지 않은 일로 만들기 위해 갖은 노력을 다하면서도 이상하게 자신이 태어난 도시 이름을 밝힌다. 나는 그 이유가 될 수 있는 건 단 하나, 그것이 진실이기 때문이리라고 생각했다. 내 생각이 맞는지 확인할 수는 없었지만, 그가 그것에 대해서까지 거짓말을 했다는 건 납득이 되지 않는다. 폴란드는 그에게 하등 도움 될 게 없었고, 만일 그가 자신의 배경을 거짓으로 꾸며내는 데 열중하고 있었다면 왜 굳이 그 이름을 댔겠는가? 그건 잠시 방심한 틈에 벌어진 실수였고, 그 실언이 바커의 귀에 들어가기가 무섭게 헥터는 피해 복구에 나선다. 자신의 외국인 이미지를 지나치게 부각시켰다면 이제 미국인 자격을 강조함으로써 실수를 만회해야 한다. 그는 자신을 이민자들의 도시 뉴욕에 갖다 놓았다가 미국 대륙의 중심부로 옮겨 기자에게 요점을 주입시킨다. 거기서 오하이오 샌더스키가 등장하는 것이다. 그는 6개월 전 자신에 관한 소개 기사에 실렸던 그 이름이 떠올라, 아무 의심 없이 B. T. 바커 앞에 불쑥 꺼내놓는다. 그의 목적대로 된다. 기자는 곁길로 새서 폴란드에 대해 더 묻기 전에 의자 등받이에 기대앉으며 헥터와 함께 중서부의 알팔파 들판에 대한 추억에 잠긴다.

스타니슬라프는 드네스트르강 바로 남쪽, 갈리시아 지방의 르보프와 체르노비츠 중간쯤에 자리하고 있다. 만일 헥터가 그곳에서 어린 시절을 보냈다면, 그는 유대인으로 태어났을 가능성이 아주 높다. 그 지역에 유대인 정착민들이 많았다는 사실은 나를 설득하기에 충분치 않지만, 그곳의 유대인 인구와 그의 가족이 결국 그 지역을 떠났다는 점을 함께 고려하면 그 논리는 꽤 그럴듯해진다. 1880년대에

러시아가 유대인들을 집단적으로 학살하기 시작하면서 그 지역에 살던 수십만 명에 이르는 이디시어를 쓰는 이민자들이 서유럽과 미국으로 퍼져나갔다. 남미로 간 사람들도 상당수에 이르렀다. 아르헨티나만 해도, 유대인 인구가 세기말과 제1차 세계 대전 사이에 6천 명에서 10만 명 이상으로 증가했다. 분명 헥터 가족도 그 통계 수치에 보탬이 되었을 것이다. 만일 그렇지 않다면 그들은 아르헨티나에 발을 들이지 않았을 것이다. 역사상 그 시점에 스타니슬라프에서 부에노스아이레스로 떠난 사람들은 유대인뿐이었다.

나는 그 작은 발견을 한 게 자랑스럽긴 했으나 그렇다고 그걸 대단하게 여기진 않았다. 만일 헥터가 진짜로 무언가를 감추고 있었고 그게 그의 모태 신앙이었다면, 결국 내가 밝혀낸 건 더없이 진부한 형태의 사회적 위선이기 때문이었다. 당시 할리우드에서 유대인인 건 죄가 아니었다. 단지 스스로 그걸 밝히려 하지 않았을 뿐이었다. 그 무렵 졸슨은 이미 〈재즈 싱어〉를 찍었고, 브로드웨이 극장들에는 에디 캔터와 패니 브라이스를 보거나, 어빙 벌린과 거슈윈의 음악을 듣거나, 막스 브라더스에게 박수갈채를 보내기 위해 비싼 표를 산 관객들이 가득했다. 헥터에게 유대인이라는 사실은 부담이었을 수도 있었다. 그것 때문에 고통받고, 그걸 수치스러워했을 수도 있었다. 하지만 나로선 그가 그것 때문에 살해당했을 거라고 상상하긴 어려웠다. 물론 어디에나 유대인을 살해할 만큼 증오로 가득 찬 편협한 사람은 늘 존재하기 마련이지만, 그런 일을 저지르는 사람은 자신의 범죄가 알려지고 다른 사람들을 겁주는 본보기가 되기를 원한다. 하지만 헥터의 운명이 어찌 되었건, 확실한 사실 한 가지는 그의 시신이 발견되지 않았다는 점이다.

헥터는 칼레이도스코프와 계약한 날부터 종적을 감춘 날까지 겨우 17개월 동안 활동했다. 그 기간이 짧았다고는 해도, 그는 어느 정도 인지도를 얻었고 1928년 초쯤엔 이미 할리우드 사교계 칼럼들에 이름이 오르기 시작했다. 나는 그의 자료들을 모으면서 여러 마이크로필름 보관소에서 그런 기사 스무 편 정도를 발견할 수 있었다. 이미 파기된 것들은 말할 것도 없고 내가 찾아내지 못한 기사들도 많겠지만, 얼마 되지 않는 불충분한 자료일지언정, 헥터가 밤에 집에 앉아 있는 인물은 아님을 입증했다. 그는 레스토랑과 나이트클럽, 파티, 영화가 개봉되는 극장에 모습을 보였고, 신문에 이름이 오를 때마다 거의 항상 그의 "숨 막히는 매력, 저항할 수 없는 눈빛, 심장이 멎을 만큼 잘생긴 얼굴"에 대해 묘사하는 문구가 동반되었다. 기사 작성자가 여자인 경우 특히 더 그랬지만 그의 매력에 굴복한 남자들도 있었다. 그중 하나가 고든 플라이라는 필명으로 활동한 기자였는데

(그의 칼럼 제목이 '플라이 온 더 월*Fly on the Wall*(벽에 붙은 파리, 즉 몰래 남을 관찰하는 사람을 일컫는 말-옮긴이)'이었다), 그는 헥터가 코미디에서 재능을 낭비하고 있고 드라마로 갈아타야 한다는 의견을 냈을 정도였다. 플라이는 이렇게 썼다. "그런 옆얼굴을 가진 우아한 세뇨르 만이 연신 벽이나 가로등에 부딪히며 코를 위험에 빠뜨리는 모습을 보는 것은 미적 균형감을 해치는 일이다. 그런 곡예를 그만두고 아름다운 여성들과 키스하는 데 집중하는 것이 대중을 위해 더 나은 서비스가 될 것이다. 할리우드에는 기꺼이 그의 상대역을 맡을 젊은 여배우가 수두룩하다. 소식통에 의하면 아이린 플라워스도 이미 몇 차례 오디션을 봤다고 하는데, 우리의 멋진 이달고(스페인과 포르투갈에서 귀족 신분을 지칭하는 말-옮긴이)는 늘 인기 있고 활력이 넘치는 콘스턴스 하트에게 눈길을 주고 있는 것처럼 보인다. 우리는 그 스크린 테스트 결과를 열띠게 기다리고 있다."

하지만 대부분의 경우, 기자들은 헥터를 흘끗 보며 고개를 끄덕여 인사하는 정도의 관심밖에 보이지 않는다. 그는 아직 대단한 뉴스거리가 못 되고 전도유망한 신인 가운데 한 사람에 불과했으며, 내가 입수한 칼럼들 절반에서 그저 이름만 실렸다―대개 여자를 동반하고 있었는데 그 여자 역시 이름만 실렸다. 헥터 만이 페더드 네스트에서 실비아 누넌과 함께 있는 모습이 포착되었다. 헥터 만이 지난밤 지브롤터 클럽에서 밀드레드 스웨인과 댄스 플로어로 걸어 나갔다. 헥터 만이 앨리스 드와이어와 함께 웃었고, 폴리 매크래켄과 함께 굴 요리를 먹었고, 돌로레스 세인트 존과 손을 잡았고, 피오나 마르와 함께 진을 파는 술집으로 들어갔다. 전부 세어보니 여덟 명의 여자 이름이 등장했지만, 헥터가 그해에 데이트한 여자들이 얼마나 많은지 누가 알겠는가? 나는 가까스로 찾아낸 기사들을 통해 얻은 제한된 정보만 갖고 있었으며, 그 여덟 명은 스무 명, 아니 그 이상이 될 수도 있었다.

이듬해 1월 헥터의 실종 소식이 알려졌을 때, 그의 애정 문제는 별 관심을 받지 못했다. 그 사흘 전에 시모어 헌트가 자신의 침실에서 목을 맨 터라, 경찰에서는 헥터의 틀어진 로맨스나 비밀 불륜 관련 증거를 캐는 대신 신시내티 출신의 부패한 은행가와의 악화된 관계에 집중했다. 아마도 두 사건을 연관시키지 않기가 어려웠을 것이다. 헌트가 체포된 후, 헥터는 미국인들에게 아직 정의감이 남아 있다는 사실에 안도했다고 말한 것으로 알려져 있었다. 헥터의 가까운 친구 중 하나로 소개된 익명의 소식통에 따르면, 헥터가 사람들 대여섯 명이 듣는 데서 이렇게 말했다는 것이다. "그자는 악당이야. 나한테 사기 쳐서 수천 달러를 가로채고 내 경력을 망치려 했어. 그자가 잡혀가서 속이 시원해. 그런 일을 당해도 싸지. 난 그자에 대한 연민 따윈 조금도 없어." 기자들 사이에선 헌트를 당국에 고발한 사람이 헥터라는 소문이 돌기 시작했다. 그 이론을 지지하는 사람들은 헌트가 죽은 후 그의 동업자들이 헥터 입에서 더 이상 폭로가 나오지 않도록 그를 제거했다고 주장했다. 헌트의 죽음도 자살이 아니라 자살로 위장된 살인이며, 그의 암흑가 친구들이 자신들의 범죄 흔적을 지우기 위해 꾸민 치밀한 음모의 첫 단계였다는 억측까지 돌았다.

그건 암흑가 방식의 사건 해석이었다. 1920년대 미국에서는 그럴듯한 접근법으로 여겨졌겠지만, 그 가설을 뒷받침할 시신이 발견되지 않았기에 경찰 조사는 좌초하기 시작했다. 신문들도 처음 몇 주간은 장단을 맞추며 헌트의 사업 관행에 문제가 있었다거나 영화업계에 범죄적 요소가 부상하고 있다는 내용의 기사를 실었지만, 헥터의 실종과 그의 전 제작자의 죽음 사이의 확실한 연결고리가 안 나오자 다른 동기나 설명거리를 찾아 나섰다. 모두가 두 사건의 근접성에 유혹을 느꼈지만, 한 사건이 다른 사건을 유발했다고 추정하는 것은 논리적으로 타당하지 않았다. 인접한 사실이라고 해서 반드시 서로 연관이 있다고 할 수는 없다. 비록 그것들의 근접성이 연관성을 암시하는 것처럼 보일지라도 말이다. 이제 다른 방향의 조사들이 모색되기 시작하면서, 많은 단서가 이미 희미해진 상태임이 드러났다. 과거의 기사들에서 몇 번 헥터의 약혼녀로 소개된 돌로레스 세인트 존이 조용히 할리우드를 떠나 캔자스에 있는 부모님 집으로 돌아갔다. 기자들은 한 달이 걸려서야 그녀를 찾아낼 수 있었는데, 그녀는 여전히 헥터의 실종으로 인한 충격에서 헤어나지 못한 상태라 자세한 진술을 할 수가 없다며 인터뷰를 거절했다. 그녀는 "나는 실의에 빠졌다"는 한마디 말만 남기고 다시는 사람들 앞에 나타나지 않았다. 대여섯 편의 영화에 출연한(그중 〈소품 담당〉에서는 보안관 딸로, 〈아무도 아닌 자〉에서는 헥터의 아내로 나왔다) 매력적인 젊은 여배우가 충동적으로 배우 인생을 포기하고 연예계에서 사라져버린 것이다.

칼레이도스코프에서 만든 열두 편의 영화 모두에 헥터와 함께 출연한 개그맨 줄스 블라우스타인은 『버라이어티』 기자에게, 자신과 헥터가 코미디 유성영화 대본 몇 편을 함께 썼으며 자신과 공동 작업을 한 대본 작가 헥터가 "최상의 기분 상태"였다고 말했다. 그는 12월 중순 이후 헥터를 매일 만났다면서, 헥터와 관련된 인터뷰에 응한 다른 사람들과는 달리 그에 대해 현재 시제로 이야기했다. "헌트와는 일이 안 좋게 끝난 게 사실이지만, 칼레이도스코프에서 부당한 일을 당한 사람이 헥터만은 아니었지요. 우리 모두 거기서 어려움을 겪었고, 그가 가장 심한 타격을 받았다고 해도 그는 원한을 품을 사람이 아닙니다. 그에겐 밝은 미래가 있었고, 칼레이도스코프와의 계약이 끝나자마자 다른 일에 눈을 돌렸죠. 그는 나와 함께 열심히 일하고 있었고, 내가 보기론 그 어느 때보다 열정적이었어요. 새 아이디어들로 머리에 불이 날 지경이었죠. 그가 갑자기 사라졌을 때, 우리는 첫 대본—〈모스 부호〉라는 제목의 코미디물이었어요—이 거의 완성되어 컬럼비아 영화사 해리 콘과 막 계약하려던 참이었어요. 3월에 촬영에 들어갈 예정이었고요. 헥터는 그 영화의 감독도 맡고 단역이지만 굉장히 유쾌한 무성 연기도 보여줄 생각이었죠. 그런 그가 스스로 목숨을 끊을 사람처럼 본다면, 헥터에 대해 아무것도 모르는 겁니다. 그가 자살했을 거라는 생각 자체가 터무니없죠. 어쩌면 다른 사람이 죽였을 수도 있지만, 그건 그에게 적이 있었다는 뜻인데, 나는 그와 알고 지내는 동안 그가 다른 사람을 화나게 만드는 걸 본 적이 없습니다. 그는 품격 있는 사람이고, 나는 그와 함께 일하는 게 좋았어요. 우리 둘이 하루 종일 여기 앉아서 그에게 무슨 일이 있었는지 생각해볼 수도 있겠지만, 나는 그가 어딘가에 살아 있을 거라는 데 돈을 걸 수 있어요. 한밤중에 엉뚱한 영감을 받아 잠시 혼자 있고 싶어서 갑자기 떠난 건지도 모르죠. 다들 그가 죽었다고 말하고 있지만, 난 지금 당장이라도 헥터가 저 문으로 걸어 들어와 모자를 벗어 의자에 던지면서, '좋아, 줄스, 일 시작하지'라고 말해도 놀라지 않을 겁니다."

컬럼비아 영화사는 헥터와 블라우스타인이 쓴 〈모스부호〉와 다른 코미디 장편영화 두 편에 대한 계약을 체결하기 위한 협상이 진행 중이었음을 확인해주었다. 영화사 대변인은, 아직 계약이 체결되진 않았으나 양측 모두를 만족시킬 조건들이 협의되는 즉시 "헥터를 컬럼비아의 가족으로 맞이할" 준비가 되어 있었다고 밝혔다. 블라우스타인의 발언과 컬럼비아 영화사의 발표는 헥터의 경력이 막다른 골목에 이르렀었다는, 일부 타블로이드 신문들에서 자살의 동기로 내세운 주장을 무력화시켰다. 사실 헥터의 미래 전망은 암울함과는 거리가 멀었던 것이다. 1929년 2월 18일자 『로스앤젤레스 레코드』 기사 내용처럼 칼레이도스코프 사태로 헥터가 "절망의 구렁텅이에 빠진" 건 아니었으며, 헥터가 스스로 목숨을 끊었다는 주장을 뒷받침할 유서나 쪽지가 발견되지 않자 자살 이론이 근거를 잃으면서 실패한 납치, 기이한 사고, 초자연적 현상 같은 터무니없는 억측과 괴상한 가설들이 쏟아져 나왔다. 한편, 경찰도 헌트와 관련해서는 수사에 진전이 없자 "몇 가지 유망한 단서들을 쫓고 있다"(1929년 3월 7일자 『로스앤젤레스 데일리 뉴스』)고 주장했지만 새 용의자는 찾지 못했다. 설령 헥터가 살해되었다고 해도, 누군가를 살인 혐의로 기소할 만한 충분한 증거를 확보할 수가 없었다. 설령 그가 자살했다고 해도, 납득할 만한 이유를 찾을 수가 없었다. 몇몇 냉소가는 그의 실종이 선전용 쇼일 뿐이라고, 컬럼비아 영화사 해리 콘이 새로 영입할 스타에게 세상의 관심이 쏠리도록 싸구려 술책을 부린 것이며 이제 곧 그의 기적적인 재등장을 기대할 수 있을 거라고 말했다. 그 주장은 좀 비딱하긴 해도 일리는 있었지만, 시일이 지나도 헥터가 돌아오지 않자 다른 주장들과 마찬가지로 설득력을 잃었다. 저마다 헥터의 행방에 대해 나름의 의견을 갖고 있었지만, 진실을 아는 사람은 아무도 없었다. 혹 진실을 아는 사람이 있었다고 해도 그 사람은 아무 말도 하지 않고 있었다.

그 사건은 한 달 반 정도 신문 머리기사에 오르다가 서서히 관심에서 멀어지기 시작했다. 새로 밝혀진 사실도, 새로 파헤칠 가능성도 없다 보니 결국 다른 사건들에 밀려나게 된 것이다. 3월 말 『로스앤젤레스 이그재미너』에 실린 소식을 필두로, 멀리 떨어진 뜻밖의 장소에서 헥터를 본 것 같다는 기사가 2년 정도의 기간에 걸쳐 간간이 몇 차례 등장했다. 이른바 헥터 목격담, 하지만 그것들은 그저 신기한 가십거리, 별자리 운세 면 하단의 공간을 채우기 위한 자투리, 할리우드 내부자들의 상투적 농담에 불과했다. 뉴욕 유티카에서 노조 조직책으로 일하는 헥터. 순회 서커스단의 일원으로 아르헨티나 팜파스에서 공연하는 헥터. 빈민굴에 사는 헥터. 1933년 3월, 5년 전에 『픽쳐고어』에 헥터에 대한 인터뷰 기사를 실었던 랜들 심스가 『헤럴드-익스프레스』 일요판에 *헥터 만에게 무슨 일이 있어났건?*이라는 제목의 기사를 냈다. 그 기사는 헥터에 대한 새로운 정보가 들어 있을 것 같은 기대감을 줬지만 헥터가 관련되었을 수도 있고 그렇지 않을 수도 있는 절박하고 복잡한 삼각관계에 대한 암시를 제외하면 1929년 로스앤젤레스의 신문들에 이미 실린 기사들의 재탕에 불과했다. 그리고 1941년 『콜리어스』에 대브니 스트레이혼이라는 사람이 쓴 비슷한 기사가 실렸다. 1957년에 프랭크 C. 클레발드는 『헐리우드의 스캔들과 미스터리』라는 허접한 제목의 책에서 짧은 챕터 하나를 할애하여 헥터의 실종에 대해 다뤘지만, 자세히 살펴보니 스트레이혼이 잡지에 쓴 기사를 거의 그대로 베껴 쓴 것이었다. 그동안 헥터에 대해 쓴 다른 기사들과 책들도 있었을지 모르나 내 눈에는 띄지 않았다. 내가 가진 글은 상자에 든 것들뿐이고, 상자에 든 게 내가 찾아낼 수 있었던 것의 전부였다.

4

2주가 지났는데도 여전히 프리다 스펠링에게선 소식이 없었다. 나는 한밤중에 걸려 온 전화나 속달 편지, 전보, 팩스를 통해 헥터의 침상으로 달려오라는 절박한 호소를 접하게 되리라 기대했지만, 14일 동안 침묵이 이어지자 더 이상 그녀를 믿지 않게 되었다. 다시 회의적이 된 나는 서서히 예전 상태로 복귀했다. 상자는 다시 벽장 속으로 들어갔고, 나는 일주일이나 열흘쯤 더 맥없이 돌아다니다가 샤토브리앙 번역 작업을 재개했다. 한 달 가까이 곁길로 빠진 끝에, 아직 실망감과 혐오감이 좀 남아 있긴 했지만 티에라 델 수에뇨 생각은 그럭저럭 떨쳐낼 수 있었다. 헥터는 다시 죽었다. 그는 1929년에 죽었거나, 아니면 그제 죽었다. 어떤 죽음이 진짜인지는 중요하지 않았다. 그는 이제 이 세상에 존재하지 않았고, 나는 영원히 그를 만날 기회를 갖지 못할 터였다.

나는 다시 안으로 움츠러들었다. 날씨는 좋았다 나빴다 오락가락했다. 하루 이틀 햇살이 비치다가 언제 그랬느냐는 듯 맹렬한 폭풍이 휘몰아쳤다. 비가 억수같이 쏟아졌다가 수정같이 맑은 푸른 하늘이 드러났고, 바람이 불었다가 멈추었으며, 따뜻하다가 추워졌고, 안개가 꼈다가 청명해졌다. 내가 사는 산속은 아래쪽 시내보다 늘 5도는 낮았으나, 오후에 티셔츠와 반바지 차림으로 걸어 다닐 수 있는 날도 있었다. 하지만 다른 날 오후에는 난로에 불을 피우고 스웨터를 세 장씩 껴입어야 했다. 6월이 가고 7월이 되었다. 나는 열흘 정도 꾸준히 작업에 임하며 서서히 옛 리듬을 되찾아갔고, 마지막 박차를 가하겠다는 생각으로 일에 몰두했다. 연휴 낀 주말이 지난 어느 날, 일찍 작업을 끝내고 브래틀보로로 차를 몰고 나갔다. 그랜드 유니언에서 40분쯤 장을 봐서 트럭 앞칸에 쇼핑백들을 실은 후, 바로 집으로 돌아가지 않고 영화나 한 편 보기로 마음먹었다. 늦은 오후의 눈부신 태양 아래 실눈을 뜨고 땀을 흘리며 주차장에 서 있다가 불쑥 떠오른 충동적이고 변덕스러운 생각이었다. 마침 그날 작업량은 채운 터라 계획을 바꿔서는 안 될 이유도, 억지로 집에 급히 돌아갈 필요도 없었다. 나는 6시 상영 예고편이 막 시작되려고 할 때 중심가에 있는 래치스 극장에 도착했다. 콜라와 팝콘을 산 후 맨 뒷줄 가운데 자리에 앉아 〈백 투 더 퓨처〉 시리즈 한 편을 끝까지 다 보았다. 그 영화는 황당하면서도 재미있었다. 나는 영화가 끝난 후 길 건너 한국 식당에 가서 저녁까지 먹기로 했다. 전에 한 번 그 식당에 가본 적이 있었는데, 버몬트 기준으로 음식이 그럭저럭 괜찮았다.

두 시간 동안 어둠 속에 앉아 있다가 극장을 나서니, 날씨가 또 바뀌어 있었다. 그런 돌변은 그곳에서 흔히 볼 수 있는 현상으로, 갑자기 비구름이 몰려들면서 기온이 10도 아래로 뚝 떨어지고 바람이 불기 시작한다. 종일 해가 쨍쨍했으니 그 시간에도 빛이 남아 있어야 했는데, 황혼 전에 해는 자취를 감추고 긴 여름날이 습하고 쌀쌀한 저녁으로 변해 있었다. 내가 길을 건너 식당으로 들어갈 때는 이미 비가 내리고 있었고, 나는 앞쪽 테이블에 앉아 음식을 주문한 후 바깥에서 폭풍이 기세를 더해가는 모습을 지켜보았다. 종이봉투가 땅에서 떠올라 샘 군용품 상점 창문으로 날아갔고, 빈 탄산음료 캔이 강을 향해 난 길을 따라 데굴데굴 굴러갔으며, 총알 같은 빗방울이 보도를 때렸다. 나는 김치부터 먹기 시작했는데, 한 입 먹을 때마다 맥주를 한 모금씩 마셨다. 김치는 톡 쏘면서 혀가 얼얼할 정도로 매웠다. 메인 요리로 넘어가서도 고기를 매운 소스에 찍어 먹었고, 그러다 보니 계속 맥주를 마시게 됐다. 그렇게 도합 서너 병은 마셨고, 계산을 하고 나올 때쯤엔 생각보다 조금 더 취해 있었다. 음주 측정용 흰 선을 따라 똑바로 걷거나 내 번역에 대해 분명한 생각을 할 수 있을 만큼은 정신이 맑았지만, 운전을 할 수 있을 정도는 아닌 것 같았다.

그래도 나는 그날 일어난 일을 맥주 탓으로 돌릴 생각은 없다. 반사 신경이 좀 굼떠지긴 했지만 다른 요인들도 있었고, 맥주를 고려 사항에서 뺀다고 해도 결과가 달라졌을지 의심스럽다. 식당을 나설 때까지도 비가 억수같이 쏟아지고 있어서 시립 주차장까지 몇백 미터를 달려간 후 나는 물에 빠진 생쥐 꼴이 되어 있었다. 젖은 바지에서 자동차 열쇠를 꺼내기 위해 더듬거려야 했던 것도 상황에 도움이 되지 않았고, 마침내 손에 잡힌 열쇠를 주머니에서 어렵게 꺼내서는 곧바로 빗물 웅덩이에 떨어뜨린 건 더 도움이 안 됐다. 어둠 속에 웅크리고 앉아 열쇠를 찾다 보니 시간이 더 지체되었고, 이윽고 일어나서 트럭에 탔을 때는 옷을 입은 채로 샤워한 사람처럼 흠뻑 젖어 있었다. 맥주 탓도 있었지만, 젖은 옷과 눈으로 뚝뚝 떨어지는 물방울도 문제였다. 나는 연신 운전대에서 한 손을 떼어 이마를 훔쳐야 했고, 성에 제거 장치가 신통치 않아서 그 손으로 이마를 훔치지 않을 때는 김이 서린 앞유리창을 닦아야 했던 데다 와이퍼까지 말썽이라(와이퍼는 언제나 말썽이지 않은가?), 그날 밤엔 집에 무사히 도착하는 걸 보장하기가 힘든 상황이었다.

아이러니하게도 나는 그 모든 걸 알고 있었다. 그래서 젖은 옷을 입고 덜덜 떨면서 어서 집에 가서 따뜻한 옷으로 갈아입고 싶은 마음이 간절하면서도 되도록 천천히 차를 몰려는 의식적인 노력을 기울였다. 그 덕에 목숨을 건질 순 있었지만, 한편으론 그것이 사고의 원인이었을 수도 있었다. 만일 더 빨리 달렸다면 정신을 바짝 차리고 도로에서 발생 가능한 예측불허의 상황들에 적절히 대응할 수 있었을 텐데, 천천히 달리다 보니 시간이 지나면서 정신이 흐트러지기 시작했고, 결국 혼자 차를 몰고 갈 때만 찾아오는 길고 무의미한 상념에 빠져들었다. 내 기억이 정확하다면, 그때는 일상의 덧없는 행동들의 수량화와 관련된 생각을 했던 듯하다. 지난 40년 동안 나는 신발 끈을 매는 데 얼마나 많은 시간을 썼을까? 얼마나 많은 문들을 열고 닫았을까? 재채기는 얼마나 자주 했을까? 결국 발견하지 못한 물건들을 찾는 데 얼마나 많은 시간을 허비했을까? 발이 걸려 비틀거리거나, 머리를 찧거나, 눈에 뭐가 들어가서 눈을 깜빡거린 일은 얼마나 많았을까? 나는 그런 생각에 재미가 들려 어둠을 헤치고 빗길을 달리며 계속해서 항목을 추가해 나갔다. 브래틀보로에서 32킬로미터쯤 벗어나 내 집으로 이어지는 흙길로 빠지는 분기점을 5킬로미터 앞둔 T와 웨스트 T 사이의 한적한 도로에서, 나는 전조등 불빛을 받아 번득이는 짐승의 눈을 보았다. 그리고 잠시 후, 그 짐승이 개라는 걸 알 수 있었다. 녀석은 2, 30미터 전방에서 비에 젖은 너덜너덜한 몰골로 어둠 속을 헤매고 있었는데, 길을 잃은 개들이 대개 그렇듯 도로변을 따라 걷는 게 아니라 도로 한가운데, 아니 중앙선 바로 왼쪽, 그러니까 내 차선 한복판에서 나를 향해 종종걸음으로 다가오고 있었다. 나는 녀석을 치지 않으려고 급하게 방향을 돌리면서 동시에 브레이크를 밟았다. 그러지 말았어야 했지만 미처 그런 생각을 할 사이도 없이 브레이크를 밟아버렸고, 노면이 비에 젖어 미끄러워서 타이어가 접지력을 갖지 못했다. 내 트럭은 중앙선 너머로 미끄러졌고, 차선 쪽으로 핸들을 꺾기도 전에 전신주를 들이받고 말았다.

안전벨트를 매고 있었지만 충돌의 충격으로 왼팔이 운전대에 부딪혔고, 봉투 속 식료품이 다 튀어나오면서 토마토주스 캔에 턱을 맞고 말았다. 얼굴이 지독히 아프고 팔뚝이 욱신거렸지만 손을 구부리거나 입을 벌리고 다무는 건

가능했고, 뼈도 부러진 데가 없는 것 같았다. 심각한 부상 없이 사고를 면한 걸 행운으로 여기고 안도감을 느껴야 마땅했지만, 나는 하마터면 얼마나 끔찍한 일을 당했을지 생각하며 가슴을 쓸어내릴 기분이 아니었다. 설상가상으로 트럭을 망가뜨린 자신에게 부아까지 치밀었다. 전조등 하나가 깨지고, 펜더가 구겨지고, 앞부분이 찌그러져 있었다. 시동은 꺼지지 않았으나 차를 뒤로 빼려다 보니 앞바퀴들이 진흙탕에 반쯤 처박혀 있었다. 진흙탕에서 바퀴를 빼내느라 20분간 비를 맞으며 차를 밀어야 했고, 그 일이 끝나자 비를 너무 많이 맞은 데다 힘이 다 빠져서 트럭 앞칸에서 나뒹구는 식료품들을 치울 여력이 없었다. 나는 운전석에 앉아 도로로 올라서서 그곳을 떠났다. 나중에 집에 도착해서 보니 냉동 완두콩 한 봉지가 허리에 박혀 있었다.

집 앞에 차를 세웠을 때는 이미 11시가 지난 시각이었다. 나는 젖은 옷을 입은 채 덜덜 떨고 있었고, 턱과 팔이 여전히 아팠으며, 심사가 꼬여 있었다. 예기치 못한 일에 대비하라는 말도 있지만, 일단 예기치 못한 일을 겪고 나면 그런 일이 또 벌어질 거라는 생각은 들지 않는다. 나는 트럭에서 내릴 때 경계심이 풀린 상태에서 아직도 그 개와 전신주 생각에 골몰하여 자세한 사고 내용을 곱씹느라 집 왼편에 세워져 있는 차를 발견하지 못했다. 하나 남은 전조등 불빛이 거기까지 미치진 못했고, 시동을 끄자 트럭의 불빛이 꺼지면서 주위의 모든 것이 어둠에 잠겼다. 그때쯤엔 빗줄기가 약해지긴 했으나 여전히 가랑비가 내렸고, 집 안의 불은 모두 꺼져 있었다. 해지기 전에 돌아올 거란 생각으로 현관 등 빼고는 굳이 불을 켜놓지 않았던 것이다. 하늘이 새까맸다. 땅도 새까맸다. 기억과 느낌에 의존하여 더듬더듬 집을 향해 나아갔으나 아무것도 보이지 않았다.

남부 버몬트에서는 현관문을 잠그지 않는 게 일반적인 관행이었으나, 나는 그 관행에 따르지 않았다. 외출할 때마다 문을 걸어 잠갔다. 단 5분만 집을 비워도 절대 빼먹지 않는 나만의 고집스러운 의식이라고 할 수 있었다. 하지만 그날 밤 두 번째로 주머니를 더듬어 열쇠를 찾으며 나는 그런 예방책들이 얼마나 어리석은지 깨달았다. 결국 나 자신이 집에 못 들어가도록 차단한 꼴이 되었으니까. 열쇠는 이미 내 손에 있었지만 고리에 여섯 개가 매달려 있었고 어떤 열쇠가 맞는 건지 알 수가 없었다. 열쇠 구멍을 찾으려고 문을 더듬었다. 구멍을 찾자 아무 열쇠나 골라 무작정 구멍에 꽂았다. 열쇠는 반쯤 들어가다가 더 이상 꿈쩍도 안 했다. 다른 열쇠로 시도해야 했지만, 그러기 전에 먼저 들어가다 만 열쇠를 빼야 했다. 예상과는 달리 열쇠가 쑥 빠지지 않아서 힘을 주어 흔들어가며 조금씩 빼야 했다. 그러다 열쇠가 구멍의 마지막 홈을 통과하는 순간 휙 빠지는 바람에 나는 손에서 열쇠고리를 떨어뜨리고 말았다. 열쇠고리는 요란한 소리를 내며 나무 계단에 떨어졌다가 어둠 속에서 어딘지 모를 곳으로 튕겨져 나갔다. 그리하여 그 여정은 시작할 때와 똑같은 방식으로 끝났다. 보이지 않는 열쇠를 찾아 욕지거리를 웅얼거리며 네발로 기어다녀야 했던 것이다.

그렇게 2, 3초 정도 찾아다니는데 갑자기 마당에 불빛이 비쳤다. 나는 본능적으로 빛을 향해 고개를 돌렸고, 두려움을 느끼거나 무슨 일이 벌어지고 있는 건지 알아챌 틈도 없이 차 한 대를 발견했다. 내 땅에 있어야 할 이유가 없는 차가 거기 서 있었고, 그 차에서 한 여자가 내리고 있었다. 그 여자는 커다란 빨간 우산을 펴들며 차 문을 닫았고, 그러자 불빛이 꺼졌다. "도움이 필요하신가요?" 그녀가 물었다. 나는 허둥지둥 일어났고, 그 순간 다른 불빛이 밝혀졌다. 여자가 내 얼굴에 손전등을 비추고 있었다.

"당신 도대체 누구야?" 내가 물었다.

"선생님은 저를 모르시지만, 저를 여기로 보낸 사람은 아실 거예요." 그녀가 대답했다.

"그건 대답이 될 수 없어요. 당신이 누군지 말해요. 안 그러면 경찰을 부를 테니까."

"제 이름은 앨머 그런드예요. 여기서 다섯 시간 넘게 기다렸어요. 짐머 씨, 당신에게 할 말이 있어요."

"당신을 보낸 사람이 누구지?"

"프리다 스펠링이에요. 헥터의 상태가 안 좋아요. 그분이 짐머 씨께 그 소식을 알려달라고 했어요. 시간이 얼마 없다는 말도 전하고요."

우리는 손전등 불빛으로 열쇠를 찾았고, 나는 문을 열고 집 안으로 들어가 거실 불을 켰다. 앨머 그런드가 내 뒤를 따라 들어왔다. 삼십대 중반에서 후반쯤 되어 보이는 작달막한 여자였고, 푸른색 실크 블라우스와 회색 정장 바지 차림이었다. 중간 길이의 갈색 머리, 하이힐, 진홍색 립스틱, 그리고 커다란 가죽 가방을 어깨에 둘러메고 있었다. 그녀가 빛 속으로 걸어 들어오자 왼쪽 얼굴에 있는 커다란 모반이 보였다. 남자 주먹 크기의 자주색 반점으로, 가상의 나라 지도라고 해도 될 정도의 길이와 너비였다. 눈가부터 시작해서 턱까지 내려온 크고 분명한 변색 부위가 뺨의 절반 이상을 뒤덮고 있었다. 그녀는 반점 대부분을 가릴 수 있도록 머리를 잘랐고, 머리칼이 움직이지 않도록 어색한 각도로 고개를 기울이고 있었다. 그건 평생 자의식을 갖고 살면서 습관처럼 몸에 밴 자세로 어설프고 약한 인상을 주었으며, 상대의 눈을 똑바로 보지 못하고 바닥의 카펫을 내려다

보는 수줍은 소녀의 태도였다.

다른 때 같았으면 기꺼이 그녀와 대화를 나누었겠지만, 그날 밤은 그러지 않았다. 이미 겪은 일들만으로도 너무 화가 나고 짜증이 치밀어 그저 얼른 젖은 옷을 벗어 던지고 뜨거운 물에 목욕한 다음 잠자리에 들고 싶은 마음뿐이었다. 나는 거실 불을 켠 후 현관문을 닫았다가 다시 문을 열고 그녀에게 정중히 나가달라고 부탁했다.

"5분만 시간을 주세요. 제가 다 설명할 수 있어요." 그녀가 말했다.

"난 사람들이 내 땅에 무단 침입하는 걸 좋아하지 않고, 한밤중에 내 앞에 불쑥 나타나는 것도 좋아하지 않아요. 나한테 억지로 쫓겨나고 싶진 않겠죠?"

그녀는 내 격한 목소리와 그 아래 깔린 분노에 놀라고 당황한 듯 나를 올려다보았다. "전 당신이 헥터를 만나고 싶어 할 거라고 생각했어요." 그녀는 그렇게 말하면서 안으로 몇 걸음 걸어 들어왔는데, 내가 협박을 실행에 옮길 경우에 대비해 문 근처에서 벗어나려는 것 같았다. 그녀가 다시 나를 향해 돌아섰을 때는 오른쪽 얼굴만 보였다. 그 각도에서는 다르게 보였고, 섬세한 느낌의 동그스름한 얼굴에 살결도 아주 고왔다. 결론적으로 매력적이지 않은 얼굴이 아니었고, 어쩌면 예쁘다고까지 할 수 있었다. 눈동자는 짙푸른색이었고, 설핏 헬렌을 연상시키는 날카롭고 신경과민적인 지성이 엿보였다.

"프리다 스펠링이 무슨 말을 더 하고 싶은 건지 관심 없어요." 내가 말했다. "그 여자는 나를 너무 오래 기다리게 했고, 난 그걸 잊으려고 너무 애를 많이 썼어요. 다시 시작하고 싶진 않아요. 잔뜩 희망을 품었다가 잔뜩 실망하는 거. 그럴 힘도 없고. 나한테는 끝난 이야기예요."

그녀가 대답할 틈도 주지 않고 공격적인 작별 인사를 던지며 짧은 장광설을 마무리했다. "목욕 좀 해야겠어요. 목욕 끝나고 나왔을 때 당신이 여기 없기를 바라요. 나가면서 문을 닫아준다면 고맙겠어요."

나는 그녀를 무시하고 그 일에서 손을 뗄 결심으로 돌아서서 계단을 향해 걷기 시작했다. 계단을 반쯤 올라갔을 때 그녀의 목소리가 들렸다. "짐머 씨, 당신은 너무도 훌륭한 책을 썼어요. 그러니 진실을 알 자격이 있고, 전 당신의 도움이 필요해요. 당신이 제 말을 들어주지 않는다면 끔찍한 일들이 벌어질 거예요. 5분만 제 말을 들어주세요. 부탁은 그것뿐이에요."

그녀는 드라마라도 찍듯 감정에 호소하고 있었지만, 나는 거기 말려들 생각이 없었다. 계단 꼭대기까지 올라가 로지아에서 몸을 돌려 그녀에게 말했다. "당신에게 5초도 안

줄 거예요. 나한테 할 말 있으면 내일 전화해요. 아니, 편지를 보내는 게 낫겠네요. 난 전화가 그리 편치 않으니까." 그러고는 그녀의 반응을 기다리지도 않고 화장실로 들어가서 문을 잠갔다.

나는 욕조에 15분에서 20분 정도 몸을 담갔다. 그리고 물기를 닦는 데 3, 4분, 거울을 들여다보며 턱에 상처가 없는지 살피는 데 2분, 새 옷을 입는 데 6, 7분이 걸렸으니 반 시간 가까이 위층에 머물렀을 것이다. 급히 서둘 필요가 없었으니까. 아래층에 내려가면 그녀가 아직 안 가고 있으리란 걸 알았다. 나는 여전히 심사가 뒤틀려 있었고, 여전히 마음속에서 억눌린 호전성과 적대감이 들끓고 있었다. 앨머 그런드는 두렵지 않았지만 나 자신의 분노가 두려웠고, 내 안에 뭐가 들었는지 더 이상 알 수가 없었다. 봄에 텔레프슨의 집 파티에서 그런 식으로 감정이 폭발했었지만 그 후론 숨어 지내서 낯선 사람들과 대화하는 습관을 잃은 상태였다. 이제 내가 함께 지낼 수 있는 사람은 자신뿐이었다. 사실 나는 어엿한 인간이라고 할 수도 없었고 진짜로 살아 있지도 않았다. 그저 살아 있는 척하는 존재, 죽은 사람의 책을 번역하며 하루하루를 보내는 죽은 사람이었다.

그녀는 로지아로 들어서는 나를 1층에서 올려다보며 사과부터 늘어놓았다. 자신의 무례를 용서해달라며 예고도 없이 불쑥 나타나서 얼마나 미안한지 모른다고 했다. 자신은 밤에 남의 집에 숨어드는 그런 사람이 아니며 나에게 겁을 주려는 의도는 전혀 없었다고 해명했다. 그녀가 6시에 내 집 문을 두드렸을 때는 해가 비치고 있었다는 것이었다. 그녀는 내가 집에 있는 줄 알고 찾아왔으며, 마당에서 몇 시간이나 기다린 건 내가 언제라도 돌아올 것 같아서였을 뿐이라고 했다.

나는 계단을 내려가 거실로 들어서며 그녀가 머리도 빗고 립스틱도 새로 칠한 걸 발견했다. 이제 그녀는 더 단정해 보였고, 덜 촌스럽고 덜 주저하는 모습이었다. 그녀에게 다가가 앉으라고 말하면서 그녀가 내가 생각했던 것만큼 약하거나 위축된 사람이 아니라는 걸 느꼈다.

"먼저 당신이 몇 가지 대답을 해주기 전에는 당신 말을 듣지 않겠소." 내가 말했다. "당신 대답이 마음에 들면 그때 당신에게 말할 기회를 주겠어요. 대답이 마음에 안 들면 난 당신에게 나가달라고 할 거고 다시는 당신을 만나지 않을 거요. 알아듣겠어요?"

"대답은 길게 할까요, 아니면 짧게 할까요?"

"짧게요. 최대한 짧게."

"어디서부터 시작해야 하는지 말씀하세요. 최선을 다해보죠."

"우선, 프리다 스펠링이 왜 답장을 보내지 않았는지 알고 싶어요."

"그분은 당신의 두 번째 편지를 받았고, 답장을 쓰기 시작하려는 순간에 그 일을 중단할 수밖에 없는 사정이 생겼어요."

"한 달이나요?"

"헥터가 계단에서 떨어졌어요. 집 한편에서는 프리다가 펜을 들고 책상에 앉아 있었고, 다른 편에서는 헥터가 계단을 향해 걸어가고 있었어요. 그 두 사건이 그렇게 동시에 일어났다는 게 섬뜩해요. 프리다가 '짐머 교수님께'라고 쓴 순간 헥터는 발을 헛디뎌 넘어졌어요. 그는 다리가 두 군데나 부러졌어요. 갈비뼈도 몇 군데 금이 갔고요. 옆머리에 큰 혹도 생겼죠. 농장으로 헬리콥터를 불러 헥터를 앨버커키의 병원으로 데려갔어요. 헥터는 다리뼈 맞추는 수술을 받다가 심장발작을 일으켰어요. 그래서 심장 병동으로 옮겨졌고, 회복되는 것 같다가 폐렴에 걸렸어요. 2주 동안 목숨이 위태로웠어요. 서너 번 죽을 고비를 넘겼죠. 짐머 씨, 그래서 당신에게 편지를 쓸 수가 없었어요. 너무 많은 일들이 벌어지는 바람에 프리다는 다른 데 신경 쓸 겨를이 없었어요."

"헥터는 아직도 병원에 있나요?"

"어제 퇴원했어요. 전 오늘 아침 첫 비행기를 잡아타고

2시 반 경에 보스턴에 내려서 렌터카로 여기까지 달려왔어요. 편지를 보내는 것보다 빠르니까요, 안 그런가요? 3, 4일, 어쩌면 5일까지 걸릴 수도 있었는데 하루에 왔으니까요. 헥터는 5일 내로 죽을 수도 있어요."

"그럼 그냥 전화를 걸지 그랬어요?"

"모험을 하고 싶지 않았어요. 그럼 당신이 쉽게 끊어버릴 수 있을 테니까요."

"당신이 왜 그렇게 신경 쓰죠? 그게 다음 질문이에요. 당신은 누구고, 왜 이 일에 끼어든 거죠?"

"전 그분들과 평생 알고 지냈어요. 아주 가까운 사이죠."

"설마 그들의 딸이라는 말은 아니겠죠, 그래요?"

"전 찰리 그런드의 딸이에요. 기억 안 날지도 모르는데, 분명 본 적은 있을 거예요. 수십 번은 봤을걸요."

"카메라맨."

"맞아요. 칼레이도스코프에서 헥터의 모든 영화를 찍었죠. 헥터와 프리다가 다시 영화를 만들기로 결심했을 때, 아버진 캘리포니아를 떠나 농장으로 갔어요. 그때가 1940년이었죠. 아버진 1946년에 어머니와 결혼했어요. 저는 거기서 태어나서 자랐어요. 짐머 씨, 그 농장은 제게 중요한 곳이에요. 저의 모든 것이 거기서 나왔으니까요."

"그곳을 떠난 적이 없나요?"

"열다섯 살 때 기숙학교에 들어갔어요. 그다음엔 대학에 갔고요. 그 후론 도시에서 살았어요. 뉴욕, 런던, 로스앤젤레스. 결혼했다가 이혼했고, 여러 직장에서 여러 일을 했죠."

"하지만 이제 농장에서 사는군요."

"7년 전쯤 돌아갔어요. 어머니 장례식에 참석하려고 집에 갔죠. 그 후로 거기 머물기로 했고요. 2년 후에 아버지도 돌아가셨지만, 아직 거기 살고 있어요."

"뭘 하면서요?"

"헥터의 전기를 쓰고 있어요. 6년 반쯤 걸렸고, 지금 거의 마무리 단계예요."

"조금씩 이해가 되기 시작하는군요."

"물론 그럴 거예요. 전 당신에게 진실을 감추기 위해 3천 4백 킬로미터를 날아온 게 아니니까요, 안 그래요?"

"그게 다음 질문인데, 왜 나죠? 하고많은 사람 중에 왜 나를 선택한 거죠?"

"목격자가 필요해서요. 그 자서전은 다른 사람은 아무도 보지 못한 것들에 대해 이야기하고 있고, 그 이야기들을 뒷받침해줄 사람이 없으면 그 책은 신빙성을 얻을 수 없을 테니까요."

"하지만 그 사람이 꼭 나일 필요는 없어요. 다른 누구라도 가능해요. 당신은 방금 신중하고 완곡한 방식으로 내게 헥터의 후기 영화들이 존재한다고 말했어요. 헥터의 작품들이 더 있다면 영화학자에게 연락해서 그 영화들을 봐달라고 부탁해야죠. 당신의 이야기를 보증해줄 권위자, 그 분야에서 명성을 가진 사람이 필요하니까요. 난 아마추어에 불과해요."

"당신은 영화 평론 전문가는 아닐지 몰라도 헥터 만의 코미디에 대해서는 전문가죠. 짐머 씨, 당신은 놀라운 책을 써냈어요. 그 영화들에 대해 그보다 훌륭한 글을 쓸 수 있는 사람은 없을 거예요. 그 책은 결정판이라고 할 수 있어요."

그때까지 그녀는 나에게 온전히 집중하고 있었다. 소파에 앉아 있는 그녀 앞에서 왔다 갔다 하며 증인에게 반대신문을 하는 검사라도 된 것 같은 기분을 느꼈다. 나는 유리한 고지를 점하고 있었고, 그녀는 내 눈을 똑바로 보면서 대답했다. 그런데 갑자기 그녀가 자신의 손목시계를 흘끗 내려다보더니 안달하기 시작했고, 나는 종전의 분위기가 깨졌음을 감지했다.

"늦었어요." 그녀가 말했다.

나는 그녀가 피곤하다는 뜻으로 한 말인 줄로 오해했다. 이런 상황에서 그런 말을 한다는 게 우스꽝스럽고 터무니없게 느껴졌다. "애초에 당신이 시작한 일이에요. 지금 설마 포기하고 떠나겠다는 건 아니죠? 이제 이야기가 통하기 시작했는데."

"지금 1시 반이에요. 보스턴에서 7시 15분에 떠나는 비행기가 있어요. 우리가 여기서 한 시간 내로 출발하면 그 비행기를 탈 수 있을 거예요."

"지금 무슨 소리를 하고 있는 거요?"

"제가 당신과 잡담이나 하려고 버몬트까지 왔다고 생각하진 않겠죠? 당신과 함께 뉴멕시코로 갈 거예요. 당신도 그렇게 이해한 줄 알았는데요."

"설마 농담이겠죠."

"긴 여행이 될 거예요. 질문이 더 있다면 가는 길에 기꺼이 대답해드리죠. 거기 도착하기 전에 제가 아는 모든 걸 아시게 될 거예요. 약속해요."

"당신은 똑똑한 사람이니 내가 기꺼이 따라나설 거라고 생각하진 않겠죠. 지금은 아니에요. 한밤중인데."

"지금 가야만 해요. 헥터가 세상을 떠나면 24시간 내로 그 필름들은 파기될 거예요. 헥터는 지금쯤 죽었을 수도 있어요. 오늘 제가 여기 오는 동안 세상을 떠났을 수도 있어요. 짐머 씨, 모르시겠어요? 지금 당장 떠나지 않으면 우리에게 충분한 시간이 주어지지 않을 수도 있어요."

"내가 마지막으로 프리다에게 보낸 편지에 뭐라고 썼는지 잊었군요. 난 비행기 안 타요. 신념에 따른 이유로."

앨머 그런드는 아무 말 없이 핸드백에서 작은 흰색 종이봉투를 꺼냈다. 봉투에는 푸른색과 초록색으로 된 마크가 찍혀 있었고, 그 밑에 글이 몇 줄 있었다. 내가 서 있는 곳에서는 그중 한 단어밖에 알아볼 수 없었지만 그 한 단어만으로도 봉투 안에 뭐가 들었는지 짐작할 수 있었다. 약국.

"잊지 않았어요." 그녀가 말했다. "당신이 편하게 여행할 수 있도록 자낙스를 좀 구해 왔어요. 이걸 애용하시죠?"

"그걸 어떻게 알았어요?"

"당신은 굉장한 책을 썼지만, 우린 그것만 가지고 당신을 신뢰할 수는 없었어요. 그래서 당신에 대해 알아봐야 했어요. 여기저기 전화도 걸고, 편지도 보내고, 당신이 쓴 다른 책도 읽어봤어요. 당신이 겪은 일에 대해 알고 있어요. 어떻게 위로의 말을 전해야 할지 모르겠어요. 정말이지 너무 안타까워요. 부인과 아드님들 일. 당신에겐 정말 끔찍한 일이었을 거예요."

"당신은 그럴 자격 없어. 그런 식으로 남의 삶을 캐다니, 구역질 나는군. 갑자기 들이닥쳐서 도움을 청하더니, 이제 태도를 싹 바꿔서 나한테 그런 말을 해? 내가 왜 당신을 도와야 하지? 당신 때문에 토할 것 같은데."

"프리다와 헥터는 당신에 대해 알아보지 않고는 당신을 초대하는 걸 허락하지 않았을 거예요. 그분들을 위해 그렇게 할 수밖에 없었어요."

"그 말 받아들이지 않겠어. 당신 말은 단 한 마디도 받아들이지 않겠어."

"짐머 씨, 우린 같은 편이에요. 서로 소리를 질러대선 안 돼요. 우린 친구가 되어 힘을 합쳐야 해요."

"난 당신 친구가 아냐. 당신의 그 무엇도 아니라고. 당신은 밤중에 떠돌아다니다 들어온 유령이고, 난 지금 당신이 내 집에서 나가주기를 원해."

"그럴 순 없어요. 난 당신을 데려가야 하고, 지금 가야만 해요. 제발, 당신을 위협하게 만들진 말아주세요. 그건 너무 어리석은 방식이니까."

나는 그녀가 무슨 말을 하고 있는 건지 도통 알 수가 없었다. 내가 그녀보다 20센티미터는 크고 체중도 20킬로그램 넘게 더 나갈 텐데—나는 화가 나서 이성을 잃기 직전의 덩치 큰 남자였고, 어마어마한 분노가 언제 폭력으로 분출될지 알 수 없었다—그녀는 나에 대한 위협을 이야기하고 있었다. 나는 장작 난로 근처에 그대로 서서 그녀를 지켜보았다. 우리는 10미터쯤 떨어져 있었고, 그녀가 소파에서 일어나기가 무섭게 다시 비가 쏟아지면서 돌멩이의 폭격이라도 시작된 듯 빗방울이 요란하게 지붕널을 때렸다. 그녀는 그 소리에 소스라치게 놀라 겁에 질린 당혹스러운 눈빛으로 주위를 두리번거렸고, 그 순간 나는 다음에 벌어질 일을 알 수 있었다. 그걸 어떻게 알게 되었는지, 어떤 예감 혹은 초감각적 경계심이 발동하여 그녀의 눈에서 그걸 보았는지 설명할 순 없지만, 나는 그녀가 핸드백에 권총을 지녔고 앞으로 3, 4초 내로 오른손을 핸드백에 넣어 그걸 꺼내리란 걸 알았다.

내 인생에서 가장 숭고한 환희의 순간 중 하나였다. 나는 현실보다 반 발자국 앞서 있었고, 내 몸의 경계를 몇 센티미터쯤 넘어선 상태였다. 그리고 내가 예상했던 일이 벌어졌을 때는 마치 피부가 투명해진 것 같은 느낌이 들었다. 더 이상 공간을 점유하는 것이 아니라 그 안에 녹아들고 있었다. 주변의 모든 것이 내 안에 존재했고, 세상을 보기 위해서는 그저 내 안을 들여다보기만 하면 되었다.

그녀는 총을 들고 있었다. 은 도금된 소형 권총으로 진주색 손잡이가 달려 있었고, 내가 어렸을 때 가지고 놀던 장난감 권총의 절반 크기밖에 되지 않았다. 그녀가 나를 향해 돌아서서 팔을 들었고, 나는 그 팔 끝의 손이 떨리고 있는 걸 볼 수 있었다.

"이건 내가 아니에요." 그녀가 말했다. "나는 이런 짓 안 해요. 총을 치우라고 하면 치울게요. 하지만 우린 지금 가야만 해요."

나를 향해 총이 겨눠진 건 그때가 처음이었는데, 얼마나 마음이 편안하고 그 순간의 가능성이 자연스럽게 받아들여지는지 놀라울 정도였다. 까딱 잘못 움직였다간, 해서는 안 될 말을 했다간 아무 이유 없이 죽임을 당할 수도 있었다. 나는 그런 생각으로 겁에 질려야 마땅했다. 도망치고 싶은 충동을 느껴야 마땅했다. 하지만 전혀 그러고 싶지 않았고, 벌어지고 있는 일을 막을 의향도 없었다. 내 앞에 압도적이고 무시무시한 아름다움이 펼쳐졌고, 그저 그걸 계속 바라보고 싶은 마음뿐이었다. 그 방에 서 있는 우리의 머리 위에서 마치 밤의 악마들을 쫓아내는 만 개의 북소리처럼 울려 퍼지는 빗소리를 들으며 그 기이한 두 개의 얼굴을 가진 여자의 눈을 들여다보고 싶었다.

"어서 쏴요." 내가 말했다. "나한테 좋은 일을 해주는 거니까."

내가 그런 말을 할 거란 걸 알기도 전에 그 말이 입에서 튀어나와버렸다. 그 말은 내 귀에도 가혹하고 끔찍하게 들렸으며, 미친 사람이나 할 법한 소리였다. 하지만 일단 그 말을 뱉고 나니 도로 주워 담고 싶은 생각은 전혀 들지 않았다. 오히려 마음에 들었다. 그 직설적이고 솔직한 표현이 좋았고, 내가 직면한 딜레마에 대한 단호하고 현실적인 접근 방식이 마음에 들었다. 하지만 나는 그 말에 용기를 얻긴 했어도 그 정확한 의미는 지금도 잘 모르겠다. 정말로 그녀에게 죽여달라고 부탁한 걸까, 아니면 그녀를 설득해 총을 내려놓게 하고, 결국 목숨을 구하려 했던 걸까? 그녀가 진짜로 방아쇠를 당기길 바란 걸까, 아니면 그녀의 결단을 강요하는 방식을 통해 총을 버리도록 유도한 걸까? 나는 지난 11년 동안 이 질문들을 수도 없이 곱씹어봤지만 명확한 답을 찾지 못했다. 확실한 건 내가 두려움을 느끼지 않았다는 사실뿐이다. 앨머 그런드가 권총을 꺼내 내 가슴에 겨눴을 때, 두려움보다 오히려 매혹을 느꼈다. 나는 그 권총에 든 총알들이 내가 그때까지 한 번도 해본 적이 없는 생각을 담고 있음을 깨달았다. 세상은 구멍들로 가득했다. 정신이 통과할 수 있는 아주 작은 무의미의 틈새들, 미세한 균열들. 그리고 일단 그 구멍으로 들어가면 자신으로부터 자유로워질 수 있었다. 삶으로부터, 죽음으로부터, 우리에게 속한 모든 것으로부터 자유로워질 수 있었다. 그날 밤 나는 거실에서 우연히 그 구멍을 마주한 것이다. 그것은 총의 형태로 나타났고, 그 총 안에 들어선 순간 거기서 빠져나오든 말든 개의치 않았다. 나는 완벽하게 평온했고, 완벽하게 미쳐 있었으며, 그 순간이 내게 제시한 것을 받아들일 준비가 되어 있었다. 그런 정도의 무관심은 드문 것이고, 오직 자기 자신을 완전히 내려놓을 준비가 된 자만이 도달할 수 있는 경지이기에 존경받아 마땅하다. 그런 무관심은 지켜보는 이들에게 경외감을 불러일으킨다.

그 순간까지의 모든 것을 기억할 수 있다. 내가 그 말을 내뱉은 순간, 그리고 그보다 조금 후까지도. 하지만 그다음부터는 순서가 모호해진다. 그녀에게 소리를 지른 것, 가슴을 주먹으로 치며 방아쇠를 당겨보라고 외친 건 알지만 그것이 그녀가 울기 시작하기 전이었는지 후였는지는 기억나지 않는다. 그녀의 말도 기억이 안 난다. 아마도 내가 거의 도맡아서 떠들어댔기 때문인 것 같은데, 말이 너무 빠르게 쏟아져 나와서 나 자신도 무슨 말을 하고 있는 건지 모를 정도였다. 중요한 건 그녀가 겁에 질려 있었다는 사실이다. 그녀는 내가 역습을 해올 줄은 전혀 예상하지 못했던 것이다. 총에서 시선을 거두어 그녀의 눈을 다시 흘끗 올려다본 나는 그녀에게 나를 죽일 용기가 없다는 걸 알 수 있었다. 그녀는 절박감에서 어린애처럼 허세를 부리고 있었을 뿐이었고, 내가 다가가자 즉시 팔을 내렸다. 그녀의 목구멍에서 기묘한 소리—질식 상태의 억눌린 간헐적 숨소리 같기도 하고, 신음과 흐느낌 사이의 정체 모를 소음 같기도 한—가 새어 나왔다. 나는 계속해서 조롱과 강압적인 모욕으로 그녀를 공격하고 그녀에게 어서 끝내라고 소리치면서도, 그 총이 장전되어 있지 않다는 걸 알고 있었다. 한 점 의혹도 없이 확신할 수 있었다. 그 확신이 어디서 왔는지는 모르겠다. 하지만 그녀가 팔을 내리는 순간, 아무 일도 일어나지 않을 것임을 알았고 허세를 부린 그녀를 벌하고 싶었다.

지금 나는 불과 몇 초의 시간, 전 생애가 걸린 몇 초에 대해 이야기하는 것이다. 한 걸음, 한 걸음 다가가다 갑자기 그녀를 덮쳐 팔을 비틀고 총을 빼앗았다. 이제 그녀는 더 이상 죽음의 천사가 아니었지만 이미 죽음의 맛을 알게 된 나는 그 후 몇 초 동안 광기에 휩싸여 내 생애 가장 무모하고 기이한 짓을 저질렀다. 단지 한 가지 사실을 증명하기 위해. 그녀보다 내가 더 강하다는 것을 보여주기 위해. 그녀의 총을 빼앗아 몇 발짝 뒤로 물러선 후, 총을 내 머리에 겨눴다. 물론 나는 총알이 없다는 걸 알고 있었지만 그녀는 내가 그 사실을 알고 있다는 것을 몰랐고, 그걸 이용해 그녀에게 굴욕을 주고 죽음을 두려워하지 않는 남자의 모습을 보여주고 싶었다. 그녀가 시작한 일이었고, 이제 내가 마무리할 작정이었다. 그때 그녀는 비명을 지르고 있었고, 그녀의 절규와 제발 그러지 말라는 애원이 아직도 귀에 선하다. 하지만 나를 막을 수 있는 건 아무것도 없었다.

철컥 소리가 들리고 그다음엔 빈 약실에서 타악기의 짤막한 울림 같은 게 날 수도 있다고 생각했다. 나는 방아쇠에 손가락을 감고 앨머 그런드를 향해 그로테스크하고 역겹게 보였을 미소를 지으며 방아쇠를 당겼다. "오, 세상에." 그녀가 외쳤다. "오, 세상에, 그러지 마세요." 방아쇠를 당겼지만 방아쇠는 꿈쩍도 하지 않았다. 다시 시도했지만 역시 아무 일도 일어나지 않았다. 나는 방아쇠가 고장이 난 모양이라고 생각했지만, 총을 아래로 내려 자세히 들여다본 후 문제가 무엇인지 알게 되었다. 안전장치가 걸려 있었다. 그녀가 안전장치를 푸는 걸 잊은 것이다. 그 실수가 아니었더라면 총알 하나가 내 머리에 박혔을 것이다.

그녀는 소파에 앉아 손에 얼굴을 묻은 채 계속 울었다. 나는 그런 상태가 얼마나 오래 지속될지 알 수 없었으나, 일단 그녀가 진정되면 일어나서 떠날 거라고 생각했다. 그녀에게 달리 무슨 선택지가 남아 있겠는가? 나는 그녀 때문에 하마터면 머리통을 날려버릴 뻔했고, 그녀는 우리의 욕지기 나는 의지력 싸움에서 패했다. 그녀가 다시 나에게 말을 붙일 용기를 내는 건 상상조차 할 수 없었다.

나는 총을 주머니에 넣었다. 총에서 손을 떼는 즉시 몸에서 광기가 빠져나가기 시작하는 게 느껴졌다. 오직 공포만이 뜨겁고 촉각적인 여운으로, 방아쇠를 당기려 했던 기억, 단단한 금속을 내 두개골에 대고 눌렀던 기억으로 오른손에 남아 있었다. 지금 내 두개골에 구멍이 나 있지 않은 건 단지 내가 어리석고 운이 좋았기 때문이었다. 난생처음 내 행운이 어리석음을 이겼기 때문이었다. 스스로 목숨을 끊기 일보 직전까지 갔다. 연속된 우연이 내 삶을 앗아갔다가 다시 되돌려놓았고, 그 두 순간 사이의 아주 짧은 간극에서 내 삶은 전혀 다른 것이 되어 있었다.

이윽고 앨머가 다시 얼굴을 들었는데, 아직도 눈물이 뺨을 타고 흘러내리고 있었다. 화장이 번져서 모반 한가운데를 가로질러 검은 선들이 지그재그로 이어져 있었다. 스스로 자초한 재앙에 완전히 무너져 만신창이가 된 그녀를 보고 있자니 연민이 들 정도였다.

"가서 씻어요." 내가 말했다. "꼴이 엉망이에요."

그녀는 아무 말도 하지 않았고, 그게 내 마음을 움직였다. 그녀는 말의 힘을 믿는 여자, 자신이 말로 난국을 타개할 수 있는 능력을 지녔다고 확신하는 사람이었다. 그런데 내가 그런 명령을 내렸을 때, 그녀는 말없이 소파에서 일어나 잠자코 내가 시킨 대로 했다. 반응이라곤 희미한 미소를 지으며 어깨를 보일락 말락 으쓱인 게 전부였다. 나는 그녀가 화장실로 걸어가는 모습을 지켜보며 그녀가 얼마나 무참하게 패배했는지, 자신의 행동에 얼마나 수치심을 느끼고 있는지 알 수 있었다. 그런데 불가해하게도, 그녀가 방을 떠나는 모습이 내 안의 무언가를 건드렸다. 그로 인해 나는 마음을 돌리게 되었고, 처음으로 언뜻 그녀에 대한 연민과 동료 의식을 느낀 순간 갑작스럽고 전혀 예상치 못한 결정을 내렸다. 그런 것들을 어느 정도까지 정량화할 수 있을지는 모르겠지만, 그 결정이 지금 내가 하려는 이야기의 시작이었다고 믿는다.

그녀가 화장실로 들어간 후, 나는 총을 숨길 곳을 찾아 주방으로 들어갔다. 싱크대 위 찬장들을 열었다 닫았다 하고 서랍 몇 개와 알루미늄 용기들을 확인해본 다음, 결국 냉장고의 냉동실을 선택했다. 총을 다뤄본 적이 없어서 아무 문제도 일으키지 않고 총알을 뺄 자신이 없어서 총알이 장전된 그대로 냉동실 안 닭고기 봉지와 라비올리 상자 아래에 끼워두었다. 그저 그것을 눈에 보이지 않는 곳에 치워버리고 싶었다. 하지만 냉장고 문을 닫고 나니, 굳이 그걸 없애고 싶은 강한 욕구는 들지 않았다. 다시 사용할 계획 같은 건 없었지만 그걸 가까이에 두는 게 좋았고, 더 마땅한 장소가 떠오를 때까지 냉동실에 그대로 두기로 했다. 이제부터 냉장고 문을 열 때마다 그날 밤 나에게 일어난 일이 떠오를 터였다. 그것은 나만의 은밀한 기념물, 죽음이 스쳐 간 순간을 기리는 작은 기념비가 될 터였다.

그녀는 화장실에서 한참이나 나오지 않고 있었다. 그때쯤 비는 그쳤고, 우두커니 앉아서 그녀가 나오길 기다리느니 난장판이 된 트럭을 치우고 식료품을 들여오기로 했다. 그 일은 채 10분도 걸리지 않았다. 식료품을 다 정리하고 나서도, 앨머는 여전히 화장실에 있었다. 나는 문 쪽으로 다가가 귀를 기울였다. 혹시 그녀가 무모하고 어리석은 짓을 저지를 생각으로 거기 들어간 건 아닐까 싶어 슬그머니 걱정되기 시작했다. 집을 나서기 전에 세면대 물소리를 들었었다. 수도꼭지에서 물이 콸콸 쏟아졌고, 나가는 길에 화장실 문 옆을 지날 때는 물소리에 파묻힌 그녀의 흐느낌도 들렸다. 그런데 지금은 물소리도 멈췄고, 아무 소리도 들리지 않았다. 그건 그녀가 울음을 그친 후 차분히 머리를 빗고 화장을 하고 있다는 뜻일 수도 있었다. 아니면 자낙스 스무 알을 삼키고 바닥에 쓰러져 의식을 잃었을 수도 있었다.

문을 두드렸다. 아무 응답이 없어서 다시 두드리며 그녀에게 괜찮은지 물었다. 그녀는 곧 나간다고, 1분이면 된다고 대답했다. 그러더니 한참 후에 숨 가쁜 목소리로 내게 미안하다고, 지금까지 벌어진 모든 끔찍한 일들에 대해 사과한다고 말했다. 내가 용서해주기 전에 이 집에서 나가느니 차라리 죽는 게 낫다고, 제발 용서해달라고 애원했다. 하지만 내가 용서할 수 없다 해도 이제 떠나겠다고, 용서를 받든 못 받든 이제 떠날 거고 다시는 나를 성가시게 하지 않겠다고 말했다.

나는 문 옆에 서서 기다렸다. 그녀가 나왔는데, 눈은 오랜 울음 끝이라 통통 붓고 얼룩덜룩해져 있었지만 머리는 다시 단정하게 빗었고 파우더와 립스틱으로 붉은 기를 대부분 감춘 상태였다. 그녀는 나를 지나쳐 가려 했지만, 손을 뻗어 그녀를 막았다.

"지금 2시가 넘었어요." 내가 말했다. "우리 둘 다 너무 지쳐서 잠부터 좀 자야 해요. 내 침대를 써요. 나는 아래층 소파에서 잘 테니."

그녀는 너무 부끄러운 듯 고개를 들고 나를 볼 용기를 내지 못했다. "이해가 안 돼요." 그녀가 바닥에 대고 말했고, 내가 아무 대꾸도 없자 다시 그 말을 되풀이했다. "이해가 안 돼요."

"오늘 밤에는 아무도 어디 안 가요." 내가 말했다. "나도, 당신도. 내일 일은 내일 이야기하고 지금은 그냥 여기 남아 있어요."

"그게 무슨 뜻이죠?"

"뉴멕시코까지는 먼 길이잖아요. 아침에 상쾌한 상태에서 출발하는 게 나아요. 당신이 급하다는 건 아는데, 몇 시간 차이로 크게 달라질 건 없어요."

"당신은 내가 떠나길 바랐잖아요."

"그랬죠. 하지만 이제 마음이 바뀌었어요."

그녀는 조금 고개를 들었고, 나는 그녀가 완전히 혼란에 빠졌다는 걸 알 수 있었다.

"나한테 잘해줄 필요 없어요." 그녀가 말했다. "난 그걸 바라는 게 아니에요."

"걱정 말아요. 당신이 아니라 나 자신을 생각해서 그러는 거니까. 내일은 중요한 날인데, 난 지금 안 자면 내일 계속 눈을 뜨고 있을 수가 없을 거예요. 내일 당신이 해줄 이야기를 들으려면 깨어 있어야 하잖아요, 안 그래요?"

"설마 나와 함께 가겠다는 말은 아닌 거죠? 그런 말일 리가 없어요. 당신이 그런 말을 할 리가 없어요."

"내일 달리 할 일도 없어요. 그런데 왜 가면 안 되죠?"

"거짓말 마세요. 지금 나한테 거짓말하는 거라면, 난 도저히 견딜 수 없을 거예요. 그건 내 몸에서 심장을 도려내는 것과 다름없어요."

정말 갈 생각이란 걸 그녀에게 납득시키는 데 몇 분이 걸렸다. 그녀에게는 너무 뜻밖의 반전이었기에 내가 몇 번이나 그 말을 되풀이한 뒤에야 겨우 믿었다. 물론, 모든 걸 말하지는 않았다. 우주의 미세한 구멍이나 일시적 광기의 구원적 힘 같은 이야기는 굳이 꺼내지 않았다. 그건 너무 어려우니까. 그래서 내 결정은 순전히 개인적인 것이며 그녀와는 상관없다는 정도로만 이야기했다. 나는 우리 둘 다 잘 못했고, 아까 벌어진 일에 대해 나 역시 그녀만큼 책임이 있다고 말했다. 비난도, 용서도, 누가 누구에게 어떻게 했는지 따질 필요도 없다고 했다. 그런 식의 말들, 내가 헥터를 만나려는 건 내 나름의 이유 때문이고 다른 누구도 아닌 오직 나 자신을 위해서임을 그녀에게 입증할 말들을 했다.

힘겨운 실랑이가 이어졌다. 앨머는 내 침대를 쓰라는 제안을 도저히 받아들일 수 없다고 했다. 그녀는 이미 나에게 충분히 폐를 끼쳤고, 게다가 나는 그날 밤 교통사고로 다친 상태였다. 따라서 휴식이 필요하고 소파에서 뒤척이며 자게 둘 수는 없다고 했다. 나는 괜찮다고 우겼지만, 그녀도 고집을 꺾지 않았다. 내가 그녀 손에서 권총을 빼앗아 내 머리에 총알을 박을 뻔한 지 한 시간도 안 되어 우리는 서로 호의를 베푼답시고 옥신각신하며 어리석은 풍속희극의 한 장면을 연출하고 있었다. 하지만 너무 지쳐서 말씨름을 벌일 힘도 없었던 나는 결국 그녀 뜻대로 하게 두었다. 이불과 여분의 베개를 가져다가 소파 위에 내려놓고, 그녀에게 불을 끄려면 어느 스위치를 내려야 하는지 알려주었다. 그것이 전부였다. 그녀는 직접 이불을 깔겠다고 했고, 나는 3분 동안 무려 일곱 번이나 고맙다는 인사를 들은 후 위층 내 방으로 올라갔다.

피곤한 건 분명한데도 이불 속으로 들어가서 눕자 잠이

오지 않았다. 천장에 비친 그림자를 바라보다 흥미가 식자 옆으로 돌아누워 아래층에서 앨머가 움직이며 내는 희미한 소리에 귀 기울였다. 앨머(Alma), 라틴어 *almus*의 여성형으로, '자양분이 많은' '풍요로운'이라는 뜻이었다. 마침내 방문 아래로 보이던 불빛이 꺼졌고, 그녀가 소파 위에 누우면서 스프링이 삐걱거리는 소리가 들렸다. 그다음엔 깜빡 잠이 들었는지, 그때부터 3시 반에 눈을 떴을 때까지의 기억이 전혀 없다. 나는 침대 옆 전자시계의 시간을 확인했고, 비몽사몽간을 헤매고 있었기에 앨머가 내 침대로 기어들어 내 어깨를 베고 눕는 바람에 눈을 뜨게 되었다는 걸 어렴풋이만 깨달았다. "아래층은 너무 외로워요." 그녀가 말했다. "잠이 안 와요." 나는 그 말이 완벽하게 이해되었다. 나도 잠들지 못하는 게 어떤 건지 너무나 잘 알고 있었기에, 그녀에게 내 침대에서 뭐 하는 거냐고 물을 정도로 잠이 완전히 깨기도 전에 그녀를 안고 입을 맞추고 있었다.

✯

우리는 다음 날 정오가 되기 직전에 출발했다. 앨머가 운전하겠다고 해서 나는 조수석에 앉아 길 안내를 맡아, 그녀가 렌트한 푸른색 닷지를 몰고 보스턴을 향해 달려가는 동안 어디서 방향을 틀고 어느 고속도로를 타야 하는지 알려주었다. 땅에 폭풍의 흔적이 여기저기 남아 있었지만—부러진 나뭇가지, 차 지붕에 달라붙은 젖은 낙엽, 어느 집 잔디밭에 쓰러진 깃대—하늘은 다시 맑게 개었고, 우리는 공항까지 내내 햇살 속을 달렸다.

지난밤 내 침실에서 벌어진 일에 대해서는 아무도 입을 열지 않았다. 그것은 마치 하나의 비밀처럼 우리와 함께 차 안에 앉아 있었으며, 오직 작은 방과 밤의 생각 속에만 존재하고 일광에 노출되어선 안 되는 듯했다. 그것에 대해 말하면 다 깨져버릴 위험이 있었기에, 우리는 그저 가끔 곁눈질을 하거나, 잠깐 미소를 주고받거나, 조심스럽게 상대의 무릎 위에 손을 올리는 정도에 그쳤다. 앨머가 무슨 생각을 하고 있는지 내가 어찌 알 수 있었겠는가? 나는 그녀가 내 침대로 기어든 것이 좋았고, 어둠 속에서 함께한 그 시간이 좋았다. 하지만 그것은 하룻밤의 일이었을 뿐, 앞으로 우리 사이가 어떻게 될지는 전혀 알 수 없었다.

내가 마지막으로 로건 공항까지 차를 몰고 갔던 날 헬렌과 토드, 마르코가 함께 타고 있었다. 그들은 지금 앨머와 내가 달리고 있는 도로에서 생애 마지막 아침을 보냈다. 그들도 똑같은 분기점에서 갈라져 똑같은 코스로 달렸다. 30번 국도에서 91번 주간고속도로로, 91번에서 매스 파이크로,

매스 파이크에서 93번으로, 93번에서 터널로. 나의 일부는 이 기괴한 재연을 반기고 있었다. 그건 마치 교묘하게 고안된 형벌처럼 느껴졌고, 신들이 내가 과거로 돌아가지 않고는 미래를 가질 수 없다고 결정한 듯했다. 나는 정의의 명령에 따라 앨머와의 첫 아침을 헬렌과의 마지막 아침과 똑같이 보내야만 했다. 차를 타고 공항으로 가야 했고, 비행기를 놓치지 않기 위해 시속 10마일, 20마일씩 과속하며 달려야 했다.

두 아들이 뒷좌석에서 말다툼을 벌이다가 토드가 갑자기 주먹으로 동생의 팔을 한 대 때린 기억이 떠올랐다. 헬렌은 뒤로 몸을 돌려 네 살짜리를 괴롭히는 건 형답지 못한 짓이라고 말했고, 우리의 맏아들은 심통이 나서 마르코가 먼저 시작했으니 맞아도 싸다고 툴툴거리며 이렇게 말했다. "누가 나를 때리면, 나도 때릴 권리가 있는 거잖아요." 그 말에 내가 한 대답은 내 생애 아버지로서의 마지막 선언이 되고 말았다. "자기보다 작은 사람을 때릴 권리는 누구에게도 없어." 그러자 토드가 말했다. "하지만 마르코는 평생 나보다 작을 거잖아요. 그럼 난 영원히 마르코를 때릴 수 없는 거네." 나는 그 논리적인 주장에 감탄하며 말했다. "그래, 인생은 가끔 불공평한 거야." 그건 바보 같은 말이었다. 내가 그 진부하기 짝이 없는 말을 내뱉었을 때 헬렌이 웃음을 터뜨렸던 것도 기억이 났다. 그녀는 그 아침 차에 타고 있던 네 사람 중 토드가 가장 머리가 좋다는 걸 내게 그런 식으로 말한 것이었다. 물론 나도 같은 생각이었다. 그들 모두 나보다 똑똑했고, 나는 단 한 순간도 그들만큼 똑똑하다고 생각한 적이 없었다.

앨머는 운전 실력이 뛰어났다. 나는 그녀가 왼쪽 차선과 가운데 차선을 넘나들며 앞에 있는 차들을 모조리 앞지르는 걸 보며 그녀에게 아름답다고 말했다.

"그건 당신이 내 괜찮은 쪽을 보고 있기 때문이죠." 그녀가 말했다. "만일 당신이 이쪽에 앉아 있었다면 그런 말이 안 나왔을걸요."

"그래서 운전을 하겠다고 한 거예요?"

"이 차는 내 이름으로 빌렸어요. 그러니까 나만 운전할 수 있어요."

"그러니까 허영심과는 아무 관계도 없다."

"시간이 걸릴 거예요, 데이비드. 무리할 필요가 없을 때는 안 하는 게 좋겠죠."

"내 눈엔 거슬리지 않아요. 이미 익숙해지고 있어요."

"그럴 리 없어요. 어쨌든 아직은 아니에요. 당신은 어떤 느낌이 드는지 알 수 있을 만큼 나를 충분히 보지 못했어요."

"결혼한 적 있다고 했죠. 그것 때문에 남자들이 당신을 매력적이라고 생각하는 데 방해가 되진 않았을 거예요."

"난 남자들을 좋아해요. 시간이 지나면, 그들도 나를 좋아하게 되죠. 어떤 여자들만큼 경험이 아주 많은 건 아니지만, 나도 꽤 경험이 있어요. 나와 충분히 많은 시간을 보내면 그게 보이지도 않게 될 거예요."

"하지만 난 보기 좋은데요. 그게 당신을 다르게 만들잖아요. 다른 누구와도 닮지 않게. 당신은 내가 지금까지 만난 사람들 중 유일하게 자기 자신으로만 보이는 사람이에요."

"아버지도 그렇게 말씀하셨죠. 그건 신이 주신 특별한 선물이라고, 그 덕분에 내가 다른 어떤 여자애보다 아름답다고요."

"그 말을 믿었어요?"

"가끔은요. 저주받은 기분을 느낄 때도 있었고요. 결국 보기 흉한 거고, 어릴 때는 놀림감이 되기 쉬우니까요. 언젠가는 없앨 수 있을 거라고 생각하며 살았어요. 의사한테 수술을 받으면 정상적인 모습이 될 거라고요. 밤에 꿈에서 나를 보면, 항상 양쪽 얼굴이 같았어요. 희고, 곱고, 완벽하게 대칭을 이룬 얼굴. 열네 살 무렵까지 그런 꿈을 꿨죠."

"그걸 지니고 사는 법을 배우고 있었군요."

"아마도요. 잘 모르겠어요. 하지만 그 무렵 나에게 어떤 일이 일어났고, 생각이 바뀌기 시작했어요. 내겐 대단한 경험이었고, 인생의 전환점이 되었어요."

"누군가와 사랑에 빠졌군요."

"아뇨, 누군가 책을 줬어요. 그해 크리스마스에 어머니가 미국 단편소설 선집을 사주셨죠.『미국 고전 이야기』, 녹색 천으로 제본된 두꺼운 하드커버 책이었는데 46페이지에 너새니얼 호손의 단편이 있었어요.「모반」, 혹시 아세요?"

"어렴풋이요. 고등학교 때 이후로 읽어본 적이 없는 것 같아요."

"난 여섯 달 동안 매일 읽었어요. 호손이 나를 위해 쓴 이야기였으니까요. 내 이야기였으니까요."

"과학자와 그의 어린 신부. 그런 설정이었죠? 과학자가 아내의 얼굴에 있는 모반을 없애려고 하는."

"붉은 모반이었죠. 왼쪽 뺨에 있는."

"당신이 그 이야길 좋아한 게 놀라운 일은 아니었네요."

"좋아했다는 말로는 부족해요. 완전히 사로잡혔죠. 그 이야기가 나를 산 채로 집어삼켰어요."

"그 모반이 사람 손처럼 보이지 않았나요? 기억이 나기 시작하네요. 호손은 마치 누군가 그녀의 뺨에 손을 대고 누른 자국처럼 보인다고 묘사했죠."

"하지만 작았죠. 난쟁이나 갓난아기의 손 크기였어요."

"그 여자는 그 작은 흠집만 빼면 완벽한 얼굴을 갖고 있었어요. 빼어난 미인으로 알려져 있었죠."

"조지아나. 그녀는 에일머와 결혼하기 전까지는 그걸 결점으로 생각하지도 않았어요. 남편 때문에 그걸 싫어하고, 자신에게 등을 돌리고, 그 반점을 제거하고 싶어 하게 되죠. 남편에게 그건 단순한 흠이 아니었어요. 단순히 그녀의 신체적 아름다움을 망치는 게 아니라 내면의 타락을 드러내는 상징, 조지아나의 영혼에 생긴 얼룩, 죄와 죽음과 부패의 표시였어요."

"인간 유한성의 낙인."

"혹은 그저 우리가 인간적이라고 생각하는 것. 그래서 그 이야기가 그토록 비극적인 거예요. 에일머는 실험실로 들어가 그 저주받은 반점을 지울 수 있는 묘약을 만드는 일에 몰두하고, 순진한 조지아나는 남편을 따르죠. 그게 너무 끔찍했어요. 그녀는 그저 남편의 사랑을 원했던 거죠. 그녀는 오직 그것만 생각했고, 남편의 사랑을 얻는 대가로 모반을 없애야 한다면 그 일에 기꺼이 목숨까지 걸 수 있었어요."

"그리고 결국 남편은 그녀를 죽이게 되죠."

"하지만 모반이 사라지기 전에는 죽지 않아요. 그게 아주 중요해요. 마지막 순간, 그녀가 죽기 직전, 그녀의 뺨에 있던 반점이 희미해지기 시작해요. 그리고 반점이 완전히 사라진 그 순간, 가련한 조지아나는 숨을 거둬요."

"그 모반이 곧 그녀 자신이었던 거죠. 그걸 지워버리자 그녀도 함께 사라지고 말았고요."

"그 이야기가 내게 어떤 영향을 미쳤는지 당신은 몰라요. 난 그 이야기를 읽고 또 읽으며 생각하고 또 생각했어요. 그러면서 조금씩, 있는 그대로의 나 자신을 보기 시작했어요. 다른 사람들은 내면에 인간성을 지니고 있었지만, 난 그걸 얼굴에 달고 있었어요. 그게 나와 다른 사람들의 차이였어요. 나는 내가 누구인지 숨길 수 없었어요. 사람들은 나를 볼 때마다 내 영혼을 그대로 들여다볼 수 있었죠. 나는 못생긴 여자애가 아니었지만—나도 그걸 알았지만—언제나 얼굴의 보라색 얼룩으로 정의될 거라는 사실도 알고 있었어요. 그걸 없애려고 애쓰는 건 부질없는 짓이었어요. 그건 내 삶의 핵심적인 사실이었고, 그걸 지우고 싶어 하는 건 곧 나 자신을 파괴하고 싶어 하는 것이니까요. 나는 평범한 행복을 누릴 수 없겠지만, 그 이야기를 읽고 난 후 거의 그만큼 좋은 걸 가졌다는 사실을 깨달았어요. 나는 사람들이 무슨 생각을 하는지 알 수 있었어요. 그저 그들을 바라보기만 하면 됐어요. 사람들이 내 왼쪽 얼굴을 보고 어떤 반응을 나타내는지 살펴보면 믿을 만한 사람인지 아닌지 알 수 있었죠. 내 모반은 사람들의 인간성을 시험하는 기준이었어요. 사람들의 영혼의 가치를 측정하는 잣대였고,

나는 충분한 노력만 기울인다면 사람들을 꿰뚫어 보고 그들이 어떤 인간인지 알 수 있었어요. 열여섯에서 열일곱 살쯤 되자 소리굽쇠 같은 절대음감을 가질 수 있었죠. 그렇다고 해서 사람들을 판단하는 데 있어서 실수가 없었던 건 아니지만, 대개는 제대로 판단할 수 있었어요. 문제는 자제할 수가 없었다는 거에요."

"어젯밤처럼."

"아뇨, 어젯밤은 아니에요. 그건 실수가 아니었어요."

"우린 하마터면 서로를 죽일 뻔했어요."

"그럴 수밖에 없었어요. 시간이 없으면 모든 게 빨라지기 마련이죠. 우린 정식 소개나 악수, 술을 곁들인 신중한 대화 같은 사치를 누릴 여유가 없었어요. 애초에 폭력적일 수밖에 없었죠. 마치 우주 가장자리에서 두 개의 행성이 충돌하는 것처럼."

"겁먹지 않았다는 말은 말아요."

"죽도록 무서웠죠. 하지만 알다시피 맹목적으로 뛰어든 건 아니었어요. 어떤 일에든 준비가 되어 있어야 했으니까요."

"사람들이 나보고 미쳤다고 했죠?"

"그 단어를 쓴 사람은 없었어요. 가장 강한 표현이 신경쇠약이었죠."

"그때 당신의 소리굽쇠는 뭐라고 하던가요?"

"그 답은 당신도 이미 알고 있잖아요."

"겁먹었죠, 안 그래요? 내가 당신을 겁에 질리게 만들었으니까."

"그 이상이었어요. 두렵긴 했지만, 동시에 흥분되기도 했어요. 거의 행복감에 몸을 떨 정도였죠. 당신을 보았을 때, 잠깐 동안 마치 나 자신을 보고 있는 것 같았어요. 그런 기분은 처음이었어요."

"그 느낌이 좋았군요."

"너무 좋았어요. 완전히 정신이 나가서 산산이 부서져 버릴 것만 같았어요."

"그리고 이제는 나를 믿는군요."

"당신은 나를 실망시키지 않을 거예요. 나도 당신을 실망시키지 않을 거고요. 우리 둘 다 그걸 알고 있죠."

"그것 말고 우리가 더 아는 게 뭐죠?"

"아무것도요. 그래서 우리가 지금 이 차에 함께 앉아 있는 거죠. 우리는 똑같은 사람들이고, 그것 말고는 아무것도 아는 게 없으니까요."

우리는 출발 20분 전에 간신히 오후 4시발 앨버커키행 비행기에 탔다. 나는 홀리오크나 스프링필드, 아무리 늦어도 우스터를 지날 때는 자낙스를 먹는 게 이상적이었지만,

앨머와의 대화에 너무 몰입한 나머지 이야기를 중단할 수가 없어서 계속 미루었다. 495번 출구 표지판을 지나칠 때, 지금 약을 먹어봤자 소용이 없다는 걸 깨달았다. 약은 앨머의 핸드백 안에 있었는데, 그녀는 라벨에 적힌 복용법을 읽지 않았던 것이다. 그래서 그 약은 한두 시간 전에 먹어야 효과를 볼 수 있다는 걸 모르고 있었다.

처음에는, 안 먹길 잘했다고 생각했다. 목발에 의존하는 장애인은 누구나 목발을 포기한다는 생각만 해도 두려움에 떤다. 하지만 약을 먹지 않고도 비행기에서 울거나 미쳐 날뛰지 않고 견뎌낼 수 있다면 결국 그게 나에게 더 나은 일이 될 터였다. 나는 그런 생각으로 20분에서 30분 정도 버틸 수 있었다. 하지만 보스턴 외곽에 가까워지자 더 이상 선택의 여지가 없다는 걸 깨달았다. 우리는 세 시간 넘게 차를 탔지만, 아직 헥터에 대한 이야기는 하지 않고 있었다. 차 안에서 헥터 이야기를 하게 될 거라고 생각했지만 결국 우리는 다른 이야기들―우선적으로 이야기되어야 마땅하고 뉴멕시코에서 우리를 기다리고 있는 일 못지않게 중요한―만 나눴다. 그리고 어느새 여행의 첫 번째 구간이 거의 끝나가고 있었다. 이제 나는 그녀를 옆에 두고 잠들 수가 없었다. 그녀가 내게 해주기로 약속한 이야기를 듣기 위해서라도 깨어 있어야 했다.

우리는 탑승 게이트 가까이에 앉았다. 앨머가 나에게 약을 먹겠느냐고 물었고, 나는 그제야 그녀에게 자낙스를 먹지 않겠다고 말했다. "그냥 손만 잡아줘요. 그럼 괜찮을 거예요. 지금 기분이 좋아요."

그녀가 내 손을 잡아주었고, 우리는 잠시 다른 승객들 앞에서 목을 껴안고 입을 맞추었다. 그건 순수한 사춘기의 방종—내가 실제로 겪었던 사춘기는 아닐지라도 늘 꿈꿔왔던—이었고, 공개된 장소에서 여자와 키스하는 건 내겐 너무나도 진기한 경험이어서 곧 닥칠 고통에 대해선 생각할 겨를조차 없었다. 비행기에 탑승할 때 앨머가 내 뺨에 묻은 립스틱을 문질러 지우고 있었고, 나는 비행기 문턱을 넘어 기내로 들어서는 걸 거의 의식하지 못했다. 중앙 통로를 따라 걸어가는 것도, 내 좌석에 앉는 것도 전혀 문제가 되지 않았다. 안전벨트를 매야 할 때도 불안하지 않았고, 엔진이 굉음과 함께 최고 출력을 내고 기체의 진동이 피부로 느껴질 때는 오히려 더 차분해졌다. 우리는 일등석에 타고 있었다. 메뉴를 보니 저녁 식사로 닭고기가 나온다고 적혀 있었다. 내 왼편 창가 자리에 앉아 있어서 다시금 내게 오른쪽 얼굴을 보여주게 된 앨머가 내 손을 잡더니 자신의 입술로 가져가 키스했다.

내가 저지른 유일한 실수는 눈을 감은 것이었다. 비행기가 터미널에서 뒤로 물러나 활주로를 따라 천천히 달리기 시작했을 때, 나는 이륙하는 장면을 보고 싶지 않았다. 그 순간이 가장 위험하게 느껴졌고, 땅에서 하늘로 옮겨가는 순간을 견뎌낼 수만 있다면, 지면과의 접촉이 끊겼다는 사실을 무시할 수만 있다면, 그 이후의 과정은 어떻게든 견딜 수 있을 것 같았다. 하지만 그 순간을 차단하려 했던 게 잘못이었다. 그 순간 실제로 펼쳐지고 있는 사건에서 나 자신을 분리시키려 한 것이 실수였다. 그걸 직접 겪는 것도 고통스러웠겠지만, 그 고통에서 도망쳐 생각의 껍질 속으로 움츠러드는 건 훨씬 더 끔찍한 일이었다. 현재의 세계가 사라졌다. 눈에 보이는 것도, 두려움에 빠져들지 않도록 주의를 돌릴 대상도 없었다. 눈을 감고 있는 시간이 길어질수록 두려움이 내게 보여주고 싶어 하는 것이 더 끔찍한 모습으로 떠올랐다. 나는 늘 헬렌과 아이들과 함께 죽었더라면 좋았을 거라고 생각하면서도 비행기가 추락하기 직전의 마지막 순간에 그들이 어떤 모습이었을지 온전히 상상해본 적이 없었다. 그런데 눈을 감고 있으려니 아이들 비명 소리가 들리고 헬렌이 그들을 품에 안고 있는 모습이 보였다. 그녀는 아이들에게 사랑한다고 말하고 있었다. 죽음을 앞둔 다른 148명의 비명이 난무하는 가운데, 헬렌은 언제나 너희들을 사랑할 거라고 속삭이고 있었다. 나는 아이들을 품에 안은 그녀를 본 순간 무너져 내리며 흐느끼기 시작했다. 늘 상상했던 그대로, 나는 무너져 내렸고, 흐느껴 울었다.

두 손으로 얼굴을 감싼 채 아주 오랫동안, 짭짤하고 냄새나는 손바닥에 대고 계속 울었다. 고개를 들 수도, 눈을 뜨고 울음을 멈출 수도 없었다. 이윽고, 목덜미에서 앨머의 손길이 느껴졌다. 그 손이 언제부터 거기 있었는지는 알 수 없었지만 어느 순간부터 그걸 의식하기 시작했고, 잠시 후 그녀의 다른 손이 내 왼쪽 팔을 부드럽게 위아래로 쓸어주고 있다는 것도 깨달았다. 그녀의 손길은 어머니가 슬픔에 빠진 아이를 달래듯 부드럽고 리드미컬하게 움직였다. 참으로 기이하게도, 나는 어머니와 아이에 대한 생각이 떠오르는 걸 인식하는 순간 상상에 빠져들었는데, 그 상상 속에서 나는 아들 토드의 몸으로 들어가고 나를 달래고 있는 사람은 앨머가 아니라 헬렌이 되었다. 그런 기분은 불과 몇 초밖에 지속되지 않았지만 상상의 산물이라기보다는 현실처럼, 실제로 내가 다른 사람으로 변신한 것처럼 아주 강렬했으며, 그 느낌이 서서히 사라지기 시작하면서 나를 덮쳤던 가장 끔찍한 고통도 갑자기 끝이 났다.

5

 반 시간 후 앨머가 이야기를 시작했다. 그때 우리는 이미 11킬로미터 상공에서 펜실베이니아나 오하이오의 이름 모를 카운티 위를 날고 있었다. 앨머는 앨버커키에 도착할 때까지 이야기를 이어갔다. 착륙한 후에 잠시 이야기가 끊겼지만, 그녀의 차에 올라 티에라 델 수에뇨까지 두 시간 반 거리를 달리는 동안 다시 이어졌다. 늦은 오후가 황혼이 되고 황혼이 밤으로 바뀌어가는 동안 우리는 사막의 고속도로를 달렸다. 내 기억으로는, 우리가 농장 입구에 도착할 때까지 이야기는 계속되었고, 그때까지도 완전히 끝난 건 아니었다. 앨머는 거의 일곱 시간 동안 이야기했지만, 그 모든 것을 담아내기에는 시간이 부족했다.

처음에는 이야기가 과거와 현재를 종횡무진 넘나들며 어수선하게 이어지는 바람에 이야기의 방향을 파악하고 사건들을 시간순으로 정리하는 데 시간이 좀 걸렸다. 앨머는 그 모든 것이, 그 모든 이름과 날짜, 필수적인 사실이 자신의 책에 들어 있고 내가 앞으로 몇 날, 몇 주 동안 직접 그 책을 읽어보면 되니까 그날 오후 비행기 안에서 헥터의 실종 이전의 삶에 대해 낱낱이 이야기할 필요는 없다고 했다. 중요한 건 숨은 자로 살아온 헥터의 운명, 그가 사막에서 대중에게 공개되지 않은 영화들을 쓰고 만들며 살아온 세월에 관련된 사실들이었다. 바로 그 영화들이 내가 지금 앨머와 함께 뉴멕시코로 향하는 이유였다. 헥터가 대서양 한가운데를 지나던 네덜란드 증기선에서 태어났으며, 그의 본명이 하임 만델바움이었다는 사실은 흥미로울 수도 있었지만 대단히 중요한 정보는 아니었다. 그가 열두 살 되던 해에 어머니가 세상을 떠난 것, 가구 만드는 일을 했으며 정치에 무관심했던 아버지가 1919년 부에노스아이레스의 '비극의 주간 *La Semana Tragica*'에 반(反)볼셰비키 반(反)유대주의 폭도들에게 맞아 죽을 뻔한 것도 마찬가지였다. 그 사건이 헥터가 미국으로 떠나게 된 직접적인 계기가 되긴 했지만, 그의 아버지는 이미 그 전부터 아들에게 이민을 권유하고 있었고, 아르헨티나의 폭동은 단지 그 결정을 앞당기는 역할을 했을 뿐이었다. 그가 뉴욕에 도착한 후에 거친 수십 개의 직업을 나열하는 건 의미가 없고, 1925년 할리우드로 건너가서 겪은 일들은 더더욱 이야기할 필요가 없었다. 나는 헥터가 초기에 엑스트라, 무대 담당자로 일하고 수십 편의 잊히고 사라진 영화들에서 단역을 맡았던 것에 대해 익히 알고 있었고, 헌트와의 복잡한 관계 또한 다시 들을 필요가 없었다. 앨머의 말에 따르면, 헥터는 그 일로 영화 산업에 환멸을 느끼게 되었지만 아직 포기할 준비는 되어 있지 않았고, 1929년 1월 14일 밤까지만 해도 캘리포니아를 떠날 생각이 전혀 없었다.

그가 사라지기 1년 전, 『포토플레이』에서 나온 브리지드 오팰런이 그를 인터뷰했다. 그녀는 어느 일요일 오후 3시에 노스 오렌지 드라이브에 있는 헥터의 집으로 찾아왔고, 5시가 되었을 때쯤 두 사람은 이미 바닥의 카펫 위에서 뒤엉켜 서로의 몸에서 구멍과 갈라진 틈을 찾고 있었다. 앨머의 말에 따르면, 헥터는 여자들과 그러는 버릇이 있었고, 그가 유혹의 기술을 동원하여 신속하고 과감하게 여자를 정복한 게 그때가 처음이었다고 할 수도 없었다. 당시 겨우 스물세 살이었던 오팰런은 스포캔 출신의 총명한 가톨릭 신자로, 스미스 칼리지를 졸업한 뒤 언론계에서 성공하겠다는 포부를 안고 서부로 돌아왔다. 마침 앨머도 스미스 칼리지 출신이라 그곳의 인맥을 이용해 1926년 졸업 앨범을 구할 수 있었다. 앨범 속 오펠런의 얼굴은 애매했다. 눈이 너무 가까이 붙어 있었고, 턱은 너무 넓적했으며, 단발머리는 얼굴에 어울리지 않았다. 하지만 활달함이 느껴졌고, 눈빛에는 장난기 혹은 유머 감각이, 내면의 밝은 열정이 숨어 있는 듯했다. 연극 동아리에서 만든 〈템페스트〉 무대에 선 사진도 있었는데, 미란다 역을 맡은 오펠런은 얇은 흰색 드레스를 입고 머리에 흰 꽃을 꽂고 있었다. 앨머는 그녀가 열정적으로 대사를 외치며 입을 벌리고 한 팔을 앞으로 뻗은 자세가 무척이나 사랑스러웠다고, 생기와 활력으로 반짝거리는 작은 소녀의 모습이었다고 말했다. 오펠런은 기자로서 당시 유행하던 스타일로 글을 썼다. 그녀의 문장들은 예리하고 강렬했으며, 적재적소에 재치 있는 여담과 교묘한 말장난을 곁들이는 재주가 있어서 잡지사 내에서 빠르게 승진할 수 있었다. 그러나 헥터에 대한 기사는 예외였다. 앨머가 읽어본 그녀의 다른 기사들보다 훨씬 진지했고, 취재 대상을 노골적으로 찬양하고 있었다. 하지만 헥터의 강한 외국어 억양에 대해서는 살짝 과장한 정도였다. 코믹한 효과를 노려 약간 부풀렸을 뿐, 당시 헥터가 실제로 사용한 영어와 크게 다르지 않았다. 헥터의 영어 실력은 세월이 지나면서 향상되었지만, 1920년대의 그는 배에서 막 내린 사람 같은 영어를 쓰고 있었다. 그는 운 좋게 할리우드에 발을 들이긴 했으나, 불과 얼마 전까지만 해도 어리둥절한 얼굴로 부두에 서 있던―가진 거라곤 골판지 여행 가방에 욱여넣은 물건들이 전부인―또 한 명의 외국인일 뿐이었던 것이다.

그 인터뷰 후 몇 달 동안 헥터는 계속해서 숱한 젊고 아름다운 여배우들과 어울려 다녔다. 그는 그녀들과 공개 석상에 나타나는 걸 즐기고 그들과의 잠자리도 즐겼지만, 그 어떤 관계도 오래가지 못했다. 오펠런은 그가 아는 그 어떤 여자보다 똑똑했고, 그는 다른 여자와 놀다가 싫증이 날 때마다 어김없이 브리지드에게 전화를 걸어 다시 만나자고 했다. 2월 초부터 6월 말까지, 그는 일주일에 평균 한두 번은 그녀의 아파트를 방문했고, 그중에서도 4월과 5월 대부분의 기간 동안에는 적어도 이틀이나 사흘에 한 번꼴로 그녀와 밤을 보냈다. 헥터가 그녀를 좋아했다는 것에는 의심의 여지가 없었다. 몇 달이 지나면서 그들 사이에는 편안한 친밀감이 형성되었지만, 경험이 적었던 브리지드가 그걸 영원한 사랑의 표시로 받아들인 반면, 헥터는 결코 그들이 가까운 친구 이상의 관계라는 착각에 빠지지 않았다. 그는 그녀를 친구, 섹스 파트너, 신뢰할 수 있는 협력자로 보았지만, 그건 그녀에게 청혼할 의사가 있다는 의미는 아니었다.

그녀는 기자였기에, 헥터가 자신의 침대에서 자지 않는 밤에 무슨 짓을 벌이고 다니는지 알 수밖에 없었다. 조간신문을 펼쳐보기만 해도 그가 어떤 위업을 이루었는지, 누구한테 빠져서 놀아나고 있는지에 대한 암시를 볼 수 있었던 것이다. 대부분의 기사가 사실이 아니라고 해도, 그녀의 질투심을 불러일으킬 증거는 충분하고도 남았다. 그러나 브리지드는 질투하지 않았다―적어도 겉으로는 전혀 그런 내색을 하지 않았다. 헥터에게 전화가 올 때마다 그녀는 언제나 그를 따뜻하게 품어주었다. 그녀는 그의 다른 여자들에 대해 이야기하거나, 그를 비난하거나, 몰아세우거나, 방탕한 버릇을 고치라고 요구하는 법이 없었고, 그 덕에 그녀에 대한 그의 애정은 커져만 갔다. 그것이 바로 브리지드의 계획이었다. 그녀는 이미 그에게 마음을 빼앗긴 상태였고, 그에게 결혼에 대한 성급한 결정을 강요하는 대신 인내하기로 결심한 것이다. 조만간 헥터도 방황을 멈출 테니까. 광적인 여성 편력에 시들해질 테니까. 그런 짓이 따분해지고, 결국 거기서 벗어나고, 깨달음을 얻게 될 테니까. 그리고 그 순간이 오면, 그녀가 그의 곁에 있을 터였다.

냉철하고 슬기로운 브리지드 오팰런에겐 그런 계획이 있었고, 한동안 그녀는 헥터를 자신의 남자로 만드는 데 성공할 것처럼 보였다. 헌트와 갖가지 분쟁에 휘말린 헥터는 매달 새로운 영화를 만들어내야 하는 압박감과 피로에 시달리고 있었기에 재즈 클럽이나 밀주업소에서 밤을 낭비하며 무의미한 유혹에 정력을 낭비하는 것에 흥미를 잃어갔다. 브리지드의 아파트는 그의 안식처가 되었고, 그녀와 함께 보내는 조용한 밤들이 머리와 사타구니의 균형을 유지하는 데 도움이 되었다. 브리지드는 예리한 비평가인 데다 헥터보다 영화 산업에 대한 이해도 훨씬 깊어서 헥터는 점점 더 그녀의 판단에 의존하게 되었다. 사실 그의 다음 작품 〈소품 담당〉의 보안관 딸 역 오디션에 돌로레스 세인트 존을 부르라는 제안을 한 것도 그녀였다. 몇 달 전부터 세인트 존의 경력을 조사해온 브리지드는 그 스물한 살짜리 여배우가 차세대 스타, 제2의 메이블 노먼드나 글로리아 스완슨, 혹은 노마 탤미지가 될 가능성이 있다고 판단한 것이다.

    헥터는 브리지드의 조언에 따랐다. 사흘 뒤 세인트 존이 그의 사무실에 들어섰을 때, 그는 이미 그녀의 영화 두어 편을 보고서 그녀에게 역할을 맡기기로 마음먹고 있었다. 브리지드의 말대로 세인트 존은 재능이 있었지만, 브리지드가 미리 해준 어떤 말도, 그가 세인트 존의 출연작들에서 본 어떤 모습도 그가 실제로 그녀를 만나서 받게 될 엄청난 영향력에 대비할 수 있도록 만들어주진 못했다. 무성영화에 출연한 배우의 연기를 보는 것과 직접 그 배우를 만나 악수하고 눈을 들여다보는 건 완전히 별개의 일이었다. 어쩌면 영화 속에서는 다른 여배우들이 더 인상적일 수 있었겠지만, 소리와 색이 존재하는 현실 세계, 오감과 4대 원소와 두 개의 성(性)으로 이루어진 구체화된 3차원의 세계에서, 헥터는 그녀와 견줄 만한 존재를 만나본 적이 없었다. 세인트 존이 다른 여자들보다 더 아름다워서도 아니었고, 그날 오후 그들이 함께한 25분 동안 그녀가 특별한 말을 해서도 아니었다. 솔직히 말해 그녀는 좀 둔한 것 같았고 지능도 보통 수준을 넘어서진 못하는 듯했다. 하지만 그녀에게는 야성적인 매력이 있었다. 동물적인 에너지가 그녀의 피부를 타고 흐르며 몸짓 하나하나에서 뿜어져 나왔고, 헥터는 그런 그녀에게서 도저히 시선을 뗄 수가 없었다. 그를 마주 보는 그녀의 눈동자는 아주 연한 시베리안 블루였다. 피부는 하얗고 머리카락은 아주 짙은 붉은색, 거의 마호가니에 가까운 적색이었다. 1928년 6월 당시 대부분의 미국 여성이 선택한 헤어스타일과는 달리, 그녀는 어깨까지 내려오는 긴 머리를 하고 있었다. 두 사람은 특별한 주제 없이 잠시 대화를 나누었다. 그러다 헥터가 거두절미하고 그녀가 원한다면 배역을 주겠다고 말했고, 그녀는 흔쾌히 받아들였다. 그녀는 몸을 쓰는 코미디 연기는 해본 적이 없지만 새로운 도전을 기대하고 있다고 말했다. 그리고 자리에서 일어나 그와 악수한 후 사무실을 떠났다. 그로부터 10분이 지난 후, 헥터는 그녀의 얼굴이 아직도 머릿속에서 선명하게 떠오르는 상태에서 돌로레스 세인트 존과 결혼하겠다고 결심했다. 그녀는 평생을 함께하고픈 운명적인 여자였고, 만약 그녀가 받아주지 않는다면 그 누구와도 결혼하지 않으리라 생각했다.

세인트 존은 〈소품 담당〉에서 헥터의 모든 요구를 만족시킨 것은 물론 그녀 스스로 몇 가지 과장된 동작들을 개발해내기까지 하면서 훌륭한 연기를 보여주었지만, 헥터가 다음 영화에도 출연해달라고 하자 망설였다. 앨런 드완 감독의 영화에서 주연을 맡게 되었다며 너무 좋은 기회라 도저히 거절할 수 없다는 것이었다. 여자 다루는 데는 선수인 헥터였건만, 그녀와는 아무런 진전도 보지 못했다. 그는 영어로 자신의 감정을 제대로 표현할 수가 없었고, 그녀에게 마음을 고백하려 할 때마다 마지막 순간에 뒤로 물러났다. 혹시 말실수라도 해서 그녀가 겁을 먹고 도망쳐서 영원히 기회를 잃게 될까 봐 두려웠던 것이다. 그러는 중에도 그는 여전히 일주일에 몇 번씩 브리지드의 아파트에서 밤을 보내고 있었는데, 브리지드에겐 아무런 약속도 하지 않았고 어떤 여자를 사랑하든 그건 그의 자유였기에, 브리지드에게 세인트 존에 대한 이야기는 전혀 하지 않았다. 6월 말에 〈소품 담당〉 촬영이 끝나자 세인트 존은 테하차피 산으로 로케이션 촬영을 떠났다. 그녀는 4주 동안 드완 감독의 영화를 찍었고, 헥터는 그 기간 동안 그녀에게 67통의 편지를 썼다. 그녀에게 직접 할 수 없었던 말을 마침내 종이에 담아낼 용기를 얻은 것이다. 그는 그 말을 하고 또 했다. 편지마다 다르게 말했지만, 메시지는 항상 같았다. 세인트 존은 처음엔 당혹스러워했다. 그다음엔 기분이 좋아졌다. 그다음엔 편지를 기다리게 되었고, 종내는 그의 편지 없이는 살 수 없다는 걸 깨달았다. 8월 초에 로스앤젤레스로 돌아온 그녀는 헥터에게 자신의 대답은 '예'라고 말했다. 예, 당신을 사랑해요. 예, 당신의 아내가 되겠어요.

결혼 날짜는 정해지지 않았지만, 그들은 1월이나 2월쯤으로 이야기하고 있었다. 그때쯤이면 헥터가 헌트와의 계약을 끝내고 다음 행보를 결정할 시간이 충분할 것이라 생각했던 것이다. 이제 브리지드에게 이야기할 때가 되었지만 도저히 짬이 안 나서 차일피일 미뤘다. 그는 블라우스타인이랑 머피와 늦게까지 일하고 있다거나 편집실에 있다거나 로케이션 헌팅을 왔다거나 몸이 좀 안 좋다고 둘러댔다. 그는 8월 초부터 10월 중순까지 그녀를 만날 수 없는 수십 가지의 핑계를 만들어냈지만 그녀와의 관계를 완전히 끝내진 못했다. 세인트 존에게 홀딱 빠져 있으면서도 계속해서 일주일에 한두 번은 브리지드의 아파트를 찾았고, 아파트 안으로 들어설 때마다 늘 똑같은 편안한 상황 속으로 빠져들었다. 물론 그를 겁쟁이라고 비난할 수도 있겠지만 그가 내면의 갈등을 겪고 있다고 주장하는 것도 얼마든지 가능한 일이었다. 어쩌면 그는 세인트 존과의 결혼을 재고하고 있었는지도 모른다. 어쩌면 브리지드를 포기할 준비가 되어 있지 않았던 것일 수도 있다. 어쩌면 두 여자 사이에서 갈등하며 둘 다 필요하다고 느꼈던 것인지도 모른다. 죄책감은 사람이 자신의 이익에 반하는 행동을 하게 만들며, 욕망 역시 마찬가지다. 그리고 한 남자의 마음속에 죄책감과 욕망이 반반씩 섞여 있으면 그 남자는 기이한 행동을 하기 쉽다.

오팰런은 아무것도 의심하지 않았다. 9월에 헥터가 〈아무도 아닌 자〉에 자신의 아내 역으로 세인트 존을 캐스팅했을 때, 그녀는 그의 현명한 선택에 축하를 보냈다. 촬영장에서 헥터가 여주인공과 특별히 '가깝다'는 소문이 흘러나왔을 때조차도 그녀는 심하게 걱정하진 않았다. 헥터는 원래 불장난을 좋아했다. 그는 항상 함께 작업하는 여배우들에게 빠졌지만, 촬영이 끝나고 각자 집으로 돌아가면 금세 잊었다. 그러나 이번에는 이야기가 계속 이어졌다. 헥터는 이미 칼레이도스코프에서의 마지막 영화 〈대박 아니면 쪽박〉을 촬영 중이었는데, 고든 플라이가 자신의 칼럼에서 긴 머리의 매력적인 미녀와 콧수염 기른 코미디 배우가 곧 결혼을 알리는 종을 울리게 될 거라고 속삭였다. 그때가 10월 중순이었는데, 오팰런은 헥터에게서 5, 6일씩이나 연락이 없자 편집실에 전화를 걸어 그에게 그날 밤 자기 아파트로 오라고 했다. 그녀가 그런 부탁을 한 것은 처음이었기에, 헥터는 돌로레스와의 저녁 약속을 취소하고 브리지드의 집으로 갔다. 그리고 지난 두 달 동안 답을 미뤄왔던 질문을 받은 그는 마침내 진실을 털어놓았다.

헥터는 파국을—여자의 분노가 폭발하여 자신이 비틀거리며 거리로 쫓겨나고 모든 게 완전히 끝장나기를—기도했지만, 브리지드는 그가 사실을 털어놓았을 때 그저 그를 바라보며 숨을 깊이 들이쉬고는, 그가 세인트 존을 사랑하는 건 불가능하다고, 그는 자신을 사랑하기에 그건 불가능하다고 말했다. 헥터는 그렇다고, 자신은 브리지드를 사랑하고 언제까지나 사랑할 거라고, 하지만 세인트 존과 결혼할 거라고 말했다. 그제야 브리지드는 울기 시작했으나 끝내 그의 배신을 비난하지도, 자신의 입장을 내세우지도, 그가 자신에게 얼마나 끔찍한 짓을 저질렀는지에 대해 분노에 찬 목소리로 외쳐대지도 않았다. 그녀는 헥터가 착각에 빠져 있으며 그 누구도 자신만큼 그를 사랑할 수 없다는 사실을 깨닫게 되면 결국 자신에게 돌아올 거라고 말했다. 그녀는 돌로레스 세인트 존은 사람이 아니라 물건일 뿐이라고 말했다. 빛나고 매혹적인 물건이긴 하지만 그 껍질 속에는 천박하고 얄팍하고 어리석은 여자가 들어 있으며 그런 여자는 그의 아내가 될 자격이 없다고 했다. 헥터는 그 시점에서 무언가 말을 했어야 했다. 그녀의 희망을 영원히 무너뜨릴 날카롭고 가혹한 말을 던졌어야 했다. 하지만 브리지드의 슬픔과 헌신이 너무 크고 압도적이었다. 울먹이며 작은 소리로 호소하는 그녀에게 그런 모진 말을 할 수는 없었다. 그는 대신 이렇게 대답했다. "당신 말이 맞아. 아마 1, 2년 이상은 못 갈 거야. 하지만 이 결혼을 해야겠어. 난 그녀를 가져야만 하고, 그러면 모든 것이 저절로 해결될 거야."

헥터는 결국 브리지드의 아파트에서 그날 밤을 보냈다. 그게 그들에게 도움이 될 거라고 생각해서가 아니라 마지막으로 하룻밤만 더 함께 있어달라는 그녀의 애원을 차마 뿌리칠 수가 없었다. 다음 날 아침, 그는 그녀가 깨기 전에 조용히 빠져나왔고, 그 순간부터 새로운 삶이 시작되었다. 헌트와의 계약이 종료되었고, 그는 블라우스타인과 함께 〈모스 부호〉 작업을 시작했으며, 구체적인 결혼 계획도 세웠다. 두 달 반이 지나도록 브리지드에게선 아무 소식이 없었다. 헥터는 그녀의 침묵이 약간 신경 쓰이긴 했지만, 사실 그는 세인트 존에게 너무 열중한 나머지 그 문제에 대해 깊이 생각할 겨를이 없었다. 만일 브리지드가 사라졌다면, 그건 그녀가 자신의 말에 책임을 지는 사람이고 헥터의 앞길을 막기엔 너무 자존심이 강한 여자이기 때문이라고 볼 수밖에 없었다. 그가 자신의 의사를 분명히 밝힌 이상, 그녀는 물러서서 그가 물속으로 가라앉든 헤엄쳐 나오든 내버려두기로 한 것이다. 그가 스스로 헤엄쳐 나온다면, 아마도 다시는 그녀를 만나지 않을 터였다. 하지만 그가 물속으로 가라앉는다면, 아마도 그녀는 마지막 순간에 나타나 그를 건져주려고 할 터였다.

헥터는 오팰런에 대해 그런 식으로 생각하고 그녀를 초월적인 존재, 몸에 칼이 박혀도 고통을 느끼지 않고 상처를 입어도 피 한 방울 흘리지 않는 존재로 만들면서 죄책감을 덜 수 있었을 것이다. 어차피 확인 가능한 사실이 없는 상황에서 조금쯤은 희망적인 생각에 탐닉하지 못할 게 뭐 있겠는가? 헥터는 그녀가 잘 지내고 있다고, 용감하게 삶을 이어가고 있다고 믿고 싶었다. 『포토플레이』에 그녀의 글이 더 이상 실리지 않는 걸 알아채긴 했지만 그건 그녀가 로스앤젤레스를 떠났거나 다른 직장으로 옮겼다는 의미일 수도 있었고, 당분간은 암울한 가능성들은 외면하고 싶었다. 자신이 얼마나 한심하게 스스로를 속여오고 있었는지 깨닫게 된 건 마침내 그녀가 다시 모습을 드러낸(새해 전날 밤,

그의 집 현관문 아래로 한 통의 편지를 밀어 넣으면서) 후였다. 10월, 그가 떠난 이틀 후에 브리지드는 욕조에서 손목을 그었다. 만일 아래층으로 물이 새지 않았더라면 집주인이 문을 따고 들어오지 않았을 것이고, 브리지드는 너무 늦어버린 뒤까지 발견되지 않았을 터였다. 구급차가 그녀를 병원으로 실어 갔다. 그녀는 이틀 만에 의식을 회복하긴 했지만 정신은 무너져버려서 횡설수설하며 계속 울었고, 의사들은 그녀를 바로 퇴원시키지 않고 당분간 상태를 지켜보기로 결정했다. 결과적으로 그녀는 정신병동에서 두 달을 보내게 되었다. 이제 그녀는 남은 생을 그곳에서 보낼 각오까지 하게 되었는데, 그건 오로지 그녀에게 남은 유일한 목표는 스스로 생을 마감하는 것이었기에 어디에 있든 아무 상관이 없었기 때문이었다. 그런데 그녀가 다음 자살 기도를 준비하던 그 순간 기적이 일어났다. 아니, 정확히 말하자면 기적은 이미 일어났고, 그녀는 자신이 지난 두 달 동안 그 기적의 영향하에 살아왔다는 사실을 알게 되었다. 의사들이 그것이 실제로 일어난 일이고 그녀의 상상의 산물이 아님을 확인해준 순간, 그녀는 죽고 싶은 마음이 사라졌다. 그녀는 오래전에 신앙을 잃었고 고등학교 때 이후로 고해성사도 해본 적이 없었지만, 그날 아침에 간호사가 들어와 검사 결과를 전해준 순간, 마치 신이 그녀에게 입술을 포개고 다시 숨을 불어넣어준 것만 같은 기분을 느꼈다. 그녀는 임신한 것이다. 지난가을, 그들이 함께 보낸 마지막 밤에 생긴 일이었고, 이제 그녀의 뱃속에서 헥터의 아이가 자라고 있었다.

그녀는 병원에서 퇴원한 후 자신이 살던 아파트를 떠났다. 그녀에겐 약간의 저축이 있긴 했지만 일을 다시 시작하지 않고는 월세를 계속 낼 수 없었고, 이미 잡지사를 그만둔 상태였기에 다시 돌아갈 수가 없었다. 그녀는 다른 곳에 싼 방을 구했다. 철제 침대가 놓여 있고 벽에는 나무 십자가가 걸려 있으며, 마룻바닥 아래에 쥐들이 득실거리는 그런 곳이었다. 그녀는 헥터에게 그 호텔의 이름도, 심지어 그 호텔이 있는 도시조차도 알려주지 않을 작정이었다. 그러니 그녀를 찾아 나서봐야 헛수고일 터였다. 그녀는 숙박부도 가명으로 썼고, 뱃속 아이가 조금 더 자라서 그가 낙태를 권유할 수 없게 될 때까지 조용히 숨어 지낼 작정이었다. 그녀는 아이를 살리기로 결심했으며 헥터가 그녀와 결혼하든 안 하든 그의 아이의 어머니가 되기로 마음을 굳힌 것이다. 그녀의 편지는 이렇게 끝을 맺었다. *운명이 우리를 맺어주었어요, 사랑하는 당신, 내가 어디에 있든, 당신은 언제나 내 곁에 있을 거예요.*

그리고 다시 침묵. 2주가 흘렀지만 브리지드는 약속대

로 모습을 드러내지 않았다. 헥터는 오팰런의 편지에 대해 세인트 존에게 아무 말도 하지 않았지만, 이제 그녀와 결혼할 가능성은 사라졌다는 걸 알고 있었다. 그는 세인트 존과 함께할 미래를 생각할 때마다 브리지드가 떠올랐고, 어느 후미진 동네의 싸구려 호텔 방에 누워 점점 자라는 그의 아이를 뱃속에 품고 미쳐가는 옛 애인의 모습을 상상하며 괴로움에 시달렸다. 그는 세인트 존을 포기하고 싶지 않았다. 매일 밤 그녀의 침대로 기어들어 알몸으로 그녀의 매끄럽고 짜릿한 몸을 느끼는 꿈을 물거품으로 만들고 싶지 않았다. 하지만 남자는 자신의 행동에 책임을 져야 하고, 만약 아이가 태어난다면 자신이 저지른 일에서 도망칠 수 없었다. 1월 11일에 헌트가 스스로 목숨을 끊었지만 헥터의 머릿속에는 더 이상 그가 존재하지 않았기에 1월 12일에 그 소식을 듣고도 아무 느낌이 없었다. 과거는 중요하지 않았다. 그에게 중요한 것은 오직 미래였는데, 그 미래가 갑자기 불확실해졌다. 그는 돌로레스와의 약혼을 깨야 할 터였지만 브리지드가 다시 나타나기 전까지는 그럴 수가 없었고, 어디 가서 그녀를 찾아야 할지 몰라 좌초된 상태로 꼼짝 못하는 신세가 되었다. 시간이 흐르면서, 그는 발이 바닥에 못 박힌 기분을 느끼기 시작했다.

1월 14일, 헥터는 저녁 7시에 블라우스타인과의 작업을 마쳤다. 그는 토팡가 캐니언에 있는 세인트 존의 집에 8시까지 가서 그녀와 저녁을 먹기로 약속이 되어 있었다. 그는 약속 시간보다 훨씬 일찍 도착할 수도 있었는데 가는 길에 차에 문제가 생겼고, 그의 푸른색 드소토 자동차 타이어를 교체하느라 45분을 허비하고 말았다. 만일 타이어에 펑크가 나지 않았더라면 그의 인생을 뒤바꾼 그 사건은 일어나지 않았을지도 모른다. 왜냐하면 그가 라 시에네가 대로 옆 어둠 속에 쭈그리고 앉아 자동차 앞부분을 들어 올리고 있던 바로 그 시간에 브리지드 오팰런이 돌로레스 세인트 존의 집 문을 두드렸기 때문이다. 그리고 헥터가 그 간단한 작업을 끝내고 운전석에 올라탔을 때쯤, 세인트 존은 실수로 브리지드의 왼쪽 눈에 32구경 총알을 박아 넣었다.

적어도 세인트 존의 말로는 그랬다. 헥터가 현관문으로 들어섰을 때 그녀가 충격과 공포에 찬 표정으로 그를 맞이한 것으로 보아 그녀의 말을 의심할 이유는 없었다. 그녀는 총이 장전된 줄 몰랐다고 했다. 석 달 전 그녀가 협곡에 있는 이 외딴집으로 이사 올 때 그녀의 에이전트가 호신용으로 준 총이었다. 브리지드가 헥터의 아이, 자신의 손목을 그은 일, 정신병원의 창살, 그리스도의 상처에서 흐르는 피에 대한 미친 소리를 늘어놓기 시작했고, 돌로레스는 겁이 나서 그녀에게 나가달라고 했다. 그러나 브리지드는 나가지 않고 몇 분 동안 버티더니 돌로레스가 자기 남자를 훔쳐갔다고 비난하며 위협적인 최후통첩을 하고, 악마, 창녀, 천박하고 더러운 년이라고 욕설을 퍼부었다. 불과 여섯 달 전만 해도 사랑스러운 미소와 날카로운 유머 감각을 지닌 『포토플레이』의 상냥한 기자였던 브리지드가 정신 나간 위험한 여자가 되어 거실을 비틀비틀 돌아다니면서 큰 소리로 울부짖고 있었다. 돌로레스는 더 이상 그녀를 집에 두고 싶지 않았다. 바로 그때 권총이 떠올랐다. 마침 권총은 그녀가 서 있는 곳에서 불과 3미터도 떨어져 있지 않은 접이식 뚜껑이 달린 책상의 가운데 서랍에 들어 있었고, 그녀는 책상 쪽으로 걸어가 가운데 서랍을 열었다. 그녀는 방아쇠를 당길 생각은 없었다. 총을 꺼내 보여주기만 해도 브리지드가 겁을 먹고 나갈 거라는 생각뿐이었다. 그러나 총을 서랍에서 꺼내 들어 방 건너편을 향해 겨누는 순간 총알이 발사되고 말았다. 소리도 별로 크지 않았다. 그냥 펑 소리가 조그맣게 들렸을 뿐인데, 브리지드가 이상한 신음을 내뱉으며 바닥으로 쓰러졌다.

돌로레스가 거실에 들어가기를 거부해서("너무 무서워. 난 도저히 못 보겠어"라고 말하면서) 헥터는 혼자 갔다. 브리지드는 소파 앞 양탄자에 엎어져 있었다. 아직 몸이 따뜻했고 머리 뒤쪽에서 피가 흘러나오고 있었다. 헥터는 그녀를 돌려 뉘어 망가진 얼굴을 들여다보았고, 왼쪽 눈이 있던 자리에 구멍이 뚫린 걸 보자 숨이 턱 막혔다. 그녀를 보면서 숨을 쉬는 건 불가능했다. 다시 숨을 쉬기 위해서는 시선을 돌려야만 했고, 일단 시선을 돌리자 다시는 그녀를 볼 수가 없었다. 모든 것이 사라졌다. 모든 것이 산산조각 났다. 그녀의 몸속에 있던 태아도 죽어 사라졌다. 이윽고 몸을 일으킨 그는 현관홀로 나가 벽장 안에서 담요를 찾아냈다. 거실로 돌아와 마지막으로 그녀를 한 번 더 바라보았다. 다시 숨이 막혀왔다. 그는 담요를 펼쳐 그녀의 작고 비극적인 몸 위에 덮어주었다.

헥터는 처음엔 경찰서에 가려고 했지만 돌로레스가 두려워했다. 그녀는 경찰이 총에 대해 캐물을 때, 불가능해 보이는 일련의 사건들을 열두 번이나 설명하게 만들면서 스물네 살 먹은 임산부가 거실 바닥에 죽어 누워 있는 이유를 추궁할 때, 자신의 이야기가 어떻게 들릴지 걱정했다. 설령 경찰이 그녀를 믿고 그게 오발 사고였다는 주장을 기꺼이 받아들인다 해도, 이 스캔들은 그녀를 파멸시킬 터였다. 그녀의 경력은 끝장나고, 헥터의 경력 또한 끝장날 터였다. 그렇다면, 그들이 왜 자신들의 잘못도 아닌 일로 고통받아야 하는가? 그녀는 레지에게 전화해서 이 일을 처리하도록 맡기자고 했다. 레지는 그녀의 에이전트 레지널드 도스, 그녀에게 총을 준 그 멍청이였다. 레지는 영리했고, 뛰어난 수완가였다. 레지 말만 잘 들으면 어떻게든 빠져나갈 방법을 찾아낼 수 있을 터였다.

하지만 헥터는 이미 구원받을 수 없다는 걸 알았다. 그들이 이 일을 털어놓으면 스캔들과 공개적인 망신이 뒤따를 것이고, 침묵을 지킨다면 더 심각한 문제가 생길 터였다. 그들은 살인 혐의로 기소될 수도 있었고, 사건이 법정에까지 가면 브리지드의 죽음이 사고였다고 믿을 사람은 세상에 단 한 명도 없을 터였다. 두 개의 독 중에서 하나를 고를 수밖에 없었다. 헥터는 결정을 내려야 했다. 두 사람을 위한 결정을 내려야 했고, 올바른 선택이란 존재하지 않았다. "레지는 안 돼." 그가 돌로레스에게 말했다. 그녀가 저지른 일에 대해 레지가 알게 된다면 그녀는 평생 그의 발밑에서 무릎이 피투성이가 된 채로 기어다녀야 할 터였다. 다른 사람을 끌어들이면 일이 더 복잡해졌다. 경찰에 전화하든가, 아니면 아무에게도 말하지 말아야 했다. 그리고 아무에게도 말하지 않으면 그들이 직접 시신을 처리해야만 했다.

헥터는 그런 말을 하면 지옥 불에 던져질 것임을 알았고, 다시는 돌로레스를 보지 못하게 되리란 것도 알았다. 하지만 결국 그 말을 했고, 그들은 그걸 실행에 옮겼다. 이제 선과 악의 문제가 아니었다. 중요한 건 그 상황에서 피해를 최소한으로 줄이고 무의미한 희생을 피하는 것이었다. 그들은 돌로레스의 크라이슬러 세단 트렁크에 브리지드의 시신을 싣고 말리부에서 북쪽으로 한 시간가량 떨어진 산속으로 들어갔다. 담요에 덮인 시신을 양탄자로 둘둘 말았고 트렁크에 삽도 하나 실었다. 헥터가 돌로레스의 집 뒤쪽 정원에 있는 창고에서 찾아낸 삽이었고, 그는 그 삽으로 구덩이를 팠다. 다른 건 몰라도 돌로레스에게 그 정도는 해줘야 했다. 결국 그는 그녀를 배신한 것인데, 놀랍게도 그녀는 끝까지 그를 믿어주었으니까. 브리지드가 한 이야기들은 그녀에게 아무런 영향도 미치지 않았다. 그녀는 그걸 순전히 헛소리로, 질투심에 찬 실성한 여자의 광기 어린 거짓말로 치부했고, 심지어 증거가 그녀의 아름다운 코앞에 들이대어졌는데도 받아들이기를 거부했다. 물론 그건 단순한 허영심, 자기가 보고 싶은 것만 보는 끔찍한 허영심이었을 수도 있었지만 진짜 사랑, 맹목적인 사랑일 수도 있었고 헥터는 자신이 어떤 사랑을 잃게 되었는지 상상조차 할 수 없었다. 물론 그는 둘 중 어느 것이었는지 끝내 알 수 없었다. 그날 밤 산속에서 끔찍한 일을 마치고 돌아온 후, 헥터는 자신의 차를 몰고 집으로 갔고 다시는 그녀를 보지 못했다.

그가 사라진 건 바로 그때였다. 그는 입고 있던 옷과 지갑 속 현금을 제외한 모든 걸 남긴 채 떠났고, 다음 날 오전

10시에는 시애틀행 기차를 타고 북쪽으로 향하고 있었다. 그는 경찰에 잡힐 거라고 확신했다. 브리지드가 실종되었다는 신고가 접수되면 경찰이 두 실종 사이의 연관성을 찾아내는 데는 긴 시간이 걸리지 않을 터였다. 경찰은 그를 심문하기 위해 본격적으로 수색을 시작할 터였다. 하지만 헥터는 그동안 다른 모든 것들에 대해 오판했던 것처럼 이번에도 잘못된 판단을 내렸다. 실종된 사람은 그였고, 한동안은 아무도 브리지드가 사라진 걸 알지 못했다. 그녀는 직장도 없었고 주거도 일정치 않았으며, 그녀가 1929년 초의 그 주 내내 로스앤젤레스 도심에 있는 피츠윌리엄 암즈 호텔로 돌아오지 않자 프런트 직원은 그녀의 짐을 지하실로 옮기고 그녀의 방을 다른 사람에게 내주었다. 그건 이상할 것도 없는 일이었다. 사람들이 말없이 사라지는 건 다반사였고, 새로운 세입자가 돈을 내겠다고 하는데 빈방을 놀릴 수는 없는 노릇이었다. 설령 프런트 직원이 그녀가 걱정되어 경찰에 신고했다 하더라도 경찰이 할 수 있는 일은 없었을 터였다. 브리지드는 숙박부에 가명을 적었는데 존재하지도 않는 사람을 어떻게 찾아낼 수 있단 말인가?

두 달 후, 브리지드의 아버지가 스포캔에서 로스앤젤레스 경찰서로 전화를 걸어 레이놀즈 형사와 이야기를 나눴고, 그 형사는 1936년에 은퇴할 때까지 그 사건을 조사했다.

그로부터 24년이 지난 후, 마침내 오팰런 씨 딸의 유골이 발견되었다. 시미 힐스 가장자리의 새 주택 단지 건설 현장에서 불도저가 그녀의 유골을 퍼 올린 것이다. 유골은 로스앤젤레스 법의학 연구소로 보내졌지만 그때쯤엔 레이놀즈의 수사 기록이 창고 깊숙이 묻힌 상태여서 사망자 신원 확인이 불가능했다.

앨머가 그 유골에 대해 알고 있었던 건 관심을 가지고 알아보았기 때문이었다. 헥터가 그녀에게 시신이 묻힌 장소를 알려주었고, 1980년대 초반에 그 주택 단지를 찾아간 앨머는 여러 사람의 증언을 통해 바로 그 장소에서 유골이 발견되었다는 사실을 확인했다.

그때는 이미 세인트 존도 세상을 떠난 지 오래였다. 헥터가 사라진 후 그녀는 위치타에 있는 부모님 집으로 돌아갔고, 언론에 입장 발표를 하고 나서 은둔 생활에 들어갔다. 1년 반 후, 그녀는 지역 은행가인 조지 T. 브링커호프와 결혼하여 두 명의 자녀—윌라와 조지 주니어—를 두었다. 첫째 아이가 세 살도 되기 전이었던 1934년, 세인트 존은 11월의 폭우 속에서 차를 몰고 집으로 돌아오다가 차에 대한 통제력을 잃고 말았다. 차가 전봇대를 들이받으면서 그 충격으로 그녀는 앞 유리를 뚫고 튕겨 나갔고, 목의 경동맥이 절단되었다. 경찰 부검 보고서에 따르면, 그녀는 의식을 되찾지 못한 채 과다출혈로 사망했다.

    2년 후, 브링커호프는 재혼했다. 1983년에 앨머가 그에게 인터뷰를 요청하는 편지를 보냈지만, 그가 지난가을 신부전으로 사망했다는 내용이 담긴 미망인의 답장이 왔다. 하지만 그의 자녀들은 생존해 있었고, 앨머는 텍사스주 댈러스와 플로리다주 올랜도에 살고 있는 두 사람과 이야기를 나눴다. 그러나 그들 둘 다 특별히 해줄 말이 없다고 했다. 너무 어린 나이에 어머니를 잃어서 어머니에 대한 기억이 전혀 없고 사진으로 본 게 전부라는 것이었다.

    1월 15일 아침 헥터가 센트럴역에 들어섰을 때, 그의 콧수염은 이미 사라진 상태였다. 그는 가장 눈에 띄는 특징을 제거함으로써, 그러니까 단순한 빼기 행위를 통해 전혀 다른 얼굴로 변장한 것이었다. 그래도 그의 영화를 본 사람들에겐 그 눈과 눈썹, 이마, 매끈하게 빗어 넘긴 머리가 무언가 말해줄 수도 있었지만, 헥터는 표를 산 후 얼마 안 되어 그 문제를 해결할 방법도 찾아냈다. 앨머의 말에 따르면, 그는 그 과정에서 새로운 이름도 발견하게 되었다.

    시애틀행 9시 21분 기차의 승차 시간은 한 시간이나 남아 있었다. 헥터는 커피나 마시며 시간을 보낼 생각으로 역 안에 있는 식당으로 들어갔으나 카운터 자리에 앉아 철판 위에서 익어가는 베이컨과 계란 냄새를 들이마시자마자 구역질이 밀려왔다. 결국 그는 남자 화장실로 달려가 칸막이 안으로 들어가서 문을 잠그고 무릎을 꿇은 채 위 속에 든 걸 변기에 모조리 토해냈다. 역겨운 초록빛 액체와 덜 소화된 갈색 음식 덩어리들이 쏟아져 나왔고, 그는 몸을 덜덜 떨면서 수치심과 두려움, 혐오감이 뒤섞인 정화 의식을 치렀다. 발작적인 구토가 끝나자 바닥에 쓰러져 누워 한참이나 숨을 헐떡거렸다. 그는 변기 뒤쪽 벽에 머리를 기대고 있었는데, 그 각도에서 보니 다른 때 같았으면 눈에 띄지 않았을 물건이 시야에 들어왔다. 변기 뒤 파이프가 L자로 구부러진 부분에 누군가 모자를 떨어뜨린 것이다. 그걸 은신처에서 꺼내보니 노동자들이 쓰는 트위드 재질의 튼튼한 모자로 앞쪽에 짧은 창이 부리처럼 튀어나와 있었고, 그가 미국에 처음 왔을 때 쓰던 모자와 크게 다르지 않았다. 그는 모자를 뒤집어 보며 안에 뭐가 들어 있지는 않은지, 자신이 쓰기에 너무 더럽거나 악취가 나지는 않는지 확인했다. 그러다 모자 안쪽의 가죽 띠 뒷면에 잉크로 써놓은 주인 이름을 발견했다. 허먼 뢰서(Herman Loesser). 헥터는 좋은 이름이라고, 어쩌면 아주 멋진 이름일 수도 있다고, 적어도 다른 이름보다 나쁠 건 없다고 생각했다. 따지고 보면 자신은 'Herr Mann(독일어로 Mr. Mann, 즉 만 씨라는 뜻-옮긴이)'이 아니던가? 그러니 허먼이라는 이름을 선택하면 완전히 자신을 버리지 않고도 신원을 바꿀 수 있었다. 다른 사람들 앞에서 자신을 지우되 자신이 누구인지 잊지 않는 것, 그건 중요한 일이었다. 그걸 원해서가 아니라 오히려 원하지 않기 때문에.

허먼 뢰서. 누군가는 뢰서(Loesser)를 '레서(Lesser)'라고 발음할 것이고, '루저(Loser)'라고 읽는 사람들도 있을 터였다. 어느 쪽이든, 헥터는 그것이 자신에게 걸맞은 이름이라고 생각했다.

그 모자는 기가 막히게 잘 맞았다. 너무 헐겁지도, 너무 꽉 끼지도 않고 챙이 이마를 덮을 수 있을 만큼의 여유가 있어서 독특한 사선 눈썹을 가리고 맑고 강렬한 눈빛에 그림자를 드리울 수 있었다. 그러니까 빼기를 한 후 더하기를 하게 된 것이다. 헥터 빼기 콧수염, 그다음 헥터 더하기 모자. 이 두 가지 연산은 그를 지웠고, 그날 아침에 남자 화장실을 떠날 때 그는 누구나처럼 보일 수 있으면서도 그 누구처럼도 보이지 않는, 그야말로 '아무도 아닌 자'의 완벽한 화신이 되어 있었다.

그는 시애틀에서 6개월 살았고, 포틀랜드로 내려가 1년을 보낸 뒤 다시 워싱턴으로 올라가 1931년 봄까지 머물렀다. 처음에는 완전한 공포에 쫓겼다. 헥터는 자신이 필사적으로 도망치고 있다고 생각했고, 실종 직후 그의 목표는 다른 범죄자들과 다를 바 없었다. 하루라도 더 잡히지 않고 버틴다면, 그 하루는 성공한 날이었다. 그는 매일 아침저녁으로 신문에서 자신의 기사를 읽으며 경찰이 자신을 찾아내는 데 얼마나 근접했는지 수사 진행 상황을 확인했다. 하지만 기사들을 보면 당혹스러웠고, 그를 제대로 이해하려는 노력이 거의 없었다는 사실에 경악했다. 헌트는 거의 중요하지 않은 인물이었는데 모든 기사가 그에게서 시작해 그로 끝났다. 주가 조작, 사기 투자, 겉만 번지르르했지 속은 온통 좀먹은 할리우드 사업. 브리지드의 이름은 단 한 번도 언급되지 않았고, 돌로레스도 캔자스로 돌아갈 때까지 그 누구의 관심도 끌지 못했다. 날이 갈수록 압박감은 약해졌고, 4주 동안 수사가 아무런 돌파구도 찾지 못하면서 신문 보도가 줄어들자 그의 공포와 불안도 서서히 잦아들었다. 아무도 그에 대해 의심하지 않았다. 그는 원하기만 했다면 다시 집으로 돌아갈 수도 있었다. 로스앤젤레스행 기차에 오르기만 하면 그의 삶은 중단되었던 그 자리에서 다시 시작될 수도 있었다.

하지만 헥터는 아무 데도 가지 않았다. 노스 오렌지 드라이브에 있는 자신의 집에서 블라우스타인과 함께 선룸에 앉아 아이스티를 마시며 〈모스 부호〉 마무리 작업을 하고 싶은 마음이 간절했던 건 사실이었다. 그에게 영화 만드는 일은 무아경 속에서 사는 것과도 같았다. 그건 세상에서 가장 힘들고 가장 까다로운 일이었지만, 그는 그 일이 어려울수록 더 큰 희열을 느꼈다. 그는 요령을 익히며 복잡한 세부 과정에 서서히 숙달되어갔고, 조금만 더 시간이 주어진다면 훌륭한 감독이 될 수 있을 것이라고 확신했다. 그 한 가지 일을 잘하는 것, 그가 인생에서 바란 건 오직 그 하나뿐이었다. 그는 그것만을 원했었기에 그 일만은 절대로 다시 하지 않겠다고 결심했다. 죄 없는 여자를 미치게 만들고, 임신시키고, 그녀의 시신을 땅속 2미터 깊이에 묻은 사람이 아무 일도 없었던 것처럼 예전의 삶을 이어갈 수는 없는 노릇이었다. 그런 짓을 저지른 남자는 벌을 받아 마땅했다. 세상이 벌을 내리지 않는다면 스스로 벌을 받아야 했다.

그는 파이크 플레이스 마켓 근처의 하숙집에 방을 빌렸고, 지갑에 있던 돈이 다 떨어지자 그 지역 생선가게에 일자리를 얻었다. 매일 새벽 4시에 일어나 동트기 전의 안개 속에서 트럭에 실린 물건을 내렸는데, 나무 궤짝과 바구니를 옮기는 작업을 하다 보면 퓨젯 사운드의 습기가 뼛속까지 스미고 손가락이 뻣뻣해졌다. 그는 잠시 담배를 피우며 쉰 후 잘게 부순 얼음 위에 게와 굴을 펼쳐놓았고, 그다음엔 낮 시간의 잡다한 반복 노동―저울에 조개 무게를 달고, 갈색 종이봉투에 물건을 담고, 짧고 예리한 칼로 굴을 까는— 이 이어졌다. 허먼 뢰서는 일을 하지 않을 때는 공공도서관에서 빌려온 책을 읽고 일기를 썼으며, 꼭 필요한 경우가 아니면 그 누구와도 말을 섞지 않았다. 앨머는 그의 목표가, 스스로 부과한 핍박 아래 꿈틀거리며 최대한 불편하게 사는 것이었다고 했다. 그는 일이 너무 쉬워지자 포틀랜드로 옮겨갔고, 그곳에서 드럼통 만드는 공장의 야간 경비원으로 일했다. 지붕 덮인 시장의 소란스러움에서 벗어나 조용한 생각 속에서 살게 된 것이다. 앨머는 그의 선택에는 정해진 기준이 없었다고 설명했다. 그의 속죄는 지속적으로 진행되었고, 스스로에게 내린 벌은 그때그때 자신이 느끼는 가장 큰 결핍이 무엇인지에 따라 달라졌다. 그는 사람들과 어울리고 싶었고, 여자를 갈망했으며, 주변에 사람들의 몸과 목소리가 있기를 간절히 바랐다. 그래서 빈 공장에 자신을 가두고 자기부정의 가시밭에서 스스로를 단련시키기 위해 몸부림쳤다.

그가 포틀랜드에 사는 동안 주식 시장이 붕괴되었고, 1930년 중반 컴스톡 배럴 회사가 폐업하면서 헥터는 일자리를 잃었다. 그때까지 그는 수백 권의 책을 읽었는데, 사람들이 늘 이야기하는데도 그 자신은 읽어볼 생각조차 하지 않았던 정평 있는 19세기 소설(디킨스, 플로베르, 스탕달,

톨스토이)부터 시작했고, 어느 정도 감이 잡히자 원점으로 돌아가서 체계적으로 독학해보기로 결심했다. 헥터는 아는 게 거의 없었다. 그는 열여섯 살에 학교를 떠났고, 소크라테스와 소포클레스가 같은 사람이 아니라는 것, 조지 엘리엇이 여자라는 것, 그리고 『신곡』이 등장인물들 모두가 제 짝을 찾아 결혼하는 것으로 끝나는 통속 희극이 아니라 사후세계에 대한 시라는 것을 그에게 가르쳐준 사람은 아무도 없었다. 그는 늘 현실에 치여 아등바등 살아왔기에 그런 것들을 고민할 겨를이 없었다. 그런데 갑자기 시간이 남아돌았다. 그는 스스로 만든 알카트라즈 교도소에 갇힌 죄수 신세였고, 자신의 생존 조건에 대해 생각하고 끈질기게 영혼을 괴롭히는 가혹한 고통에 대해 이해할 새로운 언어를 습득하며 수감 기간을 보냈다. 앨머에 따르면, 이 혹독한 지적 훈련은 점차 그를 다른 사람으로 바꾸어놓았다. 그는 거리를 두고 자신을 바라보는 법을 배웠다. 먼저 자신을 다른 사람들 사이에 있는 한 사람으로, 그다음에는 임의의 물질 입자들의 집합체로, 그리고 마침내 한 점 먼지로 보게 되었고, 출발점에서 멀어질수록 위대함에 더 가까워졌다. 그는 앨머에게 그 시기의 일기장들을 보여줬고, 앨머는 50년이 지난 후에야 그의 정신적 고통을 직접 목격할 수 있었다. 그녀가 기억을 더듬어 일기의 한 구절을 들려주었다. *지금*

만큼 완전히 길을 잃은 적이 없다. 지금만큼 외롭고 두려웠던 적이 없다—그런데도 지금만큼 생생하게 살아 있었던 적도 없다. 그가 포틀랜드를 떠나기 불과 한 시간 전에 쓴 글이었다. 그리고 마치 나중에 생각난 것처럼 다시 자리에 앉아 맨 끝에 한 문장을 덧붙였다. *나는 이제 죽은 자들과만 대화한다. 나는 오직 그들만 믿을 수 있으며, 그들만이 나를 이해해준다. 그들처럼 나도 미래 없이 살아간다.*

    스포캔에 일자리가 있다는 소문이 돌았다. 제재소들에서 일할 사람을 찾고 있으며, 동쪽과 북쪽의 여러 벌목장에서도 일꾼을 고용하고 있다고들 했다. 헥터는 그런 일자리에는 관심이 없었지만, 드럼통 공장이 문을 닫은 지 얼마 안 된 어느 오후에 두 남자가 스포캔의 일자리들에 대해 이야기하는 걸 우연히 듣자 한 가지 생각이 떠올랐고, 그 생각에 빠져들게 되자 도저히 저항할 수가 없었다. 브리지드는 스포캔에서 자랐다. 그녀의 어머니는 세상을 떠났지만 아버지는 아직 살아 있었고, 여동생도 두 명 있었다. 헥터가 상상할 수 있는 고문 중에서, 그가 자신에게 가할 수 있는 고통 중에서, 브리지드의 가족이 사는 도시로 가는 생각보다 더 끔찍한 건 없었다. 오팰런 씨와 두 여동생을 잠깐이라도 보고 그들이 어떻게 생겼는지 알게 된다면 그가 그들에게 저지른 짓에 대해 생각할 때마다 그 얼굴들이 떠오를 것이었다. 그는 자신이 그 정도의 고통은 감수해야 한다고 생각했다. 그는 그들을 자신의 기억 속 브리지드만큼 생생하게 존재하도록 만들 의무가 있었다.

아직까지도 어린 시절의 머리색으로 알려져 있는 패트릭 오팰런은 20년 동안 스포캔 시내에서 '레드 스포츠용품점'을 운영해오고 있었다. 헥터는 그곳에 도착한 날 아침에 기차역에서 서쪽으로 두 블록 떨어진 곳에서 싸구려 호텔을 발견하고 하룻밤 숙박비를 선불로 낸 다음 그 가게를 찾아 나섰다. 그는 5분도 안 걸려 가게를 발견했다. 거기 가서 어떻게 할지 생각해보지도 않고 무작정 찾아왔지만, 신중을 기하기 위해 우선 가게 밖에서 창문으로 오팰런을 훔쳐보기로 했다. 브리지드가 집으로 보낸 편지에서 그에 대해 언급했을 수도 있었다. 만약 그랬다면 가족들은 그가 스페인 억양이 강한 영어를 쓴다는 걸 알고 있을 터였다. 더 중요한 건, 그들이 1929년에 알려진 그의 실종 사건에 특별한 관심을 기울였으리란 점이었다. 마침 브리지드 자신도 2년 가까이 행방이 묘연한 상태라 그들은 미국인들 중 유일하게 이 두 사건의 연관성을 알아냈을 수도 있었다. 그가 가게에 들어가서 입만 열면 모든 게 끝날 수도 있었다. 만일 오팰런이 헥터 만을 알고 있다면 대화 몇 마디만 나눠도 의심을 품을 가능성이 컸다.

하지만 오팰런은 보이지 않았다. 헥터는 진열장에 전시된 골프채 세트를 살펴보는 척하며 유리창에 코를 바짝 대고 들여다보았다. 가게 내부가 훤히 보였지만, 그가 서 있는 각도에서 볼 수 있는 한 안에 아무도 없었다. 손님도, 카운터 뒤에 선 점원도 보이지 않았다. 아직 이른 시각이긴 했지만—막 오전 10시를 지났으니까—문에 걸린 표지판에는 '영업 중'이라고 적혀 있었다. 헥터는 행인들로 붐비는 거리에서 얼쩡거리며 사람들의 시선을 끄는 위험을 감수하느니 처음 계획을 포기하고 그냥 안으로 들어가기로 했다. 그들이 그가 누구인지 알아본다고 해도 어쩔 수 없는 노릇이라고 생각했다.

문을 밀어서 열자 딸랑거리는 소리가 났고, 뒤쪽 카운터로 걸어가는 동안 맨바닥 나무판자가 발밑에서 삐걱거렸다. 가게는 크지 않았지만 선반마다 상품이 빼곡히 진열되어 있었고, 스포츠 관련 제품은 다 갖춰져 있는 듯했다. 낚싯대와 릴, 고무 오리발과 수경, 산탄총과 사냥용 소총, 테니스 라켓, 야구 글러브, 풋볼 공, 농구공, 어깨 보호대와 헬멧, 스파이크 슈즈와 클릿 슈즈, 킥 티와 드라이브 티, 덕 핀, 바벨, 메디신볼. 가게 입구부터 끝까지 일정한 간격으로 기둥이 두 줄로 늘어서 있었는데, 기둥마다 레드 오팰런의 사진이 든 액자가 걸려 있었다. 모두 젊은 시절 사진이었고 운동하는 모습이었다. 야구 유니폼을 입은 사진과 풋볼 유니폼을 입은 사진도 하나씩 있었지만, 노출이 심한 육상 선수 옷을 입고 달리고 있는 사진이 제일 많았다. 한 사진에는 전력 질주 중에 두 발이 다 공중에 떠 있는 순간이 포착되어 있었는데, 바로 뒤 선수보다 2미터는 앞서 있었다. 또 다른 사진에서는 1904년 세인트루이스 올림픽에서 동메달을 받으며 연미복과 실크해트 차림의 남자와 악수하고 있었다.

헥터가 카운터로 다가가자 젊은 여성이 창고에서 수건으로 손을 닦으며 나왔다. 그녀는 고개를 한쪽으로 살짝 기울인 채 아래를 보고 있어서 얼굴이 잘 안 보였지만 걸음걸이와, 기울어진 어깨, 수건으로 손가락을 문질러 닦는 모습이 브리지드를 보는 것 같은 기분을 느끼게 했다. 그 몇 초 사이, 지난 열아홉 달 동안의 일들이 아예 일어난 적이 없는 것 같았다. 브리지드는 더 이상 죽어 있지 않았다. 그녀는 구덩이에서 그가 삽으로 덮은 흙을 헤치고 기어 나와 여기 살아 있었다. 머리에 총알이 박히지도, 눈에 구멍이 뚫리지도 않은 온전한 모습으로 숨을 쉬면서 워싱턴주 스포캔의 아버지 가게에서 점원으로 일하고 있었다.

그 여자는 헥터를 향해 계속 걸어오다가 수건을 미개봉 상자 위에 내려놓을 때만 잠시 멈췄다. 다음에 일어난 일은 참으로 신기했던 게, 그녀가 고개를 들어 헥터의 눈을 바라보고 있는데도 환상이 깨지지 않았다. 그녀는 얼굴까지 브리지드였다. 브리지드와 똑같은 이마, 입, 턱을 갖고 있었다. 잠시 후 그녀가 미소를 지었을 때, 헥터는 그 미소마저 똑같다고 생각했다. 그녀가 대여섯 걸음 앞까지 걸어왔을 때에야 브리지드와 다른 점들이 보이기 시작했다. 그녀의 얼굴은 주근깨로 뒤덮여 있었는데, 브리지드의 얼굴에는 주근깨가 없었던 것이다. 눈동자도 브리지드보다 짙은 초록이었다. 두 눈 사이는 더 넓어서 콧대에서 약간 더 떨어져 있었고 이 미세한 차이가 얼굴 전체를 더 조화롭게 만들어 언니보다 한두 단계 더 예뻐 보였다. 헥터는 그녀의 미소에 미소로 답했고, 그녀가 카운터에 다다라 브리지드의 목소리로 도움이 필요하냐고 물었을 때쯤엔 그는 더 이상 기절해 쓰러질 것 같은 기분을 느끼지 않고 있었다.

헥터는 오팰런 씨를 찾아왔다고 말한 후 그와 이야기할 수 있는지 물었다. 그는 억양을 숨기려 애쓰지 않고 '미스터'의 마지막 'r' 발음을 과장되게 굴렸다. 그런 다음 그녀에게 얼굴을 더 가까이 기울이며 반응을 면밀히 살폈다. 아무 일도 일어나지 않았다. 아니, 아무 일도 없었던 듯 대화가 이어졌다. 그 순간 헥터는 브리지드가 가족들에게 자신에 대해 말하지 않았다는 걸 알 수 있었다. 그녀는 가톨릭 가정에서 자랐기에 아버지와 여동생들에게 자신이 다른 여자와 약혼한 남자, 할례를 받은 남자, 다른 여자와의 약혼을 깨고 자신과 결혼할 생각이 없는 남자와 잠자리를 갖고 있다는 사실을 밝히기가 주저되었을 터였다. 그렇다면, 그들은 아마도 그녀가 임신한 사실도 몰랐을 것이다. 그녀가 욕조에서 손목을 그은 것도, 두 달을 병원에서 지내며 더 낫고 효율적인 자살 방법을 꿈꿨다는 것도 몰랐을 것이다. 어쩌면 그녀는 세인트 존이 등장하기 전, 모든 일이 자신이 바라는 대로 될 거라고 자신했던 때에 이미 가족에게 편지 쓰는 걸 중단했을 수도 있었다.

그때쯤 헥터의 마음은 여러 방향으로 동시에 내달리고 있었고, 카운터 뒤에 선 여자가 아버지는 한 주 동안 캘리포니아로 출장을 갔다고 말하자 그 출장이 무엇을 의미하는지 알 것 같았다. 레드 오팰런은 잃어버린 딸에 대해 로스앤젤레스 경찰과 이야기하러 간 것이었다. 그는 이미 너무 오래 끌어온 이 사건을 어떻게든 해결해달라고 경찰을 채근하고 있었고, 경찰에서 만족스러운 답을 내놓지 못하면 사립 탐정을 고용해 처음부터 다시 찾아볼 생각이었다. 그는 떠나기 전에 스포캔에 사는 딸에게 이렇게 말했을 것이다. "돈은 얼마가 들어도 상관없어. 너무 늦기 전에 뭐라도 해봐야지."

스포캔에 사는 딸은 헥터에게 아버지가 돌아올 때까지

자신이 가게를 보고 있다고, 이름과 전화번호를 남기면 금요일에 아버지가 돌아오는 대로 전해주겠다고 했다. 헥터는 그럴 필요 없다고, 금요일에 다시 오겠다고 대답한 후 그저 예의로, 아니 어쩌면 그녀에게 좋은 인상을 주고 싶어서, 가게를 혼자 보고 있느냐고 물었다. 이 가게는 혼자 감당하기에는 너무 커 보인다고 그는 덧붙여 말했다.

그러자 그녀는 원래 세 사람이 일하는데, 정직원은 그날 아침 병가를 냈고, 창고 담당자는 야구 장갑을 몰래 빼돌려서 동네 아이들에게 반값에 팔다가 지난주에 해고당했다고 했다. 그녀는 솔직히 자신도 너무 오랜만에 가게 일을 돕게 되어 좀 헤매고 있다고, 퍼터와 우드의 차이도 잘 모르겠고, 금전등록기도 제대로 사용할 줄 몰라서 버튼을 아홉 개나 잘못 눌러서 물건을 팔지 못할 뻔했다고 말했다.

매우 친근하고 솔직한 대화가 오갔다. 그녀는 헥터에게 그런 비밀을 털어놓는 것에 전혀 거리낌이 없는 듯했고, 대화가 이어지면서 헥터는 그녀가 지난 4년 동안 교사가 되기 위해 집을 떠나 '스테이트'라는 곳에서 공부했다는 사실을 알게 되었다. 알고 보니 스테이트는 풀먼에 있는 워싱턴 주립대학교(State College of Washington)를 말한 것이었다. 그녀는 6월에 졸업했고, 이제 고향으로 돌아와 아버지와 함께 살면서 호러스 그릴리 초등학교에서 4학년 담임으로 교직 생활을 시작하려 하고 있었다. 그녀는 자신의 행운이 믿기지 않는다고 말했다. 그 학교는 그녀의 모교였고, 그녀와 두 언니 다 4학년 때 니어가드 선생님 반이었다. 니어가드 선생님은 무려 42년간 그곳에서 아이들을 가르쳤고, 그녀는 마침 자신이 일자리를 구하기 시작한 때 옛 은사가 교직에서 은퇴하게 된 것이 기적처럼 느껴졌다고 말했다. 그녀는 앞으로 6주 안에 자신이 열 살 때 학생으로 매일 앉아 있었던 그 교실에서 교단에 서게 될 거라며 신기하지 않냐고, 인생이 가끔은 참 재미있게 풀리지 않냐고 말했다.

"예, 참 재밌네요. 참 신기하네요." 헥터가 대답했다. 이제 그는 자신이 오팰런가의 막내딸 노라와 이야기하고 있다는 걸 알았다. 둘째 디어드리는 열아홉 살에 결혼해서 샌프란시스코에서 살고 있었다. 노라와 3분쯤 대화를 나눈 헥터는 그녀가 죽은 언니와 전혀 다른 사람이라는 결론을 내렸다. 외모는 브리지드와 닮았을지 몰라도, 노라에겐 브리지드의 날카롭고 자부심에 찬 에너지나 야망, 예리하고 기민한 지성이 없었다. 노라는 더 부드럽고 더 편안하고 더 순진했다. 헥터는 언젠가 브리지드가 오팰런 자매들 중 몸속에 진짜 피가 흐르는 사람은 자기뿐이라고 말했던 기억을 떠올렸다. 디어드리의 몸에는 식초가 흐르고 노라의 몸에는 따뜻한 우유가 흐른다는 것이었다. 브리지드는 자신이 아닌 노라에게 브리지드라는 이름을 지어줬어야 했다고, 아일랜드의 수호성인 성 브리지드처럼 평생 자기희생과 선행에 헌신할 사람이 있다면 바로 막냇동생 노라라고 말했다.

헥터는 돌아서서 나가려 했지만, 또다시 무언가가 그를 붙잡았다. 그의 머릿속에 새로운 생각이 떠올랐는데 그건 완전히 미친 충동이었다. 너무도 위험천만하고 자기 파괴적인 짓이라 그걸 실행에 옮길 용기가 나기는커녕 그런 생각을 했다는 것 자체가 놀라울 정도였다.

"모험을 걸지 않고는 얻는 것도 없죠." 헥터는 어깨를 으쓱 올리며 겸연쩍게 웃으면서 사실 자신이 오늘 여기 온 건 오팰런 씨에게 일자리를 부탁하기 위해서라고 말했다. 그는 창고 담당자에 대한 이야기를 듣고 그 자리가 아직 비어 있을지 몰라서 찾아왔다고 했다. "이상하네요." 노라가 말했다. 그건 불과 며칠 전에 벌어진 일이라 아직 구인 광고도 내지 않았으며, 그녀의 아버지가 여행에서 돌아온 후에나 광고를 낼 생각이었다는 것이었다. "소문이 돌더군요." 헥터가 말했다. 노라는 아마 그럴 거라고 대답하고는 그런데 왜 창고 일을 하려고 하느냐고 물었다. 그녀는 헥터에게 그건 힘만 셌지 아둔하고 야망도 없는 사람들이나 하는 일이라고, 분명 더 좋은 일을 할 수 있을 거라고 말했다. "꼭 그렇지는 않아요." 헥터가 말했다. " 요즘같이 힘든 때는 돈을 벌 수 있는 일은 다 좋은 일이죠. 일단 저에게 기회를 주시는 게 어떨까요? 지금 혼자 가게를 보고 계시니 도움이 필요할 테니까요. 제가 일하는 게 마음에 들면 아버님께 잘 말씀드려주실 수도 있고요. 오팰런 양, 어떠세요? 협상이 된 건가요?"

허먼 뢰서는 스포캔에 도착한 지 한 시간도 안 되어 다시 일자리를 얻었다. 노라는 그의 대담한 제안에 웃으며 그와 악수했고, 헥터는 재킷(그에게 변변한 옷이라곤 그 재킷뿐이었다)을 벗고 일을 시작했다. 그는 스스로 나방이 되어 하루 종일 뜨겁게 타오르는 촛불 주위를 펄럭거리며 맴돌았다. 언제 날개에 불이 붙을지 알 수 없었으나 불꽃에 가까워질수록 자신의 운명을 실현하고 있다는 기분이 들었다. 그날 밤 그는 일기에 이렇게 적었다. *내 삶을 구하려면 그 삶을 파괴하기 직전까지 가야만 한다.*

헥터는 온갖 역경을 딛고 거의 1년 동안 자리를 지켰다. 처음에는 창고 일로 시작했으나 이후에는 수석 점원 겸 부점장으로 승진하여 오팰런 씨 바로 밑에서 일했다. 노라는 아버지가 쉰세 살이라고 했지만, 그 다음 주 월요일에 처음 오팰런 씨를 만난 헥터는 그가 나이보다 더 늙어 보인다고, 예순쯤, 어쩌면 백 살쯤 되어 보인다고 생각했다. 육상 선수 출신의 그 남자는 머리칼이 더 이상 붉지 않았고, 유연했던 몸에 군살이 붙어 있었으며, 무릎에 관절염이 있어서 이따금 절뚝거렸다. 오팰런은 매일 아침 정각 9시에 가게에 나타났지만 일에는 관심이 없어 보였고 보통 11시나 11시 반쯤이면 다시 사라졌다. 다리가 괜찮은 날이면 컨트리클럽으로 차를 몰고 가서 친구 두세 명과 골프를 쳤다. 그렇지 않은 날에는 길 건너편에 있는 블루벨 인으로 가서 일찌감치 긴 점심 식사를 한 후 집으로 돌아가 오후 내내 침실에서 신문을 읽으며 매달 캐나다에서 밀수로 들여오는 아일랜드산(産) 제임슨 위스키를 마셨다.

오팰런은 한 번도 헥터를 비난하거나 그의 일에 대해 불평한 적이 없었다. 그렇다고 칭찬을 한 적도 없었다. 그는 아무 말도 하지 않는 것으로 만족을 표했고, 이따금 기분이 좋을 때면 헥터에게 보일락 말락 고개를 끄덕이는 게 전부였다. 몇 달 동안 그들 사이엔 그 정도의 접촉밖에 없었다. 헥터는 처음에는 그게 거슬렸지만 시간이 지나면서 신경 쓰지 않게 되었다. 오팰런은 늘 세상에 저항하며 조용한 내면의 세계에서 사는 사람이었고, 최대한 고통 없이 시간을 보내는 것 외에는 다른 목적 없이 하루하루를 흘려보내는 듯했다. 그는 화를 내는 법이 없었고, 좀처럼 미소를 보이지도 않았다. 그는 공정하면서도 무심했고, 존재하면서도 부재했다. 그리고 타인에게뿐 아니라 자신에게도 아무런 동정심이나 연민을 보이지 않았다.

오팰런 씨가 헥터에게 냉담하고 무관심한 만큼, 노라는 그에게 마음을 열고 가깝게 지냈다. 결국 헥터를 고용한 사람은 그녀였기에 그에 대한 책임감을 느끼며 때로는 친구로, 때로는 후배로, 때로는 인간 갱생 프로젝트로 대했다. 그녀는 아버지가 로스앤젤레스에서 돌아오고 대상포진에 걸려 결근했던 수석 점원이 회복하자 더 이상 가게 일을 도울 필요가 없었다. 노라는 곧 시작될 신학기 준비도 하고, 옛 동창들도 만나고, 그녀에게 관심을 보이는 몇 명의 남자들을 상대하느라 바빴지만, 여름 동안 매일 이른 오후에 짬을 내서 가게에 들러 헥터가 어떻게 지내는지 살펴보곤 했다. 그들은 겨우 나흘 함께 일했지만, 30분밖에 안 되는 점심시간에 창고에서 치즈샌드위치를 나누어 먹는 전통을 만들었다. 노라는 계속해서 치즈샌드위치를 들고 나타났고, 그들은 30분 동안 점심을 먹으며 책 이야기를 했다. 독학을 시작한 헥터에게 그 시간은 배움의 기회가 되었다. 대학을 갓 졸업하고 교육자의 길을 걷기로 한 노라에게는 똑똑하고 배움에 목마른 학생에게 지식을 전수할 수 있는 기회였다. 그해 여름 헥터는 셰익스피어에 도전했고, 노라는 그와 함께 희곡 작품들을 읽으며 그가 이해하지 못하는 어려운 단어들을 가르쳐주고, 역사적 배경이나 연극적 관습에 대해 설명해주고, 등장인물들의 심리와 동기를 분석해주었다. 어느 날 창고에서 개인 수업을 하던 중, 헥터는 『리어왕』 3막에 나오는 *Thou ow'st*라는 구절을 제대로 발음하지 못하고 더듬거리다가 노라에게 자신의 억양 때문에 얼마나 곤혹스러운지 모른다고 털어놓았다. 그는 도무지 영어를 제대로 말하는 법을 배울 수가 없다고, 자신은 그녀 같은 사람들 앞에서 말할 때마다 바보가 된 기분을 느끼며 평생을 살 거라고 한탄했다. 노라는 그런 비관주의를 받아주지 않았다. 그녀는 대학에서 부전공으로 언어 치료를 공부했다며, 언어 능력을 향상시키는 구체적인 해결책과 실용적인 훈련법과 테크닉이 있다고 했다. 그녀는 헥터가 도전해볼 마음이 있다면 그의 스페인어 억양을 완전히 없애주겠다고 약속했다. 헥터는 자신이 그런 수업료를 치를 형편이 못 된다는 걸 그녀에게 상기시켰다. "누가 돈 이야기를 했어요?" 노라가 대답 대신 물었다. 그녀는 그가 노력해보겠다면 기꺼이 돕겠다고 했다.

9월 개학 후에 새로 부임한 4학년 담임교사는 더 이상 점심시간에 짬을 낼 수가 없었다. 그래서 그녀와 제자는 공부 시간을 저녁으로 옮겼고, 매주 화요일과 목요일 저녁 7시부터 9시까지 오팰런의 집 응접실에서 만남을 가졌다. 헥터는 단음 i와 e, 혀짤배기소리 th, 이 빠진 소리 r 발음에 고전했다. 무성 모음, 치간 폐쇄음, 순음 굴절, 마찰음, 구개 폐쇄음, 음소. 그는 노라가 무슨 말을 하는지 이해하지 못할 때가 많았지만, 연습이 효과를 내는 것처럼 보였다. 그의 혀는 그동안 한 번도 발음하지 못했던 소리들을 내기 시작했고, 결국 아홉 달간의 분투와 반복 끝에 사람들이 그의 말을 듣고 출신지를 알아내기가 점차 어려워질 정도로 진전을 이루게 되었다. 그는 완전히 미국인처럼 말할 수는 없어도 더 이상 거칠고 교육받지 못한 이민자의 말씨를 쓰지는 않았다. 스포캔으로 온 건 그가 저지른 최악의 실수 중 하나였을지도 모르지만, 그곳에서 겪은 일들 가운데 노라의 발음 수업은 그의 인생에서 가장 깊고도 지속적인 영향을 남겼다. 이후 50년 동안 그가 말한 모든 단어는 그 수업의 결과물이었으며, 그녀의 가르침은 평생 동안 그의 몸에 남았다.

오팰런은 화요일과 목요일 저녁에는 위층 침실에 머무르거나 친구들과 포커를 하러 나갔다. 10월 초 어느 날 밤, 수업 중에 전화벨이 울렸고, 노라는 현관홀로 가서 전화를 받았다. 그녀는 잠시 교환원과 이야기를 나누더니 긴장되고 흥분된 목소리로 아버지를 불러 스테그먼에게 전화가 왔다고 알렸다. 스테그먼은 지금 로스앤젤레스에 있는데 수신자 부담 통화를 요청했다며 전화를 받아야 할지 물었다.

오팰런은 금방 내려가겠다고 대답했다. 노라는 아버지에게 프라이버시를 제공하기 위해 응접실과 현관홀 사이의 미닫이문을 닫았지만, 그때쯤 오팰런은 약간 취기가 오른 상태라 목소리가 커져서 헥터는 그의 말을 일부 알아들을 수 있었다. 통화 내용을 다 들을 순 없었지만 그 전화가 좋은 소식을 전하진 않았다는 건 알 수 있었다.

10분 후 미닫이문이 다시 열렸고, 오팰런이 발을 질질 끌며 응접실로 들어왔다. 그는 낡은 가죽 슬리퍼를 신고 있었고, 멜빵이 어깨에서 흘러내려 무릎께에 늘어져 있었다. 넥타이도, 칼라도 보이지 않았고, 몸의 균형을 잡기 위해 호두나무 보조 탁자의 가장자리를 붙잡아야 했다. 그는 한동안 응접실 중앙의 침대 겸용 소파에 헥터와 함께 앉아 있는 노라에게 말했다. 그는 딸의 학생을 투명 인간처럼 대했다. 헥터를 무시하고 거기 없는 사람 취급하는 건 아니었다. 그저 존재 자체를 인식하지 못하는 듯했다. 그리고 대화의 모든 뉘앙스를 이해한 헥터는 감히 자리에서 일어나 나갈 엄두를 내지 못했다.

스테그먼이 결국 포기했다고 오팰런이 말했다. 몇 달 동안 그 사건을 파헤쳤지만 유망한 단서를 하나도 발견하지 못했다고, 그래서 너무 괴롭다고, 더 이상 그들의 돈을 받을 수 없다고 했다는 것이었다.

노라는 아버지에게 그래서 뭐라고 대답했는지 물었고, 오팰런은 이렇게 말했다고 했다. "내 돈을 받는 게 그렇게 불편하다면 왜 매번 수신자 부담으로 전화를 거는 거지? 당신은 실력도 형편없어. 당신이 싫다면 다른 사람을 찾아 봐야지."

"아뇨, 아빠." 노라가 말했다. "아빠가 틀렸어요. 스테그먼이 언니를 찾을 수 없다면 다른 누구도 찾을 수 없다는 뜻이에요. 그는 서부 최고의 사설 탐정이이에요. 레이놀즈가 그렇게 말했고, 레이놀즈는 믿을 만한 사람이에요."

"망할 놈의 레이놀즈." 오팰런이 말했다. "망할 놈의 스테그먼. 그 인간들이 뭐라고 떠들든 난 포기 안 한다."

노라는 눈물을 글썽이며 고개를 저었다. "이제 현실을 직시할 때가 됐어요." 그녀가 말했다. "만일 브리지드가 어딘가 살아 있다면, 우리에게 편지를 썼을 거예요. 전화를 걸었을 거예요. 자신이 어디 있는지 우리에게 알려줬을 거예요."

"그럴 용기가 없었을 거야." 오팰런이 말했다. "그 애는 4년이 넘도록 편지 한 장 안 보냈어. 가족과 연을 끊었어. 그게 우리가 직시할 현실이야."

"가족과 연을 끊은 게 아니죠." 노라가 말했다. "아빠랑 끊은 거지. 브리지드는 나한테는 계속 편지를 보냈어요. 풀먼에서 학교 다닐 때도 3, 4주에 한 번씩 편지가 왔어요."

그러나 오팰런은 그 이야기는 듣고 싶지 않다고 했다. 그 문제에 대해 더 이상 왈가왈부하고 싶지 않다면서, 노라가 자신을 지지하지 않는다면 혼자서라도 밀고 나갈 거라고, 그녀와 그녀의 빌어먹을 의견 따위는 신경 쓰지 않겠다고 했다. 그는 그 말을 한 뒤 테이블을 잡고 있던 손을 놓았고, 잠시 위태롭게 휘청거리며 균형을 잡은 후 비틀거리며 나가버렸다.

헥터는 이 장면을 목격해서는 안 되는 입장이었다. 그는 그저 창고 직원일 뿐 가족의 가까운 친구가 아니었으며, 아버지와 딸 사이의 사적인 대화를 엿들을 자격도, 술에 취해 흐트러진 모습으로 비틀거리는 사장의 모습을 지켜보며 거기 앉아 있을 이유도 없었다. 그때 노라가 그에게 나가달라고 말했다면, 그 일은 영원히 끝났을 터였다. 헥터는 그 자리에서 들은 걸 듣지 않았을 것이고 그 자리에서 본 걸 보지 않았을 것이며, 그 주제는 다시는 입에 오르지 않았을 터였다. 그녀가 그 한마디만 했더라면, 어설픈 핑계를 대며 그를 내보냈더라면, 헥터는 소파에서 일어나 그곳에서 나왔을 터였다. 하지만 노라는 가식을 부릴 줄 몰랐다. 오팰런이 나간 후에도 그녀의 눈에는 여전히 눈물이 고여 있었고, 금기시되었던 문제가 결국 공개되고 말았으니 더 감출 이유가 없었다.

노라는 아버지가 원래 그런 사람이 아니었다고 말했다. 그녀와 언니들이 어릴 때만 해도 아버지는 전혀 다른 사람이었으며, 지금은 아버지를 알아보기도 힘들고 예전의 모습을 기억하기도 어렵다고 했다. 북서부의 번개, 레드 오팰런. 메리 데이의 남편, 패트릭 오팰런. 어린 딸들의 황제, 아빠 오팰런. 하지만 지난 6년을 돌아보면, 그가 겪은 일들을 생각해보면, 그의 가장 친한 친구가 제임슨이라는 남자―그와 함께 위층에 사는, 호박색 술병에 갇힌 우울하고 조용한 남자―라는 게 그렇게 이상한 일이 아닐지도 모른다고 노라는 말했다. 첫 번째 충격은 어머니의 죽음이었다. 노라의 어머니는 마흔네 살에 암으로 세상을 떠났다. 그것만으로도 충분히 힘들었는데 그 후로도 나쁜 일들이 계속해서 일어났다. 치명타가 연이어 날아와 한 번은 복부를, 그다음엔 얼굴을 가격했고, 오팰런은 점점 무너져 내렸다. 장례식이 끝난 지 채 1년도 안 되어 디어드리가 임신했고, 오팰런은 디어드리를 급히 결혼시키려다 그녀가 거부하자 딸을 집에서 내쫓았다. 그것 때문에 브리지드까지 아버지에게 등을 돌리게 되었다고 노라는 말했다. 맏딸 브리지드는 스미스 칼리지 졸업반으로 머나먼 동부에서 살고 있었지만, 그 소식을 듣자마자 아버지에게 편지를 보내 디어드리를 다시 받아주지 않으면 연락을 끊겠다고 선언했다. 그러나 오팰런은 그럴 생각이 없었다. 브리지드의 학비를 대주고 있었던 그는 아버지에게 감히 이래라저래라 하는 딸을 괘씸하게 여겼다. 결국 브리지드는 마지막 학기 등록금을 직접 마련해야만 했고, 졸업 후 작가가 되기 위해 곧장 캘리포니아로 갔다. 그녀는 지나가는 길이었음에도 스포캔 집에 들르지 않았다. 노라의 말에 따르면, 브리지드는 아버지만큼이나 고집이 셌고 디어드리는 둘을 합친 것보다 두 배는 고집스러웠다. 이제 디어드리는 결혼해서 아이를 하나 더 낳았지만 여전히 아버지와 연락을 끊고 살았고, 브리지드도 마찬가지였다. 한편, 노라는 풀먼에 있는 대학으로 떠났다. 그녀는 두 언니와 꾸준히 연락을 주고받았지만 디어드리보다 브리지드가 더 자주 편지를 썼고, 브리지드의 편지를 한 달에 한 통도 받지 않는 경우는 드물었다. 그러다 노라가 3학년으로 올라간 해 초반쯤, 브리지드의 편지가 끊겼다. 처음에는 별로 걱정할 일이 아니라고 생각했지만, 석 달, 넉 달이 지나도록 소식이 없자 디어드리에게 편지를 보내 최근에 브리지드에게 소식을 들었는지 물었다. 디어드리가 여섯 달째 연락을 못 받았다는 답장을 보내왔고, 노라는 걱정이 되기 시작했다. 그녀는 아버지에게 그런 사실을 알렸고, 과거 두 딸에게 저지른 일에 대한 죄책감에 짓눌려 살던 가엾은 오팰런은 어떻게든 속죄하고 싶은 절박한 마음에 즉시 로스앤젤레스 경찰서에 연락했다. 레이놀즈라는 형사가 사건을 맡았다. 수사는 신속하게 진행되었고, 며칠 만에 많은 중요한 사실들이 확인되었다. 브리지드는 잡지사를 그만두었고, 자살을 기도해 병원에 실려 갔으며, 임신을 했고, 새 주소를 남기지 않고 아파트에서 이사했으며, 진짜로 실종되었다. 암울한 소식이었고 그 사실들에 함축된 의미를 곱씹는 고통은 이루 말할 수 없었지만, 레이놀즈가 곧 사건을 해결할 것처럼 보였다. 그러나 사건은 서서히 미궁에 빠져들었다. 한 달, 석 달, 여덟 달이 지나도록 레이놀즈는 새 단서를 찾지 못했다. 그는 브리지드를 아는 사람은 다 만나보고 경찰이 할 수 있는 건 다 해봤지만 피츠윌리엄 암즈 호텔까지 추적한 후 난관에 봉착했다고 했다. 수사가 진전을 보지 못하자 실망한 오팰런은 사설 탐정을 고용해서 계속 밀어붙이기로 했다. 레이놀즈가 프랭크 스테그먼이라는 남자를 추천했고, 오팰런은 한동안 새로운 희망을 품었다. 노라는 아버지에게는 그 사건이 삶의 전부였다고 말했다. 스테그먼이 사소한 정보라도 찾아내면, 작은 단서라도 발견하면, 아버지는 곧장 로스앤젤레스행 기차를 탔고, 필요하다면 밤을 새워 달려가서 아침 일찍 스테그먼의 사무실 문을 두드렸다. 하지만 이제 스테그먼도 더 이상 방법이 없어서 포기하려 하고 있었다. 방금 헥터도 직접 들은 말이었다. 노라는 스테그먼이 전화로 그런 말을 한 거라며 자신은 그가 포기하고 싶어 하는 걸 비난할 수 없다고 했다. 브리지드는 죽었다. 노라도 그걸 알고, 레이놀즈도 알고, 스테그먼도 알았다. 하지만 그녀의 아버지는 여전히 그 사실을 받아들이려 하지 않았다. 그는 모든 걸 자신의 탓으로 여겼고, 희망을 가질 이유가 없다면, 브리지드가 발견될 거라는 헛된 믿음을 품을 수 없다면 도저히 자신을 용서할 수 없을 터였다. 바로 그거라고, 아버지는 죽을 거라고, 그 고통이 너무 커서 무너져 죽을 거라고 노라는 말했다.

그날 밤 이후로, 노라는 헥터에게 모든 걸 말해주었다. 그녀가 자신의 고민을 누군가와 나누고 싶어 하는 건 지당한 일이었지만, 하고많은 사람들 중에서, 그녀가 선택할 수도 있었던 수많은 후보 중에서, 헥터가 그 역할을 맡게 된 것이다. 그는 노라가 비밀을 털어놓을 수 있는 대상, 그 자신이 저지른 범죄에 대한 정보의 저장소가 되었고, 화요일과 목요일 밤 수업 시간마다 그녀 곁에 앉아 고군분투하며 자신의 뇌가 머릿속에서 조금씩 붕괴되는 것을 느꼈다. 삶은 열에 들뜬 꿈과 같았고, 현실은 근거 없는 허구와 환각의 세계, 상상하는 모든 것이 실현되는 곳이었다. 어느 날 밤, 노라는 그에게 이렇게 묻기도 했다. "헥터 만이라는 사람 알아요?" 스테그먼이 새로운 가설을 내놓았다는 것이었다. 두 달 전 사건에서 손을 뗀 그 사설 탐정이 지난 주말에 오팰런에게 전화를 걸어 한 번만 더 기회를 달라고 부탁했다. 브리지드가 헥터 만에 관한 기사를 쓴 적이 있다는 사실을 알게 된 것이다. 그 11개월 후에 헥터 만은 사라졌는데, 스테그먼은 바로 그 시기에 브리지드도 사라진 게 단순한 우연인지 의심하고 있었다. 만일 두 미제 사건 사이에 어떤 연관성이 있다면? 스테그먼은 성과가 있을 거라는 약속은 할 수 없지만 이제 새로운 단서를 찾았으니 오팰런이 허락한다면 단서를 추적해보고 싶다고 했다. 브리지드가 그 기사를 쓴 후에도 헥터 만을 만났다는 사실을 입증할 수 있다면 낙관적인 생각을 품어볼 수도 있었다.

아니, 처음 듣는 이름이라고, 헥터 만이 누구냐고, 헥터는 말했다. 노라는 자신도 그 사람에 대해 잘 모른다고 했다. 배우인데, 몇 년 전에 코미디 무성영화를 몇 편 찍었다고, 하지만 자신은 한 편도 못 봤다고 했다. 대학 다닐 때는 영화를 보러 다닐 시간이 없었다는 것이었다. 헥터는 자신도 영화를 자주 안 본다고, 돈도 들고, 영화가 눈에 안 좋다는 글을 어디서 읽은 적이 있다고 말했다. 노라는 그 사건에 대해 들은 기억이 어렴풋이 나는데 당시에는 크게 관심을 두지 않았다고 말했다. 스테그먼의 말에 따르면, 헥터 만은 거의 2년째 실종 상태였다. 그는 왜 사라진 거냐고 헥터가 물었다. 그건 아무도 모른다고 노라가 대답했다. 그는 어느 날 갑자기 종적을 감췄고 그 이후로 소식이 없다는 것이었다. 별로 희망적이진 않은 것 같다고 헥터가 말했다. 사람이 그렇게 오래 숨어 지낼 수는 없다고. 아직도 못 찾았다면 아마 죽었을 거라고. 노라는 아마 그럴 거라고, 브리지드도 아마 죽었을 거라고 동의했다. 하지만 소문이 있다고, 스테그먼이 그 소문을 조사해볼 거라고 그녀가 말했다. "무슨 소문인데요?" 헥터가 물었다. "그가 남미로 돌아갔을지도 모른대요. 원래 거기 출신이래요. 브라질이었나, 아르헨티나였나, 어느 나라였는지는 기억 안 나지만 믿기지가 않아요. 안 그래요?" "뭐가 그렇게 믿기지가 않아요?" 헥터가 물었다. "헥터 만이 당신과 같은 데서 왔다는 게요." "그 반대일 확률이 얼마나 되죠? 남미가 넓은 곳이라는 사실을 잊었군요. 남미 사람들은 어디에나 있어요." 헥터가 말했다. 노라는 이렇게 대답했다. "그래요, 나도 알아요. 하지만 그래도, 만일 브리지드가 그 사람과 그곳으로 갔다면 그건 정말이지 믿기지 않는 일 아닌가요? 난 그 생각만 해도 행복해요. 두 자매, 그리고 두 남미 남자. 브리지드는 자신의 남자와 한 곳에, 그리고 나는 내 남자와 다른 곳에."

노라를 그토록 좋아하지 않았더라면, 첫날부터 그녀에

게 반하지 않았더라면 헥터는 그토록 괴롭지는 않았을 것이다. 헥터는 그녀가 자신에게는 금지된 존재이며 그녀를 만질 가능성을 상상하는 것조차 용서받지 못할 죄라는 것을 알면서도 화요일과 목요일 밤이면 어김없이 그녀의 집을 찾았고, 그녀가 그의 곁에 앉아 소파의 적갈색 벨벳 쿠션에 스물두 살의 몸을 맡길 때마다 조금씩 죽어갔다. 손을 뻗어 그녀의 목을 어루만지고, 팔을 쓰다듬고, 그녀에게 고개를 돌려 얼굴의 주근깨에 입을 맞추는 일은 너무도 쉬웠을 터였다. 가끔 그녀와의 대화가 그로테스크하게 느껴지긴 했지만(브리지드와 스테그먼, 그녀 아버지의 쇠락, 그리고 헥터 만 추적), 헥터에겐 그런 충동을 억누르는 것이 더 고통스러운 일이었고, 선을 넘지 않기 위해 안간힘을 다해야 했다. 그는 두 시간의 고문이 끝나면 종종 강을 향해 도시를 가로질러 걸어가서 무너져가는 집들과 2층짜리 호텔들이 늘어선 작은 동네로 들어갔다. 그곳에서는 2, 30분 동안 돈으로 여자를 살 수 있었다. 비참한 해결책이었지만 대안이 없었다. 불과 2년 전만 해도 할리우드에서 가장 매력적인 여자들이 앞다투어 그의 침대로 뛰어들었었다. 그런 그가 이제 스포캔의 뒷골목에서 몇 분간의 쾌락을 위해 하루 벌이의 절반을 탕진하고 있었다.

헥터는 노라가 자신에게 특별한 감정을 품었을지도 모

른다는 생각은 단 한 번도 해본 적이 없었다. 그는 한심한 존재, 고려할 가치조차 없는 남자였으며, 노라가 그에게 그토록 많은 시간을 내어주는 건 단지 연민 때문이리라 여겼다. 그녀는 길 잃은 영혼들의 구세주라고 자부하는 젊고 열정적인 사람이었으니까. 언니도 그녀를 성 브리지드, 가족의 순교자라고 부르지 않았던가! 헥터는 벌거숭이 아프리카 원주민이었고, 노라는 그에게 더 나은 삶을 선사하기 위해 정글을 헤치고 들어온 미국 선교사였다. 그는 일찍이 그토록 솔직하고, 희망적이며, 세상의 어두운 힘에 대해 무지한 사람을 만나본 적이 없었다. 때로는 그녀가 세상 물정 모르는 바보로만 보였고, 때로는 특별하고 고고한 지혜를 지닌 것처럼 보였다. 그리고 가끔 그녀가 강렬하고 고집스러운 눈빛으로 바라볼 때면 가슴이 찢어질 듯했다. 그것이 그가 스포캔에서 보낸 1년의 역설이었다. 노라는 그의 삶을 견딜 수 없게 만드는 존재인 동시에 그가 살아가는 유일한 이유였다. 노라가 없었다면 그는 진작 가방을 싸서 떠났을 것이다.

그는 노라에게 고백하게 될까 봐 두려워하는 시간이 절반, 정체가 들통날까 봐 두려워하는 시간이 나머지 절반이었다. 스테그먼은 석 달 보름 동안 헥터 만 관련 단서를 쫓다가 다시 포기했다. 경찰이 실패한 지점에서 사설 탐정도 실패했지만, 그렇다고 해서 헥터가 더 안전해진 건 아니었다. 오팰런은 가을과 겨울 동안 몇 번이나 로스앤젤레스에 다녀왔고, 거기 갔을 때 스테그먼이 헥터 만의 사진을 보여주었을 수도 있었다. 만일 오팰런이 자신의 가게에서 일하는 성실한 창고 직원이 실종된 배우와 닮았다는 걸 알아챘다면? 그는 2월 초에 마지막으로 캘리포니아에 다녀온 후부터 헥터를 보는 눈이 달라졌다. 전보다 그를 더 경계하고 호기심을 보이는 것 같았으며, 헥터는 노라의 아버지가 자신을 의심하고 있는 것은 아닌지 걱정하지 않을 수 없었다. 지난 몇 개월간 자신의 가게 창고에서 상자나 나르는 하찮은 일꾼에게 침묵과 거의 노골적인 경멸만 보이던 노인이 갑자기 관심을 나타내기 시작한 것이다. 오팰런은 무심한 끄덕임 대신 미소를 보냈고, 이따금 특별한 이유도 없이 헥터의 어깨를 툭 치면서 잘 지내고 있는지 묻기도 했다. 더 놀라운 건 헥터가 저녁 수업을 위해 집에 찾아갔을 때 오팰런이 직접 문을 열어주기 시작했다는 점이었다. 그는 반가운 손님이라도 맞이하듯 헥터와 악수를 나눴고, 좀 어색하긴 해도 분명한 호의를 보이며 잠시 서서 날씨 이야기를 한 뒤에야 위층 자기 방으로 올라갔다. 다른 사람이 그런 행동을 보였다면 지극히 정상적이고 가장 기본적인 예의로 받아들일 수 있었겠지만 오팰런의 태도 변화는 무척이나 당혹스러웠고, 헥터는 그걸 신뢰할 수가 없었다. 몇 번의 정중한 미소, 몇 마디 다정한 말에 속아 넘어가기엔 위험이 너무 컸고, 그 가식적인 친절이 계속될수록 헥터의 두려움은 커져만 갔다. 2월 중순이 되자 그는 스포캔에서의 시간이 얼마 남지 않았음을 직감했다. 그를 잡을 덫이 놓이고 있었고, 그는 언제든 도망칠 준비가 되어 있어야만 했다. 밤중에 몰래 사라져 다시는 그들에게 얼굴을 보이지 않을 준비가 필요했다.

마침내 올 것이 오고 말았다. 헥터가 노라에게 작별 인사를 전할 계획을 세우고 있던 바로 그 무렵의 어느 오후, 오팰런이 그를 창고로 불러 승진에 관심이 있는지 물었다. 부점장 고인스가 처남의 인쇄소를 운영하러 시애틀로 가게 되었다면서 되도록 빨리 그 자리를 채우고 싶다고 했다. 그는 헥터가 판매 경험이 없다는 건 알지만 그동안 그가 일하는 걸 지켜봤다며 새 업무를 익히는 데 오래 걸리지 않을 거라고 했다. 책임도 더 커지고 근무 시간도 길어질 테지만, 급여는 현재의 두 배가 될 거라고 했다. 그러면서 헥터에게 시간을 두고 생각해볼 건지 아니면 바로 수락할 건지 물었다. 헥터는 바로 수락했다. 오팰런은 그와 악수하며 승진을 축하해주었고, 그날은 바로 퇴근해도 된다고 했다. 그러나 헥터가 막 가게를 나서려는 순간 그를 불렀다. "금전등록기 열고 20달러짜리 지폐 한 장 꺼내게." 사장이 말했다. "그리고 저 아래 프레슬러 남성복점에 가서 새 정장 한 벌과 흰 셔츠 몇 장, 그리고 나비넥타이 두 개를 사 오게. 이제 매장에서 일하게 될 테니, 용모가 단정해야지."

오핼런은 사실상 가게 운영을 헥터에게 넘겼다. 그는 헥터에게 부점장이라는 직함을 주었지만, 실제로 헥터는 그 누구도 보좌하지 않았다. 그가 가게 운영을 맡았고, 공식적으로 자신의 가게 점장인 오핼런은 아무것도 하지 않았다. 레드는 가게에서 보내는 시간이 너무 적어서 세세한 일에 신경 쓸 겨를이 없었고, 수완 좋은 외국인 신입이 새로운 직책을 잘 감당할 수 있다는 걸 확인하자 가게에 잘 나오지도 않았다. 사업에 신물이 난 그는 새로 들어온 창고 직원 이름조차 알지 못했다.

헥터는 레드 스포츠용품점의 실질적 관리자 역할을 훌륭하게 수행했다. 포틀랜드의 드럼통 공장에서 1년간 고립되어 살다가 오핼런의 창고에 외롭게 갇혀 지낸 그는 다시 사람들 속으로 들어갈 수 있는 기회를 반겼다. 가게는 마치 작은 극장과 같았고, 그에게 주어진 역할은 영화에서 연기한 것과 본질적으로 같았다. 성실한 아랫사람, 멋진 나비넥타이를 맨 점원 헥터. 한 가지 다른 점이라면 이제 그의 이름이 허먼 뢰서이고 진지하게 연기해야 한다는 것이었다. 이제 엉덩방아를 찧거나, 발부리가 걸려 비틀거리거나, 익살스럽게 몸을 뒤틀거나, 머리를 부딪칠 필요가 없었다. 그의 일은 고객을 설득하고, 회계를 관리하고, 스포츠의 장점을 옹호하는 것이었다. 하지만 그렇다고 해서 무뚝뚝한 얼굴로 일해야 하는 건 아니었다. 그는 다시금 관객 앞에 섰고, 수많은 소품들을 갖추었으며, 일단 업무 파악이 끝나자 배우 본능이 되살아났다. 그는 남다른 입심으로 고객들을 매료시키고, 포수용 글러브나 플라이 낚싯대로 직접 시연을 보이면서 환심을 샀으며, 정가에서 5퍼센트, 10퍼센트, 심지어 15퍼센트까지 깎아주는 후한 태도로 충성심을 얻었다. 1931년은 사람들의 지갑이 얇아진 때였지만 스포츠는 돈이 많이 안 드는 오락거리라 어려운 현실을 잊게 해주는 좋은 수단이었고, 레드 스포츠용품점은 그럭저럭 장사가 잘됐다. 어떤 상황에서든 소년들은 공놀이를 하고, 남자들은 강에 낚싯줄을 던지거나 야생 동물의 몸에 총알을 박아 넣는 일을 멈추지 않았다. 그리고 잊어서는 안 될 것이 바로 유니폼 시장이었다. 지역 고등학교와 대학 팀들뿐만 아니라, 참가자가 2백 명이나 되는 로터리클럽 볼링 리그, 10개 팀으로 이루어진 가톨릭 자선 농구협회, 그리고 36개 아마추어 소프트볼팀에도 해당되는 이야기였다. 오팰런은 이미 15년 전에 이 시장을 장악했고, 매 시즌 주문이 달의 주기만큼이나 정확하고 규칙적으로 들어왔다.

4월 중순의 어느 밤, 화요일 수업이 끝나갈 때쯤 노라가 헥터를 돌아보며 청혼을 받았다고 말했다. 아무 예고도 없이 불쑥 꺼낸 말이라, 헥터는 몇 초 동안 자신이 제대로 들은 건지 확신할 수가 없었다. 보통 그런 발표를 할 때는 미소를 짓고 심지어 웃기까지 하는데 노라의 얼굴에는 미소가 보이지 않았고, 그 소식을 전하는 것이 조금도 기쁘지 않은 목소리였다. 헥터는 그 행운의 청년이 누구인지 물었다. 노라는 고개를 저은 뒤 바닥을 내려다보며 파란 면 원피스를 만지작거렸다. 다시 얼굴을 들었을 때, 그녀의 눈에는 눈물이 반짝이고 있었다. 그녀는 입술을 움직이려다 말을 꺼내기도 전에 갑자기 벌떡 일어나 손으로 입을 가리고 응접실에서 뛰쳐나갔다.

　그녀는 헥터가 무슨 일이 일어났는지 깨닫기도 전에 사라져버렸다. 그녀의 이름을 부를 틈조차 없었고, 헥터는 그녀가 계단을 뛰어 올라가 방문을 쾅 닫는 소리를 듣고서야 그날 밤 그녀가 다시 내려오지 않을 것임을 깨달았다. 수업은 끝난 것이다. 그는 이제 가야 한다고 생각하면서도 몇 분이 지나도록 소파에서 꿈쩍도 하지 않았다. 마침내 오팰런이 방 안으로 들어왔다. 밤 9시를 갓 넘긴 시각이었고, 그는 여느 밤처럼 술에 취한 상태였지만 중심을 잡지 못할 정도는 아니었다. 그는 헥터에게 시선을 고정시키고 한참이나 응시했다. 자신의 부점장을 위아래로 훑어보는 그의 입가에 묘한 미소가 어려 있었다. 헥터는 그게 동정의 미소인지 조롱의 미소인지 알 수 없었다. 어쩐지 그 두 가지가 섞인 연민 어린 경멸의 미소 같았고(그런 게 가능하다면), 헥터는 그게 오팰런이 몇 달 동안 드러내지 않았던 깊은 적대감의 표시처럼 보여서 마음이 불편했다. 결국 헥터는 자리에서 일어나며 물었다. "노라가 결혼하나요?" 그러자 오팰런은 짤막한 냉소를 터뜨렸다. "내가 그걸 어떻게 알겠나?" 그가 말했다. "직접 물어보지 그래?" 그러고는 자신의 웃음에 답하듯 구시렁거리며 돌아서서 방을 나가버렸다.

이틀 후, 노라는 자신의 충동적인 행동에 대해 사과했다. 그녀는 이제 기분이 나아졌다고, 위기는 끝났다고 말했다. 청혼을 거절했고 그걸로 다 끝났다고 했다. 그 문제는 종결되었으니 더 이상 걱정할 필요가 없다는 것이었다. 앨버트 스위니는 좋은 사람이지만 아직 어린애라고, 자신은 그런 어린애들, 특히 아버지 돈으로 사는 부잣집 애들에게는 진절머리가 난다고 했다. 그녀는 결혼하게 된다면 반드시 세상을 알고 자기 힘으로 살아갈 줄 아는 진짜 남자와 할 거라고 말했다. 헥터는 그녀에게 부자 아버지를 뒀다고 스위니를 비난할 수는 없다고 말했다. "그건 그의 잘못이 아니잖아요. 그리고 부자인 게 뭐가 그렇게 나빠요?" 노라는 나쁠 건 없다고, 자신은 그저 그와 결혼하고 싶지 않을 뿐이라고, 결혼은 영원한 것이기 때문에 자신에게 맞는 사람이 나타날 때까지 기다릴 거라고 말했다.

노라는 곧 기운을 되찾았지만, 헥터와 오팰런의 관계는 새로운 국면으로 접어든 듯했고 헥터는 그 상황이 불편했다. 응접실에서의 대면이, 그때 오팰런이 그를 한참이나 응시하며 짤막한 냉소를 보낸 게 전환점이 되었고, 그날 밤 이후로 헥터는 다시금 감시당하는 기분을 느끼기 시작했다. 이제 오팰런은 가게에 와도 거래에 관여하거나 손님을 응대하지 않았다. 그는 바쁠 때도 일손을 거들거나 계산대를 맡지 않고 테니스 라켓과 골프 장갑 진열장 옆 의자에 앉아 조용히 조간을 읽었고, 가끔 신문 너머로 헥터를 흘끔거리며 그 신랄한 미소를 지었다. 마치 부점장을 재미난 애완동물이나 태엽 장난감쯤으로 여기는 듯했다. 헥터는 그가 반 은퇴 상태로 살 수 있도록 하루 열 시간, 열한 시간씩 일하며 상당한 돈을 벌어주고 있는데 그런 노력이 오히려 오팰런의 의심과 경멸만 사고 있는 듯했다. 헥터는 경계심을 느끼면서도 애써 못 본 척했다. 오팰런이 그를 지나치게 열성적인 바보로 여기는 것까지는 괜찮았다. '무차초(스페인어로 소년이라는 뜻-옮긴이)'나 '엘 세뇨르(스페인어로 신사라는 뜻-옮긴이)'라고 부르기 시작한 것도 그리 나쁘지 않을지 몰랐다. 하지만 그런 사람과는 가까워질 수 없었고 한 공간에 있을 때는 경계를 늦추지 말아야 했다.

하지만 그가 컨트리클럽으로 초대했을 때, 5월 초의 화창한 일요일 아침에 골프 18홀을 함께 돌자고 제안했을 때, 헥터는 거절하지 않았다. 일주일 사이 두 번이나 블루벨 인에서 점심을 사주겠다고 했을 때도 마찬가지였고, 오팰런은 그에게 가장 비싼 요리를 주문하라고 강권했다. 오팰런이 그의 비밀을 모르는 한, 그가 스포캔에서 무얼 하고 있는지 의심하지 않는 한, 그의 끊임없는 감시를 견뎌낼 수 있었다. 오히려 오팰런과 함께 있는 걸 견디기 힘들었기 때문에, 완전히 망가져버린 오팰런의 모습을 보고 연민을 느꼈기 때문에, 그리고 그의 목소리에서 스며 나오는 냉소적인 절망을 들을 때마다 그 절망이 어느 정도는 자신 탓이라는 사실을 알았기 때문에 그걸 참아낼 수 있었다.

그들이 블루벨 인에서 두 번째로 점심을 먹은 건 5월 말의 어느 수요일 오후였다. 만약 헥터가 그날 일어날 일을 미리 예상하고 있었더라면 아마도 다르게 반응했을 것이다. 하지만 25분간 잡담을 나누다가 오팰런이 기습적인 질문을 던졌다. 그날 저녁, 도시 반대편 하숙집으로 돌아온 헥터는 자신의 일기장에 한 순간에 우주가 바뀌었다고 썼다. *나는 모든 걸 놓치고 있었다. 모든 걸 오해하고 있었다. 땅이 하늘*

이고, 태양이 달이며, 강이 산이다. 나는 세상을 완전히 잘 못 보고 있었다. 그리고 아직도 오후의 일을 생생하게 기억하며 오팰런과의 대화를 빠짐없이 기록했다.

"그래, 돼서, 자네 의향을 말해보게." 오팰런이 갑자기 물었다.

"무슨 말씀인지 모르겠습니다." 헥터가 대답했다. "제 앞에 훌륭한 스테이크가 놓여 있고, 저는 이걸 먹을 의향이 있습니다. 그걸 물어보시는 겁니까?"

"자네는 영리한 친구야, 치코(스페인어로 청년이라는 뜻-옮긴이). 내 말뜻을 알 거야."

"죄송하지만, 사장님, 의향이라니, 무슨 뜻인지 모르겠습니다."

"장기적인 의도 말일세."

"아, 예, 이제 알겠습니다. 미래에 대한 말씀이군요. 제가 미래에 대해 어떤 생각을 가지고 있는지. 지금처럼 계속 사는 것이 저의 유일한 의도라고 자신 있게 말씀드릴 수 있습니다. 사장님 밑에서 계속 일하면서 가게를 위해 최선을 다하는 것 말입니다."

"그리고 또?"

"더는 없습니다, 사장님. 진심으로 말씀드리는 겁니다. 사장님께서는 제게 큰 기회를 주셨고, 저는 그 기회를 최대한 활용할 생각입니다."

"그런데 말이야, 자네한테 그 기회를 주라고 나를 설득한 사람이 누군지 아나?"

"모르겠습니다. 저는 사장님의 결정인 줄 알았습니다. 사장님께서 저에게 기회를 주셨다고 생각했습니다."

"노라야."

"오필런 양이라고요? 제게는 그런 말을 한 적이 없는데요. 따님이 하신 일인 줄은 몰랐습니다. 이미 따님께 빚진 게 많은데 빚이 더 늘었군요. 사장님 말씀을 들으니 몸 둘 바를 모르겠습니다."

"자네는 그 애가 괴로워하는 걸 지켜보며 즐기는 건가?"

"노라 양이 괴로워한다고요? 도대체 왜 괴로워하는 겁니까? 따님은 매우 훌륭하고 씩씩한 여성이고 모두가 칭찬하는데요. 물론 가족의 슬픔이 따님의 마음을 짓누르고 있다는 건 압니다. 그건 사장님도 마찬가지고요. 하지만 실종된 언니 때문에 가끔 눈물을 흘리는 걸 제외하면, 제가 보기엔 항상 밝고 쾌활한 모습이었습니다."

"그 앤 강하지. 겉으로 내색을 안 하는 거야."

"그런 말씀을 들으니 마음이 아픕니다."

"앨버트 스위니가 지난달에 노라에게 청혼했는데 그 애는 거절했어. 왜 그랬는지 아나? 그 청년의 아버지는 주 상원의원 하이럼 스위니야. 이 지역 최고의 권력을 지닌 공화당원이지. 노라는 앞으로 50년 동안 호의호식하며 살 수 있었는데 거절을 한 거지. 뢰서, 왜 그런 것 같나?"

"그 남자를 사랑하지 않는다고 하더군요."

"맞아. 그 애는 이미 다른 사람을 사랑하고 있으니까. 자넨 그 사람이 누굴 것 같나?"

"그 질문에 대해서는 대답할 수가 없습니다. 저는 노라 양의 감정에 대해 전혀 모르니까요."

"자네 설마 팬지(팬지꽃처럼 연약한 남자를 가리키는 말로 동성애자를 비하하는 표현으로 쓰임-옮긴이)는 아니지, 허먼?"

"무슨 말씀인지 못 알아들었습니다, 사장님."

"팬지. 동성애자."

"물론 아닙니다."

"그럼 왜 가만히 있지?"

"사장님, 수수께끼 같은 말씀만 하시네요. 무슨 뜻인지 모르겠습니다."

"나는 지쳤네. 이제 내가 사는 이유는 단 하나뿐이고, 그것만 해결되면 그저 평온하게 죽고 싶을 뿐이야. 자네가 나를 도와준다면, 나도 기꺼이 자네와 거래를 하겠네. 말만 하게, 아미고(스페인어로 친구라는 뜻-옮긴이). 이 가게도,

사업도, 전부 다 넘겨주겠네."

"저에게 사업을 넘기시겠다는 겁니까? 저는 돈이 없습니다. 그런 거래를 할 처지가 못 됩니다."

"자넨 지난여름에 가게로 흘러들어와 일자리를 달라고 애원했는데, 이제는 가게를 맡아 운영하고 있어. 뢰서, 자네 이 일을 잘해. 노라가 자넬 제대로 본 거고, 난 그 애 앞길을 막을 생각이 없네. 이제 누구 앞길을 막는 짓은 안 해. 그 애가 원하는 게 뭐든 다 가지게 할 거야."

"왜 자꾸 노라 양 이야기를 하십니까? 저는 사업적인 제안을 하시는 줄 알았는데요."

"맞아. 하지만 우선 자네가 나를 위해 한 가지 해줄 게 있네. 나는 지금 자네가 원하지 않는 걸 부탁하고 있다고 생각하진 않네. 난 두 사람이 서로를 어떻게 바라보는지 다 보고 있어. 그냥 자네가 행동에 나서면 돼."

"무슨 말씀을 하시는 겁니까, 사장님?"

"스스로 생각해봐."

"모르겠습니다, 사장님. 정말로 모르겠습니다."

"노라, 이 멍청아. 그 애가 사랑하는 사람이 자네야."

"하지만 저는 아무것도, 정말 아무것도 아닙니다. 노라가 저를 사랑할 리 없습니다."

"자네는 그렇게 생각할 수도 있고 나도 그렇게 생각할

수 있는데, 우리 둘 다 틀렸어. 그 애 가슴이 찢어지고 있어. 그 애가 괴로워하는 걸 구경만 하고 있으면 천벌을 받게 될 거야. 난 이미 두 아이를 잃었고, 또다시 그런 일을 겪을 순 없어."

"하지만 저는 노라와 결혼할 수 없습니다. 저는 유대인이고, 그런 일은 허용되지 않습니다."

"어떤 종류의 유대인인데?"

"그냥 유대인입니다. 유대인은 한 종류뿐입니다."

"자네 하느님을 믿나?"

"그게 무슨 상관입니까? 저는 사장님과 다릅니다. 저는 다른 세계에서 왔습니다."

"대답해. 하느님을 믿나?"

"아뇨, 믿지 않습니다. 인간이 만물의 척도라고 믿습니다. 선이든 악이든요."

"그럼 우린 같은 종교를 믿는군. 우리는 같네, 뢰서. 한 가지 다른 점이 있다면 자네가 나보다 돈에 대해 더 잘 안다는 거지. 그건 자네가 노라를 잘 돌볼 수 있다는 뜻이고. 난 그거면 돼. 노라를 맡아주게. 그러면 난 편히 눈을 감을 수 있어."

"저를 곤경에 빠뜨리시는군요."

"자넨 곤경이 뭔지 몰라, 옴브레(스페인어로 남자라는

뜻-옮긴이). 이번 달 말까지 청혼해. 안 그러면 해고할 거야. 알겠나? 자넬 해고하고 엉덩이를 걷어차서 이 빌어먹을 주 밖으로 쫓아낼 거라고."

헥터는 그럴 필요가 없게 만들었다. 그는 블루벨 인을 떠난 지 네 시간 만에 마지막으로 가게 문을 닫고 자신의 방으로 돌아가 짐을 싸기 시작했다. 그는 저녁 무렵 하숙집 주인에게 언더우드 타자기를 빌려 한 장짜리 편지를 작성하고 맨 아래에 'H.L.'이라는 머리글자만 쳐 넣었다. 그녀에게 자신의 필적을 남기는 모험을 걸 수는 없었지만, 그렇다고 아무 설명도 없이 사라질 수는 없었다. 갑작스럽게 떠나게 된 이유를 꾸며대야 했다.

그는 자신이 결혼한 몸이라고 했다. 그가 생각해낼 수 있는 가장 큰 거짓말이었지만 결국 노골적인 거절보다는 덜 잔인할 터였다. 뉴욕에 있는 아내가 병에 걸려서 비상사태에 대처하기 위해 급히 돌아가야 한다고 했다. 물론 노라는 큰 충격을 받겠지만 애초에 헥터와는 아무 희망이 없었고 그를 가질 수 없었다는 걸 이해하게 되면 깊은 상처 없이 실망에서 헤어날 수 있을 터였다. 오팰런은 그 거짓말을 간파할 수도 있었지만 설령 진실을 밝혀낸다 해도 노라에게 알릴 가능성은 희박했다. 그는 딸의 감정을 지켜주고 싶어 하는 사람인데, 노라의 환심을 사서 마음을 빼앗아버린 불편하고 하잘것없는 존재가 사라진 걸 왜 반기지 않겠는가? 오팰런은 차라리 잘된 일이라고 기뻐할 것이고, 결국 서서히 사태가 정리되면 청년 스위니가 다시 노라 곁을 맴돌기 시작할 것이며, 노라도 제정신을 차릴 것이다. 헥터는 편지에서 그녀가 자신에게 베풀어준 수많은 친절에 감사를 표했다. 그는 결코 그녀를 잊지 못할 것이라고 썼다. 그녀는 빛나는 존재, 세상의 모든 여자 위에 있는 여자이며, 스포캔에서 보낸 짧은 시간 동안 그녀를 알게 된 것이 자신의 삶을 영원히 바꿔놓았다고 했다. 모두 진실이었지만 전부 허위였다. 모든 문장이 거짓이었지만, 모든 단어에 확신이 들어 있었다. 그는 새벽 3시까지 기다렸다가 노라의 집으로 걸어가 현관문 밑으로 편지를 밀어 넣었다. 노라의 죽은 언니 브리지드가 2년 반 전 그의 집 문 밑으로 편지를 밀어 넣었던 것처럼.

앨머의 말에 따르면, 헥터는 다음 날 몬태나에서 자살을 기도했고, 사흘 뒤 시카고에서 다시 시도했다. 처음엔 권총을 입에 넣었고, 두 번째엔 총구를 왼쪽 눈에 댔지만—두 번 다 실행에 옮기지 못했다. 그는 차이나타운 언저리의 사우스 워배시에 있는 한 호텔에 투숙해 있었고, 두 번째 시도가 실패로 끝난 후 술 마실 곳을 찾아 무더운 6월의 밤거리로 나섰다. 술을 충분히 퍼마시면 날이 밝기 전에 강에 빠져 죽을 용기가 생길 거라 생각했다. 어쨌든 그게 그의 계획이었는데, 술을 찾아 거리를 헤매기 시작한 지 얼마 안 되어 죽음보다 나은 걸 발견했다. 그가 찾고 있던 단순한 파멸보다 더 나은 것. 그녀의 이름은 실비아 미어스였고, 헥터는 그녀의 인도하에 끝장을 볼 필요 없이 계속해서 스스로를 죽이는 법을 배우게 되었다. 자신의 피를 마시는 법을 가르쳐준 것도, 자신의 심장을 집어삼키는 쾌락을 알려준 것도 그녀였다.

그는 러시 스트리트의 싸구려 술집에서 그녀를 만났다. 바에 기대서서 술을 두 잔째 주문하려던 참이었다. 그녀는 외모는 보잘것없었지만 아주 싼 값을 불렀고, 헥터는 자신도 모르게 그 조건을 받아들였다. 어차피 그 밤이 가기 전에 죽을 몸인데, 지상에서의 마지막 시간을 창녀와 함께 보내는 것보다 더 어울리는 일이 어디 있겠는가?

그녀는 헥터를 길 건너편에 있는 화이트하우스 호텔의 한 방으로 데려갔다. 침대에서 일을 치른 후 그녀는 그에게 한 번 더 하고 싶은지 물었다. 헥터는 추가 요금을 낼 돈이 없다고 설명하며 거절했지만, 그녀가 추가 요금은 받지 않겠다고 하자 어깨를 으쓱하며 그럼 안 될 게 뭐냐며 다시 그녀 위에 올라탔다. 앙코르는 또 한 번의 사정으로 곧 마무리

되었고, 실비아 미어스는 미소를 지었다. 그녀는 헥터의 솜씨를 칭찬하고는 한 번 더 해볼 힘이 있느냐고 물었다. 헥터는 당장은 무리지만 30분 정도 시간을 주면 문제없을 거라고 대답했다. 그 정도로는 안 된다고 그녀가 말했다. 20분 내로 가능하면 또 공짜로 해주겠지만 10분 안에 발기해야 한다고 했다. 그녀는 침대 옆 탁자에 놓인 시계를 건너다보았다. "지금부터 10분이에요. 초침이 12를 지나면 재기 시작할 거예요." 그녀가 말했다. 그게 거래 조건이었다. 10분 안에 발기해서, 그다음 10분 안에 끝내는 것. 만약 도중에 발기가 풀리면 마지막 한 번의 값은 치러야 했다. 그게 페널티였다. 한 번의 가격으로 세 번을 즐기거나, 아니면 전체 비용을 다 지불하거나. 어느 쪽을 선택할 건가? 지금 그만두고 나갈 건가, 아니면 압박감 속에서도 해낼 자신이 있는가?

그녀가 그 말을 할 때 미소를 짓지 않았더라면, 헥터는 그녀가 미쳤다고 생각했을 것이다. 창녀들은 공짜 서비스를 해주는 법이 없었고 고객의 정력에 도전장을 내밀지도 않았다. 그런 건 채찍 전문가나 은밀한 남성혐오자, 고통과 기괴한 굴욕을 즐기는 여자들이나 하는 짓인데 미어스는 너절하고 태평한 성격의 여자처럼 보였고, 헥터를 조롱하기보다는 단순히 게임에 끌어들이는 듯했다. 아니, 정확히 말하면 게임이 아닌 실험이었다. 두 번이나 소진된 그의 성기가 얼마나 지속력을 발휘할 수 있는지 확인하는 과학적 탐구. 그녀는 헥터에게 이렇게 묻고 있는 듯했다. 죽은 자가 다시 살아날 수 있을까? 만약 그렇다면, 몇 번이나? 추측은 허용되지 않았다. 확실한 결과를 얻으려면 엄격한 조건하에서 실험이 이루어져야 했다.

헥터가 그녀에게 마주 미소를 지었다. 미아스는 손에 담배를 들고 침대에 큰대자로 누워 있었다. 그녀는 당당하고 느긋했으며 알몸이 아주 편안한 듯했다. 헥터가 그녀에게 물었다. "그게 무슨 이득이 되지?" "돈. 큰돈." 그녀가 대답했다. "그거 재밌군. 공짜로 해주겠다더니 곧바로 큰돈을 번다고. 그런 멍청한 소리가 어딨어?" "멍청한 게 아니라 똑똑한 거야. 돈을 벌 방법이 있어. 앞으로 9분 안에 다시 세울 수 있다면, 당신은 나랑 같이 돈을 벌 수 있어."

그녀는 담배를 끄고 손으로 자신의 몸을 어루만지기 시작했다. 가슴을 쓰다듬고, 배를 부드럽게 문지르고, 손가락 끝이 허벅지 안쪽을 따라 천천히 움직여 음모와 음순, 음핵에 닿았다. 그녀는 입을 벌리고 혀를 내밀어 자신의 입술을 핥으며 그를 위해 몸을 열었다. 헥터는 이런 전형적인 도발에 면역이 되어 있지 않았다. 죽은 자가 무덤 속에서 서서히, 그러나 꾸준히 기어 나오기 시작했고, 그걸 본 미아스의 목구멍에서 음탕한 소리가 흘러나왔는데 찬성과 격려를

답은 길고 단일한 음이었다. 부활한 나사로가 다시 숨을 쉬고 있었다. 그녀는 몸을 돌려 엎드리더니 음란한 말들을 웅얼거리며 흥분한 척 신음했다. 그리고 엉덩이를 들어 올리며 그에게 넣으라고 말했다. 헥터는 아직 완전히 준비되지 않은 상태였지만 음순의 붉은 주름에 페니스를 눌러대자 삽입이 가능할 정도로 충분히 단단해졌다. 마지막에는 남은 게 별로 없었지만 그의 몸에서 땀 말고 다른 것도 나와서 목적을 이루었음을 입증할 수 있었다. 이윽고 그가 그녀 몸에서 떨어져 시트 위로 쓰러지자 그녀가 몸을 돌려 입술에 키스했다. "17분." 그녀가 말했다. 그는 한 시간 안에 세 번을 해냈고, 그녀가 원한 건 그게 전부였다. 그녀는 그가 원한다면 파트너로 써주겠다고 말했다.

헥터는 그녀가 무슨 말을 하는 건지 도통 알아들을 수가 없었다. 그녀는 설명했고, 그래도 그가 무슨 소린지 알아듣지 못하자 다시 설명했다. 시카고에, 그리고 중서부 전역에 남들이 성교하는 걸 지켜보기 위해 기꺼이 거금을 낼 부자들이 있다는 것이었다. "아, 남자들이 보는 포르노 말이군." 헥터가 말했다. "아니, 그런 가짜가 아니라 라이브 공연. 사람들 앞에서 진짜로 하는 거." 미어스가 대답했다.

그녀는 한동안 그 일을 해왔는데 지난달 그녀의 파트너가 어설프게 가택침입을 시도하다가 체포되었다고 했다.

"불쌍한 앨. 어차피 술을 너무 많이 마셔서 그게 잘 서지도 않았어. 스스로 은퇴하지 않았어도 슬슬 새 파트너를 구해야 할 참이었지." 그녀는 지난 몇 주 동안 테스트를 통과한 후보자가 서너 명 있긴 하지만 그중에 헥터에 견줄 만한 남자는 없다고 했다. 그녀는 헥터의 몸이 좋다고, 성기의 느낌도 좋고 얼굴도 끝내주게 잘생겼다고 말했다.

"아, 안 돼." 헥터가 말했다. "난 절대 얼굴을 보이지 않을 거야. 만일 그 일을 하게 된다면 반드시 가면을 써야 해."

그는 까다롭게 구는 게 아니었다. 그의 영화들이 시카고에서 인기가 있었기 때문에 누군가 자신을 알아볼 위험을 감수하고 싶지 않았다. 그 거래에서 자신의 역할을 해내는 것만으로도 충분히 힘들 텐데 매번 관객 앞에 설 때마다 누군가 자신의 이름을 부를까 봐 두려워해야 한다면 도저히 견뎌낼 수 없을 것 같았다. 헥터는 그게 자신의 유일한 조건이라고, 얼굴만 가릴 수 있게 해주면 그 일을 하겠다고 말했다.

미으스는 의심스러워했다. "왜 세상 사람들에게 성기는 보여주면서 얼굴은 감추겠다는 거지? 내가 남자라면 당신이 가진 걸 자랑스러워할 텐데. 그게 내 거라는 걸 온 세상에 알리고 싶어 할 텐데." 그녀가 말했다.

"하지만 사람들은 날 보러 오는 게 아니야." 헥터가 말했다. "당신이 스타고, 관객들이 내가 누군지 신경 쓰지 않을수록 우리의 공연은 더 인기가 높아질 거야. 내게 가면을 씌우면 난 인격도, 특징도 없는 존재가 될 거고, 그러면 우리를 지켜보는 남자들의 환상을 방해할 요소가 사라지는 거지. 그들은 내가 당신과 섹스하는 걸 보고 싶은 게 아니라 자기가 당신과 섹스하는 상상을 하고 싶은 거야. 나를 익명의 존재로 만들면 나는 남성의 욕망을 상징하는 엔진, 모든 관객의 대리자가 되는 거지. 만족할 줄 모르는 보지 양을 쑤셔대는 빳빳한 자지 군. 모든 남자, 어떤 남자나 해당되는 거지. 하지만 여자는 오직 하나, 언제나 항상 하나지. 그 여자 이름은 실비아 미어스."

미어스는 그의 주장을 받아들였다. 그녀는 처음으로 쇼 비즈니스 전략을 배운 것이고, 헥터의 말을 다 이해할 수는 없었지만 그의 말이 멋지게 들렸다. 그리고 무엇보다도 그가 자신을 스타로 만들고 싶어 하는 게 마음에 들었다. 그가 그녀를 '보지 양'이라고 불렀을 때 그녀는 요란한 웃음을 터뜨렸다. "그런 말은 어디서 배운 거야?" 그녀가 물었다. 그러면서 그렇게 더러우면서도 아름답게 말할 수 있는 남자는 처음 본다고 했다.

"추잡함도 나름의 보상이 있지." 헥터는 일부러 그녀가 이해하기 어려운 말을 썼다. "남자가 스스로 무덤을 파고 그 안으로 들어갈 결심을 했다면 뜨거운 피가 흐르는 여자만큼 좋은 동반자가 어디 있겠어? 그렇게 하면 천천히 죽을 수 있고, 여자와 살을 맞대고 있는 한 자신의 몸이 썩는 냄새를 맡으며 살 수 있을 테니까."

미어스는 헥터가 무슨 말을 하는지 알아들을 수가 없어서 또다시 웃음을 터뜨렸다. 마치 설교자나 거리의 전도사가 전하는 성경 말씀처럼 들렸지만, 헥터가 죽음과 타락에 대한 작은 시를 너무나도 차분하게, 너무도 친절하고 다정한 미소를 머금고 읊어주었기에, 그녀는 그가 농담하고 있다고 생각했다. 그녀는 그가 방금 마음속 가장 깊은 곳에 간직한 비밀을 고백했다는 걸, 자기가 보고 있는 남자가 불과 네 시간 전에 호텔 방 침대에 앉아 머리에 총부리를 대고 그 주 들어 두 번째 자살 기도를 했다는 걸 까맣게 모르고 있었다. 헥터는 기뻤다. 그녀의 무지한 눈빛을 보면서 그런 둔하고 흐리멍덩한 여자를 만나게 된 걸 행운으로 여겼다. 그런 여자와는 아무리 많은 시간을 함께 보내도 늘 혼자일 수 있을 테니까.

미어스는 이십대 초반이었고, 사우스다코타의 한 농장에서 열여섯 살 때 가출하여 1년 후 시카고에 도착, 린드버그가 대서양을 건넌 바로 그달에 거리에서 몸을 팔기 시작했다. 그녀에게는 특별한 매력이 없었고, 그 순간 수많은 호텔 방에서 일하고 있을 수많은 창녀들과 눈에 띄게 다른 점도 없었다. 과산화수소로 탈색한 금발에 둥근 얼굴, 흐릿한 회색 눈동자, 그리고 볼에 점점이 남아 있는 여드름 자국. 나름 요염하게 교태를 부릴 줄은 알았지만 남자들을 홀리거나 오래 관심을 끌 매력은 없었다. 그녀의 목은 몸에 비해 너무 짧았고, 작은 가슴은 조금 처져 있었으며, 엉덩이와 허리에 벌써 군살이 붙어 있었다. 헥터는 그녀와 계약 조건을 조율하다가(60 대 40으로 나누기로 했는데 헥터는 그 정도면 감지덕지였다) 계속 그녀를 쳐다보고 있다가는 계약이 성사가 안 될 것 같아 고개를 홱 돌렸다. "왜 그래, 험(허먼의 애칭-옮긴이)? 기분이 안 좋아?" 그녀가 물었다. "좋아." 헥터는 방 건너편의 부서진 석고 벽에 시선을 고정시킨 채 대답했다. "평생 이렇게 기분이 좋았던 적이 없어. 너무 행복해서 창문을 열고 미친놈처럼 소리를 지르고 싶은걸. 자기야, 그 정도로 기분이 좋아. 난 제정신이 아니야. 기뻐서 정신이 나갔다니까."

엿새 후, 헥터와 실비아는 첫 공연을 했다. 6월 초의 그 첫 무대부터 12월 중순 마지막 공연까지, 앨머의 계산에 따르면 그들은 약 마흔일곱 차례 함께 출연했다. 대부분의 공연은 시카고와 그 주변에서 이루어졌지만, 미니애폴리스,

디트로이트, 클리블랜드 같은 먼 데서 예약이 잡히기도 했다. 공연 장소는 나이트클럽에서 호텔 스위트룸, 창고와 사창가, 사무실 건물과 개인 주택에 이르기까지 다양했다. 관객이 가장 많았던 때는 백 명 정도였고(일리노이주 노멀에 있는 대학 남학생 사교클럽 파티), 가장 적었을 때는 단 한 명이었다(같은 사람이 열 번이나 불렀다). 공연 내용은 고객의 요청에 따라 달라졌다. 때로는 의상과 대사를 갖춘 작은 연극을 선보였고, 때로는 그저 벌거벗은 채 입장해서 묵묵히 섹스만 했다. 연극은 흔한 성적 판타지를 바탕으로 했으며, 소규모나 중간 규모의 관객 앞에서 가장 효과적이었다. 그중 가장 인기를 끈 건 간호사와 환자 역할극이었다. 사람들은 실비아가 빳빳한 흰 유니폼을 벗어 던지는 장면을 좋아했고, 그녀가 헥터의 몸에서 붕대를 풀기 시작하면 어김없이 박수가 터져 나왔다. 그 밖에 고해소 스캔들(신부가 수녀를 겁탈하는 것으로 끝나는), 그리고 혁명 전 프랑스의 가면무도회에서 두 방탕한 남녀가 만나는 이야기 같은 좀 더 정교한 설정도 있었다. 대부분의 경우 관객은 남성뿐이었다. 관객이 많은 경우에는 몹시 소란스러웠고(총각 파티나 생일 파티), 반면 소규모 공연은 아주 조용했다. 은행가, 법조인, 기업인과 정치인, 운동선수, 주식 중개인, 그리고 부유한 한량들까지, 모두가 넋을 잃고 지켜보았다. 대개는 적어도 두세 명이 바지 지퍼를 열고 자위를 시작하곤 했다. 인디애나주 포트 웨인에 사는 한 부부는 그들을 집으로 불러 공연을 보다가 둘이 옷을 벗고 관계를 맺기까지 했다. 헥터는 실비아의 말이 맞았음을 깨달았다. 사람들이 원하는 것을 제공할 용기를 내면 상당한 돈을 벌 수 있었다.

그는 노스 사이드에 작은 원룸 아파트를 빌렸고, 수입의 75퍼센트를 자선활동에 썼다. 세인트 앤서니 교회의 헌금함에 10달러, 20달러 지폐를 몰래 집어넣었고, 유대교 회당인 브나이 아브라함에 익명으로 기부금을 보냈으며, 동네 길거리에서 마주치는 맹인이나 불구의 걸인들에게 끝없이 동전을 나눠주었다. 마흔일곱 번의 공연은 주당 평균 두 번꼴로 이루어졌다. 나머지 닷새는 자유 시간이었고, 헥터는 그 시간의 대부분을 아파트에 틀어박혀 책을 읽으며 보냈다. 앨머는 그의 세계가 둘로 갈라졌고 그의 정신과 육체가 더 이상 서로 대화를 나누지 않게 되었다고 말했다. 그는 노출증 환자이자 은둔자였고, 미친 탕아이자 고독한 수도승이었다. 그가 오랜 시간 이런 모순을 안고 살 수 있었던 것은 순전히 정신을 마비시키려 했기 때문이었다. 그는 더 이상 선해지려 애쓰지 않았고, 자기부정의 미덕을 믿는 척하지도 않았다. 이제 육체가 그를 지배했고, 육체가 하는 일에 대해 생각하지 않을수록 그 일을 더 성공적으로 해낼 수 있었다. 앨머는 그가 이 시기에 일기 쓰기를 중단한 것에 주목했다. 남겨진 기록이라고는 실비아와의 공연 날짜와 장소가 적힌 무미건조한 메모뿐이었으며, 6개월 동안 한 장 반 분량밖에 되지 않았다. 앨머는 그걸 그가 자신을 바라보기를 두려워한 증거로 간주했다. 그는 마치 집 안의 모든 거울을 가려버린 사람처럼 행동한 것이다.

그가 유일하게 어려움을 겪었던 건 첫 번째 공연, 아니 정확히 말하면 첫 공연 직전, 자신이 그 일을 감당할 수 있을지 아직 확신이 서지 않았던 때였다. 다행히 실비아가 예약받은 첫 공연은 관객이 한 명이었다. 그 덕에 어느 정도 견딜 만했다. 20명, 50명, 백 명이 아닌 단 한 사람의 눈앞에서 사적인 방식으로 공연을 하게 되었으니까. 그 1인 관객은 하이랜드 파크에 있는 3층짜리 튜더 양식 저택에서 혼자 살고 있는 일흔 살의 은퇴한 판사 아치볼드 피어슨이었다. 실비아는 이미 앨과 그곳에 한 번 다녀온 적이 있었고, 약속된 밤에 헥터와 함께 택시를 타고 교외의 목적지를 향해 가면서 아마 그걸 두 번, 어쩌면 세 번까지 하게 될 수도 있다고 미리 경고했다. 그 얼간이가 자신에게 푹 빠져 있다는 것이었다. 벌써 몇 주째 그녀에게 전화를 걸어 언제 다시 올 수 있는지 애타게 물었고, 그녀는 조금씩 가격을 높여 회당 250달러까지 올려놓았다. 지난번에 받은 액수의 두 배였다. "나 흥정 엄청 잘해." 그녀가 자랑스럽게 선언했다. "허미(허먼의 애칭-옮긴이) 자기, 이 얼간이 잘만 다루면 우리 돈줄로 만들 수도 있어."

피어슨은 알고 보니 소심하고 신경이 예민한 노인으로 구두장이의 송곳처럼 깡마른 몸에, 가지런히 빗어 넘긴 풍성한 흰 머리칼과 커다란 푸른 눈을 갖고 있었다. 그는 그 행사를 위해 녹색 벨벳 스모킹 재킷(과거에 남자들이 흡연할 때 입던 흔히 벨벳으로 된 상의-옮긴이)까지 차려입었지만, 헥터와 실비아를 거실로 안내하는 동안 그 멋 부린 옷차림이 불편한지 연신 목청을 가다듬으며 재킷 앞자락을 매만졌다. 그는 두 사람에게 담배를 권하고 술도 권했다(그들은 담배와 술 모두 사양했다). 그리고는 오늘 공연에 맞춰 축음기로 브람스의 스트링 섹스테트(String Sextet, 현악 6중주-옮긴이) 1번 B 플랫 장조를 틀 계획이라고 알렸다. 실비아는 섹스테트라는 단어를 듣고 곡에 사용된 악기의 수를 뜻하는 말이라는 걸 모르고 키득거렸지만, 판사는 아무 말도 하지 않았다. 피어슨은 헥터의 가면—집에 들어서기 전에 쓴—을 칭찬하며 매우 감질나고 기발한 아이디어라고 말했다. "오늘 밤 기대가 되는군." 그가 말했다. "실비아, 탁월한 파트너 선택에 경의를 표하네. 앨보다 훨씬 더 매력적이야."

판사는 단순한 것을 좋아했다. 자극적인 의상이나, 관능적인 대사, 억지스러운 극적 연출 같은 것엔 흥미가 없었다. 오직 그들의 몸을 보고 싶다고 했다. 짧은 사전 협의가 끝난 후, 그는 두 사람에게 주방으로 가서 옷을 벗으라고 했다. 그사이에 그는 음악을 틀고, 거실의 전등을 모두 끈 뒤 곳곳에 촛불 여섯 개를 밝혀두었다. 그건 연극 없는 연극, 삶 그 자체의 꾸밈없는 상연이었다. 헥터와 실비아는 알몸으로 걸어 들어와 거실 한가운데 깔린 페르시아 양탄자 위에서 행위를 시작하면 되었다. 그것이 전부였다. 헥터는 실비아와 사랑을 나누다가 절정의 순간이 오면 그녀에게서 몸을 뺀 후 그녀의 가슴 위로 사정해야 했다. 판사는 모든 게 그것으로 귀결된다고 말했다. "그 분출이 중요해. 정액이 공중으로 멀리 날아갈수록 나는 더 큰 기쁨을 느낄 거야."

주방에서 옷을 벗은 후, 실비아는 헥터에게 다가와 그의 몸을 쓰다듬기 시작했다. 그녀는 그의 목에 입을 맞추고, 마스크를 뒤로 젖힌 뒤 그의 얼굴에 키스했으며, 이내 축 늘어진 그의 성기를 손에 쥐고 어루만져 단단하게 만들었다. 헥터는 마스크를 쓰기로 한 것이 다행이라고 생각했다. 그 덕에 노인 앞에서 자신을 드러내는 것이 덜 수치스럽고 무방비가 된 것 같은 기분도 덜했다. 그래도 여전히 긴장한 상태여서 실비아의 따뜻한 손길이 반가웠고, 그녀가 자신의 불안감을 풀어주려고 애쓰는 게 고마웠다. 실비아가 스타일지는 몰라도 입증 책임은 그에게 있다는 걸 그녀도 알았다. 헥터는 실비아처럼 거짓 연기를 할 수가 없었다. 쾌감을 느끼는 동작을 연기하며 흉내만 낼 수가 없었다. 공연의 마지막 순간에 실질적인 결과를 내놓아야 했고, 진심을 다해 몰입하지 않으면 그 지점까지 도달할 가망이 없었다.

그들은 손을 잡고 거실로 걸어 들어갔다. 금테를 두른 거울과 루이 15세풍의 접이식 뚜껑 달린 책상들이 가득한 밀림 속의 벌거벗은 두 야만인. 피어슨은 이미 방 저쪽 끝에 놓인 의자에 자리를 잡고 앉아 있었다. 커다란 가죽 윙체어가 그를 집어삼킨 듯했고, 그래서 더 심하게 말라비틀어져 보였다. 그의 오른쪽에 놓인 축음기 턴테이블에서 브람스의 섹스테트 레코드가 돌아가고 있었다. 그의 왼쪽에는 래커 칠한 상자들, 옥 조각상들, 값비싼 중국풍 장식품들이 빼곡한 낮은 마호가니 탁자가 있었다. 그곳은 명사들과 부동의 물체들이 가득한 방, 사색의 공간이었다. 그런 배경에서 헥터의 발기한 성기만큼 어울리지 않는 것도 없었다. 판사가 앉은 의자에서 3미터도 떨어지지 않은 곳에서 갑작스럽게 동사들의 장이 펼쳐졌다.

노인은 자신이 보고 있는 광경을 즐겼는지는 몰라도 전혀 그런 기색을 드러내지 않았다. 공연이 진행되는 동안 두 번 일어나 레코드를 교체했을 뿐, 그 짧고 기계적인 중단을 제외하곤 시종일관 한쪽 다리를 다른 쪽 다리 위로 꼬고 두 손을 무릎 위에 올린 자세로 가죽 왕좌에 앉아 있었다. 그는 자기 몸을 만지지도 않았고, 바지 단추를 풀지도 않았으며, 미소를 짓지도, 소리를 내지도 않았다. 그러다 마지막 순간, 헥터가 실비아에게서 몸을 빼고 갈망했던 분출이 일어났을 때, 노인의 목구멍에서 작은 소리가 진저리 치듯 새어 나왔다. 헥터는 그게 흐느낌 같다는 생각이 들었지만, 한편으로는 아무 소리도 아닌 듯했다.

그것이 처음이었지만 다섯 번째, 열한 번째, 열여덟 번째이기도 하고 여섯 번 더 있었다고 앨머는 말했다. 피어슨은 그들의 가장 충실한 고객이 되었고, 그들은 하이랜드 파크의 그 집을 여러 번 찾아가 양탄자 위에서 뒹굴고 돈을 챙겼다. 헥터는 돈보다 더 실비아를 행복하게 만들어주는 건 없음을 깨달았다. 그녀는 몇 달 만에 충분한 돈을 벌어 마침내 화이트하우스 호텔에서 몸 파는 일을 그만둘 수 있었다. 물론 그녀가 번 돈이 전부 그녀의 주머니로 들어가는 건 아니었지만, 그녀의 보호자라는 남자에게 절반을 뜯겨도 예전보다 두세 배는 많은 수입을 챙길 수 있었다. 실비아는 시골에서 교육도 제대로 못 받고 자란 반 문맹의 무식쟁이라 의사소통에 문제가 있을 정도로 이중 부정과 황당한 말

실수를 남발했지만, 사업적인 머리는 잘 돌아간다는 걸 입증했다. 예약을 받고 고객들과 흥정하고, 일하러 오가는 교통편, 의상 대여, 새 일감 마련 같은 실제적인 일들도 다 그녀가 처리했다. 헥터는 그런 자질구레한 일들에 전혀 신경 쓸 필요가 없었다. 실비아가 전화로 다음 공연이 언제, 어디서 열릴지 알려주면, 그는 그저 그녀가 택시를 타고 자신의 아파트 앞으로 데리러 오는 것을 기다리기만 하면 되었다. 그것이 무언의 규칙이었고, 관계의 경계였다. 그들은 함께 일하고 함께 섹스하고 함께 돈을 벌었지만 친구가 되려 하지는 않았으며, 새 연극 리허설이 필요한 경우를 제외하면 공연할 때만 만났다.

헥터는 줄곧 그녀와 함께라면 안전하다고 믿었다. 실비아는 질문을 던지거나 그의 과거를 캐묻지 않았고, 헥터는 그녀와 함께 일한 여섯 달 반 동안 그녀가 뉴스 이야기를 꺼내기는커녕 신문을 읽는 것조차 본 적이 없었다. 한 번은 슬쩍 떠볼 셈으로 몇 년 전에 실종된 무성영화 코미디언에 대한 이야기를 지나가는 말처럼 입에 올렸다. "그 사람 이름이 뭐였더라?" 그가 머리를 짜내는 척 손가락을 튕기며 물었지만 실비아는 특유의 멍하고 무관심한 눈빛만 보냈다. 헥터는 그녀가 그 사건에 대해 모른다는 뜻으로 받아들였다. 하지만 어느 시점엔가 누군가로부터 그 이야기를 들은 것 같았다. 헥터는 끝내 그 사람이 누구인지 알아내지 못했지만 그녀의 남자친구일 거라고 생각했다. 이른바 그녀의 보호자 비기 로우, 몸무게가 백 킬로그램이 넘는 그 거구의 사내는 시카고에서 댄스홀 문지기로 시작해서 이제 화이트하우스 호텔 야간 지배인으로 일하고 있었다. 어쩌면 비기가 실비아의 머리에 쉽고 빠르게 돈을 갈취할 확실한 방법을 주입하면서 부추겼을 수도, 실비아가 헥터에게 몇 푼이라도 더 뜯어내려고 독단적으로 움직인 것일 수도 있었다. 어느 쪽이었든 간에 탐욕이 그녀를 지배했고, 헥터가 그녀의 계획을 눈치챘을 때 그가 할 수 있는 일은 도망치는 것뿐이었다.

그 일은 크리스마스가 채 일주일도 안 남았을 때 클리블랜드에서 일어났다. 그들은 부유한 타이어 제조업자의 초대로 기차를 타고 그곳에 갔고, 수십 명의 남녀(반년마다 열리는 사적인 난교 파티에 참석하기 위해 그 기업가의 집에 모인) 앞에서 프랑스의 방탕한 남녀 연기를 마친 후, 주최자의 리무진 뒷좌석에 앉아 호텔로 가고 있었다. 호텔에서 몇 시간 눈을 붙인 후 다음 날 오후에 시카고로 돌아갈 예정이었다. 그들은 기록적인 액수의 사례금을 받았다. 단 40분 공연에 천 달러. 헥터의 몫은 4백 달러여야 했지만, 실비아는 타이어 제조업자의 돈을 센 후 파트너에게 겨우 250달러만 건넸다.

"25퍼센트야." 헥터가 말했다. "남은 15퍼센트 더 줘야지."

"난 그렇게 생각 안 해." 실비아가 대답했다. "당신이 받을 건 그게 다야, 헴. 내가 당신이라면 행운으로 여기고 고마워할걸."

"응? 친애하는 실비아, 내가 무슨 잘못을 했기에 갑자기 이렇게 재정 정책이 바뀐 거지?"

"이봐, 신체(헥터가 재정이라는 뜻으로 fiscal이라고 말한 걸 physical로 잘못 알아듣고 한 말-옮긴이) 문제가 아냐. 달러와 센트 문제지. 난 지금 어떤 사람에 대한 증거를 갖고 있어. 내가 그걸 세상에 까발리게 만들고 싶지 않으면 25퍼센트만 받아. 더 이상 40퍼센트는 없어. 그런 시절은 이미 지나갔어."

"자기는 공주처럼 섹스하지. 내가 아는 여자들 중에서 섹스를 가장 잘 이해한다고 할 수 있지. 하지만 생각은 많이 부족한 게 사실이야, 안 그래? 새로 협상하고 싶다면, 좋아. 나와 마주 앉아서 이야기해. 하지만 나랑 상의도 없이 일방적으로 규칙을 바꾸면 안 되지."

"좋아, 미스터 할리우드. 그럼 마스크 쓰지 마. 그렇게 해주면 나도 다시 생각해보지."

"알겠어. 그런 식으로 하자 이거지."

"남자가 얼굴을 드러내고 싶지 않다는 건 비밀이 있다는 거지, 안 그래? 그리고 여자가 그 비밀을 알게 되면 완전히 새로운 게임이 시작되는 거야. 나는 험과 거래를 했어. 그런데 이제 험은 없어, 그렇지? 그의 이름은 헥터고, 이제 우리는 처음부터 다시 시작해야지."

그녀는 얼마든지 다시 시작할 수 있었지만 그와 함께는 아니었다. 몇 초 후 리무진이 쿠야호가 호텔 앞에 멈추자, 헥터는 그녀에게 아침에 다시 이야기하자고 말했다. 그는 결정을 내리기 전에 하룻밤 더 생각해보고 싶다고, 둘 다 만족할 만한 해결책을 찾을 수 있을 거라 확신한다고 말했다. 그다음, 공연이 끝난 후 그녀와 작별 인사를 나눌 때 늘 그랬던 것처럼 그녀의 손에 키스했다. 그 장난스러운 기사도적인 제스처는 그들의 의례적인 작별 인사가 되었다. 헥터는 실비아의 손을 입으로 가져가며 그녀의 얼굴에 의기양양한 미소가 번지는 걸 보고 그녀가 자신이 무슨 짓을 했는지 모른다는 걸 깨달았다. 그녀는 그를 협박하여 더 큰 몫을 챙기게 된 게 아니라 판을 깨버린 것이었다.

헥터는 7층에 있는 자신의 방으로 갔고, 20분 동안 거울 앞에 서서 오른쪽 관자놀이에 총구를 대고 있었다. 앨머는 그가 방아쇠를 당기기 직전까지 갔다고, 지난 두 번보다 더 가까이 갔다고 말했다. 그러나 다시 의지가 흔들리자 총을 탁자에 내려놓고 호텔을 떠났다. 새벽 4시 30분이었다. 그는 북쪽으로 열두 블록 거리에 있는 그레이하운드 버스 터미널로 걸어가서 다음 버스―아니 그다음 버스―표를 샀다. 6시 버스는 영스타운행으로 동쪽을 향해 가고, 6시 5분 버스는 그 반대 방향으로 갔다. 서쪽으로 가는 버스의 아홉 번째 정류장이 샌더스키였다. 그가 어린 시절을 보낸 적이 없는 도시, 그는 그 도시 이름이 얼마나 아름답게 들렸는지 기억이 나서 그곳에 가보기로 결심했다. 자신의 가상의 과거가 어떤 모습인지 보고 싶었다.

1931년 12월 21일 아침이었다. 샌더스키까지는 백 킬로미터 거리였고, 그는 두 시간 반 후 버스가 터미널에 도착할 때까지 거의 잠만 잤다. 그의 주머니에는 3백 달러가 조금 넘는 돈이 들어 있었다. 미어스에게 받은 250달러, 20일에 시카고를 떠나기 전 지갑에 넣은 50달러, 그리고 10달러를 내고 버스표를 산 후에 받은 거스름돈. 그는 터미널 안에 있는 간이식당으로 들어가 아침 특선을 주문했다. 햄과 달걀, 토스트, 감자구이, 오렌지주스, 그리고 무한 리필이 가능한 커피. 그는 커피를 석 잔째 마시며 카운터 직원에게 그 도시에 볼만한 데가 있는지 물었다. 그냥 지나는 길에 들렀는데 다시는 올 것 같지 않아서 그런다고 설명했다. "샌더스키는 별 볼 일 없는 곳이에요." 카운터 직원이 말했다. "아시다시피, 작은 소도시일 뿐이죠. 하지만 저라면 시더 포인트에 가보겠어요. 거기 놀이공원이 있거든요. 롤러코스터도 있고 재미난 놀이기구들이 많아요. 립프로그 철도, 호텔 브레이커스 등등 다 있어요. 그리고 혹시 손님이 풋볼 팬일 수도 있어서 알려드리는 건데, 크누트 로크니가 포워드 패스를 개발한 데가 거기죠. 지금은 겨울이라 문을 닫았지만, 한번 둘러볼 만해요."

카운터 직원이 종이 냅킨에 약도를 그려줬지만, 헥터는 터미널에서 오른쪽으로 도는 대신 왼쪽으로 돌았다. 그 결과 컬럼버스 애비뉴 대신 캠프 스트리트에 이르렀고, 설상가상으로 웨스트 먼로에서 동쪽이 아니라 서쪽으로 돌았다. 그는 킹 스트리트까지 걸어가고 나서야 자신이 잘못된 방향으로 가고 있다는 사실을 깨달았다. 반도는 보이지 않았고, 회오리바람과 대관람차 대신 무너져가는 공장들과 빈 창고들이 늘어선 황량한 풍경을 마주하게 되었다. 차가운 날씨에 잿빛 하늘에선 금세 눈이 내릴 듯했으며, 백 미터 내에 생명체라곤 다리가 세 개뿐인 지저분한 개 한 마리가 전부였다.

헥터는 돌아서서 오던 길을 되밟아 걷기 시작했는데, 앨머는 그 순간 그가 무(無)로 돌아간 기분을 느꼈다고 말했다. 그는 극심한 탈진 상태에서 그대로 쓰러질 것만 같아서 건물 벽에 기댈 수밖에 없었다. 이리호에서 불어온 매서운 바람이 얼굴을 때렸지만, 그는 그 바람이 실제인지 아니면 자신이 상상한 것인지조차 분간할 수 없었다. 지금이 몇 월, 몇 년인지도 몰랐다. 자신의 이름조차 기억이 나지 않았다. 벽돌과 자갈, 그가 내뿜는 숨결, 그리고 절룩거리며 모퉁이를 돌아 시야에서 사라진 세 발 달린 개. 그것이 자신의 죽음의 광경임을 그는 나중에 깨달았다. 폐허가 된 영혼의 초상. 그가 정신을 가다듬고 앞으로 나아간 후에도 오랫동안 그의 일부는 여전히 거기 남아, 오하이오주 샌더스키의 그 텅 빈 거리에 서서 존재가 서서히 빠져나가는 가운데 숨을 헐떡이고 있었다.

10시 30분 무렵, 헥터는 컬럼버스 애비뉴에서 크리스마스 쇼핑객들 사이를 누비고 있었다. 그는 워너 브라더스 극장, 에스터 징 매니큐어 살롱, 카포치 구두 수선소를 지나치며 크레스지, 몽고메리 워드, 울워스 잡화점을 드나드는 사람들을 보고 외로운 구세군 산타클로스가 놋쇠 종을 울리는 소리를 들었다. 상업 은행 신탁 회사 앞에 이르자, 안에 들어가서 50달러 지폐 몇 장을 5달러, 10달러, 1달러 지폐로 바꾸기로 했다. 그건 의미 없는 거래였지만 마땅히 할 일도 없는 데다 계속 거리를 맴도는 대신 단 몇 분이라도 추위를 피하는 게 나쁠 것 같지 않았다.

  뜻밖에도 은행에 손님들이 가득 차 있었다. 서쪽 벽을 따라 늘어선 네 개의 쇠창살 쳐진 창구 앞에는 사람들이 여덟 명, 열 명씩 줄을 서 있었다. 헥터는 제일 긴 줄에 가서 섰는데 문에서 두 번째 줄이었다. 그가 줄을 선 직후 젊은 여자가 그의 바로 왼쪽 줄에 합류했다. 그녀는 이십대 초반으로 보였고 모피 칼라가 달린 모직 코트를 입고 있었다. 마땅히 할 일이 없었던 헥터는 곁눈질로 그녀를 훑어보기 시작했다. 높은 광대뼈와 우아한 턱선을 가진 감탄스럽고 흥미로운 얼굴이었고, 사색적이고 자부심 강한 눈빛도 마음에 들었다. 예전 같았으면 바로 말을 걸었겠지만, 지금은 그저 지켜보며 그녀의 코트 속에 숨겨진 몸을 음미하고 그 아름답고 매력적인 머릿속에서 맴돌고 있는 생각들을 상상하는 것만으로 족했다. 어느 순간, 무심코 그에게 시선을 던진 그녀는 그가 열렬하게 자신을 응시하는 걸 보고 수수께끼 같은 짧은 미소로 응답했다. 헥터는 짧은 미소로 그녀의 미소에 답하며 고개를 끄덕였고, 잠시 후 그녀의 표정이 바뀌었다. 그녀는 어리둥절하고 탐색적인 표정으로 눈을 가늘게 뜨며 미간을 찡그렸고, 헥터는 그녀가 자신을 알아봤음을 직감했다. 분명 그 여자는 그의 영화를 본 적이 있었다. 그녀에겐 그의 얼굴이 눈에 익었고, 아직은 그가 누구인지 기억하지 못한다고 해도 답을 찾아내는 데 30초 이상 걸리지 않을 터였다.

지난 3년 동안 이런 일이 여러 번 있었고, 그는 매번 상대방이 질문을 시작하기 전에 용케 빠져나갈 수 있었다. 하지만 그가 다시 그렇게 하려는 순간, 은행이 아수라장이 되었다. 그 젊은 여자는 입구에 가장 가까운 줄에 서 있었는데, 헥터 쪽으로 약간 몸을 돌리고 있었기에 뒤에서 문이 열리고 얼굴에 빨강과 흰색 복면을 쓴 남자가 뛰어드는 걸 알아차리지 못했다. 그 남자는 한 손에는 빈 더플백을, 다른 손에는 장전된 권총을 들고 있었다. 앨머는 그 은행 강도가 다짜고짜 천장에 대고 총을 쐈기에 권총이 장전된 걸 쉽게 알 수 있었다고 했다. "바닥에 엎드려!" 그 남자가 외쳤다. "모두 바닥에 엎드려!" 겁에 질린 고객들이 그의 지시에 따르자 그는 손을 뻗어 바로 앞에 있던 사람을 붙잡았다. 그건 전적으로 배치와 건축적 구조, 지형의 문제였다. 헥터의 왼쪽에 있던 젊은 여자가 입구에서 가장 가까운 사람이었기에 그녀가 붙잡혔고 총이 그녀의 머리에 겨누어졌다. "아무도 움직이지 마." 그 남자가 경고했다. "움직이면 이 여자 머리가 날아갈 거야." 그는 거칠고 폭력적인 동작으로 그녀를 끌어내어 반은 밀고 반은 끌면서 창구 쪽으로 데려갔다. 그는 왼팔로 뒤에서 그녀의 어깨를 감고 꽉 쥔 주먹에 더플백을 쥐고 있었다. 복면 위의 눈은 광기가 번득이고 초점이 없었으며 공포에 차 있었다. 헥터는 무엇을 하겠다는 의식적인 결심을 한 게 아니라 무릎이 바닥에 닿는 순간 자신도 모르게 다시 일어섰다. 그는 영웅이 되려는 의도가 없었고 목숨을 버리려는 의도는 더더욱 없었다. 하지만 그 순간에 느낀 감정이 무엇이었든, 두려움은 아니었다. 어쩌면 분노를 느꼈을 수도 있었고, 그 여자를 위험에 빠뜨릴까 봐 무척 걱정되긴 했지만 자신에 대해서는 두려움이 없었다. 중요한 건 접근 각도였다. 일단 움직이기 시작하면 멈추거나 방향을 바꿀 시간이 없었다. 만일 그 남자에게 전속력으로 돌진하여 오른쪽—더플백 쪽—에서 달려든다면, 그 남자는 여자를 등지고 그에게 총을 겨눌 수밖에 없었다. 그게 자연스러운 반응이었다. 난데없이 야생 동물이 달려들면 그 순간 그 동물 외에 다른 건 잊게 되는 법이니까.

헥터는 거기까지만 이야기할 수 있었다고 앨머는 말했다. 그는 그 남자에게 돌진하기 시작한 그 순간까지 일어난 일들에 대해서는 이야기할 수 있었지만, 총이 발사되는 소리를 들은 기억도, 총알이 그의 가슴을 뚫고 그를 바닥에 쓰러뜨린 기억도, 프리다가 그 남자에게서 빠져나오는 모습을 본 기억도 없었다. 프리다는 헥터보다는 그 사건을 더 잘 볼 수 있는 상태였지만, 그 남자의 팔에서 빠져나오느라 정신이 없어서 그 후에 일어난 사건들을 많이 놓쳤다. 그녀는 헥터가 바닥에 쓰러지고 그의 코트에 난 구멍에서 피가 솟구치는 건 보았으나, 강도가 도망치는 건 보지 못했다. 그 총소리가 귓속에서 메아리치고 주위 사람들이 비명을 지르며 울부짖는 통에 그녀는 은행 경비원이 그 남자의 등에 쏜 세 발의 총성은 듣지 못했다.

그러나 둘 다 그 날짜는 확실히 기억했다. 그 날짜는 그들의 기억에 깊이 새겨졌고, 앨머는 『샌더스키 이브닝 헤럴드』와 클리블랜드의 『플레인 딜러』, 그리고 폐간되었거나 남아 있는 다른 몇 군데 지역 신문들의 마이크로필름 보관소를 방문하여 나머지 이야기를 스스로 꿰어 맞출 수 있었다. "컬럼버스 애비뉴의 유혈극" "은행 강도 총격전 중 사망" "영웅, 병원으로 긴급 이송" 같은 헤드라인들을 읽었던 것이다. 헥터를 거의 죽일 뻔한 남자는 대릴 녹스, 일명 미치광이 녹스로, 나이는 27세, 전직 자동차 정비공이었고, 연이은 은행 강도 및 무장 강도 사건으로 네 개의 주에서 수배 중이었다. 기자들은 모두 녹스의 죽음을 반기며 그가 문 밖으로 빠져나가려는 순간 결정적인 한 방을 날린 경비원의 훌륭한 총 솜씨에 특별히 주목했지만, 그들이 가장 관심을 가졌던 건 헥터의 용기로, 그 지역에서 목격된 가장 위대한 용기의 발현이라고 극찬했다. 한 목격자는 이렇게 말했다. "그 여자는 이미 죽은 목숨이었어요. 만일 그 사람이 용감하게 나서지 않았다면, 지금 그 여자가 어떻게 되었을지 상상도 하기 싫어요." 그 여자는 프리다 스펠링, 나이는 22세였고 화가, 최근 버나드대학교 졸업, 샌더스키의 저명한 은행가이자 자선가였던 고(故) 태디어스 P. 스펠링의 딸로 다양하게 소개되었다. 그녀는 기사마다 자신의 생명을 구해준 남자에게 감사를 표했다. 그녀는 그때 자신이 죽을 거라는 생각으로 겁에 질려 있었다고 말했다. 그리고 그가 부상에서 회복되기를 기도한다고 했다.

스펠링가에서 그의 치료비를 모두 부담하겠다고 나섰지만, 처음 72시간 동안은 그가 살아남을 수 있을지 의심스러웠다. 그는 병원에 도착했을 때 의식을 잃은 상태였고, 엄청난 외상과 출혈 후에 쇼크와 감염의 위험을 피하고 살아서 걸어 나갈 가능성은 매우 희박했다. 의사들은 그의 망가진 왼쪽 폐를 들어내고 심장 주변 조직에 박혀 있던 금속 파편들을 제거한 후 다시 봉합했다. 좋든 싫든, 헥터는 결국 몸에 총알을 박아 넣은 셈이었다. 앨머는 그가 그런 일을 의도했다고는 할 수 없겠지만 스스로 할 수 없었던 일을 다른 사람이 대신해준 건 사실이라고 말했다. 얄궂게도 녹스는 그 일을 망쳐버렸다. 헥터는 죽음과 대면했으나 죽지는 않았다. 단지 잠이 들었을 뿐이었고 긴 잠에서 깨어난 후에는 자신이 자살을 원했었다는 사실조차 잊어버렸다. 고통이 너무 심해서 그런 복잡한 생각을 할 겨를이 없었다. 몸이 불구덩이라 이제 그가 할 수 있는 생각이라곤 다음 숨을 어떻게 들이마실지, 불길에 휩싸이지 않고 어떻게 호흡을 이어갈지에 대한 것뿐이었다.

처음에는 그의 신원에 대해 최소한의 정보만 알아낼 수 있었다. 주머니를 뒤지고 지갑 속 내용물을 확인했지만 운전면허증도, 여권도, 어떤 종류의 신분증도 발견되지 않았다. 이름이 적힌 건 시카고 공립도서관 노스 사이드 지점의 회원 카드뿐이었다. 카드에 H. 뢰서라고 적혀 있긴 했으나 주소나 전화번호 같은, 그가 어디에 사는지 알 수 있는 정보는 없었다. 총격 사건 후에 나온 신문 기사들에 따르면, 샌더스키 경찰은 그에 대한 더 많은 정보를 밝혀내기 위해 총력을 기울이고 있었다.

하지만 프리다는 그가 누구인지 알았다―적어도 그녀는 그렇게 생각했다. 뉴욕에서 대학을 다닌 그녀는 19세의 대학 2학년생이었던 1928년에 헥터 만의 코미디 영화 열두 편 중 예닐곱 편을 보았다. 슬랩스틱에 관심이 있어서가 아니라, 본 영화 상영 전 만화와 뉴스영화 시간에 그의 영화들이 다른 영화들과 함께 상영되었기 때문이었다. 그래서 그를 보았을 때 누구인지 알아볼 수 있을 정도로 그의 얼굴이 눈에 익게 된 것이었다. 그녀는 3년 후 은행에서 헥터를 보았을 때 콧수염이 없어서 잠시 헷갈렸다. 그의 얼굴을 알아보긴 했지만 이름이 생각나지 않았는데, 그녀가 이름을 기억해내기 전에 녹스가 뒤에서 달려들어 그녀의 머리에 총을 겨눴다. 그로부터 24시간이 지나서야 다시 그 생각을 할 수 있었고, 죽음의 문턱까지 갔던 것에 대한 공포가 조금씩 가라앉기 시작하자 순식간에 강렬한 확신 속에서 답이 떠올랐다. 그 남자 이름이 뢰서라는 건 중요하지 않았다. 그녀는 1929년 헥터가 실종되었을 때 관련 기사들을 관심 있게 보았고, 그가 대부분의 사람들이 생각하듯 죽지 않았다면 다른 이름으로 살아가고 있을 수밖에 없다고 생각했다. 그가 오하이오주 샌더스키에 나타났다는 게 말이 안 되긴 했지만 사실 세상일 대부분이 말이 안 되는 것들이었고, 물리학 법칙에 따라 세상 모든 사람이 일정한 공간을 차지한다면—즉, 모든 사람은 반드시 어딘가에 존재한다면—그 어딘가가 오하이오 샌더스키가 되지 못할 이유는 없었다. 사흘 후 헥터가 혼수상태에서 깨어나 의사들과 대화를 나누기 시작하자 프리다는 그에게 감사 인사를 전하기 위해 병원으로 찾아갔다. 그는 말을 많이 할 수는 없었지만 단 몇 마디만 들어도 분명한 외국인 억양을 감지할 수 있었다. 그 목소리가 결정적인 증거가 되었고, 그녀는 병원을 떠나기 전에 몸을 숙여 그의 이마에 키스할 때 자신의 생명을 구해 준 사람이 헥터 만임을 추호도 의심하지 않았다.

6

 다행히 착륙은 이륙보다 덜 힘들었다. 나는 착륙할 때도 두려움에 빠져 감상적인 무력감과 정신적 기능장애의 수렁 속에서 허우적거릴 각오를 했지만, 이제 곧 비행기의 하강이 시작될 거라는 기장의 안내를 들었을 때 신기할 정도로 안정되고 침착한 기분을 느꼈다. 위로 올라가는 것과 아래로 내려오는 것, 땅에서 떨어지는 것과 단단한 토대로 돌아오는 것 사이에는 차이가 있기 때문이리란 생각이 들었다. 하나는 작별, 다른 하나는 만남의 인사니까. 어쩌면 시작이 끝보다 더 견딜 만한 것일 테니까. 어쩌면 (아주 단순히) 죽은 자들이 내 몸에서 비명을 지르는 게 하루에 한 번 이상 허용되지 않는다는 사실을 알아차렸던 것이었을 수도 있었다. 나는 앨머를 향해 몸을 돌려 그녀의 팔을 잡았다. 그녀는 이제 막 헥터와 프리다의 로맨스 초기 단계로 접어들어 어느 날 밤 헥터가 감정을 주체하지 못하며 프리다에게 진실을 고백하고 프리다가 그 고백에 대해 놀라운 반응("그 총알이 당신의 죄를 사해줬어요. 당신이 내 삶을 되찾아줬으니, 이제 나도 당신의 삶을 되찾아주겠어요.")을 보인 이야기를 하고 있다가, 내가 팔을 잡자 그 문장을 끝맺지 않고 말을 뚝 끊었다. 그녀는 미소를 지으며 몸을 기울여 내게 키스했다—처음엔 뺨에, 그다음엔 귀에, 그리고 마지막으로 입술에. "그들은 사랑의 불구덩이로 떨어졌죠." 그녀가 말했다. "우리도 조심하지 않으면 똑같은 일을 당하게 될 거예요."

그 말을 들은 것도 차이를 만들었을 것이다—내가 덜 두려워하고, 내면의 붕괴에 덜 가까워지도록 도왔을 것이다. 하지만 결국 내 지난 3년의 역사를 요약하는 두 개의 문장 속 동사가 *떨어지다*였다는 건 얼마나 적절한가. 비행기가 하늘에서 떨어지고, 모든 승객이 목숨을 잃는다. 한 여자가 사랑의 불구덩이로 떨어지고, 한 남자가 그녀와 함께 떨어지고, 비행기가 내려가는 동안 그들 중 어느 누구도 죽음을 생각하지 않는다. 나는 공중에서 비행기가 마지막 선회를 하는 동안 우리 밑에서 땅이 회전하는 모습을 보면서,

앨머가 내게 제2의 삶의 가능성을 주고 있음을 깨달았다. 아직도 내 앞에 무언가가 남아 있었다. 내가 그것을 향해 나아갈 용기만 있다면 말이다. 나는 엔진의 음악에 귀 기울이며 음조의 변화를 들었다. 기내의 소음이 커지고 벽이 흔들리더니 마치 나중에 생각난 것처럼 비행기의 바퀴가 땅에 닿았다.

우리가 다시 움직이기까지는 시간이 조금 걸렸다. 유압식 문이 열리고, 터미널에서 걸어 나가고, 남자 화장실과 여자 화장실에 들르고, 농장에 전화를 걸기 위해 공중전화를 찾고, 티에라 델 수에뇨까지 가는 동안 마실 물을 사고("물을 최대한 많이 마셔요." 앨머가 말했다. "여긴 겉보기와는 달리 고도가 높아요. 탈수증에 걸리면 안 되잖아요."), 장기 주차장에서 앨머의 스바루 스테이션왜건을 찾고, 마지막으로 길을 떠나기 전 주유소에서 기름을 채웠다. 나는 뉴멕시코는 처음이었다. 평소 같았으면 넋을 잃고 풍경을 감상하며 암석층이나 기괴하게 생긴 선인장을 가리키고, 저 산의 이름은 무엇인지, 저 울퉁불퉁한 관목은 무엇인지 물었겠지만, 헥터의 이야기에 너무 몰입해서 풍경에 신경 쓸 겨를이 없었다. 앨머와 나는 북미에서 가장 인상적인 지역을 지나고 있었는데도 마치 불 꺼진 방에 앉아 창문 가리개를 내린 채 이야기하는 듯했다. 나는 그 길을 앞으로 몇 번 더 지나게 되었지만, 처음 지날 때 본 건 거의 기억이 나지 않는다. 앨머의 찌그러진 노란 차를 타고 달리던 기억을 떠올릴 때마다 내 마음에 되살아나는 건 우리의 목소리뿐이다. 그녀의 목소리와 나의 목소리, 나의 목소리와 그녀의 목소리. 그리고 살짝 열린 창문 틈으로 날아들던 공기의 달콤함. 하지만 땅 자체는 보이지 않는다. 분명 그곳에 존재했을 텐데도, 나는 그것을 보긴 했는지 의심스럽다. 혹시 보았다 해도, 이야기에 정신이 팔려 눈에 들어오는 걸 인식하지 못했을 것이다.

앨머는 헥터가 2월 초까지 병원에 입원해 있었다고 말했다. 프리다는 매일 그를 찾아갔고, 의사가 마침내 그에게 퇴원을 허락하자 어머니를 설득해서 헥터가 완전히 회복될 때까지 그들의 집에서 지낼 수 있게 했다. 그는 아직 몸 상태가 좋지 않았다. 건강하게 움직일 수 있기까지 6개월이 더 걸렸다.

"프리다의 어머니는 괜찮다고 했어요? 6개월이면 엄청나게 긴 시간인데."

"무척 기뻐했죠. 프리다는 당시 다루기 힘든 딸이었어요. 1920년대 후반에 성장한 자유분방한 보헤미안 스타일의 여자들 중 하나였던 프리다는 오하이오주 샌더스키에 대해 경멸감밖에 갖고 있지 않았죠. 스펠링 가문은 경제 공황을 겪으면서도 재산의 80퍼센트를 지켰는데, 그건 곧 프리다가 *중서부의 핵심적인 상류층 속물들*이라고 즐겨 부르던 계급에 속해 있다는 뜻이었어요. 그 계급은 고루하고 보수적인 공화당원들과 흐리멍덩한 여자들로 이루어진 좁은 세계였고, 그들의 주된 오락거리는 따분한 컨트리클럽 무도회와 길고 무의미한 만찬이었죠. 프리다는 1년에 한 번 크리스마스에 이를 악물고 억지로 집으로 돌아와 어머니와 오빠 프레더릭(아내와 두 아이와 함께 여전히 그곳에 살고 있는)을 위해 그 지루한 파티들을 견뎠어요. 그리고 1월 2일이나 3일쯤 되면 다시는 돌아오지 않겠다고 다짐하며 뉴욕으로 달려갔죠. 물론 그 해에 그녀는 아무 파티에도 가지 않았지만, 뉴욕으로 돌아가지도 않았어요. 헥터와 사랑에 빠진 거죠. 어머니 입장에서는 프리다가 샌더스키에 남도록 만들어주는 건 무엇이든 좋은 일이었어요."

"그럼 결혼도 반대하지 않았다는 건가요?"

"프리다는 오랫동안 노골적으로 반항하고 있었어요. 총격 사건 하루 전, 그녀는 어머니에게 파리로 떠날 계획이고 다시는 미국 땅을 밟지 않을 거라고 말했죠. 그날 아침 은행에 간 것도 비행기 티켓 살 돈을 인출하기 위해서였어요. 스펠링 부인은 딸의 입에서 결혼이라는 말이 나올 줄은 꿈에도 생각지 못하고 있었어요. 그래서 그녀는 반대하기는커녕, 직접 결혼식을 준비했죠."

"그러니까 결국 헥터의 삶은 샌더스키에서 시작되는군요. 무심코 한 도시 이름을 꾸며대고 거짓말을 늘어놓더니, 결국 그 거짓말을 현실로 만들어버렸네요. 꽤나 기이한 일이군요, 안 그래요? 하임 만델바움이 헥터 만이 되고, 헥터 만이 허먼 뢰서가 되고, 그리고 그다음은? 허먼 뢰서는 또 누구로 변신했죠? 본인도 자신이 누구인지 헷갈리지 않았을까요?"

"그는 다시 헥터로 돌아갔어요. 프리다는 그를 그렇게 불렀어요. 우리 모두 그를 그렇게 불렀고요. 결혼한 후, 헥터는 다시 헥터가 되었어요."

"하지만 헥터 만은 아니었겠죠. 그렇게 무모했을 리가 없잖아요, 안 그래요?"

"헥터 스펠링. 그는 프리다의 성을 따랐어요."

"와아."

"감탄할 것 없어요. 그냥 실용적인 선택이었으니까요. 그는 더 이상 '뢰서'라는 성을 원하지 않았어요. 그 이름은 그의 삶에서 잘못된 모든 것을 상징했으니까. 새로운 이름을 써야 한다면, 사랑하는 여자의 성을 따르지 않을 이유가 어디 있겠어요? 그는 그 결정을 번복한 적도 없었죠. 50년이 넘도록 헥터 스펠링으로 살아왔어요."

"그들은 어떻게 뉴멕시코로 가게 된 거죠?"

"신혼여행으로 서부로 차를 몰고 갔다가 그대로 눌러앉았어요. 헥터는 호흡기에 문제가 많았는데, 건조한 공기가 그의 건강에 좋았거든요."

"그때쯤이면 거기 예술가들이 많이 살았잖아요. 타오스의 메이블 닷지 무리, D. H. 로런스, 조지아 오키프 같은 사람들. 혹시 그것과 관련이 있었나요?"

"전혀요. 헥터와 프리다는 그 주의 다른 지역에 살았어요. 그들을 만난 적도 없어요."

"그들이 거기로 간 게 1932년이에요. 어제 당신은 헥터가 다시 영화를 만들기 시작한 게 1940년이라고 했고요. 그럼 8년이 비는데, 그동안 무슨 일이 있었던 거죠?"

"그들은 4백 에이커의 땅을 샀어요. 당시엔 땅값이 믿을 수 없을 정도로 싸서 몇 천 달러밖에 안 들었을 거예요. 프리다는 부유한 가문 출신이었지만, 자신의 돈은 별로 없었어요. 할머니에게 물려받은 작은 유산이 다였죠. 대략 만에서 만 5천 달러 정도? 그녀의 어머니는 계속 돈을 보내주겠다고 했지만, 프리다는 어머니의 도움을 받으려 하지 않았어요. 너무 자존심이 세고, 고집스럽고, 독립적인 성격이었거든요. 남에게 빌붙어 사는 인간이 되고 싶지 않았던 거죠. 그래서 프리다와 헥터는 집을 지을 때 많은 인부를 고용할 수 있는 형편이 아니었어요. 건축가도, 시공업자도 없었죠. 그럴 돈이 없었으니까요. 다행히도 헥터는 그 일을 할 줄 알았어요. 그는 아버지에게서 목공 기술을 배웠고, 영화 세트도 직접 만들었으니까요. 그런 경험들 덕에 비용을 최소화할 수 있었죠. 그가 직접 집을 설계했고, 그다음에 프리다와 함께 집을 손수 지었다고 할 수 있죠. 아주 단순한 집이었어요. 방 여섯 개짜리 흙벽돌 오두막. 단층 건물이었고, 그들에게 도움을 준 사람이라곤 도시 외곽에 살던 실직한 멕시코인 삼 형제뿐이었어요. 처음 몇 년 동안은 전기도 안 들어왔어요. 물론 물은 있었죠. 물은 꼭 필요했으니까. 하지만 우물을 찾아서 파는 데 두어 달이 걸렸어요. 그게 첫 번째 단계였어요. 그다음엔 집을 지을 부지를 정했죠. 그리고 설계를 마친 후 본격적으로 건축을 시작했어요. 그 모든 과정에 시간이 많이 걸렸어요. 그냥 가서 정착한 게 아니죠. 그곳은 아무것도 없는 황량하고 거친 땅이었고, 모든 걸 처음부터 만들어야 했어요."

"그다음에는? 집이 완성된 후에는 뭘 했어요?"

"프리다는 화가였으니까 다시 그림을 그리기 시작했어요. 헥터는 책도 읽고 일기도 썼지만 주로 나무를 심었어요. 몇 년간 그게 그의 가장 중요한 일이 되었죠. 그는 집 주변 몇 에이커의 땅을 개간한 다음 정교한 지하 관개 파이프를 조금씩 설치했어요. 덕분에 정원을 가꿀 수 있었고, 정원을 만들면서 나무 심기에 몰두했어요. 난 그 나무들을 다 세어본 적은 없지만 적어도 2, 3백 그루는 될 거예요. 미루나무, 노간주나무, 버드나무, 사시나무, 피니언 소나무, 떡갈나무. 원래는 유카나 산쑥 같은 것들밖에 없던 황량한 땅이었어요. 하지만 헥터가 그곳을 작은 숲으로 바꿔놓았죠. 몇 시간 후면 직접 보게 될 거예요. 내게는 세상에서 가장 아름다운 곳 중 하나죠."

"전혀 예상치 못한 일이네요. 원예가 헥터 만이라니."

"그는 행복했어요. 아마도 그의 인생에서 그때보다 행복한 시기는 없었을 거예요. 하지만 그 행복과 함께 야망도 완전히 사라졌죠. 그는 프리다를 돌보고 작은 땅을 가꾸는 데 전념했어요. 지난 몇 년 동안 겪어온 일들을 생각하면, 그것만으로도 충분했죠. 아니, 충분하고도 남았어요. 그는 여전히 속죄하고 있었어요. 당신도 이해가 될 거예요. 단지 이제 더 이상 자신을 파괴하려 하진 않았죠. 심지어 지금도 그는 그 나무들을 자신의 가장 큰 업적이라고 이야기하고 있어요. 자신의 영화보다 낫다고, 자신이 해온 그 어떤 일보다 낫다고."

"돈은 뭘 해서 벌었어요? 그렇게 형편이 어려웠다면 어떻게 생계를 유지한 거죠?"

"프리다는 뉴욕에 친구들이 있었고 그 친구들 대부분이 넓은 인맥을 갖고 있었죠. 그들이 프리다에게 일거리를 소개해줬어요. 아동 도서 삽화, 잡지 일러스트 같은 프리랜서 일이었죠. 많은 돈을 벌진 못했지만 그 덕에 그럭저럭 먹고 살 수는 있었어요."

"프리다가 재능이 있었군요."

"데이비드, 우리는 지금 프리다 이야기를 하고 있는 거예요. 허세나 부릴 줄 아는 상류층 여자가 아니라. 그녀는 재능도 뛰어나고 예술 작업에 대한 열정도 뜨거웠어요. 한번은 나에게 이런 말을 했어요. 자신은 위대한 화가가 될 자질은 없는 것 같다고, 하지만 헥터를 만나지 않았더라면 평생 그것을 이루기 위해 노력했을 거라고. 프리다는 오랫동안 그림을 그리지 않았지만 지금도 그림을 기가 막히게 잘 그려요. 부드럽게 물결치는 선들, 뛰어난 구성 감각. 헥터가 다시 영화를 만들기 시작했을 때, 프리다는 스토리보드를 그리고 세트와 의상 디자인을 맡으면서 영화의 전반적인 스타일을 정립하는 데 도움을 주었어요. 그녀는 그 모든 과정의 핵심적인 존재였죠."

"난 여전히 이해가 안 돼요. 그들은 사막 한가운데서 최소한의 삶을 살고 있었잖아요. 그런데 어떻게 영화를 만들 돈을 마련한 거죠?"

"프리다의 어머니가 돌아가셨어요. 유산이 3백만 달러가 넘었죠. 프리다가 그 절반을, 나머지는 오빠 프레더릭이 상속받았죠."

"그걸로 자금에 대한 설명은 된 거네요. 안 그래요?"

"당시에는 엄청난 거금이었죠."

"지금도 엄청난 돈이죠. 하지만 돈 말고 다른 이유도 있었을 거예요. 헥터는 다시는 영화 일을 하지 않겠다고 맹세했잖아요. 당신이 몇 시간 전에 그렇게 말했는데, 갑자기 그가 다시 영화를 만들기 시작했다니. 그가 마음을 바꾼 이유가 뭐죠?"

"프리다와 헥터에게 아들이 있었어요. 태디어스 스펠링 2세. 프리다의 아버지 이름을 땄죠. 애칭이 많았어요. 태디, 태드, 태드폴. 그 아이는 1935년에 태어나서 1938년에 죽었어요. 어느 날 아침, 정원에서 벌에 쏘였어요. 아이는 몸이 심하게 부어오른 채 땅에 쓰러진 상태로 발견되었고, 50킬로미터 떨어진 병원으로 급히 데려갔지만 이미 숨을 거둔 후였어요. 그들이 얼마나 충격이 컸을지 상상해봐요."

"상상이 되네요. 내가 상상할 수 있는 일이 하나 있다면 바로 그거죠."

"미안해요. 바보같이 그런 말을 하다니."

"미안해하지 마요. 당신 말을 잘 안다는 뜻이니까. 그 상황을 이해하는 데 굳이 복잡하게 머리를 쓸 필요가 없죠. 태드와 토드. 이보다 가까울 수가 없잖아요, 안 그래요?"

"그래도……."

"그래도는 무슨. 그냥 계속 이야기해요."

"헥터는 완전히 무너졌어요. 몇 달이 지나갔지만, 그는 아무것도 하지 않았어요. 집 안에만 틀어박혀 앉아 있거나, 침실 창밖 하늘을 바라보거나, 자신의 손등을 들여다보며 시간을 보냈어요. 물론 프리다도 힘든 시간을 보내지 않은 건 아니었지만 헥터는 그녀보다 훨씬 더 약했고, 심각한 무방비 상태였죠. 프리다는 강한 사람이라 아들의 죽음이 단순한 사고였고 아들이 벌 알레르기 때문에 죽었다는 걸 알았지만, 헥터는 그걸 신의 징벌이라고 여겼어요. 그동안 그는 너무 행복했으니까. 분에 넘치는 삶을 누렸으니까. 그래서 운명이 그에게 본때를 보인 거라고 믿었죠."

"영화를 만들자는 건 프리다의 아이디어였겠죠? 유산을 상속받은 후, 헥터에게 다시 일을 시작해보라고 설득한 거군요."

"그렇다고 볼 수 있죠. 그는 신경쇠약에 걸리기 직전이었고, 프리다는 자신이 개입해서 뭔가 조치를 취해야 한다는 걸 알고 있었어요. 단순히 헥터를 구하기 위해서만은 아니었어요. 가정을 지키고 그녀 자신의 삶을 지키기 위해서

이기도 했죠."

"그리고 헥터도 동의했군요."

"처음에는 아니었어요. 하지만 프리다가 떠나겠다고 위협하자 결국 굴복했죠. 그래도 마지못해 억지로 시작한 건 아니었어요. 그도 다시 영화 일을 시작하기를 간절히 원했어요. 헥터는 10년 동안 카메라 앵글, 조명 세팅, 스토리 구상에 대한 꿈을 꾸며 살아왔었죠. 그것이야말로 그가 진정으로 원하는 일, 세상에서 유일하게 의미 있다고 느끼는 일이었어요."

"절대 영화를 만들지 않겠다는 약속은 어쩌고요? 그 약속을 깨는 걸 어떻게 정당화했죠? 당신이 지금까지 내게 말해준 그가 어떻게 그럴 수 있었는지 모르겠어요."

"세세하게 따지면서 타협했죠. 그리고 악마와 계약을 맺었어요. 숲에서 나무가 쓰러졌는데 아무도 그 소리를 듣지 못했다면, 소리가 난 걸까 안 난 걸까? 헥터는 그때까지 책을 많이 읽어서 철학자들의 온갖 속임수와 주장을 꿰고 있었어요. 어떤 사람이 영화를 만들었는데 아무도 보지 못했다면, 그 영화는 존재하는 걸까, 존재하지 않는 걸까? 그는 그런 논리로 자신을 설득했어요. 관객들에게 공개되지 않을 영화를 만들기로 한 거죠. 오직 영화를 만드는 기쁨을 위해서. 그건 기막힌 허무주의적 행위였지만, 그는 그 조건을 충실하게 지켰어요. 당신이 어떤 일을 아주 잘하는데, 세상이 당신의 작품을 보면 당신에게 경외감을 느끼게 될 정도로 뛰어난데, 당신은 그걸 세상에 비밀로 하는 거예요. 헥터가 한 일을 하기 위해선 엄청난 집중력과 엄격함이 필요했고─약간의 광기도 필요했어요. 헥터와 프리다는 둘 다 조금은 미쳤을지도 몰라요. 하지만 그들은 경이로운 일을 해냈어요. 에밀리 디킨슨은 무명인 상태에서 시를 썼지만 그 시들을 출간하려고 애썼죠. 반 고흐도 자신의 그림을 팔려고 했고요. 내가 아는 한, 헥터는 나중에 파괴하겠다는 의식적이고 계획적인 의도를 갖고 작품을 만든 최초의 예술가예요. 물론 카프카도 막스 브로트에게 원고를 불태우라고 했지만, 결국 브로트는 결정적인 순간이 오자 그렇게 하지 못했죠. 하지만 프리다는 할 거예요. 그건 확실해요. 헥터가 죽고 나면, 그의 영화들을 정원으로 가져가서 전부 태워버릴 거예요─원본 필름이며 상영용 필름이며 전부 다. 내가 장담해요. 당신과 나는 유일한 목격자가 될 거예요."

"영화가 몇 편이나 되죠?"

"열네 편이에요. 상영 시간이 90분 정도 되는 긴 영화가 열한 편이고, 나머지 세 편은 한 시간 미만의 길이죠."

"그가 계속해서 코미디를 만들지는 않았을 것 같은데, 안 그래요?"

"〈반(反)세계에서 온 보고서〉〈메리 화이트의 발라드〉〈기록실 여행〉〈스탠딩 록에서의 매복〉. 일부 영화들 제목이에요. 별로 웃길 것 같진 않죠?"

"그래요, 전형적인 코미디물 같지는 않네요. 하지만 너무 암울하지는 않았으면 좋겠네요."

"그 말을 어떻게 정의하느냐에 따라 다르겠죠. 내가 보기엔 암울하진 않아요. 진지한 건 맞고, 종종 꽤 기묘한 면은 있지만 암울하진 않아요."

"기묘하다는 건 어떻게 정의되죠?"

"헥터의 영화들은 지극히 내밀하고, 현실적이고, 화려함과는 거리가 멀어요. 하지만 그 안에는 늘 환상적인 요소, 기묘한 시적 감성이 깔려 있죠. 그는 많은 규칙을 깨뜨렸어요. 영화감독이 해서는 안 되는 일들을 했죠."

"어떤 일들요?"

"예를 들면, 내레이션을 넣는 거요. 영화에서 내레이션은 단점으로 간주되곤 해요. 영상이 제 역할을 못하고 있다는 표시가 되니까요. 하지만 헥터는 여러 영화에서 내레이션에 많이 의존했어요. 그중에 〈빛의 역사〉라는 영화는 대사가 한마디도 없어요. 처음부터 끝까지 내레이션뿐이죠."

"또 어떤 잘못을 했죠? 의도적인 잘못 말이에요."

"그는 상업적인 영화계에서 벗어나 있었기 때문에 아무

제약 없이 작업할 수 있었어요. 헥터는 그런 자유를 이용해 다른 감독들이—특히 1940년대와 1950년대에—손댈 수 없었던 것들을 탐구했어요. 나체, 현실적인 섹스, 출산, 소변과 대변 장면까지요. 이런 장면들은 처음에는 좀 충격적이지만 그 충격은 금세 가시죠. 사실 우리 삶의 자연스러운 일부인데 영화로 보는 건 익숙하지 않기 때문에 몇 초간 긴장하고 주목하는 거죠. 헥터는 그런 걸 갖고 법석을 떨지 않았어요. 그의 작품에서 무엇이 가능한지 알게 되면 이른바 금기나 노골적인 묘사는 전체적인 이야기 구조에 자연스럽게 녹아들죠. 어떤 의미에서는 그런 장면들이 그에겐 보호 장치이기도 했어요. 혹시 누가 필름을 몰래 빼돌릴 수도 있으니까. 그는 절대로 개봉될 수 없는 영화를 만들어야만 했어요."

"당신의 부모님도 그 일에 동참했고요."

"자기 손으로 직접 영화를 만들어야 했으니까요. 헥터는 각본과 연출, 편집까지 맡았죠. 우리 아버지는 조명과 촬영 담당이었고요. 촬영이 끝나면, 아버지와 어머니가 현상소 작업을 도맡았어요. 필름 현상, 원본 편집, 사운드 믹싱. 최종 필름이 완성될 때까지 모든 과정에 참여했죠."

"그 농장에서요?"

"헥터와 프리다는 그 농장을 작은 영화 스튜디오로 개조했어요. 1939년 5월에 공사를 시작해서 1940년 3월에 마무리했죠. 그 결과 하나의 독립적인 우주, 개인 영화 제작소가 탄생했어요. 한 건물에 이중 방음 스튜디오와 목공소, 재봉실, 분장실, 세트와 의상을 보관하는 별도의 공간이 있었어요. 또 다른 건물은 촬영 후의 후반 작업을 위한 공간이었죠. 필름을 외부 현상소로 보내는 모험을 걸 수 없었기 때문에 자체 현상소를 만들었어요. 현상소가 그 건물의 반을 차지했고 나머지 반은 편집실과 상영실이었어요. 지하에는 원본 필름과 상영용 필름을 보관하는 저장고가 있었고요."

"모든 장비를 갖추려면 적지 않은 비용이 들었겠네요."

"스튜디오를 만드는 비용만 15만 달러 이상이 들었어요. 하지만 그 정도는 감당할 수 있었고, 대부분의 장비는 한 번만 샀죠. 카메라는 몇 대 마련했지만, 편집 기계는 한 대만 들여놓고 영사기 한 쌍, 광프린터 한 대를 샀어요. 필요한 장비를 갖춘 후에는 예산을 엄격하게 관리하면서 작업했어요. 프리다의 유산에서 이자가 나왔고, 원금은 되도록 헐지 않으려고 노력했어요. 작업은 소규모로 이루어졌어요. 돈을 아껴서 오래 유지하려면 그럴 수밖에 없었죠."

"프리다는 세트와 의상을 담당했나요?"

"다른 일도 했죠. 헥터의 편집 보조도 했고, 촬영이 진행될 때는 다양한 역할을 맡았어요. 스크립터, 마이크 담당, 카메라 렌즈 초점 조절 담당—그때그때 필요한 일을 했죠."

"당신의 어머니는요?"

"우리 어머니, 나의 아름답고 사랑스러운 페이. 그분은 배우였어요. 1945년에 헥터의 영화에 출연하기 위해 농장에 왔다가 아버지와 사랑에 빠졌죠. 당시 어머니는 겨우 이십대 초반이었어요. 그 후로 그들이 만든 모든 영화에 출연했고, 대부분 여주인공 역할을 맡았어요. 하지만 다른 일들도 도왔죠. 의상 바느질, 배경 페인트칠, 헥터가 쓴 대본 검토, 그리고 현상소에서 아버지를 도왔어요. 그건 모험과도 같았죠. 거기선 한 가지 일만 하는 사람은 없었어요. 모두가 같이 참여했고 모두가 믿을 수 없을 만큼 긴 시간을 바쳤죠. 몇 달씩 고된 사전 준비 작업에 매달려야 했고, 후반 작업도 몇 달이 걸렸어요. 영화 제작은 느리고 복잡한 일인 데다 너무도 적은 인원으로 그 많은 일들을 해내야 했기 때문에 진척이 더딜 수밖에 없었죠. 영화 한 편을 완성하는 데 거의 2년이 걸렸어요."

"헥터와 프리다가 그곳에서 살기를 원했던 건 이해가 돼요. 아니, 어느 정도는 이해할 수 있을 것 같아요. 이해해보려고 애쓰고 있어요. 하지만 당신의 부모님에 대해선 잘 이해가 안 가네요. 찰리 그런드는 재능 있는 촬영감독이었어요. 그의 작품을 연구해봤어요. 그가 1928년에 헥터와 함께 어떤 성과를 냈는지 알고 있어요. 그래서 그가 할리우드 경력을 포기한 게 납득이 안 돼요."

"아버지는 당시 막 이혼한 상태였어요. 서른다섯을 지나 서른여섯이 코앞이었는데, 아직 할리우드에서 일류 촬영감독의 반열에 오르지 못하고 있었어요. 15년 동안 영화 일을 했지만, B급 영화만 맡았어요. 서부극, 보스턴 블래키 시리즈, 아동 연속극 같은 것들. 일이 없을 때도 많았고요. 아버지는 재능은 정말 뛰어났지만 조용한 사람이었어요. 그리고 어쩐지 편안해 보이지 않는 사람이었고, 내성적인 성격 때문에 오만하다는 오해를 받을 때도 많았죠. 그래서 좋은 일자리를 계속 놓쳤고, 그렇게 시간이 지나다 보니 부정적인 영향을 받아 점점 자신감을 잃어갔어요. 첫 아내가 떠났을 때, 아버지는 몇 달 동안 지옥을 헤맸어요. 술을 너무 많이 마시고, 자기 연민에 빠지고, 일도 제대로 못했죠. 바로 그때 헥터에게 전화가 온 거예요. 절망의 구렁텅이에 빠져 있을 때."

"그렇다고 해도 왜 헥터의 제안을 받아들였는지 이해가 안 돼요. 사람들이 봐주기를 원하지 않으면서 영화를 만드는 사람은 없어요. 그건 말이 안 돼요. 그럼 카메라에 필름을 넣는 게 무슨 의미가 있어요?"

"아버진 개의치 않았어요. 믿기 힘든 말이란 건 알지만, 아버지에게 중요한 건 일 그 자체였어요. 결과는 부차적인 것이었고 거의 중요하지 않았어요. 영화계엔 그런 사람들이 많아요—특히 현장에서 일하는 블루칼라 일꾼들, 미숙련 노동자들. 그들은 문제를 해결하는 걸 즐겨요. 장비를 만지고 그걸로 무언가를 해내는 걸 좋아하죠. 그건 예술이나 아이디어와는 상관없어요. 단지 무엇인가를 작업하고, 그것이 제대로 나오는 것을 즐기는 거죠. 아버지는 영화업에서 부침을 겪었지만 영화를 잘 만들었고, 헥터는 그에게 흥행 걱정 없이 영화를 만들 기회를 줬어요. 다른 사람이 불렀다면 안 왔을지도 모르죠. 하지만 아버진 헥터에게 애정이 많았어요. 헥터와 칼레이도스코프에서 함께 일하던 때가 제일 행복했다고 입버릇처럼 말했죠."

"헥터의 전화를 받고 무척 놀랐겠네요. 세월이 10년이 넘게 흘렀는데, 죽은 줄 알았던 사람한테 갑자기 전화가 왔으니."

"누가 장난을 치는 거라고 생각했대요. 그게 아니면 유령이 전화를 걸었다는 이야기인데, 아버진 유령을 믿지 않았기 때문에 헥터에게 꺼지라고 말하고 전화를 끊어버렸대요. 헥터가 세 번이나 더 전화한 후에야 아버지는 받아들였어요."

"그게 언제였죠?"

"1939년 말이었어요. 11월인가 12월, 독일군이 폴란드를 침공한 직후였죠. 2월 초쯤엔 농장에서 살게 되었고요. 그 무렵 헥터와 프리다의 새집이 완공됐고, 아버진 그들이 처음 지은 작은 오두막으로 들어갔죠. 나는 어렸을 때 부모님과 그 집에서 살았고, 지금도 거기 살고 있어요. 그 방 여섯 개짜리 흙벽돌 오두막에서요. 헥터의 나무 그늘 아래에서 나의 미친 책, 끝도 없는 책을 쓰면서요."

"그런데 농장에 다른 사람들은 어떻게 온 거죠? 배우들을 불러왔다고 했잖아요. 당신 아버지도 기술적인 도움이 필요했을 테고. 네 사람만으로 영화를 만들 수는 없잖아요. 그건 나 같은 사람도 알아요. 영화 제작 사전 작업과 후반 작업은 그 인원으로도 할 수 있겠지만, 실제 제작은 불가능하죠. 그리고 일단 밖에서 사람들이 들어오면 비밀이 새어 나가는 걸 어떻게 피하죠? 어떻게 그들 입을 막을 수 있죠?"

"그들에겐 고용주가 따로 있다고 말했어요. 멕시코시티의 괴짜 백만장자가 영화를 너무 사랑한 나머지 미국 황무지에 전용 스튜디오를 짓고 그만을 위한 영화—그 사람 말고는 아무에게도 보여주지 않을 영화—를 만들도록 의뢰했다고요. 그렇게 꾸며댔어요. 영화 일을 하러 블루 스톤 농장에 오는 사람은 단 한 명의 관객이 볼 영화를 만들게 될 거란 걸 알고 있었죠."

"말도 안 돼요."

"그럴지도 모르죠. 하지만 그걸 받아들인 사람들이 꽤 있었죠."

"그런 말을 믿으려면 정말 절박해야 할 텐데."

"배우들 별로 안 만나봤죠? 배우들은 세상에서 가장 절박한 사람들이에요. 90퍼센트가 실업 상태죠. 출연료만 잘 주면 많은 걸 따지지 않아요. 그들이 원하는 건 일할 기회니까요. 헥터는 유명 배우를 구하려고 하지 않았어요. 그는 유능한 전문가들을 원했고, 애초에 출연진이 적은 각본을 썼기 때문에—때로는 두세 명이면 됐죠—배우를 구하기가 어렵진 않았어요. 한 영화를 끝내고 다음 영화를 시작할 때쯤이면 새 배우들을 고를 수 있었죠. 헥터는 우리 어머니를 제외하곤 같은 배우를 두 번 이상 쓰지 않았어요."

"좋아요, 다른 사람들 이야기는 그 정도로 끝내죠. 당신은요? 당신은 언제 헥터 만이라는 이름을 처음 들었죠? 그를 헥터 스펠링으로 알고 있었잖아요. 헥터 스펠링과 헥터 만이 같은 사람이라는 걸 몇 살 때 알게 됐죠?"

"처음부터 알고 있었어요. 농장에 칼레이도스코프 영화 전편이 소장되어 있었고, 난 어렸을 때 그 영화들을 50번은 봤을 거예요. 글을 읽을 줄 알게 되면서 헥터가 스펠링이 아니라 만이라는 걸 알게 됐죠. 아버지에게 물었더니 헥터가 젊었을 때 예명을 썼다고 했어요. 이제 연기를 하지 않게 되어 그 이름을 안 쓴다고. 나에겐 아주 그럴듯한 설명으로 들렸어요."

"난 그 필름들이 다 없어진 줄 알았어요."

"하마터면 그럴 뻔했죠. 당연히 그렇게 되었어야 했고요. 하지만 헌트가 파산을 선언하기 직전, 집행관들이 와서 그의 재산을 압류하고 문에 자물쇠를 채우기 하루 이틀 전에, 헥터와 아버지는 칼레이도스코프 사무실에 몰래 들어가서 필름들을 훔쳤어요. 원본은 거기 없었지만, 열두 편의 코미디 영화 상영본을 모두 가지고 나왔죠. 헥터는 그것들을 안전하게 보관하기 위해 아버지에게 맡겼고, 두 달 후 종적을 감췄어요. 아버진 1940년에 농장으로 이사하면서 그 필름들을 가져갔죠."

"헥터는 그때 감회가 어땠을까요?"

"무슨 말인지 잘 모르겠네요. 그가 어떤 감회를 느꼈어야 했죠?"

"내가 당신한테 묻고 있는 거잖아요. 기뻤을까요, 아니면 그 반대였을까요?"

"기뻤죠. 당연히 기뻤죠. 그는 그 단편영화들을 자랑스러워했고, 다시 손에 넣게 된 걸 기뻐했어요."

"그런데 왜 그렇게 오랫동안 기다렸다가 그것들을 세상에 다시 내보낸 거죠?"

"그 일을 한 사람이 헥터였다고 생각하는 이유가 뭐죠?"

"글쎄요, 그냥 추측으로……."

"당신이 알고 있을 줄 알았어요. 그건 나였어요. 내가 한 거예요."

"그럴 줄 알았어요."

"그런데 왜 아무 말도 안 했어요?"

"나한테 그럴 권리가 있다고 생각하지 않았어요. 비밀일 수도 있으니까."

"데이비드, 난 당신에게 아무 비밀도 없어요. 내가 아는 모든 걸 당신도 알기를 원해요. 모르겠어요? 나는 무작정 그 필름들을 보냈고, 당신이 발견했어요. 그것들을 모두 발견한 사람은 세상에서 당신 하나뿐이었죠. 그럼 우린 오랜 친구가 되는 거죠, 안 그래요? 어제까지 서로 만난 적은 없었지만 수년간 함께 일해왔으니까요."

"당신은 정말 대단한 묘기를 부렸어요. 나는 가는 데마다 큐레이터와 이야기를 나눴는데, 필름을 보낸 사람이 누구인지 아는 사람이 단 한 명도 없었어요. 캘리포니아에서 퍼시픽 필름 아카이브 소장 톰 러디와 점심을 먹었어요. 헥터 만의 비밀 상자를 마지막으로 받은 곳이었죠. 그들이 상자를 받았을 무렵엔 당신이 그 일을 시작한 지 몇 년이 지나서 소문이 퍼져 있었어요. 톰은 상자를 열어보지도 않았다고 했어요. 바로 FBI에 보내서 지문 검사를 했는데 상자 안에 지문이 없었대요—단 하나도. 당신은 흔적을 남기지 않은 거죠."

"장갑을 꼈으니까요. 비밀을 지키려면, 그런 사소한 부분까지 실수가 없도록 만전을 기해야죠."

"앨머, 당신은 영리한 여자예요."

"물론 영리하죠. 난 이 차 안에서 제일 영리한 여자예요. 내 말이 틀렸다는 걸 어디 증명해봐요."

"하지만 헥터 몰래 일을 진행한 걸 어떻게 정당화할 수 있었죠? 그건 그가 결정할 일이었잖아요. 당신이 아니라."

"먼저 헥터에게 말했어요. 내 아이디어이긴 했지만, 그가 청신호를 보낸 후에야 진행했어요."

"그가 뭐라고 하던가요?"

"어깨를 으쓱했어요. 그러더니 살짝 미소를 지었죠. 그러곤 이렇게 말했어요. '난 상관없어. 네가 원하는 대로 해, 앨머.'"

"그러니까 막지는 않았지만 도와주지도 않았군요. 아무런 행동도 하지 않았군요."

"그건 1981년 11월, 거의 7년 전 일이었어요. 난 어머니 장례식을 치르러 농장으로 막 돌아온 참이었고, 우리 모두에게 힘든 시기였어요. 마치 끝의 시작 같았죠. 난 그걸 잘 받아들이지 못했어요. 인정해요. 어머니는 쉰아홉밖에 안 된 나이에 땅에 묻혔고, 난 그걸 받아들일 준비가 되어 있지 않았어요. 박살. 그 말밖에 안 떠오르네요. 사람을 박살내는 슬픔. 내 안의 모든 것들이 먼지로 변해버린 것 같았죠. 그때쯤 농장 식구들은 너무 늙어 있었어요. 고개를 들어보니 그들의 인생도, 그 거대한 실험도 종말을 앞두고 있었어요. 아버지는 80세, 헥터는 81세였고, 다음번에 고개를 들어보면 그들 모두가 세상에 없을 거라는 생각이 들었죠. 그 일은 내게 엄청난 영향을 미쳤어요. 나는 매일 아침 상영실에 들어가 어머니의 영화들을 보며 실컷 울다가 날이 어두워진 뒤에야 나왔어요. 그렇게 2주를 보낸 후, 집으로 돌아가기로 결정했어요. 그때 나는 LA에 살고 있었어요. 독립제작사에서 일하고 있었는데 직장에서 복귀해달라고 했어요. 그래서 갈 준비를 마친 상태였어요. 이미 항공사에 전화해서 비행기표도 예약해뒀는데, 마지막 순간에—말 그대로 농장에서의 마지막 밤에—헥터가 나에게 남아달라고 부탁했어요."

"그가 이유를 말했어요?"

"이야기할 준비가 되었다고, 자신을 도와줄 사람이 필요하다고 했어요. 혼자서는 할 수 없다고."

"그러니까 그 책이 그의 아이디어였다는 건가요?"

"모든 게 그에게서 나왔죠. 나 혼자서는 절대 그런 생각을 하지 못했을 거예요. 그런 생각을 했다고 해도 그에게 그런 이야기를 꺼내지 못했을 거고요. 감히 그럴 엄두를 내지 못했을 거예요."

"그가 용기를 잃었군요. 그것만이 설명이 될 수 있어요. 용기를 잃었거나 노쇠해졌거나."

"나도 그렇게 생각했어요. 하지만 그 생각은 틀렸고, 지금 당신 생각도 틀렸어요. 헥터는 나 때문에 마음을 바꾼 거예요. 헥터는 내가 진실을 알 권리가 있다고 말했어요. 그리고 그곳에 머물며 그의 이야기를 들어준다면 모든 이야기를 들려주겠다고 약속했어요."

"좋아요, 그건 이해할 수 있어요. 당신도 그 가족의 일원이고 이제 어른이 되었으니 가족의 비밀을 알 자격이 있어요. 그런데 사적인 고백이 어떻게 책으로 바뀐 거죠? 헥터가 당신에게 비밀을 털어놓은 것까진 그럴 수 있다 쳐도 책은 세상이 보는 거예요. 그가 세상에 자신의 이야기를 하는 순간 그의 삶은 의미를 잃게 돼요."

"출간될 때 그가 살아 있다면요. 하지만 그는 살아 있지 않을 거예요. 나는 그가 죽을 때까지 그걸 아무에게도 보여주지 않기로 약속했어요. 그는 진실을 말해주겠다고 약속했고, 나는 그걸 약속했어요."

"그가 당신을 이용하고 있을지도 모른다는 생각은 안 해봤어요? 당신이 책을 쓰면, 그래요, 모든 일이 잘 풀린다면 그건 중요한 책으로 인정받을 수도 있겠죠. 하지만 그러면 헥터는 당신 덕분에 살아남게 되는 거예요. 그의 영화들 때문이 아니라—그 영화들은 더 이상 존재하지 않게 될 테니까—당신이 그에 대해 쓴 글 때문에."

"그럴 수도 있죠. 뭐든 가능하죠. 하지만 난 그의 동기에는 관심 없어요. 두려움 때문이었을 수도, 허영심이나 마지막 순간의 후회 때문이었을 수도 있지만, 아무튼 그는 내게 진실을 말해줬어요. 중요한 건 그거예요. 데이비드, 진실을 말하는 건 어려운 일이고, 헥터와 난 지난 7년 동안 많은 시간을 함께했어요. 그는 내게 모든 걸 보여줬어요—일기, 편지, 그가 손에 넣을 수 있었던 모든 문서. 난 지금은 책 출간에 대해선 생각조차 하지 않아요. 책이 나오든 안 나오든, 이 책을 쓰는 일은 내 생애 최고의 경험이었어요."

"이 모든 일에 대한 프리다의 입장은요? 두 사람을 도와줬나요, 아닌가요?"

"프리다에겐 힘든 일이었지만, 우리와 함께하려고 최선을 다했어요. 난 프리다가 헥터의 의견에 동의한다고 생각하진 않지만, 아무튼 프리다는 그의 길을 막고 싶어 하지는 않아요. 그건 복잡한 문제예요. 프리다와 관련된 모든 것들이 복잡해요."

"헥터의 옛 영화들을 세상에 내보내기로 결정하기까지 얼마나 걸렸어요?"

"그 결정은 처음에 내려졌어요. 아직 그를 믿어도 되는지 확신이 없어서 그가 나에게 정직한지 시험해보려고 그런 제안을 한 거예요. 만일 그가 거절했다면 아마 난 농장에 남지 않았을 거예요. 그가 뭔가를 희생해서 나에 대한 선의를 입증해야 한다고 생각했어요. 헥터는 그걸 이해했어요. 우린 그것에 대해 많은 이야기를 나누진 않았지만 아무튼 그는 이해했어요. 그래서 그 일을 막지 않았던 거죠."

"하지만 그건 헥터가 당신에게 정직했다는 증거가 될 수 없어요. 당신은 그의 옛 필름들을 다시 유포했어요. 그게 헥터에게 무슨 해가 되죠? 이제 사람들이 그를 기억하게 됐어요. 심지어 버몬트의 한 미친 교수는 그에 관한 책을 쓰기도 했어요. 하지만 그런 것들이 이야기를 바꾸진 않아요."

"그가 무언가에 대해 말해줄 때마다, 난 직접 확인했어요. 부에노스아이레스까지 가보고, 브리지드 오팰런의 유골도 추적하고, 샌더스키 은행 총격 사건에 관한 신문 기사들도 찾아봤어요. 1940, 1950년대에 농장에서 일했던 여남은 명의 배우들과도 이야기를 나눠봤고요. 일치하지 않는 건 전혀 없었어요. 물론 어떤 사람들은 찾을 수 없었고, 또 어떤 사람들은 이미 죽기도 했죠—예를 들어 줄스 블라우스타인이 그랬죠. 실비아 미어스에 관해서는 아직 아무것도 몰라요. 하지만 스포캔에 가서 노라를 만났어요."

"아직 살아 있어요?"

"그럼요. 적어도 3년 전까지는."

"그런데요?"

"1933년에 페러데이라는 남자와 결혼해서 네 자녀를 뒀어요. 그 자녀들에게서 열한 명의 손주가 생겼고, 내가 찾아갔을 때는 손주 한 명이 증손주까지 안겨줄 참이었죠."

"잘됐네요. 내가 왜 이런 말을 하는 건지는 모르겠지만, 그 소식을 들으니 기쁘네요."

"그녀는 15년 동안 4학년을 가르쳤고, 그 후에 교장이 되었어요. 1976년에 은퇴할 때까지 계속 그 자리에 있었고요."

"다시 말해, 노라는 여전히 노라로 남아 있었네요."

"내가 찾아갔을 때 그녀는 칠십대였지만, 헥터가 내게 묘사한 모습 그대로인 것 같았어요."

"허먼 뢰서에 대해서는요? 그녀가 그를 기억하고 있었나요?"

"내가 그의 이름을 말하자 그녀는 울었어요."

"어떻게 울었다는 거죠?"

"그러니까, 눈에 눈물이 가득 고이고, 눈물방울이 뺨을 타고 흘러내렸어요. 그녀는 그렇게 울었어요. 당신과 내가 우는 것과 똑같이. 모든 사람이 우는 것처럼."

"맙소사."

"그녀는 너무 놀라고 당황해서 자리에서 일어나 방을 나갔어요. 그리고 다시 돌아와서 내 손을 잡으며 미안하다고 말했어요. 오래전에 알던 사람이었지만, 한 번도 그를 잊을 수 없었다고. 지난 54년 동안 매일 그를 생각했다고 했어요."

"당신이 꾸며낸 거죠?"

"나는 꾸며내는 짓 안 해요. 나도 직접 거기 가지 않았더라면 믿지 않았을 거예요. 하지만 실제로 있었던 일이에요. 모든 것이 헥터가 말한 그대로였죠. 그가 나에게 거짓말을 한 것 같다는 생각이 들 때도 있었지만 그때마다 그의 말이 진실이었다는 게 밝혀졌어요. 데이비드, 그의 이야기가 도저히 말이 안 되는 건 바로 그것 때문이에요. 그가 나에게 진실을 말했다는 것."

7

그날 밤하늘에는 달이 없었다. 나는 차에서 내려 땅에 발을 디디며 속으로 이렇게 말한 기억이 난다: 앨머는 빨간 립스틱을 바르고 있다. 차는 노란색이다. 그리고 오늘 밤, 하늘에는 달이 없다. 본채 뒤쪽 어둠 속에 선 헥터의 나무들의 윤곽이 어렴풋이 보였다―바람에 흔들리는 거대한 그림자 덩어리들.

『죽은 자의 회고록』은 나무에 대한 구절로 시작한다. 나는 앨머와 함께 현관문으로 다가가며 그 생각이 나서 샤토브리앙의 2천 페이지짜리 책 세 번째 문단을 내가 어떻게 번역했는지 기억을 더듬었다. *Ce lieu me plaît; il a remplacé pour moi les champs paternels*(나는 이곳이 좋다. 이곳은 나에게 아버지의 들판을 대신하는 곳이다)로 시작하여 다음 문장들로 끝난다. *나는 내 나무들에게 애착을 가지고 있다. 그 나무들에 엘레지와 소네트, 그리고 송시를 바쳤다. 내 손으로 돌보지 않은 나무는 한 그루도 없다. 뿌리를 갉아 먹는 벌레를 제거하고, 잎에 달라붙은 애벌레를 떼어냈다. 나는 그 나무들 이름을 다 안다. 마치 자식처럼. 그 나무들은 나의 가족이다. 나는 달리 가족이 없으니 죽을 때 그 나무들 곁에 있고 싶다.*

그날 밤, 나는 그를 만날 거라고 예상하지 못했다. 공항에서 앨머가 전화를 걸었을 때 프리다가 헥터는 우리가 농장에 도착할 때쯤이면 잠들어 있을 거라고 말했던 것이다. 프리다는 그가 아직 버티고는 있지만 내일 아침에나—그때까지 용케 살아 있다면—나와 이야기할 수 있을 거라고 했다.

11년이 지난 지금까지도 나는 그때 만일 문에 다다르기 전에 멈춰서 뒤돌아봤다면 어떻게 되었을지 궁금하다. 그때 내가 앨머의 어깨를 감싸 안고 곧장 집을 향해 걸어가지 않고 잠시 멈춰서 하늘의 다른 쪽을 바라보았다면, 거기 커다란 둥근 달이 우리를 비추고 있는 걸 발견했다면? 그렇다면 그날 밤하늘에 달이 없었다고 말할 수 있을까? 내가 뒤

돌아보지 않았다면, 내가 뒤를 돌아보는 수고를 하지 않았다면, 그렇다면, 그날 밤 달은 없었다. 내가 달을 보지 못했다면 달은 없었던 것이다.

그때 내가 아무런 노력도 하지 않았다는 의미는 아니다. 나는 눈을 뜨고 주위에서 일어나는 모든 것을 포착하려고 애썼다. 하지만 놓친 것들도 분명히 많았을 것이다. 좋든 싫든, 나는 내가 보고 들은 것만을 기록할 수 있으며 보고 듣지 못한 것에 대해선 쓸 수 없다. 이것은 실패의 고백이라기보다는 나의 방법론, 나의 원칙에 대한 선언이다. 만약 내가 달을 보지 못했다면, 그날 밤, 달은 없었던 것이다.

우리가 집에 들어간 지 채 1분도 지나지 않아, 프리다가 나를 2층 헥터 방으로 데려가고 있었다. 그 사이에 나는 집 안을 대충 둘러보고 프리다에 대한 아주 단편적인 첫인상—그녀의 바싹 깎은 은발, 악수할 때의 단단한 손아귀 힘, 그리고 지친 눈빛—을 받은 게 다였고, 내가 그런 자리에서 마땅히 해야 하는 인사말(초대해주셔서 감사합니다, 그분이 좀 나아지셨기를 바랍니다)을 건넬 겨를도 없이 프리다는 헥터가 깨어 있다면서 이렇게 말했다. "지금 당신을 보고 싶어 해요." 그녀가 갑자기 계단을 올라갔고 나는 그녀의 등을 보고 있었다. 집을 관찰할 시간도 없었고—그저 소박하게 꾸며진 커다란 공간이라는 것, 그리고 벽에 많은 스케치들과 그림들(어쩌면 프리다의 작품일 수도, 아닐 수도 있는)이 걸려 있다는 것만 파악할 수 있었을 뿐—현관문을 열어준 믿기 어려운 존재, 너무 몸집이 작아서 앨머가 허리를 구부려 그의 뺨에 입을 맞출 때까지 눈에 들어오지도 않았던 그 남자에 대해 생각할 겨를도 없었다. 프리다는 잠시 후에 등장했는데, 두 여자가 포옹하는 걸 본 기억은 있지만 계단을 오를 때 앨머가 내 옆에 있었는지는 잘 모르겠다. 나는 항상 그 순간의 그녀를 놓쳐버린다. 머릿속에서 그녀를 찾으려 해도 그녀가 어디 있는지 알 수가 없다. 프리다 역시 내가 계단 꼭대기에 이르렀을 때쯤엔 어디론가 자취를 감춘다. 그런 일이 일어났을 리가 만무한데 내 기억에는 늘 그렇게 남아 있다. 헥터의 방에 들어서는 나는, 언제나 홀로다.

나를 가장 놀라게 한 건 그에게 몸이 있다는 단순한 사실이었다. 침대에 누워 있는 헥터를 보기 전까지 그의 존재를 완전히 믿지 못했던 것 같다. 아무튼 앨머나 나 자신의 존재를 믿었던 것처럼, 헬렌이나 심지어 샤토브리앙의 존재를 믿었던 것처럼, 진짜 사람으로 믿지는 않았던 것이다. 나는 헥터가 손과 눈, 손톱, 어깨, 목, 왼쪽 귀를 갖고 있다는 것이, 그가 분명히 실재하며 가상의 존재가 아니라는 것이 몹시도 놀라웠다. 그는 내 머릿속에 너무 오랫동안 존재해 왔기에 다른 곳에 존재할 수 있다는 게 의심스러웠다.

검버섯 핀 야윈 손, 옹이 진 손가락과 툭툭 불거진 굵은 핏줄, 턱 아래 늘어진 살, 반쯤 벌어진 입. 내가 방에 들어갔을 때 그는 이불 위로 팔을 내놓은 채 누워 있었는데, 깨어 있긴 했지만 천장을 바라보며 몽환에 빠진 듯했다. 그러나 그가 나를 향해 고개를 돌렸을 때, 그 눈이 헥터의 눈임을 알 수 있었다. 고랑 진 뺨, 골이 팬 이마, 늘어진 목, 무성한 백발. 그럼에도 나는 헥터의 얼굴을 알아볼 수 있었다. 그가 콧수염을 기르고 흰 양복을 입었던 건 60년 전 일이었지만, 그래도 그는 완전히 사라지지 않은 것이다. 그는 나이를 먹어 몹시도 늙어버렸지만 그의 일부는 여전히 남아 있었다.

"짐머." 그가 말했다. "내 옆에 앉아요, 짐머. 불을 끄고."

목소리가 약하고 가래가 잔뜩 껴서 한숨과 불완전한 발음이 섞인 낮은 웅얼거림을 만들어냈으나, 무슨 말인지 알아들을 수 있을 정도의 크기는 되었다. 내 이름 끝에 붙은 'r' 발음에 약간의 굴림이 있었다. 나는 침대 옆 탁자의 스탠드를 끄면서 스페인어로 대화를 이어가는 것이 그에게 더 편하지 않을까 생각했다. 하지만 불을 끄자 방 한쪽 구석에 또 다른 등—커다란 양피지 갓을 씌운 스탠딩 램프—이 켜져 있고 그 옆 의자에 한 여자가 앉아 있는 게 보였다. 내가 그쪽을 흘끗 본 순간 그녀가 의자에서 일어섰고, 그 바람에 나는 움찔했던 것 같다. 거기 사람이 있어서 놀라기도 했거니와 그녀가 너무 작았기 때문이기도 했다. 아래층에서 문을 열어준 남자처럼 작았다. 둘 다 키가 120센티미터 정도밖에 안 되는 것 같았다. 뒤에서 헥터의 웃음소리(희미한 씨근덕거림, 작은 속삭임 같은 웃음)가 들린 것 같았고, 여자가 말없이 나에게 고개를 끄덕이더니 방을 나갔다.

"저 사람 누구예요?" 내가 물었다.

"놀랄 것 없어요." 헥터가 말했다. "이름은 콘치타. 우리 식구니까."

"못 보고 있다가 갑자기 발견해서요. 그래서 놀랐어요."

"오빠 후안도 여기 살아요. 작은 사람들이지요. 말 못 하는 이상한 작은 사람들. 우리는 그들에게 의지하고 있어요."

"다른 불도 꺼드릴까요?"

"아니, 이게 좋아요. 눈이 부시지 않으니까. 만족해요."

나는 침대 옆 의자에 앉아 되도록 그의 입 가까이로 몸을 기울였다. 방 반대편에서 오는 불빛은 촛불보다도 밝지 못했지만, 헥터의 얼굴을 바라보고 그의 눈을 들여다보기에는 충분했다. 침대 위로 창백한 빛이 감돌았다. 그림자들과 어둠이 섞인 누르스름한 공기였다.

"죽음은 항상 너무 이르게 찾아오지만 난 두렵지 않아요." 헥터가 말했다. "나 같은 인간은 짓밟혀야 하지. 짐머, 와줘서 고마워요. 당신이 올 거라는 기대는 하지 못했어요."

"앨머가 워낙 설득력이 강해서요. 진작 보내셨으면 좋았을 텐데요."

"당신은 나를 뒤흔들어 놓았어요. 처음에는 당신이 한 일을 받아들일 수 없었어요. 하지만 이제는 기쁘게 생각해요."

"전 아무것도 하지 않았는데요."

"책을 썼잖아요. 나는 그 책을 읽고 또 읽었어요. 그리고 나 자신에게 묻고 또 물었어요. 당신이 왜 나를 선택했는지, 당신의 목적이 무엇이었는지."

"당신이 나를 웃게 했어요. 그게 전부였어요. 당신은 내 안의 무언가를 깨뜨렸고, 그 후로 당신은 내가 살아갈 핑계가 되었죠."

"당신 책에는 그런 말이 없던데요. 내 옛날 콧수염 영화들에 경의를 표하긴 했지만 당신 자신에 대한 이야기는 없었어요."

"내 이야기를 하는 게 습관이 되어 있지 않아서요. 그건 불편해서요."

"앨머가 당신의 엄청난 슬픔, 이루 말할 수 없는 고통에 대해 이야기해줬어요. 내가 그 고통을 견디는 데 도움이 되었다면, 그것이 내 평생 가장 큰 선행일지도 모르겠네요."

"죽고 싶었죠. 오늘 오후에 앨머에게 당신의 이야기를 듣고 보니 당신도 그런 처지였던 적이 있었을 것 같군요."

"앨머가 당신에게 그런 이야기를 해줬다니 잘했네요. 나는 우스꽝스러운 인간이에요. 신은 나에게 많은 장난을 쳤고, 당신은 그것들을 많이 알수록 내 영화들을 더 잘 이해하게 될 테니까. 짐머, 당신이 내 영화들에 대해 뭐라고 말할지 기대돼요. 당신의 의견은 나에게 아주 중요해요."

"저는 영화에 대해 아무것도 모릅니다."

"하지만 당신은 다른 이들의 작품을 연구하지요. 나는 그 책들도 읽어봤어요. 당신의 번역, 시인들에 대한 글들. 당신이 랭보 연구에 오랜 시간을 바친 건 결코 우연이 아니에요. 당신은 어떤 걸 저버리는 게 무슨 의미인지 이해하고 있으니까요. 나는 그렇게 생각할 줄 아는 사람을 존경해요. 그래서 당신의 의견이 내게 중요한 거예요."

"하지만 지금까지 당신은 누구의 의견도 필요하지 않았잖아요. 그런데 왜 갑자기 남들이 어떻게 생각하는지가 궁금해진 거죠?"

"왜냐하면 나는 혼자가 아니니까요. 여기에는 다른 사람들도 함께 살고 있고, 내 생각만 할 수는 없어요."

"늘 부인과 함께 작업하셨다고 들었습니다."

"맞아요. 하지만 앨머도 고려해야지요."

"전기(傳記) 때문에요?"

"맞아요, 앨머가 쓰고 있는 책. 그 애 어머니가 세상을 떠난 후, 나는 앨머에게 그 정도는 해줘야 한다고 생각했어요. 앨머는 가진 게 거의 없어요. 그 애에게 삶의 기회를 줄 수 있다면 나의 신념들을 일부 내려놓을 수 있다고 생각했어요. 난 그 애 아버지 노릇을 하기 시작했어요. 내게 일어날 수 있었던 최악의 일은 아니었지요."

"전 찰리 그런드가 앨머의 아버지인 줄 알았습니다만."

"그랬지요. 하지만 나도 그 애 아버지예요. 앨머는 이곳 아이예요. 앨머가 내 삶을 책으로 써낼 수 있다면, 어쩌면 그 애 형편이 잘 풀릴 수도 있어요. 다른 건 몰라도 흥미로운 이야기이긴 하니까. 어리석은 이야기라고 할 수도 있지만 흥미로운 순간들이 없지 않지요."

"그럼 자신에 대해서는 더 이상 신경 쓰지 않는다는 말씀이시군요. 체념하신 거군요."

"나는 단 한 번도 나 자신에 대해 신경 쓴 적이 없어요. 그러니 다른 사람들을 위한 본보기가 된다고 해서 무슨 문제가 되겠어요? 어쩌면 내 이야기가 사람들을 웃게 만들 수도 있겠지요. 그럼 잘된 거지. 다시 사람들을 웃게 만든다면. 짐머, 당신도 웃었잖아요. 어쩌면 다른 사람들도 당신처럼 웃게 될지도 모르지."

이제 막 분위기가 무르익어 대화가 본격적으로 시작되려던 참이었으나 내가 헥터의 마지막 말에 대한 대답을 떠올릴 사이도 없이 프리다가 방으로 들어와 내 어깨에 손을 얹었다.

"이제 그 사람을 쉬게 해주는 게 좋겠어요." 그녀가 말했다. "아침에 다시 이야기 나누세요."

그렇게 대화가 중단되는 건 힘 빠지는 일이었지만 나는 반박할 수 있는 입장이 아니었다. 프리다는 내게 그와의 시간을 고작 5분 정도밖에 주지 않았지만 그 짧은 시간에 헥터는 내 마음을 사로잡았고, 내가 가능하리라 생각했던 것보다 훨씬 더 그를 좋아하게 만들었다. 임종을 앞둔 사람이 그런 위력을 발휘할 수 있다면 전성기 때는 얼마나 대단한 존재였을까.

방에서 나오기 전에 그가 나에게 무슨 말인가 했던 건 아는데, 그게 무슨 말이었는지는 기억이 안 난다. 간단하고 정중한 말이었는데 정확히 뭐라고 했는지 모르겠다. "나중에 다시 이야기해요"나 "짐머, 내일 봅시다" 같은 별 의미 없는 평범한 말이었지만, 그는 아직 자신에게 미래가, 아무리 짧다 하더라도 미래가 있다고 믿었던 것 같다. 내가 의자에서 일어나자 그가 손을 뻗어 내 팔을 잡았다. 그건 또렷이 기억난다. 그의 손이 차가운 갈고리처럼 느껴진 것도 기억나고, 내가 마음속으로 이렇게 생각한 것도 기억난다. 지금 이건 진짜로 일어나고 있는 일이야. 헥터 만은 살아 있고, 그의 손이 지금 내 팔을 잡고 있어. 그리고 그 손의 감촉을 잊지 말자고 다짐했던 기억도 난다. 만일 그가 아침까지 살아남지 못한다면, 그것이 내가 살아 있는 그를 보았다는 유일한 증거가 될 테니까.

처음의 정신없는 몇 분이 지난 뒤, 몇 시간 동안 평온한 분위기가 이어졌다. 프리다는 2층에 남아 내가 헥터와 함께 있을 때 앉았던 의자에 앉아 있었고, 앨머와 나는 아래층 주방으로 내려갔다. 주방은 불이 환히 밝혀진 널찍한 공간으로 돌벽과 벽난로가 있었고, 1960년대 초반에 들여놓은 듯한 낡은 가전제품들이 구비되어 있었다. 나는 그곳이 마음에 들었고, 긴 나무 식탁에 앨머 곁에 앉아 있는 것도 좋았다. 그녀가 내 팔을 만졌는데, 조금 전 헥터의 손이 닿았던 바로 그 자리였다. 두 개의 다른 몸짓, 두 개의 다른 기억—하나가 다른 하나 위에 겹쳐졌다. 내 피부는 스쳐가는 감각들을 간직한 양피지 같았고, 각각의 층들이 내 존재의 흔적을 담고 있었다.

저녁 식사는 따뜻한 음식과 찬 음식이 무작위로 섞여 나왔다. 렌틸콩 수프, 딱딱한 소시지, 치즈, 샐러드, 그리고 적포도주 한 병. 후안과 콘치타, 그러니까 "말 못 하는 이상한 작은 사람들"이 음식을 가져다주었다. 나는 그들이 좀 불편했던 건 부인할 수 없지만, 다른 것들에 정신이 팔려 그들에게 신경 쓸 겨를이 없었다. 앨머는 그들이 쌍둥이고, 열여덟 살 때부터 20년 넘게 헥터와 프리다를 위해 일해왔다고 말했다. 나는 그들의 완벽한 형태를 갖춘 작은 몸과 투박하고 촌스러운 얼굴, 활달한 미소와 노골적인 호의를 눈여겨보았지만, 앨머가 그들과 수화로 대화할 때 그들보다는 앨머에게 더 관심이 쏠렸다. 그녀가 수화에 그렇게 능숙한 것이, 몇 번의 빠른 손짓으로 문장을 만들어내는 것이 흥미롭기도 했거니와 그게 앨머의 손, 내가 보고 싶은 손이기 때문이기도 했다. 어쨌든 밤은 깊어가고 있었고, 우리는 곧 잠자리에 들 터였다. 그때 거기서 벌어지고 있는 다른 모든 일들에도 불구하고, 나는 그 무엇보다도 그것에 대해 생각하고 싶었다.

"멕시코인 삼 형제 기억나요?" 앨머가 물었다.

"처음에 집 짓는 걸 도왔던 사람들이잖아요."

"로페스 형제들. 그 집에는 딸도 네 명 있었는데, 후안과 콘치타는 셋째 누이의 막내 아이들이에요. 로페스 형제들은 헥터의 영화에 쓰인 세트 대부분을 만들었어요. 형제들은 도합 열한 명의 아들을 두었는데, 우리 아버지는 그중 예닐곱 명을 영화 기술자로 훈련시켰죠. 그들이 촬영팀이었어요. 아버지들은 세트를 만들고, 아들들은 필름 담당, 카메라 이

동대 담당, 음향 담당, 소품 담당, 촬영 보조, 조명 보조로 일했죠. 그런 식으로 수년 동안 작업했어요. 나는 어릴 때 후안과 콘치타와 함께 놀았어요. 그들이 내 인생에서 첫 친구들이었죠."

마침내 프리다가 아래층으로 내려와 우리와 함께 식탁에 앉았다. 콘치타는 싱크대에서 접시를 닦고 있었는데(발판 위에 올라서서 일곱 살짜리 몸으로 어른처럼 능숙하게 일했다), 그녀는 프리다가 방에 들어서자 마치 지시를 기다리듯 탐색적인 시선으로 한참 동안 바라보았다. 프리다가 고개를 끄덕이자 콘치타는 접시를 내려놓고 행주로 손의 물기를 닦은 후 주방에서 나갔다. 아무 말도 오가지 않았지만 그녀는 헥터 곁을 지키러 위층으로 올라간 게 분명했다. 그들은 교대로 헥터를 보살피고 있었던 것이다.

내가 알기론 당시 프리다 스펠링은 일흔아홉 살이었다. 앨머에게 그녀 이야기를 들은 터라 나는 강한 사람—무뚝뚝하고 위압적인 여자, 전설적인 인물—과 대면할 준비를 하고 있었는데, 그날 밤 우리와 함께 식탁에 앉은 그녀는 차분하고 말씨도 부드러웠으며 조심스러운 태도를 보였다. 립스틱도 바르지 않은 맨얼굴에 머리 손질도 하지 않았지만 여전히 여성스러웠고, 절제된 영적 아름다움을 지니고 있었다. 그녀를 계속 바라보고 있노라니 정신이 결국 육체를 지배하는 흔치 않은 부류의 사람이라는 생각이 들었다. 이런 사람들은 나이에 무너지지 않는다. 몸은 늙어도 본연의 모습은 변하지 않고, 세월이 흐를수록 더욱 완전하고 확고하게 자신을 구현한다.

"혼란을 드려서 미안합니다, 짐머 교수님." 그녀가 말했다. "힘든 시기에 오셨어요. 헥터가 오늘 아침에 상태가 좋지 않았어요. 하지만 당신과 앨머가 오고 있다고 말해줬더니 안 자고 기다리겠다고 고집을 부렸어요. 너무 무리가 되지 않았으면 좋겠네요."

"그분과 좋은 대화를 나눴습니다." 내가 말했다. "제가 와서 기쁘신 것 같았어요."

"기쁘다는 말은 맞지 않을 수도 있지만, 뭔가 아주 강렬한 감정이었죠. 교수님, 당신은 이 집에 큰 파문을 일으켰어요. 그건 알고 계시겠죠."

내가 뭐라고 대답하기도 전에 앨머가 끼어들어 화제를 돌렸다. "하일러에게 연락했어요?" 그녀가 물었다. "숨소리가 안 좋아요. 어제보다 훨씬 나빠졌어요."

프리다는 한숨을 쉬고 얼굴을 두 손으로 문질렀다. 수면 부족에다 지나친 동요와 걱정으로 녹초가 된 듯했다. "하일러에게 전화 안 할 거야." 그녀가 말했다(앨머보다 자기 자신에게 하는 말처럼 들렸고 이미 여남은 번은 되풀이

했던 다짐을 되새기는 듯했다.) "하일러가 할 말은 뻔하니까. '어서 병원으로 데려가세요.' 하지만 헥터는 병원에 가고 싶어 하지 않아. 병원이라면 신물이 난 거지. 헥터는 나한테 절대 병원에 안 보내겠다고 약속하라고 했고, 난 그에게 약속했어. 앨머, 이제 병원엔 안 가. 그러니 하일러에게 전화해 봐야 무슨 소용이 있겠니?"

"헥터는 폐렴에 걸렸어요." 앨머가 말했다. "그분은 폐가 하나뿐이고, 이제 거의 숨도 못 쉬어요. 그러니까 하일러에게 연락해야 해요."

"헥터는 이 집에서 죽고 싶어 해." 프리다가 말했다. "지난 이틀 동안 매시간 그 말을 반복하고 있고, 난 그 말을 거스르지 않을 거야. 난 그이에게 약속했어."

"프리다가 너무 지쳤다면 제가 운전해서 헥터를 세인트 조셉 병원으로 모셔갈게요." 앨머가 말했다.

"그의 허락 없이는 안 돼." 프리다가 말했다. "그리고 지금 헥터는 자고 있기 때문에 그걸 물어볼 수도 없어. 정 그렇다면 내일 아침에 시도해보자. 하지만 헥터의 허락 없이는 절대 안 돼."

두 여자가 이야기를 나누는 동안 무심코 고개를 든 나는 후안이 스토브 앞 발판 위에 올라서서 프라이팬에 스크램블드에그를 만들고 있는 걸 보았다. 요리가 완성되자 그는 접시에 옮겨 담아 프리다가 앉아 있는 자리로 가져왔다. 푸른색 도자기 위 뜨겁고 노란 달걀 요리에서 김이 피어오르자 마치 요리 냄새가 눈에 보이기라도 하는 듯했다. 프리다는 잠시 그걸 보았지만, 그게 무엇인지 알지 못하는 것 같았다. 그것은 돌무더기일 수도, 외계에서 떨어진 심령체일 수도 있었지만 음식으로는 보이지 않았고, 설령 그것이 음식이라는 것을 인식했다 하더라도 그녀는 그것을 입에 넣을 생각이 없어 보였다. 프리다는 대신 포도주를 한 잔 따랐지만 한 모금 마신 후 잔을 내려놓았다. 그녀는 아주 조심스럽게 잔을 밀어내고는 다른 손으로 달걀도 밀어냈다.

"때가 안 좋네요." 그녀가 내게 말했다. "당신과 이야기하고 싶었는데, 당신을 조금 더 알고 싶었는데, 지금은 그럴 수 없을 것 같아요."

"우리에겐 내일이 있으니까요." 내가 말했다.

"어쩌면요." 그녀가 말했다. "하지만 지금 당장은 지금만 생각하고 있어요."

"프리다, 좀 누우셔야겠어요." 앨머가 말했다. "마지막으로 주무신 게 언제였죠?"

"기억이 안 나. 아마 그제였을 거야. 네가 떠나기 전날 밤."

"제가 돌아왔고 데이비드도 여기 있어요. 모든 걸 혼자 떠맡을 필요 없어요." 앨머가 말했다.

"아냐, 나 혼자 떠맡지 않았어. 작은 사람들이 정말 큰 도움이 됐어. 하지만 난 그이 옆에 있어야 해. 헥터는 이제 너무 약해져서 수화도 할 수 없거든."

"좀 쉬세요, 프리다." 앨머가 말했다. "제가 헥터 곁에 있을게요. 데이비드랑 같이 할 수 있어요."

"네가 오늘 밤 이 집에 함께 있어준다면 한결 마음이 놓일 것 같은데 그래도 괜찮을까? 짐머 교수님은 오두막에 가서 주무셔도 되지만, 넌 나와 위층에 있어주면 좋겠어. 혹시 무슨 일이 생길지도 모르니까. 괜찮겠어? 콘치타에게 큰 게스트룸에 잘 준비를 해놓으라고 했는데."

"괜찮아요." 앨머가 말했다. "하지만 데이비드도 굳이 오두막에서 잘 필요 없어요. 저랑 같이 있어도 돼요."

"오?" 프리다가 전혀 예상치 못했던 듯 깜짝 놀라며 말했다. "그럼 짐머 교수님 의견은 어떠신가요?"

"짐머 교수는 찬성입니다." 내가 말했다.

"오?" 프리다가 다시 말했다. 그녀는 주방에 들어온 이후 처음으로 미소를 지었다. 놀라움과 경이로 가득 찬 멋진 미소였고, 그녀가 앨머와 내 얼굴을 번갈아 보는 동안 그 미소는 더욱 커져갔다. "세상에, 두 사람 정말 빠르군요, 안 그래요? 그걸 누가 예상했겠어요?"

아무도요, 라고 내가 대답하려는데 그 말을 입 밖으로 꺼내기 전에 전화벨이 울렸다. 그건 기이한 방해였고, 프리다의 말이 떨어지기가 무섭게 들려왔기에 마치 그녀의 말에 대한 응답으로 전화가 울린 것 같았다. 그 순간 분위기가 완전히 깨졌고, 프리다의 얼굴에 번지고 있던 환한 미소가 싹 가셨다. 프리다는 자리에서 일어났다. 나는 그녀가 전화기(그녀 오른쪽으로 대여섯 걸음 떨어진, 주방 입구 옆 벽에 걸려 있는)를 향해 걸어가는 모습을 보면서 그 전화의 목적이 그녀에게 미소가 허용되지 않는다는 걸, 죽음의 집에서는 웃어서는 안 된다는 걸 알리기 위함이 아닐까 하는 생각이 문득 들었다. 그건 미친 생각이었지만, 그렇다고 해서 내 직감이 틀렸다는 말은 아니다. 조금 전 나는 "아무도요"라고 말하려던 참이었고, 프리다가 수화기를 들고 누구냐고 물었을 때 수화기 너머에는 아무도 없었다. "여보세요, 누구시죠?" 그녀가 말했다. 아무도 응답하는 사람이 없자 그녀는 다시 물은 뒤 전화를 끊었다. 그녀는 괴로운 표정으로 우리를 향해 돌아섰다. "아무도 아냐." 그녀가 말했다. "빌어먹을, 아무도."

헥터는 몇 시간 뒤, 새벽 3시에서 4시 사이에 숨을 거뒀다. 앨머와 나는 그 일이 일어났을 때 게스트룸 침대에서 나체로 이불을 덮고 잠들어 있었다. 우리는 사랑을 나누고,

이야기를 나누고, 다시 사랑을 나누었다. 그러다 결국 언제 몸이 완전히 지쳐버렸는지는 알 수 없다. 앨머는 이틀 동안 대륙을 두 번 횡단하고 수백 킬로미터를 운전해서 공항을 오갔는데도 후안이 방문을 두드렸을 때 깊은 새벽잠에서 깨어날 수 있었다. 하지만 나는 그러지 못했다. 나는 소음과 소란 속에서도 내쳐 자면서 모든 걸 놓치고 말았다. 수년간 밤마다 불면증에 시달리며 뒤척이다 마침내 곤히 잘 수 있었는데, 공교롭게도 내가 깨어 있었어야 할 바로 그날 밤에 그렇게 된 것이다.

나는 오전 10시가 되어서야 눈을 떴다. 앨머가 침대 가장자리에 앉아 내 뺨을 어루만지며 차분하지만 다급한 목소리로 내 이름을 속삭이고 있었다. 그녀는 내가 잠을 털어내고 베개 위로 몸을 일으킨 후에도 10분에서 15분 동안 그 소식을 알리지 않았다. 먼저 키스를 나누었고, 그다음에는 우리의 감정에 대한 아주 내밀한 대화가 오갔다. 그다음에 그녀는 내게 커피 잔을 건넸고, 내가 잔을 다 비울 때까지 잠자코 기다려주었다. 나는 그녀가 그렇게 할 수 있는 강인함과 절제력을 지녔다는 사실이 늘 존경스러웠다. 그녀는 헥터에 대한 이야기를 바로 꺼내지 않음으로써 우리가 나머지 이야기에 압도당하도록 만들지 않을 것임을 말해주었다. 우리는 이제 막 우리 자신의 이야기를 시작했으며 그녀에겐 그것이 다른 이야기―나를 만나기 전까지의 그녀의 삶 전체였던―만큼이나 중요했다.

그녀는 내가 잠을 깨지 않은 것이 오히려 다행이었다고 말했다. 그 덕에 잠시 혼자만의 시간을 가지며 눈물을 흘릴 수 있었고, 하루가 시작되기 전에 가장 힘든 순간을 넘길 수 있었다는 것이었다. "오늘 힘든 하루가 될 거예요." 그녀가 말을 이었다. "우리 둘 다에게 힘들고 파란만장한 하루가 될 거예요. 프리다는 완전히 전투태세예요. 전방위로 밀어붙이며 최대한 빨리 모든 걸 태울 준비를 하고 있어요."

"우리에겐 24시간이 있는 줄 알았는데." 내가 말했다.

"나도 그렇게 생각했어요. 하지만 프리다는 24시간 *이내*에 끝내야 한대요. 프리다가 떠나기 전에 그 문제로 크게 다퉜어요."

"떠났다고요? 지금 프리다가 농장에 없다는 거예요?"

"믿을 수 없는 장면이었어요. 프리다는 헥터가 숨을 거둔 지 10분 만에 앨버커키의 비스타 베르데 장례식장에 전화를 걸었어요. 최대한 빨리 차를 보내달라고요. 차가 아침 7시에서 7시 반쯤 왔으니, 아마 지금쯤이면 거의 그곳에 도착했을 거예요. 프리다는 오늘 헥터를 화장할 계획이에요."

"그래도 돼요? 먼저 밟아야 할 절차가 많지 않나요?"

"사망진단서만 있으면 돼요. 의사가 시신을 확인하고 자연사했다고 판정하면, 그다음부터는 프리다 마음대로 할 수 있어요."

"애초부터 그럴 생각이었군요. 당신한테 미리 말하지 않았을 뿐."

"기괴한 일이에요. 우리가 상영실에서 헥터의 영화들을 보고 있는 동안 헥터의 몸은 화덕에서 한 무더기의 재로 변하고 있겠죠."

"그리고 프리다가 돌아오면, 필름들도 재가 될 테고."

"우리에겐 몇 시간밖에 남지 않았어요. 그 영화들을 다 볼 시간은 없겠지만, 지금 당장 시작하면 두세 편 정도는 볼 수 있을 거예요."

"많진 않네요, 안 그래요?"

"프리다는 오늘 아침에 그것들도 전부 태우려고 했어요. 그것만은 겨우 설득해서 막을 수 있었죠."

"당신 말을 들으니 프리다가 제정신이 아닌 것 같네요."

"남편이 죽었고, 프리다가 가장 먼저 해야 할 일이 그의 작품을 파괴하는 거예요. 그들이 함께 만든 모든 걸 파괴하는 거라고요. 잠시라도 멈춰서 생각을 하게 되면 그 일을 해낼 수 없을 거예요. 당연히 제정신이 아니죠. 프리다는 거의 50년 전에 약속했고, 오늘이 그 약속을 실행해야 하는 날이니까요. 나도 프리다 입장이었다면 최대한 빨리 끝내버리고 싶었을 거예요. 끝내버리고—그리고 무너지겠죠. 그래서 헥터가 24시간만 준 거예요. 재고해볼 시간이 없도록."

앨머는 침대에서 일어나 방 안의 베니션 블라인드를 하나씩 걷기 시작했고, 나는 침대에서 내려와 옷을 입었다. 하고 싶은 말이 백 가지가 넘었지만, 그 영화들을 본 후로 미뤄야 했다. 앨머가 블라인드를 홱 잡아당기자 햇빛이 창문으로 쏟아져 들어와 방 안을 눈부신 늦은 아침의 환한 빛으로 가득 채웠다. 나는 그녀가 청바지에 흰 면 스웨터를 입고 있었다고 기억한다. 신발도 양말도 신지 않았고, 멋진 작은 발톱 끝은 붉게 칠해져 있었다. 일이 그렇게 되고 말다니. 헥터가 나를 위해 계속 살아 있을 거라고, 내가 농장에서 그의 영화를 보거나 그 노인의 어두운 방에서 그와 함께 앉아 아무것도 하지 않으면서 느리고 관조적인 나날들을 보낼 수 있도록 해줄 거라고 믿고 있었다. 그와 다시는 이야기를 나눌 수 없는 것과 내가 그의 영화들을 모두 보기 전에 그것들이 불타 없어지리란 것, 그 둘 중 어떤 게 더 실망스러운지, 더 지독한 좌절을 안겨주는지 판단하기가 어려웠다.

아래층으로 내려가면서 헥터의 방을 지나칠 때 안을 들여다보니 작은 사람들이 침대에서 시트를 벗기고 있었다. 방은 이제 완전히 비어 있었다. 서랍장과 침대 옆 탁자 위에 어지럽게 널려 있던 물건들—약병, 물잔, 책, 체온계, 수

건—이 모두 사라졌고, 바닥에 흩어진 담요와 베개를 제외하면 불과 일곱 시간 전에 한 남자가 이곳에서 숨을 거두었다는 사실을 암시해주는 걸 찾을 수 없었다. 나는 그들이 막 시트를 벗기려는 순간을 포착했다. 그들은 침대 양쪽에 서서 양손을 들고 상단 모서리 부분을 동시에 잡아당길 준비를 하고 있었다. 몸집이 너무 작아(머리가 매트리스 위로 겨우 올라올 정도였다) 동작을 맞춰야 했던 것이다. 시트가 침대 위에서 펄럭이는 순간 각종 얼룩과 변색된 자국이 보였다. 헥터가 세상에 마지막으로 남긴 내밀한 흔적이었다. 우리 모두가 결국 오줌과 피를 흘리며 죽어간다. 갓난아기처럼 똥을 싸고, 자신의 점액에 질식한다. 잠시 후 시트는 다시 평평해졌고, 귀먹고 말 못 하는 하인들은 침대 머리부터 발치까지 걸어가며 시트를 반으로 접어 소리 없이 바닥에 떨어뜨렸다.

앨머는 상영실로 가져갈 샌드위치와 음료를 준비해두었다. 그녀가 피크닉 바구니에 샌드위치를 담기 위해 주방으로 들어간 사이, 나는 아래층을 돌아다니며 벽에 걸린 그림들을 보았다. 거실에만 최소 서른 점의 그림과 데생이 있었고, 복도에도 여남은 점이 걸려 있었다. 밝고 물결치는 듯한 추상화, 풍경화, 초상화, 펜과 잉크로 그린 스케치들이었다. 서명은 없었지만 전부 한 사람이 그린 것처럼 보였고 프리다의 작품들임이 분명했다. 나는 레코드장 위에 걸려 있는 작은 데생 앞에서 발걸음을 멈췄다. 모든 작품들을 감상할 시간은 없었기에 그 한 점에 집중하고 나머지는 무시하기로 했다. 그것은 한 아이를 위에서 내려다본 그림이었다. 두 살쯤 된 아이가 유아용 침대에 큰대자로 누워 눈을 감고 있었는데 잠이 든 게 분명했다. 종이가 누렇게 변색된 데다 가장자리가 좀 부스러진 걸로 보아 오래된 그림이었고, 나는 그림 속의 아이가 헥터와 프리다의 죽은 아들 태드일 거라고 확신했다. 관절이 헐거운 팔과 다리, 벌거벗은 상체, 안전핀으로 고정된 불룩한 면 기저귀, 그리고 정수리 너머로 어렴풋이 보이는 침대 난간. 그림의 선들은 빠르고 즉흥적인 느낌이었고 5분 이내에 자신만만한 필치로 쓱쓱 그려낸 듯했다. 연필이 종이에 처음 닿던 순간으로 거슬러 올라가 그 장면을 상상해보았다. 한 어머니가 오후에 낮잠을 자는 아이 곁에 앉아 있다. 그녀는 책을 읽고 있다가 고개를 들어 아이―뒤로 젖힌 머리가 한쪽으로 기울어진 무방비한 자세의―를 보고 주머니에서 연필을 꺼내 그리기 시작한다. 종이가 없어서 마침 비어 있는 책의 마지막 페이지를 사용한다. 그림이 완성되자, 그녀는 책에서 그 페이지를 찢어 따로 보관하거나 아니면 그대로 두고 완전히 잊어버린다. 그리고 만약 잊어버린다면, 수년이 지난 후에야 우연히 책을 펼쳤다가 그림을 발견한다. 그제야 그녀는 낡은 종이를 조심스레 잘라내어 액자에 넣고 벽에 걸어둔다. 나로선 그 일이 언제 일어났는지 알 방법이 없었다. 40년 전일 수도, 불과 한 달 전일 수도 있었다. 하지만 그녀가 그 그림을 발견했을 때, 그 아이는 이미 죽어 있었다―어쩌면 오래전에, 어쩌면 내가 태어나기도 전에.

앨머가 주방에서 나오더니 내 손을 잡고 거실을 벗어나 붉은 슬레이트 타일이 깔린 바닥과 흰 회벽으로 이루어진 복도로 이끌었다. "당신에게 보여주고 싶은 게 있어요." 그녀가 말했다. "우리에게 시간이 촉박하다는 건 알지만, 1분 이상 안 걸릴 거예요."

우리는 복도를 따라 걸으며 두세 개의 문을 지나친 후 마지막 문 앞에 멈췄다. 앨머는 점심 바구니를 내려놓고 주머니에서 열쇠 한 움큼을 꺼냈다. 열쇠고리에는 열다섯 개에서 스무 개 정도의 열쇠가 달려 있었지만, 그녀는 망설임 없이 원하는 열쇠를 찾아 자물쇠에 꽂았다. "헥터의 서재예요." 그녀가 말했다. "헥터는 이곳에서 가장 많은 시간을 보냈어요. 농장이 그분의 세계였다면, 여긴 그 세계의 중심이었죠."

그곳엔 책이 가득했다. 안으로 들어서는 순간 가장 먼저 눈에 들어온 건 수많은 책들이었다. 네 개의 벽 중 세 벽이 바닥에서 천장까지 전부 책장이었고 거기 책들이 빽빽하게 꽂혀 있었다. 의자와 탁자, 카펫과 책상 위에도 책들이 무더기로 쌓여 있었다. 양장본과 문고본, 새 책과 낡은 책, 영어, 스페인어, 프랑스어, 이탈리아어로 된 책들. 방 중앙에 놓인 긴 나무 테이블—주방에 있던 식탁과 똑같은—이 책상으로 쓰이고 있었고, 그 위에 다른 책들과 함께 놓인 루이스 부뉴엘의 『내 마지막 한숨』을 본 기억이 난다. 그 책은 의자 바로 앞에 펼쳐진 채 엎어져 있었고, 나는 헥터가 넘어지면서 다리를 다친 날—그가 서재에서 보낸 마지막 날—그 책을 읽고 있었던 건 아닐까 하는 생각이 들었다. 그가 어디까지 읽었는지 확인하기 위해 책을 집으려는 순간, 앨머가 다시 내 손을 잡고 구석의 책장으로 이끌었다. "당신이 흥미로워할 것 같아서요." 그녀가 말했다. 그녀는 자신의 머리 몇 인치 위(그러나 내 눈높이와 정확히 일치하는)에 꽂힌 책들을 가리켰고, 그것들은 모두 프랑스 작가들의 작품이었다. 보들레르, 발자크, 프루스트, 라 퐁텐. "조금 왼쪽을 봐요." 앨머가 말했다. 나는 왼쪽으로 시선을 움직여 그녀가 나에게 보여주고 싶어 하는 책을 찾기 위해 책등을 훑다가 눈에 익은 녹색과 금색 표지를 발견했다. 샤토브리앙의 『*Mémoires d'outre-tombe*』, 플레야드 총서로 나온 두 권짜리였다.

그건 내게 아무런 영향도 미치지 말았어야 했지만, 그렇지 않았다. 샤토브리앙은 무명의 작가는 아니었으나, 헥터가 그 책을 읽었다는 사실, 내가 지난 18개월 동안 헤맨 기억의 미로에 그 역시 들어간 적이 있었다는 것이 나를 감동시켰다. 그건 또 하나의 접점, 처음부터 나를 그에게로 끌어당긴 일련의 우연한 만남들과 기묘한 공감의 또 다른 고리였다. 나는 첫 권을 빼서 펼쳤다. 앨머와 내가 서둘러야 한다는 걸 알면서도 그 책 몇 페이지를 손으로 쓸어보며 헥터가 그 조용한 방에서 읽은 단어들을 만져보고 싶은 충동을 억누를 수가 없었다. 책은 중간쯤에서 저절로 펼쳐졌고, 나는 연필로 희미하게 밑줄을 그어놓은 문장을 보았다. *Les moments de crise produisent un redoublement de vie chez les hommes.* 위기의 순간은 인간에게 두 배의 생명력을 불어넣는다. 좀 더 명쾌하게 번역하면, 인간은 궁지에 몰릴 때 비로소 온전히 살아가기 시작한다.

우리는 샌드위치와 차가운 음료를 들고 뜨거운 여름 아침 속으로 서둘러 나섰다. 뉴잉글랜드의 폭우로 초토화된 길을 달린 게 불과 하루 전이었는데 이제 사막에 서 있었다. 우리는 구름 한 점 없는 하늘 아래를 걸으며 노간주나무 향이 감도는 희박한 공기를 들이마셨다. 오른쪽으로 헥터의 나무들이 보였고, 정원의 가장자리를 돌아갈 때 키 큰 풀숲에서 매미들이 시끄럽게 울어댔다. 여기저기 서양톱풀, 개망초, 갈퀴덩굴이 꽃을 피우고 있었다. 나는 과도하게 기민한 상태였고 일종의 광적인 결의에 가득 차 있었다. 마치 나에게 마음이 세 개고 그것들이 동시에 작동하는 것처럼 두려움과 기대, 행복이 뒤섞여 있었다. 저 멀리 거대한 산맥이 장벽처럼 서 있었고, 머리 위에서는 매가 맴돌았으며, 파란 나비 한 마리가 돌 위에 내려앉았다. 집에서 출발하여 백 미터도 못 가서 벌써 이마에 땀이 맺히는 느낌이 들었다. 앨머가 길쭉한 단층 오두막을 가리켰는데, 시멘트 계단에 금이 가고 집 앞에 잡초가 무성했다. 그녀는 배우들과 기술진이 영화 촬영 중에 그곳에서 머물렀다고 말했지만, 지금은 창문이 판자로 막혀 있었고 수도와 전기도 끊긴 상태였다. 후반 작업이 이루어지던 건물이 그보다 50미터 앞에 있었지만, 내 시선을 끈 건 그 너머에 있는 건물이었다. 영화 촬영용 방음 스튜디오는 거대한 구조물이었고, 햇빛을 받아 반짝이는 그 거대한 흰색 입방체는 영화 촬영을 위한 공간이라기보다는 비행기 격납고나 화물 트럭 주차장처럼 보였다. 나는 충동적으로 앨머의 손을 꼭 쥐었다가 그녀의 손가락 사이로 내 손가락을 밀어 넣어 깍지를 꼈다. "우리 뭐 먼저 볼까요?" 내가 물었다.

"〈마틴 프로스트의 내면의 삶〉."

"왜 그걸 선택한 거죠, 다른 거 말고?"

"그게 제일 짧거든요. 끝까지 다 볼 수 있을 거예요. 그리고 만일 프리다가 그때까지 돌아오지 않으면 그다음으로 짧은 걸 볼 거예요. 그것 말고는 다른 방법이 없어요."

"내 잘못이에요. 한 달 전에 여기 왔어야 했는데. 내가 얼마나 한심하게 느껴지는지 당신은 상상도 못 할 거예요."

"프리다의 편지는 솔직하고 개방적이진 않았어요. 내가 당신 입장이었어도 망설였을 거예요."

"헥터가 살아 있다는 걸 받아들일 수가 없었어요. 그리고 그걸 받아들인 후에는 그가 죽어가고 있다는 걸 받아들일 수 없었고요. 그 영화들은 여러 해 동안 거기 있었는데. 내가 바로 움직였더라면 전부 다 볼 수 있었을 텐데. 두세 번씩 보면서 외우고 음미할 수 있었을 텐데. 그런데 이제 겨우 한 편만 볼 수 있다니, 어처구니가 없네요."

"자책하지 마요, 데이비드. 당신을 농장으로 초대해야 한다고 그분들을 설득하는 데 몇 달이 걸렸어요. 누군가에게 잘못이 있다면 내 잘못이에요. 내가 너무 시간을 끌었어요. 한심한 건 나예요."

앨머는 또 다른 열쇠로 문을 열었고, 건물 안으로 들어서자 온도가 10도는 떨어졌다. 에어컨이 가동 중이었고, 에

에어컨을 하루 종일 틀어놓는 게 아니라면(그럴 것 같진 않았다) 앨머가 아침 일찍 이곳에 다녀갔다는 의미였다. 그건 대수롭지 않게 보일 수도 있었지만 곰곰 생각해보니 그녀에 대한 커다란 연민이 밀려들었다. 앨머는 아침 7시나 7시 반쯤 헥터의 시신을 싣고 떠나는 프리다를 지켜본 후 곧장 위층으로 올라와 나를 깨운 것이 아니라 후반 작업 건물로 와서 에어컨을 켰다. 그리고 두 시간 반 동안 서서히 열기가 식어가는 건물에 홀로 앉아 헥터를 애도한 것이다. 실컷 울기 전에는 나를 다시 마주할 수가 없어서. 그 시간 동안 우리는 영화를 볼 수도 있었지만, 그녀는 아직 마음의 준비가 되지 않았고, 결국 하루의 일부가 우리 손가락 사이로 흘러가버렸다. 앨머는 모진 사람이 아니었다. 그녀는 내가 생각했던 것보다 용감했지만, 모질진 못했다. 나는 그녀를 따라 상영실을 향해 차가운 복도를 걸으며 이 하루가 그녀에게 얼마나 끔찍한 시간이 될 것인지, 그리고 이미 얼마나 끔찍했는지를 비로소 깨달았다.

왼쪽에도, 오른쪽에도 문이 있었지만 그 문들을 열어볼 시간은 없었다. 편집실이나 음향 믹싱 스튜디오에 들어가서 둘러볼 여유도, 심지어 장비가 아직 남아 있는지 물어볼 겨를조차 없었다. 복도 끝에 다다르자 왼쪽으로 돌아 속이 빈 콘크리트블록(연푸른색이었던 것으로 기억된다) 벽으로 둘러싸인 또 다른 복도를 따라 걸어갔다. 그리고 이중문을 지나 작은 극장 안으로 들어섰다. 극장에는 접이식 좌석이 달린 푹신한 의자가 세 줄—각 줄마다 여덟에서 열 개 정도로—놓여 있었고, 바닥은 약간 경사져 있었다. 벽에 고정된 스크린은 직사각형의 불투명한 흰색 플라스틱으로 미세한 바늘구멍들이 뚫려 있고 광택 나는 산화 코팅이 되어 있었다. 우리 뒤쪽에는 영사실이 벽에서 돌출된 형태로 자리하고 있었다. 그곳에는 불이 켜져 있었고, 고개를 뒤로 돌려 올려다보자 두 대의 영사기가 제일 먼저 눈에 들어왔다—각각의 영사기에는 필름 릴이 장착되어 있었다.

앨머는 그 영화에 대해 몇 개의 날짜와 숫자 외에는 많은 이야기를 해주지 않았다. 〈마틴 프로스트의 내면의 삶〉은 헥터가 농장에서 만든 네 번째 영화로, 1946년 3월에 촬영을 마친 후 다섯 달 동안 후반 작업을 진행하여 8월 12일에 열린 그들만의 시사회에서 최종본을 공개했다고 했다. 러닝타임은 41분. 헥터의 모든 영화들이 그렇듯 〈마틴 프로스트의 내면의 삶〉도 흑백으로 촬영되었지만, 다른 작품들과 달리 코미디(혹은 코믹 요소를 지닌 영화)로 분류될 수 있었기에 그의 후기 작품 중에서 1920년대의 슬랩스틱 단편영화들과 유일하게 연결되어 있었다. 앨머는 이 영화가 짧아서 선택했지만, 그렇다고 해서 첫 상영작으로 뽑힐 만한 다른 이유가 없다는 뜻은 아니라고 말했다. 그녀의 어머니가 처음 출연한 헥터의 영화였고, 그들의 가장 야심 찬 공동 작업은 아닐지라도 아마 가장 매력적인 작품이었을 거라고 했다. 앨머는 잠시 시선을 돌렸다. 그러더니 숨을 깊이 들이마신 후 다시 나를 바라보며 덧붙였다. "그때의 페이는 정말 생기 넘치고 강렬했어요. 그 모습은 아무리 봐도 질리지 않아요."

나는 그녀가 더 이야기하기를 기다렸지만, 그것이 그녀가 한 유일한 평가였고, 주관적인 의견에 가까운 말은 그게 전부였다. 짧은 침묵이 흐른 후, 앨머는 피크닉 바구니를 열어 노트와 볼펜—어둠 속에서 글씨를 쓸 수 있도록 불이 들어오는—을 꺼냈다. "영화 보면서 메모하고 싶은 게 있을지도 몰라서요." 그녀가 말했다. 내가 그것들을 받자 그녀는 몸을 기울여 내 뺨에 살짝 입을 맞추고—여학생 같은 가벼운 키스였다—돌아서서 문 쪽으로 걸어갔다. 20초쯤 뒤 똑똑 두드리는 소리가 들렸다. 올려다보니 그녀가 다시 나타나 유리로 둘러싸인 영사실 안에서 나를 향해 손을 흔들고 있었다. 나도 마주 손을 흔들었고—어쩌면 손 키스까지 날렸는지도 모르겠다—내가 앞줄 가운데 좌석에 앉는 순간, 앨머가 조명을 어둡게 낮추었다. 그녀는 영화가 끝날 때까지 다시 내려오지 않았다.

영화에 적응하고 무슨 일이 벌어지고 있는지 파악하는 데 한참 시간이 걸렸다. 매우 진지한 사실주의 기법으로 일상의 세세한 부분들까지 세심하게 묘사하고 있어서 이야기의 중심에 깃든 마법을 인식하지 못했던 것이다. 영화는 여느 로맨틱 코미디처럼 시작되었고, 처음 12분에서 15분 동안 헥터는 장르의 오랜 관습을 충실히 따랐다. 남녀의 우연한 만남, 그들을 갈라놓는 오해, 갑작스러운 반전과 욕망의 폭발, 황홀경, 고난의 등장, 의심과 씨름하며 극복하는 과정―이 모든 것이 결국 승리의 결말로 이어지리라(고 나는 생각했다). 그러나 이야기가 3분의 1쯤 전개되자 내 생각이 틀렸음을 알 수 있었다. 겉보기와 달리, 영화의 배경은 티에라 델 수에뇨나 블루 스톤 농장이 아니었다. 한 남자의 머릿속이었고, 그곳으로 걸어 들어온 여자는 진짜 사람이 아니었다. 그 여자는 영혼이었고, 남자의 상상 속에서 태어난 존재였으며, 그의 뮤즈가 되기 위해 보내진 덧없는 존재였다.

만약 영화가 다른 곳에서 촬영되었더라면 그걸 파악하는 데 그렇게 오래 걸리지 않았을지도 모른다. 나는 바깥 풍경이 그대로 스크린에서 펼쳐지는 게 당황스러웠고, 처음 몇 분 동안은 정교하고 기술적으로 뛰어난 홈 무비를 보고 있는 것 같은 인상을 떨쳐내느라 애써야 했다. 영화 속 집은 헥터와 프리다의 집이었고, 정원은 그들의 정원이었으며, 길도 그들의 길이었다. 심지어 헥터가 심은 나무들도 있었다. 지금보다는 어리고 앙상해 보이긴 했지만 불과 10분 전 내가 후반 작업 건물로 오는 길에 지나쳤던 바로 그 나무들이었다. 내가 전날 밤에 잠을 잤던 침실, 나비가 내려앉는 것을 보았던 바위, 프리다가 전화를 받기 위해 자리에서 일어났던 식탁도 화면 속에 있었다. 내 앞 스크린에서 영화가 펼쳐지기 전까지는 그 모든 것이 현실이었다. 그런데 이제 찰리 그런드의 카메라가 포착한 흑백 영상 속에서 그것들은 허구 세계의 요소로 바뀌어 있었다. 나는 그것들을 그림자로 받아들여야 했지만 내 마음은 빠르게 적응하지 못했다. 자꾸만 그것들이 영화 속 세계가 아닌 현실 그 자체의 모습으로 보였다.

    크레디트가 조용히 지나갔다. 배경 음악도, 다음에 벌어질 일을 암시하는 청각적 신호도 없이, 검은 배경의 흰 글씨들이 중요한 정보를 하나씩 알려주었다. 〈마틴 프로스트의 내면의 삶〉. 각본 및 연출: 헥터 스펠링. 출연: 노버트 스타인하우스, 페이 모리슨. 촬영: C. P. 그런드. 세트 및 의상: 프리다 스펠링. 스타인하우스라는 이름은 나에게 아무런 의미도 없었고, 몇 초 후 화면에 등장한 배우를 보았을 때도 마찬가지였다. 그는 홀쭉하고 키가 큰 서른 중반의 남자로 날카롭고 주의 깊은 눈을 갖고 있었으며 머리숱이 약간 줄어가고 있었다. 특별히 잘생기거나 영웅적인 인상은 아니었지만 공감력 있고 인간적이었으며 정신의 활동이 표정에 충분히 나타났다. 나는 그를 보는 것이 편안했고 그의 연기를 받아들이는 데 거부감이 없었지만 앨머의 어머니에게는 그러기가 어려웠다. 그녀가 훌륭한 여배우가 아니거나 실망스러워서가 아니라(그녀는 충분히 아름다웠고, 연기력도 뛰어났다) 단지 그녀가 앨머의 어머니였기 때문이었다. 아마도 그것이 내가 영화 초반부에 느낀 혼란과 어색함을 더욱 증폭시켰을 것이다. 화면 속에는 앨머의 어머니(하지만 현재의 앨머보다도 열다섯 살이나 어린)가 있었고, 나는 그녀에게서 앨머의 흔적을, 두 사람 사이의 유사성을 찾지 않을 수 없었다. 페이 모리슨은 앨머보다 피부가 더 검고 키도 컸으며 분명 앨머보다 아름다웠지만, 그들의 몸매에는 닮은 점이 있었고, 눈빛과 고개를 기울이는 방식, 목소리의 톤에서도 유사점이 보였다. 물론 두 사람이 똑같았다는 뜻은 아니지만 그들에겐 충분한 유사점이, 충분한 유전적인 반향이 있어서 나는 마치 모반이 없는 앨머, 내가 만나기 전의 앨머, 스물두세 살의 앨머가 어머니를 통해 다른 형태의 삶을 살아가는 모습을 지켜보고 있는 것 같은 상상에 젖을 수 있었다.

영화는 집 내부를 천천히, 체계적으로 보여주는 트래

킹 숏으로 시작된다. 카메라는 벽을 따라 미끄러지듯 이동하고, 거실의 가구 위를 떠다니다가 결국 문 앞에서 멈춘다. 스크린 밖의 목소리가 우리에게 그 집은 비어 있었다고 말해준다. 잠시 후, 문이 열리고 마틴 프로스트가 등장한다. 한 손에는 여행 가방을, 다른 손에는 식료품 봉지를 들고 있다. 그는 발로 문을 닫고, 내레이션이 이어진다. *나는 3년간 써온 소설을 이제 막 탈고했고, 지친 기분으로 휴식을 원하고 있었다. 스펠링 부부가 멕시코에서 겨울을 보내기로 결정하면서 내게 그들의 집을 쓰라고 했다. 헥터와 프리다는 내 오랜 친구들이었고, 그들은 내가 책을 쓰느라 얼마나 진이 빠졌는지 알고 있었다. 나는 사막에서 몇 주 시간을 보내면 좀 나아질지도 모른다는 생각으로 어느 날 아침 차를 몰고 샌프란시스코에서 티에라 델 수에뇨까지 달려왔다. 아무 계획도 없었다. 단지 그곳에 머무르며 아무것도 하지 않고 돌처럼 살고 싶었을 뿐이었다.*

우리는 마틴의 내레이션을 들으며 그가 집 안을 여기저기 돌아다니는 모습을 본다. 그는 식료품 봉투를 주방으로 가져가지만, 봉투가 조리대에 닿는 순간 장면이 거실로 전환되면서 우리는 마틴이 책장에 꽂힌 책들을 살펴보는 모습을 본다. 그가 책을 향해 손을 뻗는 순간, 우리는 다시 위층 침실로 점프하여 마틴이 서랍장을 여닫으며 짐을 정리하는 모습을 본다. 서랍이 쾅 닫히고, 바로 다음 순간 그는 침대에 앉아 매트리스의 탄력을 시험하고 있다. 클로즈업과 미디엄 숏이 약간 기울어진 각도와 다양한 속도, 작은 시각적 놀라움으로 들쭉날쭉하면서도 효율적으로 조합된 몽타주다. 일반적으로 그런 시퀀스에서는 배경 음악이 깔리겠지만, 헥터는 음악 대신 자연의 소리를 선택한다. 삐걱거리는 침대 스프링 소리, 마틴이 타일 바닥을 걷는 발소리, 봉투 바스락거리는 소리. 카메라가 시계의 바늘을 비추고, 마틴의 서두 독백 마지막 부분(*단지 그곳에 머무르며 아무 것도 하지 않고 돌처럼 살고 싶었을 뿐이었다*)이 끝나면서 화면이 흐릿해진다. 그다음엔 정적이 이어진다. 잠시 모든 것—목소리, 음향, 영상—이 정지한 듯하다가, 갑작스럽게 장면이 야외로 전환된다. 마틴이 정원을 거닐고 있다. 긴 숏이 클로즈업으로 이어지며 마틴의 얼굴을 비춘 후 나른하게 주변의 사물들을 보여준다. 나무와 덤불, 하늘, 그리고 미루나무 가지 위에 내려앉는 까마귀 한 마리. 카메라는 다시 마틴을 찾아가고, 그는 땅에 쪼그려 앉아 개미들의 행렬을 관찰한다. 우리는 나무들 사이로 바람이 질주하는 소리를 듣는다—파도의 철썩임 같은 쉬이이익 소리. 마틴은 시선을 들며 손으로 해를 가리고, 우리는 다시 그를 떠나 풍경의 다른 부분을 본다. 바위 위를 기어가는 도마뱀, 그리고 카메라가 살짝 기울어지며 화면 상단에 바위 위를 떠다니는 구름이 담긴다. 그때 마틴이 말한다. *하지만 내가 뭘 알았겠는가? 몇 시간의 침묵, 그리고 사막의 공기를 몇 번 들이마신 것뿐인데, 갑자기 내 머릿속에서 하나의 이야기가 떠오르기 시작했다. 이야기는 늘 그런 식으로 찾아온다. 어느 시점까지 아무것도 없다가 다음 순간 이미 내 안에 자리 잡고 있는 것이다.*

카메라는 마틴의 얼굴을 클로즈업했다가 원거리 숏으로 나무들을 비춘다. 다시 바람이 불고, 가지와 잎들이 바람의 공격에 흔들리면서 소리는 증폭되어 고동치는 숨결 같은 타격음의 물결, 공중에 울려 퍼지는 탄식이 된다. 이 장면은 우리의 예상보다 3, 4초 더 지속되며 기묘하게 천상적인 효과를 만들어낸다. 하지만 우리가 이 기이한 강조의 의미를 궁금하게 여기는 순간, 화면은 갑자기 다시 집 안으로 전환된다. 마틴이 위층 방에서 책상에 앉아 타자기를 두드리고 있다. 우리는 타자기 소리를 들으며 그가 자신의 이야기를 글로 옮기는 모습을 다양한 각도와 거리에서 지켜본다. 그가 말한다. *길지는 않을 것이다. 25페이지에서 30페이지, 기껏해야 40페이지 정도. 시간이 얼마나 걸릴지는 몰라도 나는 이야기가 완성될 때까지 이 집을 떠나지 않기로 했다. 그건 새로운 계획이었다. 그 이야기를 쓰고, 작업이 끝*

날 때까지 떠나지 않는 것이다.

화면이 검게 페이드아웃된다. 다시 이어지는 장면은 아침이다. 마틴의 얼굴이 클로즈업되는데, 그는 베개를 베고 자고 있다. 햇빛이 블라인드 틈새로 쏟아져 들어오고, 그가 천천히 눈을 뜨며 잠에서 깨어나려 애쓸 때 카메라는 뒤로 이동하며 사실일 수가 없는 것, 상식적으로 불가능한 광경을 보여준다. 마틴은 혼자 밤을 보낸 것이 아니었다. 그의 옆에 한 여자가 누워 있고, 카메라가 계속 뒤로 물러나면서 이불 속에 잠들어 있는 그녀를 보여준다. 그녀는 마틴 쪽을 향해 몸을 웅크린 자세로 옆으로 누워 있는데, 왼팔을 그의 가슴 위로 무심하게 올려놓았고 길고 검은 머리카락이 옆 베개를 덮고 있다. 마틴은 점차 정신이 들면서 가슴 위에 놓인 맨팔을 발견하고 그 팔이 다른 사람 몸에 붙어 있음을 깨닫는 순간, 마치 전기 충격을 받은 사람처럼 침대에서 벌떡 일어나 앉는다.

그런 갑작스러운 움직임에 떠밀린 젊은 여자는 신음 소리를 내며 베개에 얼굴을 묻더니 잠시 후 눈을 뜬다. 처음에는 마틴이 거기 있는 걸 알아차리지 못하는 듯하다. 그녀는 아직도 몽롱한 상태에서 의식을 되찾으려 애쓰며 몸을 굴려 침대에 등을 대고 누워 하품을 한다. 팔을 뻗는 순간, 오른손이 마틴의 몸에 살짝 닿는다. 1, 2초 동안 아무 일도 일어나지 않다가, 그녀가 아주 천천히 몸을 일으켜 앉아 마틴의 혼란스럽고 겁먹은 얼굴을 바라본다. 그러고는 비명을 지른다. 잠시 후, 그녀는 이불을 걷어차고 침대에서 뛰쳐나가 공포와 당혹감에 휩싸여 방을 가로질러 달려간다. 그녀는 아무것도, 실오라기 하나 걸치지 않았고, 심지어 몸을 가려줄 그림자조차도 없다. 그녀는 벌거벗은 젖가슴과 배를 카메라 앞에 그대로 드러낸 채 망연자실해서 렌즈를 향해 돌진한다. 그리고 의자 등받이에 걸려 있던 가운을 낚아채 서둘러 팔을 소매에 끼운다.

오해를 풀기까지는 시간이 좀 걸린다. 마틴도 자신과 동침한 수수께끼의 여인 못지않게 당황하고 동요한 상태로 침대에서 미끄러지듯 내려와 바지를 입은 후 그녀에게 당신은 누구며 여기서 뭘 하고 있는 거냐고 묻는다. 여자는 그 질문에 기분이 상한 듯하다. 그녀가 말한다. "아니, 당신이야말로 누구고 여기서 뭘 하고 있는 거죠?" 마틴은 믿을 수 없다는 표정을 짓는다. "무슨 소리를 하는 거예요?" 그가 말한다. "난 마틴 프로스트예요—당신이 알 바는 아니지만—지금 당장 당신이 누구인지 말하지 않으면 경찰을 부를 거요." 무슨 이유에선지 그 말에 그녀가 깜짝 놀란다. "당신이 마틴 프로스트라고요? 진짜 마틴 프로스트?" 그녀가 묻는다. "방금 그렇게 말했잖아요." 마틴이 점점 더 짜증을 내며 말한다. "그걸 또 말해야 해요?" "그게 아니라, 난 당신을 알아요." 젊은 여자가 말한다. "진짜로 아는 건 아니지만, 당신이 누군지는 알아요. 헥터와 프리다의 친구잖아요."

"당신은 헥터, 프리다와 무슨 관계죠?" 마틴이 묻는다. 그녀가 자신은 프리다의 조카라고 대답하자, 그는 세 번째로 그녀의 이름을 묻는다. "클레어." 그녀가 마침내 대답한다. "클레어 뭐죠?" 그녀는 잠시 머뭇거리더니 대답한다. "클레어…… 클레어 마틴." 마틴은 역겨워하며 코웃음을 친다. "뭐죠? 농담하는 건가요?" "어쩔 수 없어요." 클레어가 말한다. "그게 내 이름이니까요."

"그런데 여기서 뭐 하고 있는 거죠, 클레어 *마틴*?"

"프리다가 초대했어요."

마틴이 믿을 수 없다는 표정을 짓자, 그녀는 의자 위에 놓여 있던 핸드백을 집어 든다. 그러곤 잠시 핸드백을 뒤지더니 열쇠 하나를 꺼내 마틴에게 들어 보인다. "보이죠?" 그녀가 말한다. "프리다가 보내준 거예요. 현관 열쇠예요."

마틴은 짜증이 치밀어 올라 주머니를 뒤져 똑같은 열쇠를 꺼낸다. 그러고는 그걸 클레어의 코앞에 들이밀며 화난 목소리로 말한다. "그럼 헥터는 왜 나한테 이걸 보냈을까요?"

클레어는 그에게서 한 발짝 물러서며 대답한다. "왜냐하면…… 헥터니까요. 그리고 프리다는 프리다니까 나한테

이걸 보낸 거죠. 그들은 항상 이런 식이에요."

클레어의 말에는 반박할 수 없는 논리가 있다. 마틴은 친구 헥터와 프리다가 서로 신호가 안 맞아 얼마든지 그런 실수를 저지를 수 있는 사람들임을 잘 알고 있다. 집에 동시에 두 사람을 초대하는 건 스펠링 부부가 충분히 저지를 수 있는 실수다.

마틴은 패배한 듯한 표정으로 방 안을 서성인다. "난 이 상황이 마음에 안 들어요." 그가 말한다. "난 혼자 있고 싶어서 여기 온 거예요. 할 일이 있는데 당신이 여기 있으면…… 그러니까, 그건 혼자가 아니잖아요, 안 그래요?"

"걱정 마세요." 클레어가 말한다. "방해 안 할 거예요. 나도 공부하러 왔으니까요."

알고 보니 클레어는 학생이다. 그녀는 철학 시험을 준비 중이며, 읽어야 할 책이 많고 한 학기 분량의 과제를 두 주 만에 끝내야 한다고 말한다. 마틴은 회의적이다. 그는 예쁜 여자가 철학 공부를 한다는 게 도무지 믿기지 않는다는 표정으로 그녀에게 어느 대학에 다니며, 철학 교수 이름은 무엇인지, 읽어야 할 책들의 제목은 무엇인지 꼬치꼬치 캐묻기 시작한다. 클레어는 그의 질문에 담긴 모욕을 눈치채지 못한 척하며 대답한다. "UC 버클리에 다녀요. 교수님 성함은 노버트 스타인하우스예요. 강의명은 '데카르트에서 칸

트까지: 현대 철학 탐구의 기초'고요."

"아주 조용히 지내겠다고 약속할게요." 클레어가 말한다. "짐은 다른 방으로 옮길 거고, 당신은 내가 여기 있는지도 모를 거예요."

마틴은 더 이상 반박할 말을 찾지 못한다. "좋아요." 그가 마지못해 그녀의 제안을 받아들인다. "나도 방해 안 할 테니까, 당신도 방해하지 말아요. 그럼 합의된 거죠?"

두 사람은 합의하고 악수까지 한다. 마틴이 글을 쓰기 위해 쿵쿵거리며 나가자, 카메라는 빙글 돌아 천천히 클레어의 얼굴을 클로즈업한다. 단순하지만 강렬한 장면으로, 우리는 처음으로 평온한 상태의 그녀를 제대로 본다. 이 장면이 너무도 끈기 있고 물 흐르듯 자연스럽게 연출되었기에, 카메라는 단순히 우리에게 클레어를 보여주기만 하는 게 아니라 그녀의 내면으로 들어가 그녀의 생각을 읽고 마치 그녀를 어루만지는 듯하다. 클레어는 마틴을 눈으로 따라가며 그가 방을 떠나는 모습을 지켜본다. 그리고 카메라가 그녀 앞에 멈추는 순간, 문이 닫히며 걸쇠가 걸리는 소리가 들린다. 클레어의 표정은 변하지 않는다. "잘 가요, 마틴." 그녀가 말한다. 목소리는 낮고, 거의 속삭이는 듯하다.

그날 남은 시간 동안 마틴과 클레어는 각자의 방에서 각자의 일을 한다. 마틴은 서재 책상에 앉아 타자기를 두드리다가 창밖을 내다보다가 다시 타자기를 두드리고, 자신이 쓴 글을 중얼거리며 읽어 내려간다. 클레어는 대학생답게 청바지에 스웨터 차림으로 침대에 널브러져 조지 버클리의 『인간 지식의 원리론』을 읽고 있다. 어느 순간, 우리는 그녀의 스웨터 앞면에 철학자의 이름이 큼직한 대문자로 찍혀 있는 걸 본다—BERKELEY. 그녀가 다니는 대학의 이름이기도 하다. 그건 어떤 의미를 내포하고 있는 걸까, 아니면 단순한 시각적 말장난일까? 카메라는 두 방을 오가고, 클레어가 소리 내어 책을 읽는 소리가 들린다. "그리고 의식에 새겨지는 감각들이나 관념들이 아무리 서로 뒤섞이고 결합된다 해도, 이를 지각하는 정신 안에서만 존재할 수 있음은 너무도 자명하다." 그리고 다시 읽는다. "둘째로, 실제 불과 불의 관념, 불에 타는 꿈을 꾸거나 상상하는 것과 실제로 불에 타는 것 사이에는 엄청난 차이가 있다는 반론이 제기될 것이다."

늦은 오후, 문 두드리는 소리가 들린다. 클레어는 계속 책을 읽지만, 다시 노크 소리가 더 크게 들리자 책을 내려놓고 마틴에게 들어오라고 말한다. 문이 살짝 열리고, 마틴이 머리를 들이민다. "미안해요." 그가 말한다. "내가 오늘 아침에 별로 친절하지 못했어요. 그렇게 행동하지 말았어야 했는데." 뻣뻣하고 서툰 사과지만, 그의 어색하고 주저하는 태도에 클레어는 재미있어하는, 어쩌면 일말의 연민까지 섞인 미소를 짓는다. 클레어는 이제 한 챕터만 더 읽으면 되니까 30분 후 거실에서 술 한잔하자고 제안한다. "좋은 생각이에요." 마틴이 말한다. 어차피 한집에서 같이 지내야 하니 교양인답게 행동하는 편이 나을 것이다.

장면이 거실로 바뀐다. 마틴과 클레어는 포도주 한 병을 따지만, 마틴은 아직 긴장이 풀리지 않은 듯하다. 철학책을 읽는 그 이상하고도 매력적인 존재를 어떻게 생각해야 할지 확신이 서지 않는 모양이다. 그는 클레어의 스웨터를 가리키며 어설픈 농담을 시도한다. "버클리를 읽고 있어서 버클리라고 적힌 옷을 입은 건가요? 다음에 흄을 읽으면 흄이라고 적힌 스웨터를 입을 건가요?"

클레어가 웃는다. "아니, 아네요. 발음이 달라요. *버클리*랑 *바클리*. 앞의 건 대학교 이름이고, 뒤의 건 사람 이름이죠. 알면서 그러세요. 누구나 아는 사실이잖아요."

"철자는 똑같잖아요." 마틴이 말한다. "그러니까 같은 단어죠."

"철자는 같아도, 다른 단어죠." 클레어가 대꾸한다.

그녀는 더 설명하려다가 마틴이 일부러 놀리려고 그런다는 걸 눈치채고 그만둔다. 그녀는 활짝 미소를 짓는다. 포도주 잔을 내밀며 마틴에게 한 잔 더 따라달라고 한다. "같은 이름을 가진 두 인물에 대한 단편소설을 쓰신 거 알아요. 제가 그런 분한테 유명론의 원리를 가르치고 있었네요. 이건 분명 포도주 탓이에요. 지금 정신이 맑지 않네요."

"그 소설을 읽었군요." 마틴이 묻는다. "그걸 아는 사람은 우주에 여섯 명밖에 없는데 그중 한 사람인 모양이네요."

"당신 작품은 다 읽었어요." 클레어가 대답한다. "장편소설과 단편집 모두요."

"하지만 난 장편은 하나밖에 안 냈는데."

"두 번째 소설을 이제 막 끝냈잖아요, 안 그래요? 헥터랑 프리다에게 원고를 줬고요. 프리다가 그걸 나한테 빌려줬고, 지난주에 읽었어요. 『기록실 여행』. 당신이 쓴 작품 중 최고라고 생각해요."

이제 마틴이 클레어에게 느꼈을지도 모르는 거리감은 거의 사라져버렸다. 클레어는 활달하고 지적인 사람이며, 외모도 호감을 주는 데다 그의 작품을 알고 이해하는 독자이기도 하다. 그는 자신이 마실 술을 한 잔 더 따른다. 클레어는 그의 최신작의 구조에 대해 이야기하기 시작하고, 마틴은 그녀의 예리하면서도 아첨 섞인 분석을 들으며 의자 등받이에 기대어 미소를 짓는다. 영화가 시작된 후 처음으로, 우울하고 늘 심각한 마틴 프로스트가 경계를 허문다. 그가 말한다. "그렇다면, 마틴 양의 인정을 받은 거네요." 클레어가 대답한다. "오, 그럼요. 확실하게요. 마틴 양은 마틴을 인정합니다." 그들의 이름을 이용한 말장난은 다시 '버클리/바클리' 난제로 이어지고, 마틴은 다시 클레어에게 스웨터의 글자가 무엇을 의미하는지 묻는다. "그래서, 둘 중 뭐죠? 대학이에요, 사람이에요?" "둘 다예요." 클레어가 답한다. "당신이 원하는 대로 읽으면 돼요."

그 순간, 그녀의 눈에 장난기가 반짝인다. 무언가—하나의 생각, 충동, 갑작스러운 영감—이 떠오른 것이다. "아니면," 그녀는 술잔을 테이블에 내려놓고 소파에서 일어서며 말한다. "아무 의미도 없을 수도 있고요."

그리고 그걸 증명하듯, 그녀는 스웨터를 벗어 바닥에 던진다. 안에 입은 건 레이스 장식이 달린 검은색 브라뿐—관념에 대해 공부하는 진지한 학생이 입고 있으리라 기대하기 힘든 옷이다. 하지만 이 역시 하나의 관념이며, 그녀가 과감하고 단호한 몸짓으로 그걸 실행에 옮기자, 마틴은 그저 입을 벌린 채 바라볼 뿐이다. 일이 이렇게 빠르게 진행될 거라고는 상상조차 못 했던 것이다.

"흠." 마침내 그가 말한다. "그것도 혼란을 없애는 한 가지 방법이긴 하네요."

"단순한 논리죠." 클레어가 답한다. "철학적 증명."

"하지만," 마틴이 한참 뜸을 들인 후 말을 잇는다. "하나의 혼란을 없애면서 새로운 혼란을 만들어낸 것 같은데."

"오, 마틴." 클레어가 말한다. "혼란스러워하지 마요. 난 최대한 확실하게 하려는 거니까요."

도발과 매력, 누군가에게 몸을 던지는 것과 자연의 순리에 맡기는 것 사이의 경계는 미묘하다. 클레어는 그녀가 방금 말한 대사("난 최대한 확실하게 하려는 거니까요.")로 끝나는 이 장면에서 그 둘의 경계에 절묘하게 자리한다. 그녀는 마틴을 유혹하지만, 그 방식이 너무도 영리하고 쾌활해서 우리는 그녀의 의도를 의심할 생각조차 하지 못한다. 그녀는 마틴을 원하기 때문에 원한다. 그것이 욕망의 동어반복적 진실이고, 그녀는 이런 문제의 끝없는 뉘앙스를 논하는 대신 곧장 본론으로 들어간다. 스웨터를 벗는 건 그녀의 의도를 알리는 천박한 선언이 아니다. 그건 재치가 멋지게 발휘된 순간이며 바로 그 순간부터 마틴은 자신이 임자를 만났음을 알게 된다.

그들은 결국 침대로 간다. 그날 아침에 서로를 처음 마주했던 그 침대이지만, 이번에는 급히 떨어지거나 접촉하자마자 혼비백산하여 황급히 옷을 주워 입지 않는다. 그들은 서로 부둥켜안고 문을 박차고 들어와 팔다리와 입술이 불편하게 뒤엉킨 채 침대 위로 쓰러지고, 우리는 그 애무와 거친 숨소리가 어디로 향할지 뻔히 안다. 1946년의 영화 제작 관행에 따랐다면 장면은 여기서 끝났을 것이다. 남녀가 키스를 시작하는 순간, 감독은 침실에서 카메라를 돌려 참새 떼가 날아오르거나 파도가 해변에 부딪히거나 기차가 터널을 통과하는 장면—색정과 육욕의 충족을 상징하는 몇 가지 상투적 이미지들 중 하나—을 넣었겠지만, 뉴멕시코는 할리우드가 아니었고 헥터는 자신이 원하는 만큼 카메라를 계속 돌아가게 할 수 있었다. 옷이 벗겨지고, 맨살이 드러나고, 마틴과 클레어는 사랑을 나누기 시작한다. 앨머가 헥터의 영화 속 에로틱한 장면들에 대해 나에게 미리 경고해준 건 잘한 일이었지만, 내가 충격을 받을 거라는 그녀의 예상은 빗나갔다. 나는 이 장면이 오히려 절제되어 있다고 느꼈고, 의도의 평범함이 애잔하게 느껴질 정도였다. 조명은 어둡고 두 사람의 몸에는 그림자가 드리워지며, 모든 것이 90초에서 백 초도 지속되지 않는다. 헥터는 관객을 자극하거나 흥분시키기보다 우리가 영화를 보고 있다는 사실 자체를 잊게 만들고 싶어 하며, 마틴의 입이 클레어의 몸을 따라 내려가기 시작하면(가슴을 지나 오른쪽 엉덩이의 굴곡을 따라가다가 음모의 숲을 건너 다리 안쪽 깊숙한 곳으로 향한다), 우리는 정말 그렇게 믿고 싶어진다. 거기에서도 음악은 흐르지 않는다. 우리가 들을 수 있는 것은 숨소리, 바스락거리는 시트와 이불 소리, 침대 스프링 삐걱이는 소리, 보이지 않는 어둠 속에서 나뭇가지를 흔드는 바람 소리뿐이다.

다음 날 아침, 마틴은 다시 우리에게 말하기 시작한다. 5, 6일 정도의 경과를 암시하는 몽타주 장면에서, 그는 자신이 쓰고 있는 이야기의 진척 상황과 클레어에 대한 깊어져 가는 사랑에 대해 말해준다. 우리는 홀로 타자기 앞에 앉아 있는 마틴, 홀로 책을 읽고 있는 클레어를 보고, 집 안 곳곳에서 함께 시간을 보내는 그들을 본다. 그들은 주방에서 함께 요리를 하고, 거실 소파에서 키스를 나누고, 정원을 거닌다. 한 장면에서는 마틴이 책상 옆 바닥에 쪼그려 앉아 붓을 페인트 통에 적셔 흰색 티셔츠에 H-U-M-E라는 글자를 천천히 쓴다. 나중에 클레어가 그 티셔츠를 입고 침대 위에 책상다리를 하고 앉아서 그녀의 독서 목록 다음 차례인 철학자 데이비드 흄의 책을 읽고 있다. 이런 작은 삽화들 사이사이에 마틴의 말과 무관해 보이는 주전자에서 끓어오르는 물, 담배 연기, 반쯤 열린 창문에서 바람에 휘날리는 흰 커튼 같은 사물들 혹은 추상적인 것들의 클로즈업이 무작위로 섞여 있다. 수증기, 연기, 바람—형태도 없고 실체도 없는 것들의 목록. 마틴은 지속적이고 완벽한 행복의 목가적 순간을 이야기하지만, 카메라는 화면 위를 지나가는 이 몽환적인 이미지들의 행렬을 통해 우리에게 사물의 외관을 그대로 믿지 말라고, 우리 자신의 눈에 보이는 증거를 의심하라고 말한다.

어느 오후, 마틴과 클레어는 주방에서 점심을 먹고 있다. 마틴이 클레어에게 이야기를 들려주고 있는데("그래서 내가 그에게 말했지, '내 말을 믿지 못하겠다면 직접 보여주겠어.' 그러고는 주머니에 손을 넣어서—") 전화벨이 울린다. 마틴은 전화를 받기 위해 일어서고, 그가 화면에서 벗어나자마자 카메라는 반대 방향으로 돌려져 클레어를 클로즈업한다. 우리는 그녀의 표정이 즐거운 연대감에서 걱정으로, 어쩌면 두려움으로 바뀌는 걸 본다. 헥터가 쿠에르나바카에서 건 장거리 전화로, 우리는 헥터의 목소리는 들을 수 없지만 마틴이 하는 말을 통해 대화 내용을 분명히 알 수 있다. 한랭전선이 사막을 향해 다가오고 있는 것 같다. 보일러가 고장 나서 기온이 예상보다 더 떨어질 경우 점검을 받아야 한다. 문제가 생기면 포르투나토 배관 난방 전문점의 짐 포르투나토에게 연락해라.

일상의 사무적인 대화지만, 클레어는 통화 내용을 유심히 들으며 점점 더 불안해한다. 마침내 마틴이 헥터에게 그녀의 이름을 언급하자("클레어에게 내가 지난번에 여기 왔을 때 우리가 내기를 걸었던 이야기를 해주던 참이었어.") 클레어가 벌떡 일어나 방을 뛰쳐나간다. 마틴은 그녀의 갑작스러운 행동에 놀라지만, 그 놀라움은 잠시 후에 찾아온 충격에 비하면 아무것도 아니다. "그게 무슨 소린가, 클레어가 누구냐니?" 그가 헥터에게 말한다. "클레어 마틴, 프리다의 조카." 우리는 헥터의 대답을 들을 필요도 없이 그가 뭐라고 했는지 알 수 있다. 마틴의 얼굴 표정만 보아도 헥터가 그런 이름을 들어본 적도 없다고, 클레어가 누구인지조차 모른다고 말했음을 알 수 있다.

그때쯤 클레어는 이미 집을 빠져나가 달려가고 있다. 일련의 빠르고 짧은 장면들에서 마틴이 문을 박차고 뛰쳐나와 그녀를 쫓는다. 그가 그녀의 이름을 부르지만, 클레어는 계속 달리고, 10초가 더 지나서야 그는 간신히 그녀를 따라잡는다. 그는 뒤에서 그녀의 팔꿈치를 붙잡아 돌려세운다. 두 사람 다 숨이 턱 끝에 차 있다. 가슴이 들썩이고 숨을 헐떡거리느라 둘 다 말을 할 수가 없다.

마침내 마틴이 묻는다. "어떻게 된 거예요, 클레어? 대체 어떻게 된 건지 말해봐요." 클레어가 아무 대답도 하지 않자 마틴은 그녀에게 몸을 기울이고 소리친다. "말해보라니까!"

그러자 클레어가 차분한 목소리로 말한다. "다 들리니까 그렇게 소리 지를 필요 없어요, 마틴."

"방금 헥터에게 듣기론, 프리다에겐 남자 형제만 하나 있어요." 마틴이 말한다. "그에겐 자식이 둘 있는데, 둘 다

아들이에요. 그러니까 남자 조카는 두 명이지만 여자 조카는 없다는 뜻이죠."

"달리 방법이 떠오르지 않았어요." 클레어가 말한다. "당신이 나를 믿도록 만들어야만 했어요. 하루 이틀 지나면 당신이 스스로 알아차릴 거라고 생각했어요. 그리고 그 다음엔 더 이상 문제가 되지 않을 것 같았고요."

"뭘 알아차린다는 거죠?"

지금까지 클레어는 당황하고 다소간 뉘우치는 듯했으며, 그를 기만한 것에 대해 부끄러워하기보다는 들켰다는 사실에 실망한 기색이 역력했다. 하지만 마틴이 자신의 무지를 인정하자 그녀의 표정이 바뀐다. 그녀는 진심으로 놀란 듯 보인다. "정말 모르는 거예요, 마틴?" 그녀가 묻는다. "우린 일주일이나 함께 지냈는데, 아직도 모르겠어요?"

당연히 그는 모르고 있다. 그리고 우리 역시 마찬가지다. 발랄하고 아름답던 클레어는 이제 수수께끼가 되었고, 그녀가 말을 하면 할수록 우리는 점점 더 혼란에 빠진다.

"당신 누구야?" 마틴이 묻는다. "대체 여기서 뭐 하는 거야?"

"오, 마틴." 클레어가 갑자기 눈물을 글썽이며 말한다. "내가 누구인지는 중요하지 않아요."

"당연히 중요해요. 아주 중요한 문제지."

"아뇨, 내 사랑. 그건 중요하지 않아요."

"어떻게 그런 말을 할 수 있어요?"

"당신이 나를 사랑하니까 중요하지 않아요. 당신이 나를 원하니까요. 중요한 건 *그거*예요. 나머지는 아무 의미 없어요."

클레어가 클로즈업되면서 화면은 서서히 어두워지고, 다음 장면으로 넘어가기 전에 멀리서 마틴의 타자기 소리가 희미하게 들려온다. 천천히 화면이 다시 밝아지며, 타자기 소리도 점점 가까워진다. 우리는 마치 집 밖에 있다가 안으로 들어가 계단을 올라 마틴의 방문 앞에 다다른 것처럼 느낀다. 새 장면의 초점이 선명해지고 엄청나게 클로즈업된 마틴의 눈이 화면을 가득 채운다. 카메라는 몇 초간 그 위치를 유지하다가 내레이션이 이어지면서 서서히 뒤로 물러나 마틴의 얼굴, 어깨, 타자기 자판 위의 손, 그리고 책상에 앉은 마틴을 보여준다. 카메라는 멈추지 않고 계속 뒤로 물러나 방을 빠져나오고 복도를 따라간다. 마틴이 말한다. *불행히도 클레어의 말이 옳았다. 나는 그녀를 사랑했고, 그녀를 원했다. 하지만 믿지 못하는 사람을 어떻게 사랑할 수 있을까?* 카메라는 클레어의 방문 앞에서 멈춘다. 텔레파시로 명령이라도 내린 듯 문이 저절로 열리고, 우리는 안으로 들어가 화장대 앞에 앉아 거울을 보며 화장하고 있는 클레어에게 접근한다. 그녀는 검은 새틴 슬립을 입고 있고, 머리는 틀어 올려 느슨하게 묶어서 목덜미가 드러나 있다. *클레어는 다른 여자들과 달랐다.* 마틴이 말한다. *그녀는 누구보다 강했고, 누구보다 야성적이었으며, 누구보다도 똑똑했다. 나는 평생 그녀를 만나길 기다려왔지만 막상 그녀와 함께 있게 되자 두려웠다. 그녀는 나에게 무엇을 숨기고 있었을까? 무슨 끔찍한 비밀이 있기에 나에게 말하지 않으려 한 걸까? 나는 마음 한편으로는 당장 이곳을 떠나야 한다고, 너무 늦기 전에 짐을 싸서 나가야 한다고 생각했다. 하지만 다른 한편으로는 이렇게 생각했다. '그녀가 나를 시험하는 거야. 그 시험을 통과하지 못하면, 그녀를 잃게 될 거야.'*

눈썹연필, 마스카라, 볼터치, 파우더, 립스틱. 마틴이 혼란에 빠져 자기 탐구적 독백을 이어가는 동안, 클레어는 거울 앞에서 다른 여자로 변신해간다. 충동적인 말괄량이 소녀는 사라지고 대신 화려하고 세련된 영화배우 같은 요부가 등장한다. 클레어는 화장대에서 일어나 몸에 꼭 끼는 검은색 칵테일 드레스를 입고, 굽이 8센티미터는 되는 하이힐을 신는다. 우리는 이제 그녀가 클레어라는 걸 알아보기도 힘들다. 그녀는 눈부시게 아름답다. 침착하고 자신만만하며 여성적인 힘 그 자체이다. 그녀는 입가에 엷은 미소를 머금고 마지막으로 한 번 더 거울을 확인한 다음 방을 나선다.

장면이 복도로 바뀐다. 클레어가 마틴의 방문을 두드리며 말한다. "저녁 준비됐어요, 마틴. 아래층에서 기다릴게요."

장면이 식당으로 바뀐다. 클레어는 식탁에 앉아 마틴을 기다리고 있다. 이미 전채 요리를 차려놓고 포도주병도 땄으며, 촛불도 켜놓았다. 마틴이 묵묵히 들어선다. 클레어는 따뜻하고 다정한 미소로 그를 반기지만, 마틴은 그 미소에 반응을 보이지 않는다. 그는 어떻게 행동해야 할지 몰라 잔뜩 경계하고 있고 심기가 불편해 보인다.

마틴은 의심스러운 눈길로 클레어를 바라보며 자신을 위해 준비된 자리로 가서 의자를 뺀 다음 거기 앉는다. 단단해 보이던 의자가 그의 무게가 실리자마자 부서진다. 마틴은 바닥으로 떨어진다.

그건 폭소를 자아내는, 전혀 예상치 못한 사태 전환이다. 클레어는 웃음을 터뜨리지만 마틴은 전혀 즐거워 보이지 않는다. 바닥에 엉덩방아를 찧으며 나동그라진 그는 자존심도 상하고 화도 나서 속이 부글거린다. 클레어가 계속 웃어대자(그녀도 어쩔 수가 없다, 그 상황이 너무 우습다) 그의 꼴은 더 우스꽝스러워진다. 마틴은 아무 말도 하지 않고 천천히 일어나 부서진 의자 조각들을 발로 차버리고 다른 의자를 끌어온다. 이번에는 조심스럽게 몸을 낮추고, 의자가 그의 무게를 견딜 만큼 튼튼하다는 것을 확인한 다음에야 음식으로 관심을 돌린다. "맛있어 보이네요." 그가 말한다. 당혹감을 삼키고 체면을 지키기 위한 절박한 시도다.

클레어는 그의 말에 과도한 기쁨을 내보인다. 그녀는 또다시 환한 미소를 지으며 그에게로 몸을 기울이고 묻는다. "소설은 어떻게 돼가요, 마틴?"

이제 마틴은 왼손에 레몬 조각을 들고 아스파라거스에 레몬즙을 뿌릴 준비를 하고 있다. 그는 클레어의 질문에 곧바로 대답하는 대신, 엄지와 중지로 레몬 조각을 누른다─레몬즙이 튀어 그의 눈에 들어간다. 마틴은 고통스럽게 외마디 비명을 지른다. 또다시 클레어는 폭소를 터뜨리고, 또다시 우리의 투덜이 주인공은 전혀 즐거워하지 않는다. 그는 물잔에 냅킨을 적셔 눈의 따가움이 가시도록 톡톡 두드린다. 그는 또다시 우스꽝스러운 꼴을 보인 게 망신스럽기 짝이 없는 듯 낭패한 기색이 역력하다. 이윽고 냅킨을 내려놓는 그에게 클레어가 다시 묻는다.

"그래서, 마틴, 소설은 어떻게 돼가요?"

이제 마틴은 더 이상 참을 수가 없다. 클레어의 질문에 대답하기를 거부하고 그녀의 눈을 똑바로 보면서 묻는다. "당신은 누구지, 클레어? 여기서 뭐 하는 거지?"

클레어는 태연하게 미소 지으며 말한다. "아뇨, 당신이 먼저 대답해요. 소설은 어떻게 돼가요?"

마틴은 폭발하기 직전의 표정이다. 그녀의 회피적인 태도에 격분해서 아무 말도 하지 않고 그녀를 노려본다.

"제발, 마틴." 클레어가 말한다. "이건 정말 중요한 일이에요."

마틴은 화를 억누르려 애쓰면서 냉소적으로 중얼거린다―그건 클레어에게 말하는 것이라기보다는 혼잣말에 가깝다. "정말 알고 싶은가?"

"예, 정말 알고 싶어요."

"좋아요……. 좋아, 어떻게 돼가고 있는지 말해주지. 사실은…… (잠시 생각한다) ……음(계속 생각하며)…… 사실 꽤 잘되고 있어요."

"꽤 잘…… 아니면 아주 잘?"

"음…… (생각)…… 아주 잘. 아주 잘되고 있다고 할 수 있어요."

"알겠죠?"

"뭘 알아요?"

"오, 마틴. 알면서."

"아니, 클레어, 난 몰라요. 아무것도 모르겠어요. 솔직히 말하면, 난 완전히 혼란에 빠졌어요."

"가여운 마틴. 자신에게 너무 가혹하게 굴지 말아요."

마틴은 어설픈 미소를 지어 보인다. 두 사람은 일종의 교착 상태에 이르렀고, 당장은 더 할 말도 없는 듯하다. 클레어는 식사에 열중한다. 그녀는 자신이 만든 음식을 조금씩 천천히 베어 먹으며 기분 좋게 맛을 음미하는 듯하다. "음," 그녀가 말한다. "나쁘지 않네요. 마틴, 당신은 어떻게 생각해요?"

마틴은 포크를 들어 음식을 입에 넣으려다가 클레어의 목에서 흘러나오는 부드러운 탄성에 주의를 빼앗겨 그녀를 흘끗 보느라 순간적으로 손에 든 것에서 시선을 떼고, 그 바람에 그의 손목이 아래쪽으로 살짝 기운다. 포크가 그의 입을 향해 나아가는 동안 샐러드드레싱 한 줄기가 포크에서 그의 셔츠 앞자락으로 떨어진다. 마틴은 처음에는 그 사실을 알아차리지 못하다가 입을 벌리며 포크의 아스파라거스에 시선을 돌리면서 무슨 일이 벌어지고 있는지 깨닫는다. 그는 깜짝 놀라 몸을 뒤로 젖히며 포크를 떨어뜨린다. "젠장!" 그가 말한다. "또 실수를 했어!"

카메라는 클레어에게로 이동하여(그녀는 세 번째로 웃음을 터뜨린다) 그녀를 천천히 클로즈업한다. 영화 초반 침실 장면 끝부분과 비슷한 클로즈업이지만, 그때 마틴이 방에서 나가는 걸 지켜보던 그녀의 얼굴은 무표정했던 데 반해 이제는 거의 초월적 환희를 표현하듯 생동감과 기쁨이 넘친다. 앨머의 말이 생각난다. "그때의 페이는 정말 생기 넘치고 강렬했어요." 이 영화에서 그런 충만함과 생명력이 가장 잘 포착된 순간이다. 그 몇 초 동안, 클레어는 파괴될 수 없는 것, 순수한 인간적 광휘 그 자체가 된다. 그러나 이내 화면이 어두워지면서 새까만 배경 속으로 사라지고, 클레어의 웃음소리는 몇 초 더 이어지지만 그것 역시 사라지기 시작한다—희미한 메아리로, 흩어진 숨소리로, 아득히 먼 잔향으로.

긴 정적이 흐르고, 다음 20초 동안 단 하나의 밤의 이미지가 화면을 지배한다. 하늘에 떠 있는 달. 구름이 흘러가고, 바람이 그 아래 나무 사이를 스치지만, 본질적으로 우리 앞에는 오직 그 달뿐이다. 그것은 냉엄하고 의도적인 전환이며, 몇 초 만에 우리는 이전 장면의 코믹한 소동을 잊어버린다. *그날 밤, 마틴이 말한다. 나는 내 인생에서 가장 중요한 결정을 내렸다. 더 이상 묻지 않기로 한 것이다. 클레어는 나에게 무조건적인 믿음을 요구했고, 나는 그녀를 계속 몰아붙이는 대신 눈을 질끈 감고 뛰어들기로 했다. 바닥에 무엇이 기다리고 있을지 전혀 알 수 없었지만, 그렇다고 해서 도전할 가치가 없는 것은 아니었다. 그래서 나는 계속해서 추락했다……. 그리고 일주일 후, 내가 이제 잘못될 일이 없다고 생각하기 시작한 바로 그때, 클레어가 산책을 나갔다.*

마틴은 2층 서재의 책상에 앉아 있다. 그는 타자기에서 눈을 돌려 창밖을 내다보고, 카메라 앵글이 정반대로 바뀌며 우리는 그의 시점에서 홀로 정원을 걷고 있는 클레어를 긴 오버헤드 숏으로 내려다본다. 한랭전선이 도착한 듯하다. 그녀는 코트를 입고 목도리를 둘렀으며, 손을 주머니에 넣고 있다. 땅에는 가벼운 눈이 먼지처럼 쌓여 있다. 카메라가 다시 마틴을 비추고, 그는 클레어에게서 시선을 떼지 못한 채 여전히 창밖을 내다보고 있다. 다시 장면이 바뀌어 정원에 홀로 있는 클레어의 모습이 보인다. 그녀는 몇 걸음 더 걷더니, 예고도 없이 땅에 쓰러진다. 그것은 섬뜩하리만큼 효과적인 쓰러짐이다. 비틀거림도, 어지러움도 없고, 무릎이 서서히 꺾이지도 않는다. 한 걸음과 다음 걸음 사이에서, 클레어는 완전한 무의식 상태로 추락해버린다. 그토록 순식간에, 가차 없이 힘이 빠져나가는 모습으로 보아 그녀는 죽은 듯하다.

카메라는 창문에서 줌 렌즈로 클로즈업해서 클레어의 축 늘어진 몸을 전경으로 끌어온다. 마틴이 화면 안으로 들어온다. 헐떡이며 달려온 그는 제정신이 아니다. 그는 무릎을 꿇고 그녀의 머리를 손에 받쳐 들며 생명의 징후를 찾는다. 이제 우리는 무엇을 기대해야 할지 알 수 없다. 이야기는 완전히 다른 분위기로 전환되었고, 불과 1분 전까지 폭소를 터뜨리던 우리는 이제 긴장감 넘치는 멜로드라마를 보고 있다. 결국 클레어는 눈을 뜨지만, 우리가 그걸 회복이 아니라 죽음의 일시적인 유예, 다가올 일들의 전조임을 깨달을 만큼 충분한 시간이 지난 후다. 그녀는 마틴을 올려다보며 미소 짓는다. 그것은 영적인 미소, 내면의 미소, 더 이상 미래를 믿지 않는 사람의 미소다. 마틴은 그녀에게 입을 맞춘 뒤 몸을 숙여 그녀를 품에 안고 집으로 향한다. 그녀는 괜찮아 보였다. 마틴이 말한다. 그저 가벼운 실신이라고 우리는 생각했다. 하지만 다음 날 아침, 클레어는 고열에 시달리며 잠에서 깼다.

화면이 바뀌고 침대에 누운 클레어가 보인다. 마틴이 간호사처럼 그녀 주위를 맴돌며 체온을 재고, 아스피린을 먹이고, 젖은 수건으로 이마를 닦아주고, 숟가락으로 수프를 떠먹인다. 그녀는 아무런 불평도 하지 않았다. 마틴이 계속해서 이야기한다. 몸이 불덩이 같았지만, 기분은 좋아 보였다. 얼마 후, 그녀는 나를 방에서 내쫓았다. "가서 소설이나 써요." 그녀가 말했다. "여기서 당신 곁에 앉아 있고 싶어요." 내가 말했다. 그러자 클레어는 웃으며 장난스럽게 토라진 표정을 지었다. 그녀는 내가 당장 소설을 쓰러 가지 않으면 침대에서 뛰어내려 옷을 다 벗어 던지고 알몸으로 밖으로 도망칠 거라면서, 그게 자기 몸을 낫게 해주지는 않을 거 아니냐고 말했다.

잠시 후, 마틴은 책상에 앉아 다시 타자기를 두드리기 시작한다. 타자기 소리가 특히 더 요란하게 들리다가—격렬한 리듬으로 키보드를 두드리자 박력 넘치는 커다란 스타카토 음이 이어진다—이내 소리가 작아지더니 거의 정적에 가까워지고 마틴의 목소리가 다시 흐른다. 우리는 침실로 돌아온다. 클레어의 병상을 둘러싼 작은 세계를 정교하게 포착한 정물화 같은 클로즈업이 연이어 보인다. 물잔, 덮인 책의 모서리, 체온계, 침대 옆 탁자의 서랍 손잡이. *하지만 다음 날 아침, 마틴이 말한다. 열이 더 심해졌다. 나는 그녀가 좋아하든 싫어하든 하루 종일 그녀 곁에 있겠다고 말했다. 몇 시간 동안 그녀 곁에 앉아 있었고, 오후 중반이 되자 상태가 호전되는 것처럼 보였다.*

카메라는 뒤로 급히 물러나면서 방 전체를 비추고, 침대에 앉아 있는 클레어는 예전처럼 활기찬 모습이다. 그녀는 짐짓 진지한 목소리로 마틴에게 칸트의 한 구절을 읽어 준다. "우리가 보는 것들은 그 자체로 우리가 보는 것이 아니다……. 그러므로 우리의 주체나 감각의 주관적 형태를 제거한다면 모든 성질, 모든 사물의 공간적·시간적 관계, 나아가 공간과 시간 자체도 사라질 것이다."

모든 것이 정상으로 돌아오는 듯하다. 클레어가 회복되어가자 마틴은 다음 날 다시 집필을 시작한다. 두세 시간 동안 꾸준히 작업한 후, 클레어를 살펴보러 간다. 침실에 들어서자, 클레어는 두툼한 이불과 담요에 감싸인 채 깊이 잠들어 있다. 방 안은 춥다. 마틴이 숨을 내쉴 때, 그의 입김이 하얗게 피어오를 정도다. 헥터가 보일러에 대해 경고했지만, 마틴은 깜빡 잊고 손을 쓰지 못했다. 그 전화 이후 너무 많은 일들이 벌어지다 보니 포르투나토라는 이름을 까맣게 잊은 것이다.

하지만 방에는 벽난로가 있고, 난롯가에 장작이 조금 쌓여 있다. 마틴은 클레어의 잠을 깨우지 않으려고 최대한 조용히 불을 피운다. 불꽃이 타오르자 부지깽이로 장작의 위치를 조정한다. 그러다 의도치 않게 밑에 있던 장작 하나가 미끄러져 나오고, 클레어가 그 소리에 잠이 깬다. 그녀는 이불 속에서 조그맣게 신음 소리를 내며 몸을 뒤척이다가 눈을 뜬다. 마틴은 난로 앞에서 몸을 돌린다. "깨울 생각은 없었는데, 미안해요." 그가 말한다.

클레어가 미소 짓는다. 그녀는 기력이 다 빠진 듯 쇠약해 보이고 겨우 의식을 붙잡고 있는 듯하다. "안녕, 마틴." 그녀가 속삭인다. "나의 멋진 남자는 좀 어때요?"

마틴은 침대 쪽으로 다가가 그녀 옆에 앉아 그녀의 이마를 짚는다. "몸이 불덩어리야." 그가 말한다.

"난 괜찮아요." 그녀가 대답한다. "기분도 좋고."

"벌써 사흘째예요, 클레어. 의사를 부르는 게 좋겠어요."

"그럴 필요 없어요. 그냥 아스피린 좀 더 줘요. 30분이면 다시 멀쩡해질 거예요."

마틴은 병에서 아스피린 세 알을 꺼내 물잔과 함께 그녀에게 건넨다. 클레어가 약을 삼키는 동안, 마틴은 말한다. "이대로는 안 돼요. 정말로 당신을 의사에게 보여야겠어요."

클레어는 빈 잔을 마틴에게 돌려주고, 그는 그걸 도로 테이블 위에 내려놓는다. "당신 소설 이야기나 들려줘요." 그녀가 말한다. "그럼 좀 나아질 거예요."

"당신은 쉬어야 해요."

"제발, 마틴. 조금만."

그녀를 실망시키고 싶지 않아서, 하지만 그녀가 무리하는 것 역시 원치 않아서, 마틴은 몇 개의 문장으로 짧게 요약해서 들려준다. "지금은 어두워요. 노드스트럼은 집을 떠났어요. 안나가 그에게로 가고 있는 중이지만, 그는 그걸 몰라요. 그녀가 빨리 도착하지 않으면 그는 함정에 빠지고 말 거예요."

"그녀는 제시간에 도착할까요?"

"그건 중요하지 않아요. 중요한 건 그녀가 그에게 가고 있다는 거죠."

"그녀가 그를 사랑하게 됐군요."

"그녀 나름으로는, 그래요. 그녀는 그를 위해 자신의 목숨을 걸고 있어요. 그것도 사랑의 한 형태죠, 안 그래요?"

클레어는 대답하지 않는다. 마틴의 질문이 그녀를 압도했고, 너무 감동한 나머지 말이 나오지 않는다. 그녀의 눈에는 눈물이 가득 고이고, 입술이 떨린다. 얼굴이 희열에 차서 환히 빛난다. 마치 자신에 대한 새로운 깨달음에 도달한 것처럼 그녀의 온몸이 갑자기 빛을 발하는 듯하다. "얼마나 남았어요?" 그녀가 묻는다.

"두세 페이지 정도." 마틴이 대답한다. "거의 끝났어요."

"지금 써요."

"서두를 필요 없어요. 내일 써도 돼요."

"아니, 마틴. 지금 써요. 지금 써야만 해요."

카메라가 잠시 클레어의 얼굴에 머문다. 그리고 마치 그녀의 명령에 떠밀린 듯, 마틴은 다시 책상 앞에 앉아 타자기를 두드린다. 여기서부터 두 인물 사이의 교차 편집이 시작된다. 우리는 마틴에게서 클레어에게로, 다시 클레어에게서 마틴에게로 돌아가며, 열 개의 단순한 장면들을 통해 마침내 무슨 일이 벌어지고 있는지를 이해하게 된다. 그다음 마틴이 침실로 돌아오고, 열 개의 장면들을 통해 마침내 그도 모든 것을 깨닫게 된다.

1. 클레어가 극심한 고통에 시달리며 침대에서 몸부림

치면서도 도와달라고 소리치지 않으려 애쓴다.

2. 마틴이 한 페이지를 끝내고, 종이를 타자기에서 빼낸 후 새 종이를 끼운다. 그는 다시 타자를 치기 시작한다.

3. 우리는 벽난로를 본다. 불이 거의 꺼졌다.

4. 타자기를 두드리는 마틴의 손 클로즈업.

5. 클레어의 얼굴 클로즈업. 그녀는 아까보다 더 쇠약해졌고, 이제는 몸부림도 치지 않는다.

6. 마틴의 얼굴 클로즈업. 책상에서 타자를 치고 있다.

7. 벽난로 클로즈업. 이제는 잉걸불만 남아 희미하게 빛나고 있다.

8. 마틴의 미디엄 숏. 그가 소설의 마지막 단어를 타이핑한다. 잠시 멈춤. 그리고 그는 타자기에서 종이를 빼낸다.

9. 클레어의 미디엄 숏. 그녀가 약하게 진저리를 치더니—죽어가는 것처럼 보인다.

10. 마틴이 책상 옆에 서서 원고를 정리한다. 그리고 완성된 소설을 손에 들고 서재를 나선다.

11. 마틴이 미소를 지으며 방으로 들어온다. 그는 침대를 흘끗 보고, 잠시 후 얼굴에서 미소가 사라진다.

12. 클레어 미디엄 숏. 마틴이 그녀 곁에 앉아 이마를 짚어보지만 아무런 반응이 없다. 그녀의 가슴에 귀를 대보지만 여전히 반응이 없다. 그는 패닉 상태에서 원고를 내팽개

치고 양손으로 그녀의 몸을 주물러 필사적으로 온기를 되살리려 한다. 하지만 그녀는 축 늘어진 채 몸이 차갑게 식었고, 숨도 멎었다.

13. 벽난로 장면. 우리는 꺼져가는 잉걸불들을 본다. 난롯가에는 장작이 더 이상 남아 있지 않다.

14. 마틴이 침대에서 뛰어 내려온다. 그는 원고를 집어 들고 몸을 빙 돌려 벽난로로 달려간다. 그는 공포에 사로잡혀 제정신이 아닌 듯하다. 이제 할 수 있는 일은 단 하나뿐이며, 당장 그걸 해야 한다. 그는 주저하지 않고 자신의 소설 첫 페이지를 구겨 불 속에 던진다.

15. 불길 클로즈업. 종이 뭉치는 재 속으로 떨어지자마자 불이 붙는다. 마틴이 또 한 장을 구기는 소리가 들린다. 잠시 후, 두 번째 종이 뭉치도 재 속으로 떨어져 타오른다.

16. 클레어 얼굴 클로즈업. 그녀의 눈꺼풀이 펄럭이기 시작한다.

17. 벽난로 앞에 웅크리고 있는 마틴의 미디엄 숏. 그는 또 한 장을 구겨 벽난로에 던진다. 또다시 불길이 솟구친다.

18. 클레어가 눈을 뜬다.

19. 이제 마틴은 최대한 빠르게 움직이며 원고를 구겨 불 속에 던진다. 한 장씩 던져진 원고들이 모두 타오르기 시작하고, 서로 불이 옮겨붙으면서 불길이 거세진다.

20. 클레어가 침대에서 일어나 앉는다. 혼란스러운 표정으로 눈을 깜빡이며 기지개를 켜고 하품을 한다. 병이 씻은 듯이 나은 모습이다. 그녀는 죽음에서 돌아온 것이다.

점차 의식이 돌아온 클레어는 방 안을 둘러보다가, 벽난로 앞에서 미친 듯 원고를 구겨 불 속에 던지고 있는 마틴을 발견하고 충격을 받는다. "뭐 하는 거예요?" 그녀가 말한다. "세상에, 마틴, 뭐 하는 거예요?"

"당신을 되찾아 오고 있어요." 마틴이 대답한다. "클레어, 서른일곱 페이지로 당신 목숨을 구했어요. 내 생애 최고의 거래죠."

"하지만 그러면 안 돼요. 그건 허락되지 않은 일이에요."

"어쩌면 그럴지도 모르죠. 하지만 지금 하고 있잖아요, 안 그래요? 내가 규칙을 바꿨어요."

클레어는 극도의 긴장 상태에서 눈물을 쏟기 직전이다. "오, 마틴." 그녀가 말한다. "당신은 자신이 무슨 짓을 한 건지도 모르고 있어요."

마틴은 클레어의 반대에 굴하지 않고 계속해서 자신의 소설을 불 속에 던진다. 마지막 페이지에 이르자, 그는 승리감에 찬 눈빛으로 클레어를 바라보며 말한다. "봤죠, 클레어? 이건 글일 뿐이에요. 서른일곱 페이지의 글일 뿐이라고요."

그는 침대에 앉고, 클레어가 그를 끌어안는다. 놀랍도록 격렬하고 열정적인 몸짓이다. 클레어는 영화가 시작된 이후 처음으로 두려운 표정이 된다. 그녀는 그를 원하면서도 원하지 않는다. 그녀는 황홀하면서도 공포에 사로잡혀 있다. 늘 강한 사람이었던 그녀, 용기와 확신에 차 있던 그녀였지만, 이제 마틴이 스스로 마법에서 풀려나자 혼란에 빠진 듯하다. "우리 이제 어쩌죠?" 그녀가 말한다. "말해줘요, 마틴. 도대체 어떻게 해야 하죠?"

마틴이 대답하기도 전에, 장면이 바깥으로 바뀐다. 우리는 15미터쯤 떨어진 거리에서 외딴집을 바라본다. 카메라가 위쪽으로 기울어지며 오른쪽으로 돌아 큰 미루나무 가지를 비춘다. 모든 것이 정지되어 있다. 바람도 불지 않고, 나뭇가지 사이로 질주하는 공기도 없으며, 나뭇잎 한 장 흔들리지 않는다. 10초가 흐르고, 15초가 흐른 뒤 갑작스럽게 화면이 어두워지면서 영화는 끝난다.

8

바로 그날, 〈마틴 프로스트의 내면의 삶〉 필름은 파기되었다. 나는 그 영화를 볼 수 있었던 것을, 블루 스톤 농장에서 그 영화가 마지막으로 상영되었을 때 그 자리에 있었던 것을 행운으로 여겨야겠지만, 앨머가 그 아침에 영사기를 켜지 않았더라면, 내가 그 우아하고 잊을 수 없는 영화를 한 장면도 보지 않았더라면 좋았을 거라는 생각도 없지 않았다. 내가 그 영화를 좋아하지 않았거나 형편없는 저질이라고 치부할 수 있었다면 아무 문제도 없었겠지만 그것은 분명 형편없는 영화가 아니었고, 분명 저질도 아니었다. 그리고 나는 이제 곧 세상에서 사라질 그 영화가 어떤 작품인지를 알게 되었기에 결국 3천 킬로미터 넘게 여행해서 범죄에 가담한 꼴이 되고 말았음을 깨닫게 되었다. 그 7월 오후, 〈마틴 프로스트의 내면의 삶〉이 헥터의 다른 작품들과 함께 불타 사라졌을 때, 그것은 내게 비극처럼, 염병할 세상의 종말처럼 느껴졌다.

그게 내가 본 유일한 영화였다. 다른 영화를 볼 시간은 없었고, 〈마틴 프로스트의 내면의 삶〉을 단 한 번밖에 볼 수 없었다는 점에서 앨머가 내게 노트와 펜을 챙겨준 것은 정말 다행스러운 일이었다. 그 말을 모순이라 생각하지 않는다. 차라리 영화를 보지 않았더라면 좋았으리란 마음과는 별개로, 나는 실제로 그것을 보았고 이제 그 말들과 이미지들이 내 안에 스며든 이상 그걸 담아둘 방법이 있어서 다행이었다. 그날 아침에 적어둔 메모들은 내가 놓쳤을 세부적인 내용들을 기억하도록 도와 오랜 세월이 지난 후에도 그 영화가 내 머릿속에 살아 있게 해주었다. 나는 학생 때 익힌 광적인 전보 속기체로 휘갈겨 메모하면서 거의 노트를 보지 않았기에 대부분이 무슨 글씨인지 알아보기 힘든 상태였지만 결국 90~95퍼센트 정도는 용케 해독해낼 수 있었다. 그걸 옮겨 적느라 몇 주간 애를 써야 했지만, 대본을 깨끗이 정리하고 이야기를 번호가 매겨진 장면들로 분류하자 마침내 영화와 다시 연결될 수 있었다. 그걸 위해선 일종의 황홀경에 빠져야 했지만(그러니까 항상 되는 것은 아니라는 의미다) 충분한 집중력과 올바른 기분을 유지하면 글이 실제로 이미지를 불러와서 마치 다시 〈마틴 프로스트의 내면세계〉를 보는 듯했다―적어도 내 머릿속 영사실 안에서 몇몇 장면이 번뜩였다. 지난해, 이 책을 써볼까 하는 생각이 들었을 때 나는 최면술사를 몇 번 찾아갔다. 처음에는 별다른 효과가 없었지만, 그다음 세 번의 방문에서는 놀라운 결과가 나타났다. 최면 상태에서 녹음된 테이프를 들으면서 공백들을 채우고 사라지기 시작하려던 많은 것들을 되살릴 수 있었다. 좋든 싫든, 철학자들의 말이 맞았던 것 같다. 우리에게 일어난 일은 절대 사라지지 않는다.

상영이 끝난 시각은 정오를 약간 넘긴 때였다. 앨머와 나는 배도 고프고 잠깐 휴식이 필요하기도 해서 곧장 다음 영화를 보지 않고 복도로 나가서 점심 바구니를 꺼냈다. 먼지 쌓인 리놀륨 바닥에 앉아 깜빡거리는 형광등 아래에서 치즈샌드위치를 먹는 것은 기묘한 피크닉이었지만 우리는 밖에서 더 좋은 장소를 찾느라 시간을 낭비하고 싶지 않았다. 우리는 앨머의 어머니에 대해, 헥터의 다른 작품들에 대해, 그리고 방금 끝난 영화 속 기발함과 진지함의 절묘한 조화에 대해 이야기했다. 나는 영화가 우리를 속여 말이 안 되는 걸 믿게 만들 수도 있지만 이번만큼은 정말로 속아 넘어갔다고 말했다. 마지막 장면에서 클레어가 되살아나는 순간에는 진짜 기적을 목도하는 기분으로 전율을 느꼈다. 그건 마틴이 자신의 소설을 불태워 클레어를 구한 이야기였지만 그와 동시에 헥터가 브리지드 오팰런을 구한 것이기도 했고 그가 자신의 영화를 불태운 것이기도 했다. 그런 식으로 의미들이 중첩될수록 나는 더 깊이 영화 속으로 빠져들었다. "다시 그 영화를 볼 수 없다니 너무 아쉽네요." 내가 말했다. "내가 바람을 제대로 봤는지, 나무들에 충분히 주의를 기울였는지 모르겠어요."

내가 너무 오래 떠들어댄 모양이었다. 앨머가 다음으로 볼 영화 제목(〈반(反)세계에서 온 보고서〉)을 알리자마자 건물 어딘가에서 문이 쾅 닫히는 소리가 들렸다. 우리는 막 자리에서 일어나 옷에 묻은 빵가루를 털어내고 보온병에 든 아이스티를 마지막으로 한 모금 마신 후 다시 안으로 들어갈 준비를 하던 참이었다. 그때 리놀륨 바닥을 밟는 테니스화 소리가 들렸다. 몇 초 후 복도 끝에서 후안이 모습을 드러냈고, 그가 반쯤 달리는—걷기보다는 달리기에 가까운—걸음으로 다가오는 걸 본 우리는 프리다가 돌아왔음을 알 수 있었다.

한동안 나는 마치 그곳에 존재하지 않는 사람처럼 느껴졌다. 후안과 앨머는 말없이 빠른 손짓과 휘두르는 팔 동작,

격하게 끄덕이거나 가로젓는 고갯짓으로 대화를 나누고 있었다. 그들이 무슨 이야기를 하는지 알 수는 없었지만 신호가 오가면서 앨머가 점점 더 감정이 격해져가는 건 느낄 수 있었다. 그녀는 거칠고 반항적이고 거의 공격적인 몸짓으로 후안이 전하는 말을 부정하고 있었다. 후안은 두 손을 들어 항복을 나타냈지만(나를 탓하지 마, 나는 그저 전달자일 뿐이니까, 라고 말하는 것 같았다), 앨머가 다시 그를 몰아세우자 적대감으로 눈빛이 흐려졌다. 그는 주먹으로 손바닥을 내리치더니 갑자기 내 얼굴을 향해 손가락질했다. 그건 더 이상 대화가 아니었다. 그건 다툼이었고, 갑자기 내가 다툼거리가 되었다.

계속해서 지켜보며 그들이 무슨 이야기를 나누고 있는지 파악하려고 노력했지만, 내 눈앞에서 펼쳐지고 있는 그 암호들을 도무지 해독할 수가 없었다. 그러다 후안이 자리를 떠났고, 그가 짧고 다부진 다리로 복도를 빠르게 걸어가는 사이 앨머가 무슨 일이 있었는지 설명했다. "프리다가 10분 전에 돌아왔어요." 그녀가 말했다. "지금 당장 시작하고 싶대요."

"그건 너무 빠른데요." 내가 말했다.

"헥터의 화장은 오늘 오후 5시래요. 프리다는 그때까지 앨버커키에서 기다리기 싫어서 그냥 집으로 온 거예요. 내일 아침에 유골을 찾으러 갈 계획이래요."

"그런데 당신과 후안은 무슨 일로 다툰 거예요? 난 무슨 영문인지 전혀 모르고 있었는데, 그가 나에게 손가락질했어요. 누가 나한테 손가락질하는 거 유쾌하지 않아요."

"우린 당신에 대해 이야기하고 있었어요."

"그런 것 같긴 했어요. 그런데 내가 프리다의 계획과 무슨 관계가 있죠? 난 그냥 방문객일 뿐인데."

"당신이 이해한 줄 알았어요."

"난 수화 못 알아들어요, 앨머."

"하지만 내가 화내는 거 봤잖아요."

"당연히 봤죠. 하지만 난 아직 이유를 모르겠어요."

"프리다는 당신이 여기 있는 걸 좋아하지 않아요. 너무 사적인 문제라서, 낯선 사람을 집에 들일 때가 아니래요."

"그럼 날 농장에서 쫓아내겠다는 건가요?"

"그렇게 말하진 않았어요. 하지만 요지는 그거죠. 프리다는 당신이 내일 떠나기를 원해요. 아침에 우리가 앨버커키로 가는 길에 당신을 공항에 내려주겠다고 했어요."

"하지만 나를 초대한 사람은 프리다예요. 그걸 기억 못 하는 걸까요?"

"그때는 헥터가 살아 있었죠. 이제는 아니고. 상황이 바뀌었어요."

"뭐, 어쩌면 프리다 말이 맞을 수도 있겠네요. 나는 영화들을 보러 온 거였으니까, 안 그래요? 그런데 더 이상 볼 영화가 없다면, 여기에 있을 이유도 없겠죠. 그래도 하나는 봤네요. 이제 나머지가 불타 없어지는 걸 지켜본 후에 떠나면 되겠네요."

"바로 그게 문제예요. 프리다는 당신이 그걸 보는 것도 원치 않아요. 후안이 방금 말해줬는데, 당신과는 아무 상관 없는 일이래요."

"아, 이제야 당신이 왜 화를 냈는지 알겠네요."

"데이비드, 그건 당신 때문이 아니에요. 나 때문이죠. 프리다는 내가 당신이 그 자리에 있기를 원한다는 걸 알아요. 오늘 아침에 그 문제에 대해 이야기했는데, 지금 와서 프리다가 약속을 깬 거예요. 너무 화가 나서 주먹으로 얼굴을 한 대 치고 싶을 정도예요."

"그럼 다들 바비큐 파티 할 때, 나는 어디에 숨어 있어야 하죠?"

"우리 집에 있으래요. 프리다가 당신은 우리 집에 있어도 된다고 했어요. 하지만 프리다와 다시 이야기해볼 생각이에요. 마음을 돌리게 해야죠."

"그럴 필요 없어요. 프리다가 내가 그 자리에 있는 걸 원하지 않는다면, 내 권리를 주장하면서 법석을 떨 수는 없죠. 난 아무 권리도 없어요. 이 땅은 프리다의 것이고, 그녀의 결정에 따라야죠."

"그럼 나도 안 갈 거예요. 후안과 콘치타랑 같이 그 빌어먹을 필름들을 태우라고 하죠."

"당신은 당연히 가야 해요. 앨머, 그건 당신 책의 마지막 챕터가 될 테니 당신은 그 자리에서 그 일을 지켜봐야죠. 끝까지 해내야죠."

"나는 당신도 그 자리에 있길 바랐어요. 당신이 함께 있지 않으면 의미가 달라질 거예요."

"열네 작품의 원본과 상영본 필름을 다 태우면 불길이 엄청나겠네요. 연기도 많이 나고, 불길도 어마어마하겠네요. 운이 좋으면, 당신 집 창문에서 볼 수 있겠는데요."

결국 그 불길을 보긴 했지만 불보다는 연기를 더 많이 봤고, 앨머의 작은 집 창문이 열려 있어서 눈으로 보기보다 냄새를 더 많이 맡았다. 셀룰로이드가 불에 타면서 자극적이고 매캐한 냄새를 풍겼고, 연기가 사라진 후에도 공기 중에 떠도는 화학물질이 한동안 남아 있었다. 그날 저녁 앨머가 들려준 말에 따르면, 네 명이 지하 저장고에서 필름들을 꺼내는 데 한 시간이 넘게 걸렸다고 했다. 그다음 손수레에 필름 통들을 싣고 끈으로 고정시킨 후 돌투성이 울퉁불

통한 땅을 지나 방음 스튜디오 바로 뒤쪽으로 옮겼다. 신문지와 등유를 이용해 두 개의 기름통에 불을 붙였는데, 하나는 원본, 다른 하나는 상영본 필름용이었다. 오래된 질산염 필름은 쉽게 불에 탔지만, 1951년 이후의 작품들은 더 견고하고 내화성이 강한 트리아세테이트 필름이어서 불이 잘 붙지 않았다. 필름을 릴에서 풀어 한 개씩 불 속에 넣어야 했고, 그 과정이 예상보다 훨씬 오래 걸렸다. 오후 3시쯤엔 다 끝낼 수 있을 거라고 생각했었지만 실제로는 저녁 6시까지 작업이 계속되었다.

나는 그 시간 동안 혼자 앨머의 집에서 그곳에 유배된 것에 대해 분노하지 않으려고 애쓰고 있었다. 앨머 앞에서는 아무렇지도 않은 척했지만 사실 나도 그녀만큼이나 화가 났다. 프리다의 행동은 용서할 수 없는 것이었다. 사람을 집에 초대해놓고 막상 찾아온 손님을 돌려보내는 건 예의가 아니었다. 부득이한 경우 적어도 본인이 사정 설명이라도 해야 하는데, 프리다는 귀도 안 들리고 말도 못 하는 하인을 대신 보냈고 그 하인은 당사자도 아닌 다른 사람에게 주인의 뜻을 전하면서 손님 얼굴에 대고 손가락질까지 했다. 나는 프리다가 제정신이 아니며 폭풍처럼 휘몰아치는 슬픔 속에서 격동의 하루를 보내고 있다는 걸 알았지만, 그녀를 이해해주고 싶은 마음이 크면서도 상처받은 기분을 억누를 수가 없었다. 도대체 내가 여기서 뭘 하고 있는 거지? 그들이 나를 보고 싶어 하지 않았다면 왜 앨머를 버몬트로 보내서 나에게 총까지 들이대면서 여기로 끌고 오게 한 걸까? 어쨌든 편지를 보낸 건 프리다였다. 뉴멕시코에 와서 헥터의 영화를 봐달라고 부탁한 것도 그녀였다. 앨머의 말에 따르면, 나를 초대하기 위해 그들을 몇 달 동안 설득했다고 했다. 나는 헥터가 반대했고, 결국 앨머와 프리다가 그를 설득한 것이라고 짐작했었다. 하지만 이곳에서 열여덟 시간을 보내고 나니 내 추측이 틀렸을 수도 있겠다는 생각이 들기 시작했다.

내가 그렇게 모욕적인 대우를 받지 않았다면, 아마도 그 문제들에 대해 곱씹어보지 않았을 것이다. 앨머와 나는 후반 작업 건물에서 대화를 마친 뒤 남은 음식을 챙겨 바구니에 넣고 그녀의 오두막으로 걸어갔다. 그곳은 본채에서 3백 미터쯤 떨어진 작은 언덕 위에 자리 잡고 있었다. 앨머가 현관문을 열자, 문턱 바로 너머에 놓인 내 여행 가방이 보였다. 아침에 나는 그걸 본채의 게스트룸에 두고 나왔었는데, 누군가(아마도 콘치타) 프리다의 지시에 따라 앨머의 집으로 옮겨놓은 것이었다. 그건 내게 오만하고 고압적인 제스처로 느껴졌다. 나는 그것 역시 겉으로는 가볍게 웃어넘겼지만("좋네, 적어도 내가 직접 옮길 필요는 없게 됐으니.")

속으로는 부글부글 끓었다. 앨머가 다른 사람들과 함께 그 일을 처리하기 위해 떠난 후, 나는 15분에서 20분 정도 집 안을 돌아다니며 이 방 저 방 들락거리면서 화를 다스리려 애썼다. 멀리서 손수레 덜컹거리는 소리, 금속이 돌에 긁히는 소리, 필름 통이 서로 부딪혀 딸그락거리는 소리가 들려왔다. 이제 화형식이 시작될 참이었다. 욕실로 가서 옷을 벗고 욕조의 수도꼭지를 한껏 틀었다.

따뜻한 물에 몸을 담그고 한동안 상념에 젖어 내가 아는 사실들을 천천히 되새겨보았다. 그다음엔 그것들을 다른 각도에서 바라보며 지난 한 시간 동안 벌어진 일들과 연결시켰다. 앨머와 대화를 나눌 때 후안이 보인 적대적인 태도, 프리다의 메시지에 대한 앨머의 강경한 반응("지금 와서 프리다가 약속을 깬 거예요……. 너무 화가 나서 주먹으로 얼굴을 한 대 치고 싶을 정도예요."), 그리고 내가 농장에서 강제로 쫓겨나게 된 것. 이건 순전히 추리일 뿐이었지만, 지난밤의 일(헥터의 따뜻한 환영과 그가 내게 간절히 영화들을 보여주고 싶어 했던 것)과 이후의 상황을 비교해보니 프리다가 애초부터 내 방문을 반대했던 것이 아닐까 하는 의심이 들기 시작했다. 물론 나를 티에라 델 수에뇨로 초대한 것은 그녀였지만, 수개월간의 의견 충돌과 언쟁 끝에 헥터의 요구에 굴복하여 마지못해 그 편지를 썼을 수도 있었다. 만일 그렇다면, 그녀의 땅에서 나를 내쫓는 건 갑작스러운 변심이 아니었다. 헥터가 죽었으니 그녀 마음대로 하게 된 것이었다.

그때까지 나는 그들이 동등한 파트너였다고 생각했다. 앨머는 내게 그들의 결혼 생활에 대해 꽤 자세히 이야기해 줬고, 나는 단 한 번도 그들의 동기가 다르거나 사고방식이 완벽한 조화를 이루지 않을 수도 있다는 생각을 해본 적이 없었다. 그들은 1939년에 대중에게 절대 공개되지 않을 영화를 제작하기로 약속했고, 결국 자신들이 함께 만든 작품을 궁극적으로 파괴해야 한다는 생각을 받아들였다. 그것이 헥터가 다시 영화를 제작하는 조건이었다. 그것은 가혹한 차단이었고, 애초에 그는 자신의 작업에 의미를 부여하는 한 가지 요소—타인과 공유하는 기쁨—를 포기하는 방식으로만 그 일을 하겠다는 결정을 정당화할 수 있었다. 따라서 그의 영화는 일종의 속죄, 브리지드 오팰런이 우발적으로 살해된 사건에서 그가 한 역할이 결코 용서될 수 없는 죄라는 사실의 인정이었다. "나는 우스꽝스러운 인간이에요. 신은 나에게 많은 장난을 쳤지." 한 가지 형벌이 다른 형벌로 대체되었고, 헥터는 스스로를 고문하는 복잡한 논리 속에서 자신이 믿지 않는 신에게 계속해서 빚을 갚아나갔다. 샌더스키 은행에서 그의 가슴을 찢어발긴 총알 덕분에 그는 프리다와 결혼할 수 있었다. 그의 아들이 죽은 덕분에 그는 영화로 돌아올 수 있었다. 그러나 어느 경우에도 1929년 1월 14일 밤에 벌어진 일에 대한 그의 책임은 사라지지 않았다. 녹스의 총이 초래한 육체적 고통도, 태디의 죽음이 초래한 정신적 고통도 그를 자유롭게 할 만큼 끔찍하지 않았다. 좋아, 영화를 만들어라. 너의 재능과 에너지를 모두 쏟아부어 만들어라. 마치 네 목숨이 거기 달려 있는 것처럼. 그리고 네 삶이 끝나면, 반드시 그것들을 파괴하라. 너는 어떤 흔적도 남겨서는 안 된다.

프리다는 그 모든 것에 동조했지만 그와 같은 처지일 수는 없었다. 그녀는 범죄를 저지르지 않았고, 죄책감의 무게에 짓눌려 살지도 않았다. 죽은 여자를 자동차 트렁크에 싣고 가서 캘리포니아 산속에 묻었던 기억에 시달리지도 않았다. 프리다는 무고했음에도 헥터의 조건을 받아들여 자신의 야망을 접고 결국엔 무위로 돌아갈 작업에 헌신했다. 만일 그녀가 멀리서 헥터를 지켜보며 그의 강박을 이해해주고 그의 광증에 연민을 느끼면서도 그 일 자체에 연루되는 건 거부했더라도, 나는 그녀를 이해할 수 있었을 것이다. 그러나 프리다는 헥터의 공모자였고, 가장 충실한 수호자였으며, 처음부터 그 일에 깊이 관여했다. 그녀는 헥터를 설득해 영화를 다시 만들게 했을 뿐 아니라(그가 거부하면 떠나겠다고 위협하면서), 자신의 돈으로 자금을 댔다. 그녀는 의상을 만들고, 스토리보드를 그리고, 필름을 편집하고, 세트를 디자인했다. 사람은 기쁨과 가치를 느끼지 않는 일에 그렇게까지 헌신할 수 없다. 그런데 그녀는 결국 무로 돌아갈 일에 어떻게 기쁨을 느낄 수 있었을까? 적어도 헥터는 욕망과 자기부정 사이에서 심리적 종교적 투쟁을 벌이며, 자신이 하고 있는 일에 목적이 있다는 생각에서 위안을 얻을 수 있었다. 그가 영화를 만든 건 파괴하기 위해서가 아니었다. 파괴될 것임에도 불구하고 만든 것이었다. 제작과 파괴는 별개의 행위였고, 중요한 점은 헥터가 두 번째 행위를 직접 보지 않아도 된다는 것이었다. 그의 영화가 불길 속으로 사라질 때 그는 이미 죽어 있을 것이기에 그 일에 영향을 받지 않을 터였다. 하지만 프리다에게는 이 두 행위가 동일한 것, 창작과 파괴라는 단일하고 통합된 과정의 두 단계였다. 그러니까 그녀는 처음부터 자신의 손으로 성냥불을 붙여 그들의 모든 작업을 끝낼 운명이었으며, 세월이 흐르면서 그 생각은 그녀의 머릿속에서 점점 커져서 다른 모든 것을 압도했을 것이다. 그 일은 서서히 하나의 미학적 원칙으로 자리 잡았을 것이다. 그녀는 헥터와 함께 영화를 만들면서도 그것이 더 이상 영화를 만드는 일이 아니라고 느꼈을 것이다. 그것은 파괴를 위한 창작이었다. 그런 일이었기에 그것의 모든 흔적이 사라지기 전까지는 그 일 자체가 존재하지 않는 것이나 마찬가지였다. 그것은 오직 소멸의 순간에만 존재하게 되며―그다음, 뉴멕시코의 열기 속으로 연기가 피어오르면 그것 또한 사라질 터였다.

    이 개념에는 섬뜩하면서도 아름다운 면이 있었다. 나는 그게 프리다에게 얼마나 매혹적이었을지 이해할 수 있었고, 일단 그녀의 시각에서 그 모든 것을 바라보며 그 황홀한 부정의 힘을 온전히 경험하자 그녀가 왜 나를 내쫓으려 했는지도 알 것 같았다. 내 존재는 그 순간의 순수성을 훼손하는 것이었다. 그 영화들은 외부 세계의 그 누구에게도 보이지 않고 순결한 죽음을 맞이해야 했다. 내가 이미 한 편을 보았다는 것만으로도 충분히 안 좋은 일이었지만, 이제 헥터의 유서 조항들이 효력을 발하게 되었기에 프리다는 자신이 상상해왔던 방식대로 의식을 거행하겠다고 고집할 수 있었다. 그 영화들은 비밀리에 탄생했으며 은밀히 사라져야 했다. 낯선 사람은 이 의식을 지켜볼 자격이 없었고, 앨머와 헥터가 마지막 순간에 나를 내부자로 받아들이려는 노력을 기울였지만 프리다는 나를 낯선 사람으로만 보았다. 앨머는 가족의 일원이었기에 공식적인 증인의 자격을 부여받았다. 그녀는 말하자면 궁정 사가(史家)였고, 부모 세대의 마지막 생존자가 사라진 후 세상에 남을 기억은 그녀의 책에 기록된 것뿐일 터였다. 나는 증인의 증인, 즉 증인의 진술이 정확하다는 걸 확인해주기 위해 불려 온 독립적 관찰자였다. 그건 이 거대한 드라마 속에서 작은 역할에 불과했지만, 프리다는 나를 대본에서 지워버렸다. 그녀에게 나는 처음부터 불필요한 존재였던 것이다.

물이 차갑게 식을 때까지 욕조에 앉아 있다가 수건 두 장으로 몸을 감싸고서 2, 30분 화장실에 머물며 면도를 하고, 옷을 입고, 머리를 빗었다. 앨머의 화장실에서 약장 선반에 줄지어놓인, 그리고 창가의 작은 서랍장 위를 가득 채운 튜브들과 병들 사이에 서 있는 것이 좋았다. 세면대 위 칫솔꽂이에 놓인 빨간 칫솔, 금색 금속이나 플라스틱 용기에 든 립스틱들, 마스카라 브러시와 아이라이너 펜슬, 탐폰 상자, 아스피린, 치실, 샤넬 넘버 5 향수, 그리고 항균 클렌저가 담긴 처방 약병. 그 모든 것이 내밀함의 흔적이었고 고독과 자기 성찰의 표시였다. 그녀는 그 알약을 입에 넣고, 그 크림을 피부에 바르고, 브러시로 머리를 빗고, 매일 아침 이 공간에 들어와 내가 지금 보고 있는 거울 앞에 섰을 것이다. 나는 그녀에 대해 무엇을 알고 있었는가? 거의 아는 게 없었지만, 그녀를 잃고 싶지 않다는 것만큼은 확신할 수 있었다. 나는 아침에 농장을 떠난 후 그녀를 다시 만나기 위해 싸울 준비가 되어 있었다. 문제는 내 무지였다. 이 집안에 문제가 있는 건 의심의 여지가 없었지만, 나는 앨머가 프리다에게 느끼는 분노가 어느 정도인지 가늠할 수 있을 만큼 앨머를 잘 알지 못했고, 그래서 현재 상황을 얼마나 심각하게 받아들여야 할지도 알 수 없었다. 전날 밤 나는 앨머와 프리다가 주방 식탁에서 함께 있는 모습을 지켜보았고, 그때는 갈등의 기미가 전혀 보이지 않았다. 나는 앨머의 목소리에 담겨 있던 배려심, 프리다가 앨머에게 본채에서 함께 밤을 보내달라고 조심스럽게 부탁한 것, 그리고 그들 사이의 가족적인 유대감을 기억하고 있었다. 가까운 사람들이 서로를 맹렬히 비난하고 순간의 감정에 휩싸여 나중에 후회할 말을 내뱉는 것은 흔한 일이지만, 앨머의 분노는 특히 격렬했고 여자들에게선 보기 힘든(내 경험으로는) 폭력성이 들끓었다. "너무 화가 나서 주먹으로 얼굴을 한 대 치고 싶을 정도예요." 그녀는 평소에도 그런 말을 자주 했을까? 원래 그렇게 경솔하고 과장된 표현을 잘 쓰는 걸까, 아니면 프리다와의 관계가 갑자기 틀어지거나 오랜 세월 속으로만 쌓아둔 적대감이 한순간에 폭발한 걸까? 내가 상황을 더 잘 알았더라면 그런 질문을 할 필요조차 없었을 터였다. 앨머의 말을 심각하게 받아들여야 한다는 것을, 그 과장된 표현이야말로 상황이 이미 통제 불능의 상태로 치닫고 있다는 증거라는 것을 간파했을 터였다.

나는 화장실에서 용무를 마친 후 다시 집 안을 아무 목적 없이 돌아다녔다. 그 집은 작고 아담했으며, 튼튼하게 지어지긴 했지만 구조는 좀 불편했다. 그런데 앨머는 이 좁은 집에서도 일부 공간만 사용하는 것 같았다. 뒷방 하나는 완전히 창고로 쓰이고 있었다. 한쪽 벽면 전체와 다른 벽 절반 정도를 따라 마분지 상자들이 쌓여 있었고 바닥에도 여남은 개의 버려진 물건들이 흩어져 있었다. 다리 하나가 없는 의자, 녹슨 세발자전거, 50년은 되어 보이는 수동 타자기, 안테나가 부러진 휴대용 흑백 TV, 봉제인형 더미, 딕터폰(속기용 구술 녹음기 상표명-옮긴이), 그리고 쓰고 남은 페인트 통 몇 개. 또 다른 방은 완전히 비어 있었다. 가구도, 매트리스도, 심지어 전구조차 없었다. 천장 귀퉁이에는 크고 정교한 거미줄이 매달려 있었다. 죽은 파리 서너 마리가 거미줄에 걸려 있었는데 완전히 말라비틀어져서 가벼운 먼지 덩어리 같았다. 나는 거미가 그 거미줄을 버리고 다른 곳에 일터를 마련했으리라 생각했다.

남은 공간은 주방, 거실, 침실, 그리고 서재였다. 나는 앨머가 쓰고 있는 책을 읽고 싶었지만, 그녀의 허락 없이 그렇게 해선 안 될 것 같았다. 그녀는 이미 6백 페이지 이상을 썼으나 아직 초고 상태였고, 작가가 집필 중인 원고를 보여주며 의견을 말해달라고 부탁하지 않는 한 원고를 몰래 읽는 건 허용될 수 없는 일이었다. 앨머가 아까 그 원고를 가리키며 *저게 그 괴물*이라고 말하긴 했지만 나에게 읽어보라는 말은 하지 않았고, 나는 그녀와의 삶을 신의를 저버리는 행동으로 시작하고 싶진 않았다. 그래서 그녀가 사용하는 네 개의 방을 살펴보며 시간을 죽였다. 냉장고 안의 음식들, 침실 옷장 속 옷들, 거실의 책과 음반, 비디오 소장품들을 살펴보았다. 그녀가 저지방우유를 마시고, 빵에 무염버터를 바르며, 파란색(주로 짙은 색조의)을 좋아하고, 문학과 음악에 폭넓은 취향을 갖고 있다는 사실을 알게 되었다. 내 마음에 꼭 드는 여자였다. 대실 해밋과 앙드레 브르통, 페르 골레시와 밍거스, 베르디, 비트겐슈타인, 그리고 비용. 나는 한쪽 구석에서 헬렌이 살아 있을 때 내가 출판한 책들이 모두 모여 있는 걸 발견했다. 비평서 두 권과 번역 시집 네 권―내 집 외부에서 이 여섯 권이 함께 있는 모습을 본 건 그때가 처음이었다. 또 다른 선반에는 호손, 멜빌, 에머슨, 소로의 책들이 꽂혀 있었다. 나는 문고본으로 나온 호손의 단편집을 빼서 「모반」을 찾아 책장 앞 차가운 타일 바닥에 앉아 읽기 시작했다. 어린 시절 앨머가 그걸 읽으며 어떤 감정을 느꼈을지 상상해보았다. 거의 마지막(*그 순간적인 상황이 너무도 강렬해서 그는 시간의 어두운 영역 너머를 보지 못했다……*)에 이르렀을 때, 나는 집 뒤쪽 창문으로 흘러든

등유 냄새를 처음으로 맡았다.

　그 냄새에 조금 미쳐버릴 것 같은 기분이 들어서 벌떡 일어나 다시 걷기 시작했다. 주방에 가서 물 한 잔을 마신 뒤 다시 앨머의 서재로 들어가 10분에서 15분 정도 그녀의 원고를 읽고 싶은 충동과 싸우며 서재 안을 맴돌았다. 나로선 헥터의 영화들이 파괴되는 걸 막을 도리가 없었지만, 적어도 왜 그런 일이 일어나고 있는지 이해하려는 노력은 기울일 수 있었다. 지금까지 들었던 설명들로는 그 이유를 제대로 납득하기 어려웠다. 나는 그들의 주장을 이해하고 그들을 이토록 암울하고 무자비한 입장에 처하게 만든 논리를 파악하려고 최선을 다했지만, 막상 불길이 타오르기 시작하자 모든 게 터무니없고, 무의미하고, 끔찍하게 느껴졌다. 그 답은 책 속에 있었다. 그 이유는 책 속에 있었다. 지금 이 순간으로 이어진 생각의 근원은 책 속에 있었다. 나는 앨머의 책상에 앉았다. 원고는 컴퓨터 왼쪽에 놓여 있었는데, 높이 쌓인 종이들이 바람에 날아가지 않도록 돌로 눌러놓고 있었다. 돌을 치우자 그 아래 글씨가 보였다. 『헥터 만의 여생』, 앨머 그런드 지음. 다음 장으로 넘기자 루이스 부뉴엘이 쓴 명구가 있었다. 그 구절은 내가 아침에 헥터의 서재에서 우연히 발견한 『내 마지막 한숨』에서 인용한 것이었다. 나는 얼마 후 몽마르트르의 테르트르 광장에서 원본 필

름을 불태우자고 제안했다. 만약 모두가 동의했더라면 나는 망설임 없이 그렇게 했을 것이다. 사실, 지금이라도 나는 그걸 할 수 있다. 내 작은 정원에서 내 영화 원본들과 복사본들을 거대한 장작더미처럼 쌓아놓고 불태우는 광경이 상상된다. 그런다고 해서 달라지는 건 아무것도 없을 것이다. (그런데도 이상하게 초현실주의자들은 내 제안을 거부했다.)

그것 때문에 마법이 좀 풀렸다. 나는 1960년대와 1970년대에 부뉴엘의 영화를 몇 편 보긴 했지만 그의 자서전에는 익숙하지 않았고, 방금 읽은 내용을 곰곰이 생각하는 데 시간이 좀 걸렸다. 시선을 들었고, 앨머의 원고에서―잠시나마―주의를 돌리고 생각을 정리하면서 더 나아가기 전에 멈출 여유를 얻었다. 나는 첫 장을 원래대로 돌려놓고 다시 돌로 덮었다. 그러면서 의자에 앉은 채로 몸을 약간 앞으로 기울였고, 그때까지 보지 못했던 것을 발견하게 되었다. 그건 작은 초록색 노트로, 책상 위의 원고와 벽 사이에 놓여 있었다. 학교에서 쓰는 작문 책 크기였고, 표지가 낡아빠지고 천으로 된 책등이 너덜너덜한 것으로 보아 꽤 오래된 것 같았다. 헥터의 일기장이라고 해도 될 만큼 낡았다고 혼잣말로 중얼거렸는데, 알고 보니 진짜로 그의 일기였다.

나는 거실의 오래된 클럽체어(등받이가 낮고 팔걸이가

달린 가죽 안락의자-옮긴이)에 앉아 무릎 위에 그 노트를 올려놓고 네 시간 동안 그걸 처음부터 끝까지 두 번이나 읽었다. 총 96페이지로 1년 반 정도—1930년 가을부터 1932년 봄까지—의 기록을 담고 있었으며, 노라와의 영어 수업을 묘사하는 글로 시작하여 프리다에게 자신의 죄를 고백한 며칠 후 샌더스키에서의 밤 산책에 대한 글로 끝났다. 내가 앨머에게 들은 이야기에 조금이라도 의혹을 품고 있었다면 그 일기가 모든 의혹을 말끔히 해소해주었다. 헥터가 자신의 손으로 쓴 글 속의 그는 앨머가 비행기에서 내게 이야기해준 바로 그 사람이었다. 북서부에서 도망쳤고, 몬태나와 시카고, 클리블랜드에서 자살 직전까지 갔으며, 실비아 미어스와 함께 6개월 동안 굴욕적인 타락에 빠졌고, 샌더스키 은행에서 총을 맞고도 살아남은 바로 그 헥터. 그는 작고 거미 다리처럼 가느다란 글씨체로 일기를 썼고, 선을 그어 지우고 연필로 덧쓴 구절들도 많았으며, 철자도 틀리고 잉크가 번지기도 한 데다 양면에 글을 써서 판독하기가 쉽지 않았다. 하지만 나는 용케 읽어낼 수 있었다. 천천히, 대부분의 내용을 이해하며 읽어나갔고, 문단 하나하나를 판독할 때마다 앨머의 설명과 똑같고 세부 내용도 일치한다는 걸 확인할 수 있었다. 나는 앨머가 준 노트에 중요한 일기 몇 개를 헥터가 쓴 그대로 옮겨 적었다. 블루벨 인에서 레드 오팰런과 나눈 마지막 대화, 기사 딸린 차 뒷좌석에서 미어스와 벌인 비참한 결전, 그리고 샌더스키에서 지내는 동안 (병원에서 퇴원한 후 스펠링 가족의 집에서) 쓴 글―일기장 마지막을 장식한 그 글은 다음과 같다.

32년 3월 31일. 오늘 밤 F의 개를 산책시켰다. 곱슬곱슬한 검은 털을 가진 개로, 이름은 아르프. 다다이즘 화가의 이름을 딴 것이다. 거리는 텅 비어 있었다. 안개가 자욱했고, 내가 어디 있는지조차 알 수 없을 정도였다. 어쩌면 비도 내리고 있었을지 모르지만 빗발이 너무 가늘어서 수증기처럼 느껴졌다. 마치 지상에 있지 않고 구름 속을 걷는 기분이었다. 가로등 근처로 다가가자 모든 것이 어둠 속에서 갑자기 희미하게 빛나기 시작했다. 점들의 세계, 굴절된 빛이 만든 무수한 점들. 무척이나 기이하고도 아름다웠다. 빛나는 안개의 조각상들. 아르프는 목줄을 당기며 킁킁거렸다. 우리는 계속 걸어 블록 끝까지 가서 모퉁이를 돌았다. 또 다른 가로등, 그리고 아르프가 다리를 들고 볼일을 보느라 잠시 멈춘 순간 나는 무언가를 보았다. 보도 위의 빛, 어둠 속에서 환한 빛이 명멸했다. 푸른 빛―진한 푸른색, F의 눈동자 색깔. 나는 자세히 보려고 쭈그려 앉았다. 그건 돌이었는데 어쩌면 보석일 수도 있었다. 월장석이나 사파이어, 아니면 그저 컷 글라스일지도 모른다는 생각이 들었다.

반지나 목걸이, 팔찌, 잃어버린 귀걸이에 달린 장식처럼 작았다. 나는 그걸 F의 조카 도로시아에게 줘야겠다고 생각했다. 프레드의 네 살짜리 딸 도티. 그 아이는 집에 자주 온다. 할머니를 사랑하고, 아르프와 노는 걸 좋아하며, F를 사랑한다. 보석과 장신구라면 사족을 못 써서 늘 화려한 의상을 차려입고 오는 매력적인 요정 같은 아이. 나는 혼잣말로, 이걸 도티에게 줘야겠다고 했다. 그래서 손을 뻗어 그걸 집으려 했지만 그 돌에 손이 닿는 순간 그것이 내가 생각했던 것과 전혀 다르다는 사실을 깨달았다. 그건 물렁했고 내 손이 닿자마자 부서지며 젖은 미끄러운 점액질 덩어리로 변해버렸다. 내가 돌이라고 착각했던 것은 사실 인간의 가래침이었다. 지나가던 사람이 길에 뱉은 가래침이 동그랗게 뭉쳐 거품처럼 매끄럽고 다면적인 구체가 된 것이다. 나는 그 사실을 깨닫자마자 불에 덴 듯 손을 뒤로 뺐다. 혐오감에 속이 뒤집혔다. 내 손가락에 침이 묻어 있었다. 자기 침이라면 그리 불쾌하진 않았을지도 몰랐지만 모르는 사람의 입에서 나온 것이라 구역질이 났다. 손수건을 꺼내 손가락들을 최대한 꼼꼼하게 닦았다. 그 일이 끝나자 손수건을 도로 주머니에 넣을 수가 없었다. 팔을 뻗어 손수건을 멀리 든 채로 거리 끝까지 걸어가서 제일 먼저 눈에 띈 쓰레기통에 던져버렸다.

그 일기를 쓰고 3개월이 지난 후, 헥터와 프리다는 스펠링 부인의 거실에서 결혼식을 올렸다. 그들은 신혼여행으로 차를 몰고 뉴멕시코로 갔고, 거기서 땅을 사서 정착하기로 했다. 이제 나는 그들이 그곳을 블루 스톤 농장이라고 부른 이유를 알 것 같았다. 헥터는 이미 그 푸른 돌을 보았으며, 그것이 존재하지 않는다는 것을, 그들이 스스로 일구고자 하는 삶이 환상에 토대를 두고 있음을 알고 있었다.

소각은 6시쯤 끝났지만, 앨머가 오두막으로 돌아온 건 7시가 다 되어서였다. 아직 바깥은 어두워지지 않았으나 해가 저물기 시작했고, 그녀가 문을 열고 들어오기 직전 집 안이 빛으로 가득 찼던 기억이 난다. 창문들을 통해 거대한 빛줄기가 쏟아져 들어왔고, 타오르는 황금빛과 보랏빛 물결이 방 안 구석구석까지 퍼졌다. 나는 사막에서 겨우 두 번째 석양을 맞이한 것이었기에 그렇게 강렬한 빛의 공격을 예상하지 못했다. 눈이 부셔서 햇빛을 등지고 소파로 가서 앉았지만 거기 자리를 잡고 몇 분 지나지 않아 뒤쪽에서 문 걸쇠 돌아가는 소리가 들렸다. 더 많은 빛이 방 안으로 쏟아져 들어왔다. 액체로 변한 태양의 붉은 물결, 광휘의 해일이었다. 나는 눈 위로 손을 올려 빛을 가리며 몸을 돌렸고, 열린 문간에 앨머가 거의 보이지 않는 모습으로 서 있었다. 머리카락 끝에서 빛을 발하는 유령 같은 형상, 불타는 존재.

 그녀가 문을 닫자 비로소 얼굴이 보였다. 그녀가 거실을 가로질러 소파 쪽으로 다가오는 동안 나는 그녀의 눈을 들여다보았다. 그때 내가 그녀에게서 기대했던 것이 무엇이었는지 잘 모르겠다. 아마도 눈물이나 분노, 혹은 과도한 감정 표현이었을 것이다. 하지만 앨머는 놀라울 정도로 차분해 보였고 이제 격렬한 감정의 소용돌이에서 벗어나 기진맥진한 상태인 듯했다. 그녀는 나에게 왼쪽 얼굴의 모반을 보이는 것에 대해 전혀 신경 쓰지 않는 것처럼 오른쪽으로 소파를 돌아 걸어왔고, 그녀가 그런 행동을 보인 건 처음이었다. 나는 그걸 하나의 돌파구로 받아들여야 할지 아니면 단순히 피곤함에서 비롯된 주의력 결핍의 결과로 보아야 할지 알 수가 없었다. 그녀는 말없이 내 옆에 앉더니 내 어깨에 머리를 기댔다. 그녀의 손은 더러웠고, 티셔츠에는 그을음이 묻어 있었다. 나는 그녀를 양팔로 끌어안고 잠시 그대로 있었다. 그녀에게 질문을 해서 아무 말도 하고 싶지 않은 그녀에게서 억지로 이야기를 끌어낼 생각은 없었다. 이윽고 내가 그녀에게 괜찮냐고 묻자 그녀는 네, 괜찮아요, 라고 대답했고, 나는 그녀가 더 이상 이야기하고 싶어 하지 않는다는 걸 알 수 있었다. 그녀는 너무 오래 걸려서 미안하다며 지체된 이유를 설명해줬지만(그렇게 해서 나는 기름통이며 손수레 등에 대해 듣게 된 것이다), 그날 밤 우리는 더 이상 그 일에 대해 언급하지 않았다. 앨머는 그 일이 끝난 후 프리다를 본채까지 바래다주었다고 했다. 그들은 다음 날 할 일들에 대해 이야기했고, 그다음에 앨머는 프리다가 수면제를 먹고 침대에 눕는 걸 지켜보았다. 그녀는 바로 오두막으로 돌아오려다가 오두막의 전화기가 제대로 작동하지 않아서(어떤 때는 되고, 어떤 때는 안 되는 상태였다) 위험을 감수하는 대신 본채에서 전화를 걸어 다음 날 아침 보스턴행 비행기표를 예약했다. 비행기는 앨버커키에서 8시 47분에 출발할 예정이었다. 공항까지는 차로 두 시간 반이 걸렸고, 프리다가 아침 일찍 일어나 우리를 데려다줄 수 없는 상황이라, 내가 타고 갈 밴을 예약하는 것이 유일한 해결책이었다. 앨머는 직접 공항까지 나를 데려다주고 배웅까지 하고 싶었지만, 오전 11시에 프리다와 함께 장례식장에 가야 했기 때문에 두 번이나 앨버커키를 왕복할 방법이 없었다. 수학적으로 불가능했다. 나와 함께 새벽 5시에 출발한다고 해도 공항까지 갔다가 농장으로 왔다가 다시 앨버커키로 가는 데 최소 일곱 시간 30분이 걸렸다. "내가 할 수 없는 일을 어떻게 할 수 있겠어요?" 그녀가 말했다. 그건 수사적인 질문이 아니었다. 그것은 그녀 자신의 현실에 대한 선언, 고통의 표현이었다. "도대체 내가 할 수 없는 일을 어떻게 할 수 있겠냐고요!" 그러고는 갑자기 얼굴을 내 가슴에 묻고 울음을 터뜨렸다.

그녀를 욕조에 들여보내고 반 시간 동안 욕조 옆 바닥에 앉아 그녀의 등, 팔과 다리, 가슴과 얼굴과 손을 닦고 머리를 감겨주었다. 그녀가 울음을 그치기까지는 시간이 좀 걸렸지만 그 치료가 서서히 효과를 내는 듯했다. "눈을 감아요." 나는 그녀에게 말했다. "움직이지 말고 가만히 있어요. 아무 말도 하지 말고, 그냥 물속에 녹아들어 자신을 비워요." 그녀가 기꺼이 내 말에 따르고 자신의 알몸을 전혀 부끄러워하지 않는 것에 감동받았다. 그녀는 밝은 빛 아래서는 처음으로 나에게 알몸을 보이는 것이었지만 마치 그녀의 몸이 이미 내 것이 된 듯, 우리가 그런 것들을 의식해야 하는 단계를 이미 넘어선 듯 행동했다. 그녀는 내 팔에 안겨 축 늘어진 채 물의 따뜻함에 자신을 내맡기고 내가 그녀를 보살피고 있는 사람이라는 생각에 무조건적으로 굴복했다. 다른 사람은 아무도 없었다. 그녀는 지난 7년 동안 이 오두막에서 혼자 살아왔고, 이제는 떠나야 할 때라는 걸 우리 둘 다 알고 있었다. "버몬트로 와요." 내가 말했다. "책을 다 쓸 때까지 거기서 나랑 같이 살아요. 내가 매일 목욕 시켜줄게요. 나는 샤토브리앙 책을 번역하고, 당신은 전기를 쓰고, 그리고 우린 일을 하지 않을 때는 섹스를 할 거예요. 집

구석구석에서 섹스를 하는 거예요. 뒷마당과 숲에서 사흘 동안 섹스 축제를 여는 거예요. 질리도록 섹스를 한 다음에 다시 일로 돌아가고, 일이 끝나면 버몬트를 떠나 다른 데로 가는 거예요. 앨머, 어디든 당신이 원하는 곳으로. 나는 기꺼이 모든 가능성을 즐길 거예요. 불가능한 건 아무것도 없어요."

그런 상황에서는 무모한 말이었고 지극히 저속하고 충격적인 제안이었다. 하지만 시간이 촉박했고, 나는 우리의 관계를 확실히 해두기 전에는 뉴멕시코를 떠나고 싶지 않았다. 그래서 위험을 무릅쓰고 내가 생각해낼 수 있는 가장 노골적이고 직설적인 표현을 사용해 내 입장을 밝히면서 그녀의 결정을 강요했다. 앨머는 놀랍게도 전혀 움찔하지 않았다. 그녀는 내가 말을 시작했을 때부터 줄곧 눈을 감고 있었지만 어느 시점부터 입가에 미소가 번졌고(아마 내가 처음으로 '섹스'라는 단어를 입에 올렸을 때부터였을 것이다), 내 말이 이어지면서 그 미소는 점점 더 커지는 것 같았다. 그러나 내 말이 끝났을 때 그녀는 아무 말도 하지 않았고, 여전히 눈을 감고 있었다. "어때요?" 내가 물었다. "당신은 어떻게 생각해요?" 그러자 그녀가 천천히 대답했다. "내가 지금 눈을 뜨면 당신은 거기 없을지도 모른다고 생각하고 있어요."

"그래요." 내가 말했다. "무슨 말인지 알겠어요. 하지만 당신이 눈을 뜨지 않으면, 내가 있는지 없는지 절대 알 수 없겠죠, 안 그래요?"

"난 그럴 용기가 없는 것 같아요."

"물론 당신은 그럴 용기가 있어요. 게다가 당신은 내 손이 욕조 안에 있다는 걸 잊고 있어요. 나는 당신의 등뼈를, 허리를 만지고 있어요. 내가 여기 없다면 그럴 수가 없겠죠."

"무슨 일이든 가능해요. 당신은 다른 사람일 수도 있어요. 데이비드인 척하는 가짜."

"그렇다면 그 가짜가 여기 이 욕실에서 당신과 함께 뭘 하고 있겠어요?"

"내 머릿속을 사악한 환상으로 채우고, 내가 원하는 걸 가질 수 있다고 믿게 만들겠죠. 누군가가 정확히 내가 듣고 싶은 말을 해주는 경우는 드물잖아요. 어쩌면 그 말은 내가 스스로 한 걸지도 몰라요."

"어쩌면. 아니면 누군가 그런 말을 한 건 그 사람이 원하는 게 당신이 원하는 것이기 때문일 수도 있고요."

"하지만 완전히 똑같진 않아요. *완전히* 같을 순 없죠, 안 그래요? 어떻게 내 머릿속에 있는 말을 *그대로* 할 수가 있죠?"

"입으로 하죠. 말은 입에서 나오니까. 사람 입에서."

"그럼 그 입이 어디 있죠? 느껴보게 해줘요. 내 입에 당신 입을 대봐요. 당신의 입이 제대로 느껴진다면 그게 내 입이 아니라 당신 입이라는 걸 알 수 있을 테니까. 그러면 어쩌면 당신을 믿을 수도 있을 것 같아요."

앨머는 여전히 눈을 감은 채 어린아이가 안아달라고 조르듯 두 팔을 위로 뻗었고, 나는 몸을 기울여 그녀에게 입을 맞추고 혀로 그녀의 입술을 벌렸다. 나는 무릎을 꿇고 있었고―두 팔은 물속에, 손은 그녀의 등에, 팔꿈치는 욕조 가장자리에 두고 있었다―앨머가 내 목덜미를 움켜잡고 끌어당기는 순간 균형을 잃고 그녀 위로 쓰러졌다. 잠깐 동안 우리 머리가 물속에 잠겼고, 다시 물 위로 고개를 내밀었을 때 앨머는 눈을 뜨고 있었다. 욕조 가장자리로 물이 넘쳐흘렀고, 우리는 둘 다 숨을 헐떡였지만 숨을 깊이 들이쉴 새도 없이 다시 자세를 잡고 본격적으로 키스를 시작했다. 그리고 우리의 키스는 여러 차례 더 이어졌다. 그 뒤로 내가 어떤 복잡한 동작을 동원하여 그녀와 입술을 맞붙인 상태로 서로 혀를 떼지 않고 그녀를 욕조에서 끌어낼 수 있었는지에 대해선 정확히 설명할 수 없지만, 어느 순간 그녀가 물에서 나오고 나는 수건으로 그녀의 몸을 닦아주고 있었다. 그 장면은 기억난다. 그리고 그녀가 몸이 마른 후 내 젖은 셔츠를 벗기고 바지에 맨 벨트를 풀어주었던 것도 기억난다. 나는 그녀가 그렇게 하는 모습이 눈에 선하고 내가 다시 그녀에게 키스하고 우리가 바닥에 깔린 수건 더미에 천천히 몸을 눕히고 사랑을 나누던 기억도 생생하다.

우리가 욕실에서 나왔을 때, 집 안은 어두웠다. 앞쪽 창문에는 희미한 빛이 남아 있었고, 지평선 위로 빛나는 구름이 가느다랗게 펼쳐져 있었다. 황혼의 잔재였다. 우리는 옷을 입고 거실에서 테킬라를 두어 잔 마신 후 주방으로 가서 급히 저녁 식사를 만들었다. 냉동 타코, 냉동 완두콩, 으깬 감자—남은 재료들로 또다시 대충 한 끼를 때웠다. 하지만 아무래도 상관없었다. 음식은 9분 만에 사라졌고, 우리는 다시 거실로 돌아가 한 잔씩 더 마셨다. 그때부터 앨머와 나는 오직 미래에 대해서만 이야기했고, 밤 10시쯤 침대로 기어들어 갈 때도 여전히 계획을 세우고 있었다. 그녀가 버몬트에 있는 나의 작은 언덕으로 오면 우리가 어떤 삶을 살게 될 것인지에 대해 이야기했다. 우리는 그녀가 언제 그곳으로 올 수 있을지는 몰랐지만 농장에서 짐을 싸는 데 1, 2주 이상은 걸리지 않을 거고 길어야 3주면 될 거라고 생각했다. 그동안 우리는 전화로 연락을 주고받을 것이고, 전화하기에 너무 늦거나 이른 시각에는 팩스를 보내기로 했다. 우리는 무슨 일이 있어도 반드시 매일 연락하기로 했다.

나는 프리다를 다시 보지 못하고 뉴멕시코를 떠났다. 앨머는 그녀가 오두막까지 걸어 내려와 나에게 작별 인사를 해주길 바랐지만, 기대하지 않았다. 프리다는 이미 나를 자신의 삶에서 지워버렸고, 내가 이른 시각에(밴이 새벽 5시 반에 올 예정이었다) 떠날 거라는 점을 고려하면, 나로 인해 잠을 줄이는 수고까지 할 가능성은 희박해 보였다. 결국 그녀는 나타나지 않았고, 앨머는 그걸 프리다가 자기 전에 먹은 수면제 탓으로 돌렸다. 하지만 내가 보기엔 낙관적인 해석 같았다. 나의 상황 판단으로는, 프리다는 어떤 경우에도―설령 밴이 정오에 출발했더라도―오지 않았을 터였다.

당시에는 그게 대단히 중요하게 여겨지진 않았다. 알람이 5시에 울렸고, 준비를 마치고 차를 타러 나갈 때까지 남은 시간이 고작 30분밖에 안 되었기에 앨머가 프리다의 이름을 언급하지 않았다면 나는 그녀에 대해 생각하지도 않았을 것이다. 그날 아침 내게 중요한 건 앨머와 함께 눈을 뜨고, 그녀와 함께 집 앞 계단에 앉아 커피를 마시고, 다시 그녀를 만질 수 있는 것이었다. 나는 비몽사몽간에 부스스한 몰골을 하고 있었고, 행복에 빠져 완전히 얼간이가 되어 있었으며, 섹스와 피부의 감각, 그리고 새 삶에 대한 생각으로 머리가 몽롱했다. 그때 내가 좀 더 정신이 맑았더라면 무엇을 뒤로하고 떠나는 것인지 깨달았겠지만, 너무 피곤하고 시간에 쫓긴 나머지 단순한 몸짓들 외엔 아무것도 생각할 겨를이 없었다. 마지막 포옹, 마지막 입맞춤, 그리고 밴이 오두막 앞에 도착하면서 떠날 시간이 되었다. 우리는 가방을 가지러 집 안으로 들어갔고 다시 밖으로 나올 때 앨머가 문 옆 탁자 위에 있던 책을 집어 나에게 건넸다(비행기에서 읽으라고 그녀가 말했다). 그리고 진짜 마지막 포옹, 진짜 입맞춤, 그다음 나는 공항을 향해 떠났다. 나는 반쯤 가서야 앨머가 내게 자낙스를 챙겨주는 걸 깜빡했다는 사실을 알게 되었다.

다른 날 같았으면 운전기사에게 차를 돌려 농장으로 돌아가달라고 했을 것이다. 그때도 거의 그러기 직전까지 갔다가 그 결정이 불러올 굴욕—비행기를 놓치는 것, 겁쟁이임을 들키는 것, 심약한 신경증 환자라는 나의 상태를 재확인시키는 것—을 생각하며 가까스로 공포심을 억눌렀다. 이미 한 번 앨머와 함께 약을 안 먹고 비행기를 탄 적이 있었다. 이제 관건은 혼자서도 해낼 수 있는지 보는 것이었다. 주의를 돌릴 대상이 필요했던 만큼, 앨머가 준 책은 내게 엄청난 도움이 되었다. 무려 6백 페이지가 넘고 무게도 거의 3파운드나 되는 그 책은 비행 내내 나의 벗이 되어주었다.『서부의 잡초들』이라는 직설적이고 간단명료한 제목이 붙은 야생화 개론서였는데, 일곱 명의 저자(그중 여섯 명은 잡초 전문가로, 나머지 한 명은 와이오밍에 있는 식물표본관 관리자로 소개되어 있었다)가 공동 집필했고, 매우 적절하게도 서부 잡초학회라는 곳에서 미국 정부가 토지를 기부하여 세운 서부 대학들의 지역사회 지원센터와 협력하여 출간했다. 나는 원래 식물학에는 큰 관심이 없었다. 이름을 아는 식물과 나무도 수십 가지 정도였지만, 9백 장의 컬러 사진과 4백 종이 넘는 식물들의 서식지 및 특징을 정확하게 설명한 그 참고서는 몇 시간 동안 내 관심을 사로잡기에 충분했다. 그 책에 왜 그렇게 몰입했는지는 모르겠지만, 어쩌면 이제 막 떠나온 물에 목마른 가시투성이 식물들의 땅을 실컷 누리지 못하여 더 보고 싶었던 것인지도 모르겠다. 대부분의 사진이 극도로 클로즈업되어 배경은 텅 빈 하늘뿐이었다. 이따금 주변의 풀이나 흙이 찍혀 있기도 했고, 더 드물게 멀리 떨어진 바위나 산이 보이기도 했다. 눈에 띄게 부재하는 건 사람들로, 인간의 활동과 관련된 흔적조차 찾아볼 수 없었다. 뉴멕시코는 수천 년 동안 사람이 거주한 땅이었지만, 그 책 속 사진들을 보면 마치 그곳에서는 아무 일도 일어난 적이 없었던 듯했다. 역사 전체가 지워진 것 같았다. 고대의 암굴 거주자도, 고고학 유적도, 스페인 정복자도, 예수회 신부도, 팻 개릿과 빌리 더 키드(팻 개릿은 뉴멕시코주 보안관으로 악당 빌리 더 키드를 검거하였으며 이 이야기는 샘 페킨파 감독에 의해 〈팻 개릿과 빌리 더 키드〉라는 서부영화로 만들어짐-옮긴이)도, 푸에블로족 인디언도, 원자폭탄을 만든 사람들도 모두 사라진 듯했다. 오직 땅만이 남아 있었고, 그 땅을 덮고 있는 것들은 바싹 마른 흙에서 자란 빈약한 줄기와 가시투성이 작은 꽃들이 전부였다. 문명이 몇 줄기 잡초로 축소된 것이다. 그 식물들 자체는 대단한 볼거리가 못 되었지만 이름들에는 인상적인 음악성이 있었고, 나는 사진을 찬찬히 살펴본 후 그 옆의 설명을 읽고(*잎의 형태는 달걀형에서 피침형으로…… 수과는 납작하고 골이 지고 주름이 있으며, 관모는 뻣뻣한 털로 덮여 있음*), 잠시 멈추어 노트에 그 이름들을 적어 내려갔다. 〈마틴 프로스트의 내면의 삶〉에 대한 메모 다음에 쓴 헥터의 일기 발췌문에서 새로 페이지를 넘겨 그것들을 기록했다. 그 단어들은 색슨어 특유의 쫄깃한 질감을 지니고 있었고, 나는 그것들을 작은 소리로 발음해보며 혀 위의 둔중한 울림을 즐겼다. 지금 그 목록을 다시 들여다보니, 마치 어느 사어(死語)―어쩌면 한때 화성에서 사용되었던 언어―의 음절들을 무작위로 모아놓은 무의미한 글자 조합처럼 느껴진다.

　버 처빌. 스프레딩 도그베인. 라브리폼 밀크위드. 스켈리턴립 버시지. 커먼 세이지워트. 나딩 베거스틱스. 플룸리스 시슬. 스퀘어로즈 냅위드. 헤어리 플리베인. 브리슬리 혹스비어드. 컬리컵 건위드. 스파티드 캣시어. 탠지 래그워트. 리델 그라운드셀. 블레스드 밀크시슬. 파버티 섬프위드. 스파인리스 호스브러쉬. 스파이니 코클버. 웨스턴 스틱타이트. 스몰시드 펄스플렉스. 플릭스우드 탠시머스터드. 다이어스 워오드. 클래스핑 페퍼위드. 블래더 캠피언. 네틀립 구스풋. 도더. 프로스트레이트 스퍼지. 투그루브드 밀크베치. 에버래스팅 피바인. 실키 크레이지위드. 토드 러쉬. 헨빗. 퍼플 데드네틀. 스퍼드 애노더. 패니클 위로위드. 벨베티 고라. 립것 브롬. 멕시컨 스프랭글톱. 폴 패니컴. 랫테일 페스큐. 샤포인트 플루벨린. 달마시언 토드플랙스. 빌로베드 스피드웰. 세이크리드 더튜러.

다시 돌아온 버몬트는 달라 보였다. 겨우 2박 3일 떠나 있었을 뿐인데 내가 없는 동안 모든 게 작아진 듯했다. 더 폐쇄적이고, 어둡고, 축축하게 느껴졌다. 집 주변 숲의 푸르름은 사막의 황갈색과 비교했을 때 비현실적으로 무성해 보였다. 공기는 습기로 가득 차 있었고, 발밑의 땅은 푹신하게 느껴졌다. 눈길 닿는 곳마다 식물의 야성적인 번식과 충격적인 부패의 흔적이 보였다. 오솔길에서 물을 흠뻑 먹은 채 썩어가는 나뭇가지들과 나무껍질들, 나무에 사다리처럼 자란 버섯, 집 벽에 번진 곰팡이 얼룩. 얼마 후, 나는 이 모든 것을 앨머의 눈으로 보고 있다는 것을 깨달았다. 그녀가 와서 나와 함께 살게 될 날에 대비하여 더 선명한 시선으로 이곳을 바라보려 노력하고 있었던 것이다. 보스턴으로의 비행은 내가 감히 바랐던 것보다도 훨씬 더 순조로웠고, 나는 비행기에서 내릴 때 중요한 걸 해냈다는 기분을 느꼈다. 거시적으로 보면 별것 아닐 수도 있지만, 개인적인 싸움의 승패가 걸린 미시적 관점에서 본다면 그건 분명한 성취였다. 나는 지난 3년 동안의 그 어느 때보다 강한 기분이 들었다. 거의 온전해진 것 같다고, 다시 현실로 돌아갈 준비가 거의 된 것 같다고 자신에게 말했다.

그 후 며칠 동안 여러 가지 일을 한꺼번에 처리하느라 눈코 뜰 새 없이 바쁘게 지냈다. 샤토브리앙 번역 작업을 하고, 찌그러진 트럭을 정비소에 맡기고, 집이 거의 닳아 없어질 정도로 깨끗이 청소했다―바닥을 문질러 닦고, 가구에 광을 내고, 책에 쌓인 먼지를 털어냈다. 나는 그 집의 본질적인 볼썽사나움은 감출 도리가 없다는 걸 알았지만, 적어도 방들을 남부끄럽지 않게 청소하고 전에 없던 윤기를 낼 수는 있었다. 한 가지 고민은 안 쓰는 침실―이제 앨머의 서재로 꾸며줄 작정인―에 있는 상자들을 처리하는 문제였다. 앨머에겐 책을 완성할 공간, 혼자만의 시간이 필요할 때 머물 공간이 필요할 터였고, 남은 방은 그곳뿐이었다. 그 집은 저장 공간이 한정된 데다 내 마음대로 쓸 다락도, 차고도 없다 보니 생각나는 장소는 지하실뿐이었다. 그러나 그 해결책의 문제점은 지하실이 흙바닥이라는 것이었다. 비가 올 때마다 지하실에 물이 차오를 테고 거기 마분지 상자를 두면 젖을 게 뻔했다. 나는 불상사를 피하기 위해 콘크리트 블록 96개와 커다란 직사각형 합판 8장을 사들였다. 블록을 3단으로 쌓아 올려 최악의 홍수 때 지하실에 차올랐던 물의 수위보다 훨씬 높은 단을 만들었다. 그리고 습기를 막기 위한 추가적인 안전 조치로 상자 하나하나에 두꺼운 비닐 쓰레기봉투를 씌우고 테이프로 밀봉했다. 그 정도면 만족할 만도 했지만 상자들을 지하실로 옮길 용기를 내기까지 다시 이틀이 걸렸다. 그 상자들에 내 가족의 자취가 모두 들어 있었다. 헬렌의 원피스와 치마. 헤어브러시와 스타킹. 털모자 달린 커다란 겨울 코트. 토드의 야구 글러브와 만화책들. 마르코의 퍼즐과 플라스틱 인형들. 거울이 깨진 금색 콤팩트, 곰 인형 후티 투티. 월터 먼데일 선거 캠페인 배지. 나는 더 이상 그 물건들이 필요하지 않았지만 차마 버릴 수가 없었고 자선단체에 기부할 생각조차 해본 적이 없었다. 나는 헬렌의 옷을 다른 여자가 입는 것도, 내 아들들의 보스턴 레드삭스 모자가 다른 아이들의 머리 위에 얹히는 것도 원하지 않았다. 그 물건들을 지하실로 옮기는 것은 마치 무덤에 묻는 것과 같았다. 그게 끝은 아닐지라도 끝의 시작, 망각에 이르는 길의 첫 이정표였다. 어려운 일이었지만, 보스턴행 비행기를 탔던 것에 비하면 그 절반만큼도 어렵지 않았다. 방을 비운 후 브래틀보로로 가서 앨머가 쓸 가구를 골랐다. 마호가니 책상, 좌석 밑의 버튼을 누르면 뒤로 젖혀지는 가죽 의자, 떡갈나무 서류 캐비닛, 그리고 다채로운 색상의 멋진 러그. 그 가게에서 가장 비싼 최고급 사무용 가구들이었다. 가격이 3천 달러가 넘었지만, 나는 현금으로 지불했다.

그녀가 그리웠다. 우리의 계획이 아무리 충동적인 것이었다 해도, 나는 한순간도 그것에 대해 의심을 품거나 재고해본 적이 없었다. 맹목적인 행복감 속에서 그 계획대로 밀고 나가며 그녀가 마침내 동부로 올 날을 기다렸다. 그리고 그녀가 견딜 수 없이 그리워지기 시작하면 냉장고 문을 열고 총을 바라보았다. 그 총은 앨머가 그곳에 다녀갔다는 증거였고, 그녀가 이미 한 번 왔었다면 다시 돌아올 거라고 믿지 않을 이유가 없었다. 처음에는 총이 아직 장전된 상태라는 사실에 대해 깊이 생각하지 않았지만, 2, 3일쯤 지나자 그게 신경이 쓰이기 시작했다. 나는 그동안 총에 손도 대지 않고 있다가 어느 날 오후 오로지 안전을 기할 요량으로 그걸 냉장고에서 꺼내 들고 숲으로 가서 땅에 대고 여섯 발을 모두 쏘았다. 중국산 연발 폭죽이나 종이봉투 터지는 소리가 났다. 집으로 돌아와서 총을 침대 옆 탁자 맨 위 서랍에 넣었다. 이제 그것은 더 이상 사람을 죽일 수 없었지만 그렇다고 해서 그 힘이 사라진 건 아니었고, 덜 위험해진 것도 아니었다. 그 총은 생각의 힘을 상징했고, 나는 그걸 볼 때마다 그 생각이 하마터면 나를 파괴할 뻔했다는 사실을 떠올렸다.

앨머의 오두막에 있는 전화기는 변덕이 심해서 그녀에게 전화를 걸 때면 항상 연결되지는 않았다. 그녀는 배선 불량으로 시스템 어딘가에서 접촉이 잘 안되는 것 같다고 했고, 그래서 내가 번호를 눌러 전화가 연결되는 듯한 빠른 찰칵거림과 삐 소리를 들은 후에도 그녀의 전화벨이 울리지 않을 수도 있었다. 하지만 대개의 경우 발신 기능은 정상적으로 작동했다. 내가 버몬트로 돌아온 날, 나는 그녀에게 몇 번이나 전화를 걸었지만 연결이 되지 않았고, 결국 밤 11시(산지 표준시로는 밤 9시경)에 그녀가 전화를 걸어 왔을 때 우리는 앞으로도 그런 방식으로 연락하기로 결정했다. 즉, 내가 아니라 그녀가 전화를 거는 것이다. 이후 우리는 매번 통화가 끝날 때 다음 통화 시간을 정했고, 사흘 동안 이 방식은 마치 마술처럼 완벽하게 작동했다. 예를 들어 7시에 통화하기로 정해지면 나는 10분 전에 주방에 자리 잡고 앉아 테킬라를 스트레이트로 한 잔 따라놓았고(우리는 멀리 떨어져 있어도 여전히 함께 테킬라를 마셨다), 벽시계 초침이 정확히 7시를 가리킬 때 전화벨이 울렸다. 그렇게 정확한 시간에 울리는 전화벨에 의존하게 되었다. 앨머의 철저한 시간 준수는 믿음의 표시였으며, 둘이 서로 다른 지역에 살고 있어도 거의 모든 것에 있어 같은 마음이라는 원칙에 대한 헌신이었다.

그런데 네 번째 밤(내가 티에라 델 수에뇨를 떠난 후 다섯 번째 밤), 앨머는 전화를 걸지 않았다. 나는 그녀의 전화기가 고장 난 모양이라고 생각하면서 바로 행동에 나서지 않았다. 내 자리에 앉아 전화벨이 울리길 끈기 있게 기다렸다. 하지만 정적이 다시 20분, 30분 넘게 이어지자 걱정되기 시작했다. 만약 전화기가 고장 났다면, 그녀는 팩스로 내게 전화를 걸지 못하게 된 사정을 설명했을 터였다. 앨머의 팩스는 다른 전화선에 연결되어 있었고, 그 번호는 한 번도 문제가 생긴 적이 없었다. 소용없는 짓이라는 걸 알면서도 직접 전화를 걸어보았지만, 예상대로 연결되지 않았다. 혹시 프리다와 무슨 일이 있는 게 아닐까 싶어 본채로 전화해봤지만 결과는 마찬가지였다. 혹시 번호를 잘못 눌렀을지도 몰라서 다시 시도했지만 여전히 응답이 없었다. 나는 마지막 수단으로 짧은 메모를 팩스로 보냈다. *어디 있어요, 앨머? 괜찮은 거예요? 걱정돼요. 전화기가 고장 났다면 팩스로 연락줘요. 사랑해요, 데이비드.*

내 집에는 전화기가 주방에 있는 것 하나뿐이었다. 나는 2층 침실로 올라가면 밤늦게 앨머에게 전화가 올 경우 벨소리를 듣지 못하거나 듣더라도 전화를 받으러 내려오기 전에 끊길까 봐 두려웠다. 그래서 어찌할 바를 몰랐다. 몇 시간 동안 주방 근처에 머물며 무슨 일이라도 일어나길 기다리다가 새벽 1시가 넘어가자 거실로 가서 소파에 늘어져 누웠다. 그 소파는 우리가 함께한 첫날 밤에 내가 앨머를 위해 임시 침대로 만들었던 바로 그 스프링과 쿠션의 울퉁불퉁한 조합이었고, 우울한 생각에 빠지기 안성맞춤인 장소였다. 나는 동이 틀 때까지 교통사고, 화재, 응급 상황, 계단에서의 치명적인 추락 사고를 상상하며 스스로를 고문했다. 어느 순간 밖에서 새들이 깨어나 나뭇가지에서 지저귀기 시작했다. 그리고 그 소리를 들은 지 얼마 되지 않아 뜻밖에도 잠이 들었다.

나는 프리다가 나에게 했던 짓을 앨머에게도 똑같이 할 거라고는 생각지도 못하고 있었다. 헥터는 내가 농장에서 그의 영화를 보길 원했지만, 그가 죽자 프리다는 그걸 막아버렸다. 헥터는 앨머가 자신의 전기를 쓰길 원했다. 그런데 이제 그가 죽었으니 프리다가 그 책의 출간을 막을 수도 있다는 걸 어째서 나는 까맣게 몰랐던 걸까? 상황이 거의 똑같은데도 나는 그 유사성을 보지 못했다. 그 둘 사이의 닮은 점을 전혀 알아차리지 못했다. 그건 어쩌면 시간의 격차가 너무 컸기 때문이었을 수도 있었다. 영화를 보는 데는 기껏해야 나흘이나 닷새 정도밖에 걸리지 않았겠지만, 앨머는 거의 7년 동안 책을 집필해왔다. 누군가가 다른 사람의 7년간의 노력을 갈가리 찢어버릴 만큼 잔인할 수 있다는 건 나라면 생각지도 못할 일이었다. 나는 그런 생각을 할 용기가 없었다.

무슨 일이 일어날지 미리 알았다면, 앨머를 농장에 혼자 남겨두지 않았을 것이다. 그 마지막 날 아침에 억지로라도 원고를 챙기게 한 다음 밴에 태워 공항으로 데려갔을 것이다. 그때 그렇게 하지 않았어도, 너무 늦기 전에 무언가를 할 수 있었을지도 모른다. 내가 버몬트로 돌아온 후 우리는 네 번 통화했는데 그때마다 프리다의 이름이 언급되었다. 하지만 나는 프리다에 대해 이야기하고 싶지 않았다. 이미 그건 내게는 끝난 이야기였고, 오직 미래에 대해서만 이야기하고 싶었다. 나는 앨머에게 집에 대해, 그녀를 위해 준비 중인 방에 대해, 주문한 가구들에 대해 떠들어댔다. 앨머에게 프리다의 마음 상태에 대해 자세히 캐물었어야 했는데 말이다. 하지만 앨머는 그런 가정적인 이야기들을 듣는 걸 즐기는 듯했다. 그녀는 이사 준비 초기 단계에 있었고―옷을 마분지 상자에 담으며 가져갈 것과 두고 갈 것을 결정하고 내 서재에 있는 책들 중 그녀의 책들과 겹치는 게 무엇인지 확인했다―문제가 일어날 걸 전혀 예상하지 못하고 있었다.

내가 공항으로 떠나고 세 시간이 지난 후, 앨머와 프리다는 앨버커키의 장례식장으로 가서 유골함을 찾아왔다. 그날 오후, 그들은 정원의 바람이 불지 않는 곳에서 장미 덤불과 튤립 화단에 헥터의 유골을 뿌렸다. 그곳은 태디가 벌에 쏘인 자리였고, 프리다는 의식을 치르는 동안 줄곧 매우 불안정한 상태를 보였다. 그녀는 잠시 꿋꿋이 견디는가 싶더니 이내 허물어지며 한참이나 발작적으로 소리 없는 울음을 쏟아냈다. 그날 밤 앨머는 나와 통화하면서 프리다가 그렇게 약한 모습을 보인 건 처음이었다고, 금방이라도 무너져버릴 것처럼 위태롭게 느껴졌다고 말했다. 하지만 다음 날 아침 앨머가 본채로 가보니 프리다는 이미 깨어 있었다―헥터의 서재 바닥에 앉아 그녀를 빙 둘러 산더미처럼 쌓인 서류, 사진, 그림을 정리하고 있었다. 그녀가 앨머에게 다음은 대본 차례이고 그다음엔 영화 제작과 관련된 다른 모든 문서들―스토리보드, 의상 스케치, 세트 디자인 청사진,

조명 설계도, 배우들을 위한 메모까지—을 체계적으로 찾아내겠다고 말했다. 그리고 그것들을 단 하나도 남기지 않고 모두 불태우겠다고 했다.

이미 그때, 내가 농장을 떠난 지 하루 만에, 헥터의 유언에 대한 확대 해석에 맞추어 파기할 것들의 범위가 넓어진 것이다. 이제 단순히 영화들만이 아니라, 그 영화들이 존재했다는 사실을 증명할 수 있는 모든 증거가 사라지게 되었다.

그 후 이틀간 날마다 불길이 타올랐지만, 후안과 콘치타가 프리다를 돕는 동안 앨머는 그 과정에 참여하지 않고 자신의 일을 처리했다. 사흘째 되는 날 방음 스튜디오에서 배경 세트가 밖으로 끌려 나와 불태워졌다. 소품들과 의상들도 불태워졌고, 헥터의 일기장들도 불태워졌다. 심지어 내가 앨머의 집에서 읽었던 그 노트까지 불태워졌지만 우리는 아직도 사태가 어떻게 진전될지 파악하지 못하고 있었다. 그 노트는 헥터가 영화를 다시 만들기 훨씬 전인 1930년대 초반에 쓰인 것이었다. 그래서 오직 앨머의 전기에 담긴 자료의 출처로서만 가치가 있었다. 만일 그 출처를 파괴한다면 책이 출간된다 해도 그 내용은 신빙성을 갖기 어려울 터였다. 우리는 그걸 깨달았어야 했지만, 그날 밤 통화할 때 앨머는 그저 지나가는 말로 그 일에 대해 언급했다. 그날의 중요한 소식은 헥터의 무성영화에 대한 것이었다. 물론 그 영화들의 복사본은 이미 유포된 상태였지만, 프리다는 만약 농장에서 필름이 발견되면 누군가가 헥터 스펠링과 헥터 만이 동일 인물임을 밝혀낼 수도 있다며 그것들도 불태우기로 결심했다. 앨머는 프리다가 그건 끔찍한 과업이지만 철저히 수행되어야 한다고 말했다고 전했다. 실수로 한 가지라도 빠뜨리면 모든 노력이 수포로 돌아갈 수도 있다는 것이었다.

우리는 다음 날 저녁 9시(그녀가 있는 곳 시간으로 7시)에 다시 통화하기로 약속했다. 앨머는 오후 대부분을 소로코에서 보낼 예정이었는데—슈퍼마켓에서 장도 보고 개인적인 볼일도 보면서—그곳에서 티에라 델 수에뇨까지는 차로 한 시간 반이 걸렸지만, 우리는 그녀가 6시까지는 오두막으로 돌아올 거라고 예상했다. 그러나 그녀에게 전화가 오지 않자 내 머릿속에선 불길한 상상들이 활개를 치기 시작했고, 새벽 1시에 소파에 벌렁 누울 때쯤엔 앨머가 집에 돌아오지 못했고 그녀에게 끔찍한 일이 벌어졌음을 확신하게 되었다.

결국 내 예상은 맞기도 하고 틀리기도 했다. 그녀가 집에 도착하지 못했다는 예상은 틀렸지만, 나머지는 모두 맞았다—다만 내가 상상한 방식과는 달랐다. 앨머는 6시가 조금 지나 집 앞에 차를 댔다. 그녀는 문을 잠그지 않고 다

넜기에 오두막 문이 열려 있는 것을 보고 크게 놀라지는 않았지만, 굴뚝에서 연기가 피어오르는 광경은 기이하고 도무지 이해할 수 없었다. 7월 중순의 무더운 날이었기에 설령 후안과 콘치타가 세탁한 옷을 가져오거나 쓰레기를 치우러 왔다고 해도, 대체 왜 불을 피운 건지 알 수가 없었다. 앨머는 식료품을 차 뒷좌석에 그대로 둔 채 곧장 집 안으로 들어갔다. 프리다가 거실 벽난로 앞에 웅크리고 앉아 종이를 구겨 불 속에 던지고 있었다. 그녀의 몸짓 하나하나가 〈마틴 프로스트의 내면의 삶〉 마지막 장면을 그대로 재현하고 있었다. 노버트 스타인하우스가 앨머의 어머니를 되살리기 위해 자신의 소설 원고를 태우던 장면 말이다. 불에 탄 종이가 남긴 재의 파편이 공중으로 날아올라 다친 검은 나비들처럼 프리다 주위를 맴돌았다. 날개 끝이 잠시 주황색으로 빛을 내다가 이내 희끄무레한 재로 변했다. 헥터의 미망인은 자신이 시작한 일을 마무리하는 데 골몰하여 앨머가 안으로 들어와도 고개를 들지 않았다. 그녀의 무릎 위에는 아직 태우지 않은 16절지 크기의 종이들이 대략 스무 장에서 서른 장, 어쩌면 마흔 장 정도 쌓여 있었다. 남은 게 그것이 전부라면 6백 장이 이미 불타 사라진 것이었다.

앨머의 말을 그대로 옮기면, 그녀는 그 순간 격분해서 미친 듯이 소리를 질러대며 독설을 퍼부었다. 그녀는 거실을 가로질러 돌진했고, 프리다가 자신을 방어하려고 일어서는 순간 그녀를 거칠게 밀쳐냈다. 그다음은 기억나지 않는다고 했다. 프리다를 단 한 번 난폭하게 밀친 후 그대로 지나쳐 집 뒤쪽에 있는 서재를 향해, 컴퓨터를 향해 달려갔다는 것이었다. 불타버린 원고는 단순한 출력본일 뿐이었다. 책은 컴퓨터 안에 있었고, 만약 프리다가 하드 드라이브와 백업 디스크를 건드리지 않았다면, 모든 게 남아 있을 터였다.

그녀는 서재 문턱을 넘으며 잠깐 낙관이 밀려드는 걸 느꼈으나 곧 절망이 찾아왔다. 서재에 들어서자마자 그녀가 가장 먼저 본 것은 텅 빈 책상이었다. 모니터도, 키보드도, 프린터도, 라벨이 붙은 21개의 플로피디스크가 들어 있는 파란 플라스틱 상자도, 53개의 자료 파일도 없었다. 프리다가 몽땅 치운 것이다. 틀림없이 후안도 가담했을 것이고, 이미 손을 쓰기엔 늦어버렸음에 분명했다. 컴퓨터는 박살이 났을 것이고, 디스크는 조각조각 잘려 나갔을 터였다. 설령 아직 그렇게 되지 않았다 하더라도, 어디서 그것들을 찾는단 말인가? 농장은 4백 에이커가 넘었다. 아무 데나 골라 구덩이를 파서 묻으면 그 책은 영원히 사라질 터였다.

그녀는 서재에서 얼마나 머물렀는지 확신할 수 없었다. 몇 분 정도였다고 생각했지만 어쩌면 더 오래, 15분 정도였을 수도 있었다. 그녀는 책상에 앉아 두 손으로 얼굴을 감쌌다. 울고 싶었지만, 한바탕 소리를 질러대며 흐느끼고 싶었지만 너무 충격이 커서 울 수조차 없어서 그 자리에 앉아 손가락 사이로 새어 나오는 자신의 숨소리만 듣고 있었다. 그러다 어느 순간, 집 안이 너무 조용하다는 걸 깨달았다. 그건 프리다가 이미 떠났다는 뜻이었다. 말도 없이 나가서 본채로 돌아간 것이다. 앨머는 오히려 다행이라고 생각했다. 이제 와서 말다툼이나 설명을 한들 이미 벌어진 일을 되돌릴 수는 없었고, 더 이상 프리다와 말도 섞고 싶지 않았다. 정말 그럴까? 그녀는 그렇다고 다짐했다. 그렇다면 이제 이곳을 떠날 때였다. 가방을 싸서 차에 싣고 공항 근처 모텔로 가는 거다. 그리고 다음 날 아침 첫 비행기를 타고 보스턴으로 가면 된다.

앨머가 책상에서 일어나 서재를 나온 건 그때였다. 아직 7시는 되지 않았지만, 그녀는 내가 집에 있으리라는 걸, 부엌에서 전화기 근처를 서성이며 테킬라를 따라놓고 전화를 기다리고 있으리라는 걸 확신할 수 있을 만큼 나를 잘 알았다. 그녀는 약속된 시간까지 기다리지 않기로 했다. 그녀는 방금 수년의 삶을 도둑맞았고 머릿속에서 세상이 무너지고 있었기에 당장 나와 이야기해야 했다. 눈물이 쏟아지고 목이 메어 아무 말도 할 수 없게 되기 전에 누군가에게 말을 시작해야만 했다. 전화는 서재 옆방인 침실에 있었다. 문을 나서서 오른쪽으로 돌기만 하면 되었고, 그러면 10초 안에 침대에 앉아 내 번호를 누르고 있었을 것이다. 그러나 그녀는 서재 문턱에서 잠시 망설이다가 오른쪽이 아닌 왼쪽으로 돌았다. 거실에 불똥이 사방으로 튀고 있어서 나와 오랜 대화를 나누기 전에 먼저 불이 꺼졌는지 확인해야 했다. 그건 합리적인 결정이었고, 당시 상황에서 올바른 선택이었다. 그래서 그녀는 반대쪽으로 방향을 틀어 우회로를 택했고, 잠시 후 그 밤의 이야기는 다른 이야기가 되었다. 그 밤은 전혀 다른 밤이 되어버렸다. 나를 끔찍한 고통에 몰아넣는 건 단순히 그 일을 미리 막을 수 없었다는 사실에서 더 나아가, 만일 앨머가 먼저 나에게 전화를 걸었다면 그 일이 일어나지 않았을 수도 있다는 생각이었다. 그래도 프리다는 거실 바닥에 죽은 채로 누워 있었겠지만, 앨머의 반응은 완전히 달랐을 것이고 그녀가 시신을 발견한 후 벌어진 일들은 전혀 다른 방향으로 흘러갔을 것이다. 나와 이야기를 나누었다면 그녀는 조금 더 강해졌을 것이고, 덜 미쳤을 것이며, 충격을 받아들일 준비가 조금이나마 더 잘 되었을 것이다. 예를 들어, 그녀가 나에게 서재로 달려가기 전에 프리다의 가슴을 손바닥으로 밀어 넘어뜨린 이야기를 했더라면 나는 그녀에게 그 가능성을 경고할 수 있었을 것이다. 사람이 균형을 잃으면 비틀거리며 뒤로 넘어져서 단단한 물체에 머리를 부딪칠 수도 있다며 이렇게 말했을 것이다. 거실로 가서 확인해봐요. 프리다가 아직 거기 있는지 찾아봐요. 그러면 앨머는 전화를 끊지 않은 채 거실로 갔을 것이다. 그녀가 시신을 발견한 직후 나는 그녀와 이야기할 수 있었을 것이고, 그녀가 마음을 진정시키고 더 명확하게 생각할 시간을 갖게 하여 끔찍한 일을 저지르기 전에 다시 한번 고민하게 만들었을 것이다. 그러나 앨머는 서재 문간에서 머뭇거리다가 오른쪽이 아니라 왼쪽으로 돌았고, 거실에 쓰러져 있는 프리다의 시신을 발견했을 때 내게 전화하는 걸 잊었다. 아니, 잊었다기보다는, 그 생각이 이미 그녀의 머릿속에서 형태를 갖추기 시작했기에 차마 수화기를 들 수 없었을 것이다. 그녀는 주방으로 가서 테킬라 한 병과 볼펜을 가지고 식탁에 앉아 밤새 나에게 편지를 쓰며 시간을 보냈다.

    나는 소파에서 잠이 들었다가 팩스 들어오는 소리에 깼다. 버몬트에선 오전 6시였지만 뉴멕시코는 아직 밤이었고, 나는 팩스기에서 신호음이 서너 번 울린 후에야 잠에서 깨어났다. 잠이 든 지 채 한 시간도 안 되어 혼수상태처럼 깊은 수면에 빠져 있던 터라 처음 몇 번의 신호음은 그 순간에 꾸고 있던 꿈(자명종과 마감 기한, 그리고 '사랑의 은유'라는 제목의 강연을 하기 위해 깨어나야 한다는 내용의 악몽)

의 내용을 바꾸는 역할밖에 하지 못했다. 나는 꿈을 잘 기억하는 편은 아니지만, 그 꿈만큼은 눈을 뜬 후 나에게 일어난 모든 일들과 마찬가지로 분명히 기억하고 있다. 나는 그 소음이 침실에서 울리는 자명종 소리가 아님을 깨달으며 소파에서 일어나 앉았다. 주방에서 전화벨이 울리고 있었지만, 내가 비틀거리며 거실을 가로지르는 사이에 벨 소리는 멈췄다. 팩스기에서 딸깍 소리가 조그맣게 들렸는데 전송이 시작된다는 신호였다. 내가 마침내 주방에 도착했을 때는 이미 편지의 첫 부분이 가느다란 배출구를 통해 말려 나오고 있었다. 1988년에는 일반 용지로 출력되는 팩스 기계가 없었다. 용지가 두루마리 형태로 되어 있었고, 특수 전자 코팅이 된 얇은 양피지 같은 재질이었다. 그래서 팩스로 받은 편지는 마치 고대에서 온 것처럼 보였다. 토라(유대교 율법서-옮긴이)의 일부 같기도 했고, 에트루리아 전장에서 온 전갈 같기도 했다. 앨머는 여덟 시간 넘게 편지를 썼다. 간간이 멈췄다가 다시 시작하고 펜을 들었다가 내려놓기를 반복했으며, 밤이 깊어질수록 점점 더 술에 취해갔다. 결국 그녀가 쓴 편지는 스무 장이 넘었다. 나는 팩스기가 조금씩 토해내는 두루마리 용지를 당겨가며 선 채로 다 읽었다. 편지의 첫 부분은 내가 방금 요약한 내용이었다. 앨머의 책이 불태워진 일, 컴퓨터가 사라진 일, 그리고 거실에서 프리다의 시신을 발견한 일. 마지막 부분은 다음과 같이 끝났다.

 나도 어쩔 수가 없어요. 난 이런 짐을 짊어지고 살아갈 수 있을 만큼 강하지 못해요. 어떻게든 감당해보려고 애쓰고 있지만 역부족이에요. 데이비드, 이 짐은 너무 크고 너무 무거워서 도저히 들어 올릴 수가 없어요.

 그래서 오늘 밤에는 당신한테 전화하지 않을 거예요. 당신은 나에게 그건 사고였고 내 잘못이 아니라고 말할 거고 난 그 말을 믿기 시작할 테니까요. 당신 말을 믿고 싶지만 진실을 말하자면 나는 프리다를 세게 밀었어요. 여든 살 노인을 너무 세게 밀어서 결국 그녀를 죽였어요. 프리다가 내게 무슨 짓을 했든 그건 상관없어요. 나는 그녀를 죽였고, 지금 당신의 설득에 넘어가 그 사실을 부정하면 결국 우리는 나중에 파멸하게 될 거예요. 그건 피할 수 없어요. 내 결심을 막으려면 진실을 포기해야만 하고 그렇게 하면 내 안의 모든 좋은 것이 죽어갈 거예요. 지금, 아직 용기가 남아 있을 때 해야 해요. 알코올이 있어서 다행이에요. 런던 광고판에 이렇게 쓰여 있죠. '기네스는 힘을 줍니다.' 테킬라는 용기를 주죠.

 사람들은 어딘가에서 시작하고, 그곳에서 아무리 멀리 떠났다고 생각해도 결국 다시 그곳으로 돌아오게 되죠. 나는 당신이 나를 구해줄 수 있다고, 내가 당신의 사람이 될 수 있다고 생각했지만 결국 그들에게서 벗어날 수 없었어요. 데이비드, 꿈을 꾸게 해줘서 고마워요. 못난 앨머도 남자를 만날 수 있었고, 그 남자는 그녀가 스스로를 아름답게 느끼도록 해줬어요. 당신은 나한테도 그렇게 해줄 수 있었는데, 얼굴이 하나뿐인 여자한테는 얼마나 많은 걸 해줄 수 있겠어요.

다행이라고 생각해요. 당신이 내 실체를 알게 되기 전에 끝나게 된 건 잘된 일이니까요. 처음 당신 집에 갔던 그날 밤, 난 총을 지니고 갔어요, 안 그래요? 그게 어떤 의미인지 절대 잊지 마요. 그런 짓을 하는 건 미친 사람뿐이고 미친 사람들은 믿을 수 없어요. 그들은 남의 인생을 염탐하고, 자기와 상관없는 일들에 대해 책을 쓰고, 약을 사죠. 약이 있어서 다행이에요. 당신이 그날 약을 두고 간 걸 정말 우연이라고 생각해요? 당신이 여기 있는 동안 줄곧 약은 내 가방 안에 들어 있었어요. 당신한테 돌려줘야겠다고 계속 생각했지만, 자꾸 잊어버렸어요. 당신이 밴에 올라탈 때까지도. 나를 탓하진 말아줘요. 결국 그 약은 당신보다 내게 더 필요했던 거니까. 나의 스물다섯 개의 작은 보라색 친구들. 가장 강력한 자낙스. 밤의 완전한 수면을 보장해주는 약.

용서해요. 용서해요. 용서해요. 용서해요. 용서해요.

나는 그 후 앨머에게 전화를 걸었으나, 그녀는 전화를

받지 않았다. 이번에는 전화가 연결되어 신호음이 울렸지만, 앨머는 수화기를 들지 않았다. 나는 벨이 40번, 50번 울릴 때까지 끈질기게 기다리면서 그 소음이 그녀의 집중력을 흐트러뜨리고 약에 대한 생각에서 벗어나게 하기를 바랐다. 다섯 번만 더 울렸다면 달라졌을까? 열 번만 더 울렸다면 그녀를 막을 수 있었을까? 결국 나는 전화를 끊고 종이를 찾아 그녀에게 팩스를 보냈다. *제발 나랑 이야기 좀 해요. 제발, 앨머, 전화 좀 받아줘요.* 나는 잠시 후 다시 전화를 걸었지만, 이번에는 벨이 여섯 번인가 일곱 번쯤 울리다가 먹통이 되었다. 처음엔 영문을 몰랐지만 이내 그녀가 아예 코드를 뽑아버렸다는 걸 깨달았다.

9

그 주 후반, 나는 앨머를 티에라 델 수에뇨에서 북쪽으로 40킬로미터 떨어진 가톨릭 묘지의 그녀 부모님 곁에 묻었다. 앨머는 나에게 친척 이야기를 한 적이 없었고 그런드가나 모리슨가에서 그녀의 시신을 인수하러 온 사람도 없었기에, 내가 장례 비용을 모두 부담했다. 나는 방부 처리와 화장의 상대적 장단점, 다양한 목재의 내구성, 관의 가격 등을 둘러싼 우울하고 기괴한 결정을 내려야 했다. 매장을 선택한 후에는 망자의 옷, 립스틱 색상, 손톱 매니큐어, 헤어스타일 같은 문제를 결정해야 했다. 내가 어떻게 그 모든 일들을 해냈는지는 모르겠지만, 아마도 대부분의 사람들이 하는 방식으로—반쯤은 현실에 있고 반쯤은 그렇지 않은 상태에서, 반쯤은 제정신이고 반쯤은 정신이 나간 채로—했을 것이다. 분명히 기억나는 건, 화장을 거부했다는 사실이다. 나는 이렇게 말했다. "더 이상 불은 안 돼요. 재도 안 되고요." 이미 부검을 위해 몸에 칼을 댔지만 불에 태우도록 놔두지는 않을 작정이었다.

앨머가 자살한 그날 밤, 나는 버몬트 집에서 보안관 사무실로 전화를 걸었다. 빅터 구즈만이라는 부보안관이 농장으로 출동한 시각이 오전 6시였는데 후안과 콘치타는 이미 사라진 뒤였다. 앨머와 프리다는 모두 죽었고, 나에게 팩스로 보낸 편지는 여전히 기계 안에 남아 있었지만, 그 작은 사람들은 행방이 묘연했다. 닷새 후 내가 뉴멕시코로 갔을 때까지도 구즈만과 그의 동료들은 여전히 그들을 찾고 있었다.

프리다의 유해는 그녀가 남긴 유언장에 따라 그녀의 변호사가 처리했다. 장례식은 블루 스톤 농장의 정자—본채 바로 뒤편 헥터의 작은 버드나무와 사시나무 숲에 있는—에서 열렸지만, 일부러 가지 않았다. 나는 프리다에 대한 증오가 너무 깊었고, 그녀의 장례식에 참석한다는 생각만 해도 속이 뒤틀렸다. 그녀의 변호사를 만난 적이 없었지만 구즈만이 그 변호사에게 내 이야기를 한 모양이었다. 그 변호사가 내가 묵고 있는 모텔로 전화를 걸어 와 나를 장례식에 초대했고, 나는 그냥 바빠서 못 간다고 대답했다. 변호사는 바로 전화를 끊지 않고 몇 분 동안 불쌍한 스펠링 부인과 불쌍한 앨머, 그리고 이 모든 일이 얼마나 끔찍한지에 대해 주절거리다가 갑자기 목소리를 낮추더니 "이건 극비 사항인데" 유산이 9백 만 달러가 넘는다고 귀띔했다. 그는 유언장 검인이 떨어지면 농장이 매각될 것이며, 그 수익금에 스펠링 부인의 주식과 채권을 처분한 돈을 합친 유산 전체가 뉴욕시의 한 비영리 단체에 기부될 거라고 했다. "어느 단체죠?" 내가 물었다. "뉴욕 현대미술관이에요." 그가 대답했다. 9백 만 달러 전액이 익명 기금으로 옛 영화 보존에 사용될 예정이었다. "정말 이상하죠, 안 그래요?" 변호사가 말했다. "아뇨," 내가 대답했다. "이상하진 않아요. 잔인하고 역겨울 수는 있어도, 이상하지는 않아요. 블랙 유머를 좋아하는 사람이 이 이야기를 들으면 몇 년 동안 두고두고 웃을 수 있겠네요."

나는 마지막으로 농장에 한 번 더 가보고 싶었지만, 막상 정문 앞에 차를 대자 안으로 들어갈 용기가 나지 않았다. 오두막에서 앨머의 사진 몇 장과 버몬트에 가져갈 만한 자질구레한 물건들을 챙기고 싶었는데, 경찰이 범죄 현장에 사용하는 노란색 테이프를 둘러놓은 걸 보자 갑자기 주눅

이 들었다. 경찰이 지키고 서서 출입을 막지도 않았고 울타리 사이로 몰래 들어가도 아무 문제 없을 것 같았지만 도저히, 도저히 그럴 수가 없어서 결국 차를 돌려 떠났다. 나는 앨머의 묘비를 주문하며 앨버커키에서의 마지막 시간을 보냈다. 처음에는 최소한의 비문만 새길 생각이었다. 앨머 그런드 1950-1988. 그러나 계약서에 서명하고 비용을 지불한 후 다시 사무실로 돌아가 마음이 바뀌었다고, 한 단어를 더 추가하고 싶다고 말했다. 묘비에는 이렇게 새겨지게 되었다. *앨머 그런드 1950-1988 작가*. 나는 그녀가 생애 마지막 밤에 보낸 스무 장짜리 유서 외에는 그녀의 글을 읽어본 적이 없었다. 그러나 앨머는 한 권의 책 때문에 죽었고, 그녀는 그 책의 저자로 기억되어야 마땅했다.

나는 집으로 돌아왔다. 보스턴으로 가는 비행기에서는 아무 일도 일어나지 않았다. 중서부 상공에서 난기류를 만났고, 기내식으로 닭고기를 먹고 포도주를 한 잔 마셨으며 창밖을 내다보았다—하지만 아무 일도 일어나지 않았다. 하얀 구름, 은빛 날개, 푸른 하늘. 아무 일도 없었다.

집에 가보니 술 장식장이 텅 비어 있었지만 나가서 술을 사 오기엔 너무 늦은 시각이었다. 그게 나를 구했는지는 잘 모르겠으나, 마지막 밤에 테킬라를 다 비운 걸 잊고 있었고, 상점들이 문을 닫아버린 웨스트 T에서 반경 50킬로미터 이내에서는 술을 구할 방법이 없었기에 맨 정신으로 잠자리에 들어야 했다. 나는 아침에 커피 두 잔을 마시고 다시 일을 시작했다. 원래 계획은 예전처럼 슬픔과 술에 빠져 망가져버리는 것이었지만, 버몬트의 그 여름날 아침의 빛 속에서 내 안의 무언가가 자기파괴적 충동에 저항했다. 샤토브리앙은 이제 나폴레옹의 삶에 대한 긴 성찰을 마무리하는 중이었고, 나는 회고록 24권에 합류하여 폐위된 황제와 함께 세인트헬레나섬으로 갔다. *그는 이미 6년째 유배 중이었고, 그건 유럽을 정복하는 데 걸린 시간보다 더 길었다. 그는 거의 집 밖으로 나가지 않았고, 하루 종일 카사로티의 이탈리아어 번역본으로 오시안(스코틀랜드의 전설적 시인-옮긴이)을 읽으며 시간을 보냈다……. 보나파르트는 밖에 나갈 때면 알로에와 향기로운 금작화가 늘어선 울퉁불퉁한 길을 따라 걸었다……. 혹은 땅 위를 굴러다니는 두꺼운 구름 속에 몸을 숨겼다……. 역사의 이 순간에는 하루 만에 모든 것이 시들어버린다. 너무 오래 살아남은 자는 산 채로 죽는다. 우리는 인생을 살아오면서 서너 개의 상이한 모습을 남긴다. 우리는 과거의 안개 속에서 그것들을 바라본다. 마치 각기 다른 나이에 그려진 우리의 초상화처럼.*

내가 스스로를 속여 계속 일할 힘이 있다고 믿은 것인

지, 아니면 단순히 감각이 마비된 것인지 알 수 없었다. 여름 내내 나는 마치 다른 차원에 살고 있는 듯했다. 몸에 투명한 거즈를 감은 것처럼 주변의 것들에 깨어 있으면서도 동시에 그것들로부터 동떨어진 기분을 느꼈다. 장시간 샤토브리앙 번역에 몰두했다. 몇 주 동안 아침 일찍 일어나 밤늦게까지 일하며 꾸준한 진척을 이루었고, 하루 작업량도 플레야드판으로 세 페이지에서 네 페이지로 서서히 늘어갔다. 그건 진전처럼 보였고 진전처럼 느껴졌지만 그 시기에 나는 이상할 정도로 주의력이 떨어지고 책상에서 벗어날 때마다 멍한 상태가 되곤 했다. 석 달 동안 전화 요금 내는 걸 잊어버렸고, 우편으로 날아오는 독촉장을 모조리 무시하며 어느 날 한 남자가 전화를 끊으러 올 때까지 요금을 정산하지 않았다. 2주 후, 브래틀보로에 쇼핑을 하러 가서 우체국과 은행에도 들렀는데 지갑을 편지 뭉치로 착각하고 우체통에 던져 넣어버렸다. 그런 일들은 나를 당혹스럽게 했지만, 나는 단 한 번도 그 이유에 대해 깊이 생각해본 적이 없었다. 그 질문을 던진다는 건 무릎을 꿇고 앉아 양탄자 아래 숨겨진 문을 연다는 뜻이었고, 그 어둠을 들여다볼 여력이 없었다. 하루 일을 마치고 저녁을 먹은 뒤 거의 밤마다 주방에 늦게까지 앉아서 〈마틴 프로스트의 내면의 삶〉을 보면서 기록한 걸 다시 옮겨 적었다.

내가 앨머를 안 기간은 겨우 8일이었다. 그중 5일은 떨어져 있었고, 나머지 3일도 함께 보낸 시간을 계산해보니 겨우 쉰네 시간이었다. 그중 열여덟 시간은 수면으로 허비했다. 또 일곱 시간은 이런저런 이유로 떨어져 있었다―나는 오두막에서 홀로 여섯 시간을 보냈고, 헥터와 5분에서 10분 정도 함께 있었으며, 영화를 본 41분도 계산에 넣어야 했다. 그러니 내가 실제로 그녀를 보고, 만지고, 그녀와 함께 있었던 건 고작 스물아홉 시간이었다. 우리는 다섯 번 사랑을 나누었다. 그리고 여섯 번 식사를 함께했다. 나는 그녀에게 한 번 목욕을 시켜주었다. 앨머가 너무 빨리 내 삶으로 들어왔다가 나가서 가끔은 그녀가 상상 속의 존재처럼 느껴졌다. 그것이 그녀의 죽음을 마주하는 데 있어 가장 힘든 부분이었다. 기억할 것이 충분치 않다 보니 자꾸 같은 기억을 되새기며 같은 숫자를 더하고 같은 초라한 합계에 도달했다. 두 대의 자동차, 한 대의 비행기, 여섯 잔의 테킬라. 사흘 밤 세 집의 세 침대. 네 번의 전화 통화. 나는 너무 혼란스러웠고, 그저 살아 있는 것밖에는 애도하는 방법조차 몰랐다. 몇 달 후 번역을 마치고 버몬트를 떠난 뒤에야 앨머가 나를 위해 그랬다는 걸 깨달았다. 그녀는 8일이라는 짧은 기간에 나를 죽음에서 삶으로 되돌려 보내주었다.

그 후에 내게 무슨 일이 일어났는지는 중요하지 않다.

이 책은 단편적인 조각들, 슬픔과 희미하게 기억나는 꿈들의 모음집이며, 이야기를 전하기 위해 이야기 자체의 사건들에만 집중해야 한다. 나는 지금 보스턴과 워싱턴 D.C. 사이 어딘가의 대도시에 살고 있으며, 『헥터 만의 무성 세계』 이후 처음으로 글을 쓰고 있다는 것만 밝히겠다. 한동안 다시 가르치는 일을 하다가 더 만족스러운 일을 발견하여 결국 강단을 완전히 떠났다. 그리고 (이런 것에 관심이 있는 사람들을 위해 덧붙이자면) 이제는 더 이상 혼자가 아니다.

뉴멕시코에서 돌아온 지도 어느덧 11년이 흘렀지만, 그동안 나는 그곳에서 겪은 일에 대해 누구에게도 말하지 않았다. 앨머에 대해서도, 헥터와 프리다에 대해서도, 블루스톤 농장에 대해서도 단 한 마디도 하지 않았다. 설령 내가 그 이야기를 꺼냈더라도 누가 그걸 믿어주었겠는가? 내 이야기를 뒷받침할 어떤 증거도 없었다. 헥터의 영화들은 모두 파기되었고, 앨머의 책도 사라졌으며, 내가 보여줄 수 있는 건 알량한 메모 몇 장, 사막에서 쓴 3부작—〈마틴 프로스트의 내면의 삶〉 세부 내용, 헥터의 일기에서 발췌한 글들, 그리고 그 무엇과도 관련이 없는 외계 식물 목록—뿐이었다. 결국 나는 입을 다물고 헥터 만의 미스터리는 풀리지 않은 상태로 내버려두는 편이 낫다고 결론지었다. 이제 다른 사람들이 그의 작품에 대해 글을 쓰기 시작했고, 1992년 그의 코미디 무성영화들이 비디오로(세 개의 테이프가 한 세트로 구성된) 출시되면서 흰 양복을 입은 그 남자를 추종하는 사람들이 서서히 생겨났다. 물론 그건 수십억 달러의 마케팅 예산이 집행되는 거대한 산업으로 부상한 연예계에서 작고 보잘 것 없는 재유행에 불과했지만, 나를 흐뭇하게 만들기에 충분했다. 나는 헥터를 그 장르의 거장이라거나 "무성 슬랩스틱 예술의 마지막 위대한 연기자"(『사이트 앤드 사운드』에 실린 스탠리 보벨의 표현을 빌리자면)로 묘사한 기사들을 우연히 접할 때면 기쁨을 느끼곤 했다. 어쩌면 그것으로 충분했을지도 모른다. 1994년에 헥터 만 팬클럽이 결성되었을 때 나는 명예 회원으로 초청받았다. 나는 헥터의 작품에 대한 첫 책(길고 상세한 연구서로는 유일한)을 낸 사람으로서 그 운동의 정신적 창시자로 여겨졌고, 그들은 내 축복을 받고 싶어 했다. 최근 집계에 따르면, '국제 헥터 만 매니아 모임'은 유료 회원 수가 3백 명이 넘으며 그중 일부는 스웨덴이나 일본 같은 먼 나라에 살고 있다. 나는 매년 시카고에서 열리는 연례 모임에 초대받았고, 마침내 1997년에 초대에 응했는데, 연설이 끝난 후 기립 박수를 받았다. 그 후 질의응답 시간에, 책을 쓰기 위해 자료를 수집하는 과정에서 헥터의 실종과 관련된 정보를 얻은 게 있느냐는 질문이 나왔다. 나는 이렇게 대답했다. "아뇨, 안타깝게도 없습니다. 몇 달 동안 찾아봤지만, 새로운 단서는 전혀 발견할 수 없었습니다."

나는 1998년 3월에 쉰한 살이 되었다. 그리고 6개월이 지나 가을로 접어든 날, 워싱턴 미국 영화협회에서 열린 무성영화에 관한 공개 토론회에 참석한 지 정확히 일주일 만에 첫 심장마비가 찾아왔다. 두 번째는 11월 26일, 볼티모어에 있는 여동생의 집에서 추수감사절 만찬을 하던 중에 찾아왔다. 첫 번째는 비교적 가벼운, 이른바 경미한 심근경색이었으며 마치 무반주의 짧은 독창 같았다. 하지만 두 번째는 2백 명의 가수와 풀 브라스 오케스트라를 위한 합창 교향곡처럼 내 몸을 갈가리 찢었고, 하마터면 나를 죽일 뻔했다. 그때까지 쉰한 살을 늙은 나이라고 생각해본 적이 없었다. 특별히 젊다고는 할 수 없었지만, 그렇다고 삶을 마감할 준비를 하고 세상과 화해해야 할 나이도 아니라고 믿었다. 그러나 몇 주 동안 병원에 입원해서 의사들에게 들은 소식은 그 생각을 바꾸기에 충분할 정도로 비관적이었다. 내가 좋아하는 표현을 쓰자면, 나는 빌린 시간을 살고 있음을 깨달았다.

나는 그동안 비밀을 지켜온 것이 잘못이었다고 생각하지 않으며, 지금 이 이야기를 하는 것도 잘못이라고 생각하지 않는다. 상황이 변했고, 그에 따라 내 생각도 바뀌었을 뿐이다. 12월 중순, 나는 병원에서 퇴원했고, 1월 초에는 이 책의 첫 부분을 쓰기 시작했다. 지금은 10월 말, 이 책의 집필을 마무리하는 시점에서 우리가 살아온 한 세기도 함께 마감되고 있다는 것에 씁쓸한 만족감을 느낀다. 헥터의 세기, 그가 태어나기 18일 전에 시작되었고 제정신인 사람이라면 아무도 그 종말을 아쉬워하지 않을 세기. 나도 샤토브리앙처럼 이 책을 당장 출간할 생각은 없다. 내 변호사에게 남긴 편지에 내가 죽은 후 이 원고를 어디서 찾고 어떻게 처리할지에 대한 지시를 담아놓았다. 나는 백 살까지 살 작정이지만 혹시 그 전에 떠날 경우에 대비하여 모든 준비를 마쳤다. 만일 이 책이 출간되었다면, 친애하는 독자여, 이 글을 쓴 사람이 오래전에 죽었다고 확신해도 된다.

인간의 정신을 파괴하는 생각들이 있다. 그런 생각들은 너무나도 강력하고 추악하여 머리에 떠올리는 순간 정신을 타락시킨다. 나는 내가 아는 것에 대한 두려움, 내가 아는 것의 끔찍함에 휘말리는 것에 대한 두려움 때문에 그 생각을 말로 표현하지 못했고 이제 말해봐야 아무 소용 없는 일이 되고 말았다. 나는 제시할 수 있는 사실도 없고, 법정에서 인정될 만한 구체적인 증거도 없다. 하지만 지난 11년 동안 그날 밤의 사건들을 수도 없이 되새긴 끝에, 나는 헥터가 자연사한 것이 아님을 거의 확신하게 되었다. 내가 그를 만

낫을 때 그는 쇠약한 상태였다. 그래, 분명 쇠약했고 며칠 내로 죽을 것이 분명했지만, 그의 사고는 명료했고 우리의 대화가 끝날 무렵 그가 내 팔을 잡았을 때 그의 손가락들이 내 살을 파고들었다. 그건 아직 살아가려는 의지를 가진 사람의 손아귀였다. 그는 우리의 일이 끝날 때까지는 살아 있으려고 했고, 나는 방에서 나가라는 프리다의 말에 따라 아래층으로 내려가면서 다음 날 아침에 그를 다시 보게 될 거라고 굳게 믿고 있었다. 타이밍을 생각해보라. 그 이후 얼마나 빠르게 재앙이 연달아 일어났는지. 앨머와 나는 잠자리에 들었고, 우리가 잠이 들자 프리다는 살금살금 복도를 지나 헥터의 방으로 들어가서 베개로 그를 질식시켰다. 그녀가 사랑 때문에 그랬다고 확신한다. 그녀에게는 분노도, 배신감도, 복수심도 없었다. 단지 신성하고 정당한 목적에 대한 광적인 헌신만이 있었을 뿐이었다. 헥터는 크게 저항하지도 못했을 것이다. 그녀는 그보다 강했고, 그의 수명을 며칠 단축시킴으로써 헥터가 나를 농장으로 초대한 어리석은 실수를 바로잡을 수 있다고 믿었을 것이다. 헥터는 오랜 세월 확고부동한 용기를 보이다가 의심과 우유부단함에 굴복하면서 자신이 뉴멕시코에서 이루어놓은 모든 것에 의문을 품게 되었다. 그리고 내가 티에라 델 수에뇨에 도착한 순간, 그가 프리다와 함께 이룬 아름다운 일은 산산조각 날 위기에 처하고 말았다. 내가 농장에 발을 들여놓으면서부터 프리다의 광기가 시작되었다. 나는 그곳에서 일어난 모든 사건의 기폭제, 치명적 폭발을 일으킨 최종 요소였다. 프리다는 나를 제거해야 했고, 그러기 위해서는 헥터를 없애야만 했다.

나는 다음 날 일어난 일에 대해 자주 생각한다. 그 대부분이 말로 표현되지 않은 것들, 사소한 공백과 침묵, 결정적인 시점에 앨머가 발산한 묘한 수동성으로 나타난다. 내가 아침에 눈을 떴을 때, 앨머는 내 곁에 앉아 얼굴을 쓰다듬고 있었다. 오전 10시, 헥터의 영화를 보러 상영실로 갔어야 할 시간이 한참 지났지만 그녀는 서두르지 않았다. 나는 그녀가 침대 옆 탁자에 준비해둔 커피를 마셨고, 우리는 잠시 이야기를 나눈 후 끌어안고 입을 맞췄다. 나중에, 그녀가 필름들을 불태운 후 오두막으로 돌아왔을 때도, 그녀는 자신이 목격한 광경에 대해 비교적 덤덤해 보였다. 물론 그녀가 울음을 터뜨린 걸 잊지 않고 있지만, 그녀의 반응은 내가 예상했던 것보다는 훨씬 덜 격렬했다. 그녀는 울부짖지도, 화를 내지도 않았으며, 프리다가 헥터의 유언장에 지정된 시한보다 일찍 불을 지른 것에 대해 원망조차 하지 않았다. 그 전 이틀 동안 앨머와 많은 이야기들을 나눈 나는 앨머가 영화들을 불태우는 것에 반대했다는 걸 알고 있었다.

그녀는 모든 작품을 없애버리겠다는 헥터의 엄청난 결단에 경외심을 품으면서도 그것이 잘못되었다고 믿었고, 그 문제로 여러 번 헥터와 언쟁을 벌였다고 내게 말했었다. 그렇다면, 왜 그녀는 영화들이 파괴되었을 때 더 격렬하게 반응하지 않았을까? 그 영화들 속에는 그녀의 어머니가 있었고 그녀의 아버지가 찍은 작품들이었는데도 불이 꺼진 후 그녀는 그것에 대해 거의 아무 말도 하지 않았다. 나는 그녀의 침묵에 대해 오랫동안 생각해보았는데, 그녀가 그날 저녁에 보인 그 무심함을 설명할 수 있는 유일한 가설은 그녀가 영화들이 파괴되지 않았다는 사실을 알고 있었다는 것이었다. 앨머는 매우 영리하고 치밀한 사람이었다. 그녀는 이미 헥터의 초기 영화들의 복사본을 만들어 세계 각지에 있는 여섯 군데 보관소로 보냈다. 그렇다면, 그의 후기 작품들도 복사하지 못했을 이유가 어디 있겠는가? 그녀는 책을 쓰면서 여행을 많이 다녔다. 농장을 떠날 때마다 원본 필름을 두어 개씩 몰래 빼내어 어딘가에 있는 현상소에 맡겨 새 복사본을 만들지 못할 이유가 무엇이었겠는가? 지하 저장고에는 경비원이 없는 데다 앨머는 모든 문을 열 수 있는 열쇠를 가지고 있었기에 몰래 필름을 빼내고 들여오는 건 그녀에게 식은 죽 먹기였을 것이다. 만일 그렇게 했다면, 그녀는 프리다가 죽을 때까지 기다렸다가 그것들을 세상에 공개하기 위해 어딘가에 숨겨뒀을 것이다. 여러 해가 걸릴지라도 앨머는 인내심이 강했다. 하지만 프리다가 죽는 날 밤에 자신도 목숨을 잃을 것임을 그녀가 어찌 알 수 있었겠는가? 어떤 이는 그녀가 나에게 비밀을 털어놓았을 거라고, 그런 일을 혼자만 간직하지는 않았을 거라고 주장할 수도 있겠지만, 어쩌면 그녀는 버몬트로 온 후에 나에게 그 이야기를 할 계획이었을지도 모른다. 그녀는 길고 두서없는 유서에서 영화들에 대해 언급하지 않았다. 그러나 그날 밤 앨머는 공포에 떨며 종말론적 자기 심판의 망상 속에서 고통스러워하고 있었으며, 내 생각에 그녀는 편지를 쓸 때 진정으로 이 세상 사람이 아니었다. 그녀는 나에게 그 이야기를 하는 걸 잊었다. 나에게 말하려 했지만, 결국 잊어버린 것이다. 만약 그렇다면, 헥터의 영화들은 사라진 것이 아니다. 단지 종적을 감추었을 뿐이며, 조만간 어떤 사람이 우연히 앨머가 그것을 숨겨둔 방의 문을 열 것이고, 그 순간 이야기는 처음부터 다시 시작될 것이다.

  나는 그런 희망을 품고 살아간다.

독서 후기

반복 연습

정기현
(소설가)

 한 사람이 살거나 혹은 죽거나. 그 문제를 한 권의 책이 좌우할 수 있을까? 폴 오스터의 『환상의 책』은 이 질문에 '그렇다'고 답하는 동시에 읽는 사람으로 하여금 '그럴 수도 있겠다'고 고개를 끄덕이도록 만든다. 그리고 내게는 이것이 책이 해낼 수 있는 궁극적인 역할의 영역에 가닿은 것처럼 보였다.

상실이 가져다준 새 시야
 『환상의 책』의 주인공 데이비드 짐머는 비행기 사고로 하루아침에 아내와 두 아들을 잃고 세상에 홀로 남았다. 바로 그 비행기를 타야 한다고 재촉한 것, 탑승 시간에 늦지 않기 위해 공항까지 그들을 데려다준 것이 다름 아닌 자신이라는 사실이 짐머를 더욱 괴롭게 만들었다. 짐머는 매일 어제보다 더 철저히 혼자가 되려고 작정한 사람처럼 자신을 고립시키고 상실 전에 수행하였던 역할들을 끝없이 유예하였다. 대학교수였던 짐머는 개강일이 다가와도 학교로의 복귀를 거듭 미룬 채 집 안에만 머물렀고, 우연히 만난 친구 부부로부터 초대를 받아 참석한 홈파티에서는 동료 교수와 대화를 나누다 그에게 돌이킬 수 없는 모욕을 퍼붓고는 모두를 질리게 만들어버린다. 학교와 친구들의 집을 자연스레 오가고, 때때로 가족들과 함께 국경 너머를 여행하기도 했던 그의 활동 반경은 집이라는 울타리 안으로 급격히 쪼그라든다. 몇 시간 전까지만 해도 같은 공간 안에서 살을 부대끼고 마주 앉아 식사를 하던 가족이 어느 순간 죽음 말고는 닿을 길이 없는 곳으로, 아니 어쩌면 죽음 뒤에도 닿을 길이 없을지도 모를 곳으로 떠나버린다면 일단 짐머처럼 모든 일을 중단하고 그 사실에 대해서만 골몰할 시간이 필요한 법이다. 그러나 인내심이 부족한 세상이 충분히 슬퍼할 시간을 주리라고는 아예 기대하지 않는 편이 좋다…….

가족의 사라짐, 그리고 남은 이의 쪼그라든 세계. 나는 이것을 나의 현실에서도 목격한 적이 있다. 평생 농사를 지어 온 할머니와 할아버지는 농사를 짓지 않을 때에는 쌀가게에서 쌀과 곡물, 개와 고양이의 사료를 팔았다. 가게 안쪽에는 다락방이 딸린 작은 방이 있었고 방 안에는 작은 냉장고와 TV, 꾹꾹 눌러쓴 글씨로 종이가 부풀어 두꺼워진 가게 장부 같은 것들이 있었다. 방문 앞에는 추를 매달아 무게를 재는 무쇠 저울이 있었고 그 저울 위에 올라가 추를 하나씩 더해 가며 몸무게를 재보던 어린 시절이 떠오른다. 사람들은 털레털레 걸어와 검은 봉투에 담긴 잡곡을 사 가거나, 트럭이나 승용차를 타고 와 쌀이나 사료를 몇 포대씩 실어 갔다. 그렇게 직접 가게를 방문하여 곡식과 사료를 사 가는 사람들은 나날이 줄어들었고 할아버지는 트럭에 포대를 싣고 직접 배달을 다니기 시작하였다. 그러던 어느 날 배달에서 돌아온 할아버지는 말을 어눌하게 하며 사람들을 알아보지 못했다. 병원에서는 무거운 것을 갑자기 많이 나른 탓에 뇌출혈이 생겼다는 진단을 내렸고 그로부터 한 달이 좀 안 되어서 할아버지는 세상을 떠났다.

할아버지의 장례식은 무척이나 길었다. 지금까지도 겪어본 적이 없을 만큼. 삼일장을 치른 뒤 가족들만의 진짜 장례식이 시작되었고…… 우리는 할아버지의 영정 사진을 들고 집과 집에 딸린 작은 마당, 할아버지의 논, 가을이면 밤나무가 잔뜩 열리던 선산을 샅샅이 돌았다. 할아버지의 발길이 닿은 곳이라면 마지막으로 다 보여주겠다는 뜻으로 보였고 평생을 한 마을에서 사셨던 만큼 가야 할 곳이 적지 않았다. 그렇게 들렀던 곳들은 모두 할머니의 손길이 미친 곳이기도 하였다. 먼 훗날 할머니의 장례식을 한다면 남은 가족들은 같은 곳을 돌게 될 것이다. 그 이후 할머니는 짐머가 그러하였던 것처럼 집 안에서 대부분의 시간을 보냈다. 논은 처분하였고 가게는 세를 주었으며 선산은 운전을 하지 못하면 갈 수 없는 거리에 있었다. 할머니는 마당 가득 작물들을 심어 지나다닐 곳을 빼곤 온 사방을 텃밭으로 만들어버렸고 잘 곳과 텃밭을 오가며 하루하루를 보냈다.

상실이 한 사람의 세계를 얼마나 작게 만드는지…… 펼쳐져 있던 신문을 꼭꼭 구긴 것처럼 작고 단단해진 세계에서는 그 바깥에 있는 사람들의 말이 잘 들리지 않아 짐머는 사람들의 말을 자꾸만 튕겨내며 그저 하루를 흘려보낸다. 나는 할머니의 복잡한 텃밭을 바라보는 마음으로, 짐머는 저곳에서 어떻게 빠져나오려나? 그것을 기다리게 되었다. 짐머는 다소 의외의 방향으로 걸어 나와 다시 걷기 시작하였다.

적당히 이야기이되 적당히 현실인 것

좋은 이야기에는 깊은 몰입이 가능하지만, 그것은 어디까지나 이야기이기 때문에, 이야기가 끝나면 우리는 이야기와는 분리된 현실이라는 공간으로 다시 내쫓기고 만다. 좋은 이야기가 그러하듯 현실에도 물론 몰두할 만한 구석이 많기야 하지만 그것이 현실이라는 것을 인지하게 되면 내게도 이런 일이 벌어지면 어쩌지…… 따위의 나의 현실에 대한 생각에 뒤이어 몰입하게 되어 정작 중요한 것은 결국 처음에 흥미를 잡아끈 놀라운 현실이 아니라 나의 현실, 나의 문제가 되어버린다.

그렇다면 끝까지 몰입할 수 있되, 그 몰입이 샛길로 새지 않을 만한 대상으로는 어떤 것이 가능할까. 그것은 적당히 이야기이되, 동시에 또 적당히 현실인 것이어야 한다. 짐머는 이 조건을 두루 갖춘 대상, '헥터 만'이라는 배우의 삶을 발견하고는 종일 미친 듯이 탐구한다. 지독한 고요와 고독뿐이던 그의 삶이 헥터 만으로 점철된 계기는, 짐머가 그의 영화를 보다가 상실 이후 실로 오랜만에 피식 웃었다는, 무척이나 사소한 것이었다.

헥터 만은 무성영화의 쇠락이 한창 진행 중이던 때의 배우이자 감독이었다. 훌륭한 코미디 배우로서의 자질을 갖춘 그는 열한 편의 무성영화 작품을 남겼는데, 무성영화의 시대가 완전히 저문 뒤에도 세상이 그의 이야기를 궁금해한 까닭은 그가 남긴 작품 덕분이라기보다는 그의 실종 덕분이었다. 헥터 만은 무성영화 시대의 종식 이후, 멕시코 출신 신인 배우로 다시금 영화계에 자리매김을 시도하였다. 그의 독특한 영어 억양과 진한 이목구비는 배우의 삶에 사적으로도 공적으로도 도움이 되었다. 그렇게 영화 출연과 인터뷰 요청이 심심찮게 이어지고, 밤에는 수많은 배우들과 교류하고 교제해 가던 그때, 그는 돌연 자취를 감추었다.

헥터 만은 자신이 새 시대 새 배우로서 다져가야 할 삶에 대해, 진실과는 관계 없이 미리 짜둔 각본대로 행동했다. 이민자. 미국 시골 마을 출신. 스페인어 억양이 강하게 남은 말투. 그러나 삶은 영화가 아니었으므로 몇몇 인터뷰에서는 그의 진짜 모습이 튀어나와 그가 설정한 새로운 삶이라는 시나리오에 모순되는 지점들을 만들어냈다. 짐머는 그 구멍을 거의 환영했던 듯하다. 짐머에게는 헥터 만의 생을 온전히 파악하는 데 목적이 있었다기보다는 그저 하루 또 시간을 보낼 만한 소재가 떨어지지 않는 것이 더 중요했으니까. 헥터 만의 모순된 삶의 조각들을 이렇게 저렇게 맞추어보면서 시간을 더 허비할 수 있다면, 짐머에게 그것은 오히려 잘된 일이었다.

짐머는 헥터 만의 삶을 파고든 끝에 최초이자 유일한 헥터 만 연구서의 저자가 된다. 실종에 관한 자극적인 추측만 나돌 뿐 누구도 전체를 파악하려고 들지 않던 배우의 생을 짐머는 한 권의 책으로 되살려냈다. 이것은 꼭 아내와 두 아들이 사라진 자리에 다른 이의 삶 하나를 채워 넣는 시도처럼도 보인다. 헥터 만 전기 집필을 마친 짐머가 옛 동료의 의뢰로 맡게 된 그다음 작업이 "쓰는 데 35년이 걸렸고, 자신의 사후 50년 동안 책이 출간되지 않기를 원했"(93쪽)던 샤토브리앙의 자서전이었다는 사실은 과연 의미심장하다. 빈자리를 대체해줄 또 하나의 삶, 그 뒤의 또 하나의 삶, 실존했던 인물의 생이라는 점에서는 너무도 현실적이지만 짐머로서는 닿을 수 없는 생이라는 점에서는 또 너무나 이야기인, 그런 데다 압도적인 분량 덕분에 한동안 슬픔 대신 몰두할 수 있는 대상이 짐머에게는 또 한 번 공급된 것이다.

그렇다면 집과 텃밭으로 세계가 축소되어버린 나의 할머니의 경우에는 어떤 새로운 길을 찾았을까. 짐머가 헥터 만의 생을 발견하였듯 할머니도 상실을 대체할 다른 삶을 찾아냈을까? 공교롭게도 할머니는 할아버지의 죽음으로부터 얼마간의 시간이 지난 뒤 동네 노인정에 전에 없이 자주 출입하기 시작하였다. 할머니를 사로잡은 건 노인정 사람들의 상실 이야기였다. 그곳에서 사귄 친구에게는 어떤 가족이 있었는데 그는 어떠한 경위로 죽음을 맞이하였고 그것은 무척이나 급작스러운 죽음이었으며…… 하는 이야기가 할머니의 빈자리로 새어 들어왔던 것. 그것은 짐머를 살렸던 헥터 만과 샤토브리앙의 삶과 마찬가지로 적당히 현실이되 또 적당히 이야기인 무엇이었다.

그리고 반복

이후의 삶은 그렇게 재편된다. 짐머는 "볼썽사나움이 극에 달해 아름답기까지 할 지경"(85쪽)인 집으로 거처를 옮긴다. 거대한 상실을 한 차례 겪은 뒤의 덤 같은 삶이니 홀로 고요히 작업을 지속할 수 있는 공간이라면 더 바랄 것이 없다고 생각한 듯하다. 그런데 삶은 그를 가만 내버려두는 법이 없다. (삶의 징그러움이 여기에 있다…….)

비에 흠뻑 젖은 채 늦은 밤이 되어서야 겨우 귀가한 날, 짐머는 집 앞에서 종일 자신을 기다렸다는 앨머라는 여자와 마주친다. 앨머는 5분만 기다려달라고 짐머를 진정시키며 자신 역시 헥터 만에 대해 7년째 책을 쓰고 있는 사람이라고 말한다. 헥터 만은 아직 살아 있으며, 이후 영화 작업을 계속하였으나 누구에게도 공개하지 않았고, 유언으로 자신이 죽은 지 하루가 지나기 전에 모든 작업물을 폐기하라는 말을 남긴 상태다. 그러나 헥터 만은 건강이 좋지 않으므로 24시간 내에 그가 있는 곳까지 비행기를 타고 가야 한다는 것이 앨머가 짐머를 찾아온 목적이었다. 그러지 않으면 그의 영화는 누구도 관람하지 못한 채 사라지고 말 테니까. 비행기 사고로 가족을 잃은 짐머에게 당장 비행기를 타야 한다는 제안은 터무니없는 것으로 여겨질 수밖에 없었다. 대체 당신이 누군데 대뜸 집까지 찾아와 그런 요구를?

　이어지는 앨머의 설명은 더욱 터무니가 없었다. 헥터 만은 자신의 약혼자가 자신의 애인을 (당시의 헥터 만에게는 약혼자와 애인이 따로 공존하였다……) 우발적으로 살해한 사건을 덮어주기 위해 약혼자와 함께 애인을 매장하였고 그 죄책감 탓에 세상으로부터 자취를 감췄다는 것이었다. 이후 헥터 만은 헥터 만을 제외한 여러 이름들을 써가며 하루하루 살아나갔고 그러다 죽은 애인의 출신지에까지 이르게 된다. 그는 죽은 애인의 가족이 운영하는 스포츠용품점에 직원으로 취직하여 일을 하기까지 하는데, 어느 날엔가는 애인의 아버지로부터 이런 말을 듣게 된다. "그 애(죽은 애인의 동생)가 사랑하는 사람이 자네야."(250쪽) 헥터 만은 죽은 애인의 실종을 아직 받아들이지 못하는 가족 바로 곁에 머물며 사랑이라는 감정에까지 휘말려버린 것이다. 그 길로 다시 도망치기를 택한 그는 도망 중 들른 한 은행에서 만난 강도에게 벌을 받는 기분으로 맞대응을 한다. 이쯤 되니 죽어도 상관이 없다고 생각을 한 듯 인질을 껴안고 있는 강도에게 달려든 것인데, 의도와는 상관없이, 결과적으로 그의 결단은 인질을 살렸고 헥터 만은 영웅이 되었다. 그 인질은 지금까지 헥터 만과 함께 살고 있으며, 앨머가 짐머와 함께 가려는 곳은 바로 그 둘이 살고 있는 뉴멕시코였다.

짐머를 살렸던 이야기보다도 더욱 놀라운 이야기가 헥터 만의 삶에서 이어지고 있었고, 짐머는 이야기의 나머지 부분을 들려준 앨머와 여생을 살아갈 수 있을지도 모르리라는 기대에 부푸는데, 여기서 삶의 징그러운 면모가 또 한 번 발휘된다. 짐머가 안정되기만을 기다렸다는 듯 삶은 그에게 더 혹독한 치명타를 갈긴다. 뉴멕시코에서 혼자 먼저 집으로 돌아와 앨머가 지낼 공간을 만드는 짐머에게 날아든 소식은 앨머도, 앨머가 7년을 바친 작업물도 모두 세상에서 사라졌다는 사실이다. 조금씩 다시 이어볼 수 있을 것 같았던 삶은 어느새 헥터도, 헥터의 아내 프리다도, 헥터가 실종 이후 남긴 모든 작업물도 잃어버린 삶이 되어 버렸고 거기에 더해 이후를 약속한 앨머도 죽어 버렸다. 한 번도 감당하기 힘든 잔혹한 상실이 짐머에게 또다시 반복되고 말았다.

이쯤에서 나는 내가 읽은 책 제목이 '환상의 책'임을 떠올려본다. 짐머의 한 시절을 담은 책 제목이 환상의 책이라니, '짐머의 삶=환상의 책'이라고 바꾸어 말해볼 수도 있겠다. 계속 살아가야 한다면 짐머는 어쩔 수 없이 자신에게 또 발생한 상실을 앞서 말했던 '적당히 이야기이되 적당히 현실인 것'으로 메꿔야 할 것이다. 그렇게 짐머가 빈 곳을 거의 메꿨다고 생각할 때쯤 삶은 징그러운 얼굴을 들고 또 한 번의 상실을 안길 것이고, 그 빈자리는 또 다른 이야기이자 현실 혹은 현실이자 이야기인 것으로 메꿔야 하고…… 반복.

이것이 무한히 반복되면 짐머는 결국 삶 자체를 하나의 현실이자 이야기로 받아들이게 될 것이고 그때 이야기와 현실은 서로 간의 경계를 허물며 삶 자체가 한 권의 '환상의 책'이 된다. 실제로 『환상의 책』은 짐머에게 벌어진 두 번째 상실에서 끝나지 않고 그 이후 이어지는 삶의 장면들을 보여준다. 좋다고도 나쁘다고도 할 수 없는, 그저 이렇게 벌어지고 있구나 지켜보는 것밖에 다른 말을 더할 필요가 없는 시간이 그 뒤로도 꼬리를 늘인다.

짐머와 헥터 만, 앨머와 프리다…… 너무 많은 이야기가 쏟아졌지만 책을 덮은 뒤의 기분을 설명하자면, 무언가 아주 단순하고 간명해진 듯한 상태다. 어쩔 수 없이 마주해야 할 상실의 순간들마다 이 기분을 꺼내어보고 싶다는 생각이 든다.

그리고 반복.

그리고 반복.

옮긴이 | 민승남

서울대학교 영어영문학과를 졸업하고 현재 전문 번역가로 활동 중이다. 제15회 유영번역상을 수상했다. 옮긴 책으로는 유진 오닐의 『밤으로의 긴 여로』, 앤드류 솔로몬의 『한낮의 우울』, 애니 프루의 『시핑 뉴스』, 앤 카슨의 『빨강의 자서전』, 메리 올리버의 『기러기』, 클라리시 리스펙토르의 『별의 시간』, 윌리엄 트레버의 『마지막 이야기들』, 폴 오스터의 『낯선 사람에게 말 걸기』(공역) 등이 있다.

환상의 책

초판 1쇄 발행 2025년 9월 25일

지은이 폴 오스터
옮긴이 민승남

펴낸이 허정도
책임편집 정수향 **디자인** 김지연
마케팅 신대섭 김수연 배태욱 김하은 이영조 **제작** 조화연

펴낸곳 주식회사 교보문고
등록 제406-2008-000090호(2008년 12월 5일)
주소 경기도 파주시 문발로 249 (10881)
전화 대표전화 1544-1900 **주문** 02)3156-3665 **팩스** 0502)987-5725

ISBN 979-11-7061-310-7 (04840)
ISBN 979-11-7061-308-4 (세트)

- 책값은 표지에 있습니다.
- 이 책의 내용에 대한 재사용은 저작권자와 교보문고의 서면 동의를 받아야만 가능합니다.
- 잘못된 책은 구입하신 곳에서 바꾸어 드립니다.
- '북다'는 기존 질서에 얽매임 없이 다양하게 변주된 책을 만드는 종합 출판 브랜드입니다.